KB199664

로베스피에르의 죽음

서준환 장편소설
로베스피에르의 죽음

펴낸날 2013년 6월 10일

지은이 서준환
펴낸이 주일우
펴낸곳 ㈜문학과지성사
등록번호 제1993-000098호
주소 121-840 서울 마포구 서교동 395-2
전화 02) 338-7224
팩스 02) 323-4180(편집) 02) 338-7221(영업)
전자우편 moonji@moonji.com
홈페이지 www.moonji.com

ⓒ 서준환, 2013. Printed in Seoul, Korea
ISBN 978-89-320-2410-3

* 이 책의 판권은 지은이와 ㈜문학과지성사에 있습니다.
  양측의 서면 동의 없는 무단 전재 및 복제를 금합니다.

로베스피에르의 죽음

서준환 장편소설

문학과지성사
2013

차례

주 요 등 장 인 물

—

바뵈프 언론인 출신의 사회운동가

나폴레옹 보나파르트 수도방위 사령관 겸 보안위원회 부속 특무대 대장

르네 사바리 특무대 요원으로 나폴레옹의 충복

로베스피에르· 생–쥐스트· 쿠통· 비요–바렌· 콜로 데르부아 공안위원회 위원들

아마르· 불랑· 바디에· 필리프 르바 보안위원회 위원들

르장드르· 탈리앵· 부르동 드 루아즈· 프레롱· 오귀스탱 국민공회 대의원들

캉봉 재무위원회 위원으로 혁명정부의 경제 관료

레스코플뢰리오 파리 시장 겸 코뮌 의장

앙리오 국민방위대 사령부 참모장

알베르· 콜레뇽· 파트리스· 레옹 · 장–폴 등을 비롯한 상퀼로트들

등장인물들의 역할을 맡아 열연한 여러 인형(기뇰과 마리오네트)

—

무엇으로부터 자유로운가?
차라리 스스로에게 물어보라. 무엇을 위해 자유로운가?

이성―범주들에 대한 신앙이 니힐리즘의 원인이다.
우리는 세계의 가치를 순전히 허구적인 세계에
관계하는 범주들을 척도로 측정했다.

—

니 체

서 막

1797년 5월 25일, 공화력 제5년 프레리알(목장의 달) 6일, 저녁 시간. 장소는 카페 아모리*의 실내. 테이블 앞에는 젊고 키가 작달막하지만 꽤 다부져 보이는 체구의 한 고위 장교밖에 보이지 않는다. 그는 커피를 마시며 탁자 위의 문서철을 검토하는 데 열중하고 있다. 그와 마주하는 방향으로 카페의 간이 무대가 보인다. 무대 위에서는 맹인처럼 검은 안경을 쓴 노악사의 반주에 맞춰 남자 가수가 노래를 부른다. 반주 악기는 바르바리에 오르간**이다. 무대 왼쪽의 스탠드 뒤에서 카페 주인은 신중한 손길로 술잔을 닦으며 남자 가수와 고위 장교를 번갈아 힐끔거린다.

● 로베스피에르가 자주 드나들던 파리의 한 카페.
●● 거리에서 일반 민중이 자주 연주한 유럽 전래 악기의 하나. 음계에 따라 구멍 난 마분지를 나무 궤짝에 넣고 손잡이로 회전시키면 오르간과 비슷한 음색이 난다.

정녕, 긴 잠 깬 내 눈이
새날 아침 번쩍 뜨인 것일까?
오, 놀랍고도 경이로운 오늘
온 누리가 들썩이네!
하늘의 가호가 우리에 임하니, 뢰네*여
네놈 발버둥이 과하구나.
인민의 포성이 으르렁댈 때
보아라, 바스티유가 무너졌다!

프랑수아, 무심한 인민이여
나를 일으키는 화마의 불꽃이
지금 너마저 열광케 하나니
우리 이제 이 벅찬 감흥을 함께 나누자!
보아라, 악랄하던 군주정이
헛되이 자비를 호소하고
공화정의 함성 속에
한순간 이 요새의 탑들이 허물어지는 것을
……

  노래가 이어지는 동안, 젊은 장교는 탁자에서 무대 위의 가수에게
로 시선을 옮기며 웅얼거린다.

• 베르나르 조르당 드 뢰네. 1789년 7월 14일, 인민들의 바스티유 습격 사건 당시 그 요새의 방어를 맡은
  경비대 사령관.

14

"이 노래를 들으니, 그날의 전율과 감격이 다시금 내 살갗 위에서 스멀거리는구나. 마치 요망한 세이렌의 목소리처럼 나를 모험의 탁류 속으로 뛰어들도록 부추기고 있어. 그 노랫말에 알알이 박혀 있는 여러 눈이 나를 굽어보며 준열하게 다그치는 것만 같다. 너는 지금 여기서 무엇을 하는 중이냐며. 하지만 선동으로 너울거리는 화마의 불꽃은 그 불꽃 스스로를 태워 없애 터럭만 한 심지조차 남기지 않고 모두 사그라뜨릴 뿐이야. 바스티유뿐 아니라 베르사유도, 루이 왕조도, 군주정도, 심지어는 성 야곱의 무리들*과 혁명정부까지. 공화정이라고 해서 저주받은 잿더미의 숙명을 피해갈 수 있을까? 그러니 조심해야지, 그 불꽃이 나에게로 옮겨붙지 않도록 조심해야 해. 저 노랫말처럼 이 모든 게 시작된 건 바스티유 요새 위로 높이 치솟은 화마의 불꽃에서부터였지. 그러고는 걷잡을 수 없이 번져간 혁명의 들불에 홀려 덧없는 화형을 자초하고 만 그 여러 마리의 불나방. 이미 불꽃이 옮겨붙은 줄도 모르고 오히려 그 연소의 작열감에 황홀해하며 끝까지 파닥거리기를 그치지 않은 불나방들의 날갯짓. 어쩌면 나도 불나방 가운데 한 마리가 되어 무자비한 혁명의 불꽃에 타 죽었을는지도 모르지. 그때 만일 폴 바라스 집정관 각하가 없었더라면, 난 필경 평생토록 국사범들의 피로 얼룩진 뢰상부르** 요새의 어느 한 감방에서 저 위대한 로베스피에르 시민 동지의 자결만 되씹다 서서히 미쳐갔을지도 몰라. 그게 아니라면 비요-바렌이나 콜로 데르부아처럼 가이아나 같은 유배지의 암흑 속에 파묻혀 사면은 기약조차 할 수

• 자코뱅 당원들을 가리킨다. '자코뱅Jacobins'이라는 클럽 이름은 그 당원들이 회합의 장소로 자주 사용한 도미니크 수도원 '성 야곱St. Jacob'에서 유래했다. 자코뱅 클럽은 프랑스 혁명기에 생겨난 정파이며 대체로 민주주의 공화정의 이념에 부합하는 정책을 추진했으나 혁명이 진행되는 동안 다양한 세부 계파로 쪼개졌다. 1793년 6월, 인민봉기로 지롱드파 정권이 무너지자 집권한 이후 혁명정부를 수립했다.
•• 뷜르 궁과 마찬가지로 원래는 왕궁이었으나 프랑스대혁명이 일어나고 나서 1791년부터 반역자나 국사범 같은 중죄인들을 가두는 감옥으로 사용되었다.

없는 추방 생활의 나날들을 견뎌야 했거나. 그때 만일 폴 바라스 집정관 각하가 개입하지 않았다면, 내게 찍힌 자코뱅 일파의 낙인은 사후에도 영면에 들지 못하게 질깃질깃 나를 내몰았겠지. 그래, 그들이 활활 타오르게 하려 한 혁명의 불길은 테르미도르의 그날 이후 참혹한 공포정치의 잔해 밑에서 싸늘히 얼어붙고 말았어. 그와 더불어 민주주의와 공화정에 대한 망상도 사실상 끝장난 셈이지. 그래, 한동안 거세게 온 나라를 휩쓸고 다닌 시대의 화마는 이제 영영 사그라졌어. 어쩌면 무섭게 앓은 열병의 추억쯤으로 간직하는 것도 그리 나쁘지는 않을 거야. 나로서는 운 좋게도 사지의 문턱에 다다라서야 그 불길에서 간신히 헤어나 입신과 권력의 가도를 되찾았으니. 바라스 각하가 주도한 테르미도르의 그날로부터 모든 게 다 원래의 제자리로 돌아왔지만, 그사이에 혁명은 주인 없는 폐허가 되도록 제자리를 불살라놓았지. 그런데 코르시카 인들 중에서는 화전민 출신이 태반이란 말씀이야. 코르시카 인들이야말로 본디부터 들불로 황야를 일구는 데 능숙하다는 것을 아는 이들은 아마도 드물지 않을까 싶군. 저명한 선현들 가운데 기껏해야 루소만이 코르시카의 미래를 밝게 내다보았을 뿐이니까. 우리는 모두 장-자크 루소의 자녀들이고, 나는 선생이 장담한 코르시카로 인해 언젠가 세상이 화들짝 뒤집힐 거라는 예지의 말씀을 똑똑히 새겨두고 있지. 내겐 화전민의 피가 흐르고 있어. 그러고 보니 내 목숨을 구해주었을 뿐 아니라 나를 들불이 휩쓸고 간 황야에 데려다 놓은 폴 바라스 집정관 각하의 은혜가 새삼 너무 고마워서 어쩔 바를 모르겠군. 어쩌면 일생 동안 이 빌어먹을 은혜를 갚아도 다 못 갚고 죽겠지. 위대한 로베스피에르 시민 동지의 손아귀에서 혁명정부를 찬탈한 후 새파란 자코뱅 조무래기들을 떼죽음으로 몰아넣고 공포정치와 자유의 독재를 반동의 피로 씻어낸 악덕과 부패의 대명사, 자신의 악덕과 부패를 정적에게 뒤집어씌워 정치적으로 숙청하는 데 능한 마키아벨리의 후예, 희대의 난봉꾼 당통도 감히 능가하지 못할 색정욕의 화신, 그로 인해 항간에서는 변태적인 쾌락 때문에 자기 애인을 나한테 양도해놓고 서로 어떤 관계가 될지 계속 즐기려 든다는 악소문도 파다하다고 하니, 이거야 원. 악은 악으로 넉넉히 갚아줘야 비로소 그 은혜의 크기를 상쇄할 수 있는 법, 하지만 아직은 섣불리 나설 때가 아니지. 아직은 자중하며 몸을 사릴 필요가 있어…… 아, 하지만 저 노랫소리가 결연한 사람의 심지를 흉흉하게 뒤흔들어놓는구나. 저 열화와도 같은 선동성에 올바로 마음을 가누기가 어려워지네. 아무래도 안 되겠다."

그러고는 간이 무대 쪽으로 손을 흔들어 보인다. 순간, 남자 가수가 노래를 뚝 멈춘 후 뜨악한 표정으로 젊은 장교를 건너다본다. 앞이 보이지 않아 무슨 영문인지 알지 못한 노악사는 계속 바르바리에 오르간의 손잡이를 돌리는 데만 몰두한다. 그러다 남자 가수가 다가가서 손으로 제지하자 그제야 비로소 반주를 멈춘다. 젊은 장교가 그들에게 말한다.

"방금 나는 그 노래가 너무 선동적이라 그렇지 않아도 불안하기 짝

이 없는 작금의 시국과 풍속에 유해하리라는 판단을 내렸소. 지금은
시행착오로 점철된 혁명정부의 과도기를 지나 공화정이 차츰 성숙한
안정과 질서의 단계로 진입해야 할 시점이오. 그런데도 이토록 사회
가 여전히 고질적인 불안과 공황의 병마에서 회복되지 못하고 있는
까닭은, 물론 현재 우리의 공화국이 여전히 왕정의 마수에 덜미 잡혀
있는 영국이나 오스트리아 등 외세 열강들과 전쟁을 벌이고 있는 탓
도 있겠소만, 무엇보다 '바스티유'의 감흥을 재현하자는 투로 여기저
기서 들쑤시는 이 따위 속요들이 버젓이 불리고 있는 데 있는 것 같
소. 해서 본관은 수도방위사단의 총사령관이자 공화국 보안위원회*
직속 특무대 대장의 권한으로 방금 당신이 부른…… 방금 당신이 부
른……"

젊은 장교는 노래의 제목이 정확히 기억나지 않는 듯 말끝을 맺지 못
한다. 그러자 노악사가 거들어준다.

  "「바스티유 함락」이올습니다."

젊은 장교가 고개를 끄덕이며 마저 말을 잇는다.

  "맞소, 「바스티유 함락」. 여하튼 본관은 이 노래 「바스티유 함락」의
공연이나 유포를 금하는 바이오. 만일 누군가가 이 노래를 부를 시에
는 관헌이나 특무대 요원들의 엄중한 방문을 받아야 할 거라고 동료
들한테도 널리 알려주기 바라겠소."

그 말에 남자 가수가 한 발짝 앞으로 나선다.

  "하지만 보나파르트 시민 동지, 이 노래는……"

● 프랑스 혁명정부의 한 기관으로 정치경찰에 의한 내정 감시와 치안 유지, 혁명재판소의 운영, 신분증과
통행증의 발급 등을 담당했다. 혁명정부의 양축으로서, 1793년 7월 이후 권한과 역할이 강화된 로베스
피에르의 공안위원회와 치열한 주도권 다툼을 벌였다. 테르미도르 반동 이후 사실상 유명무실해진 공안
위원회와 달리 보안위원회는 혁명정부와 국민공회가 해체되고 나서도 집정관 정부의 필요에 따라 내정
감시와 반정부 세력 사찰 활동 등을 벌이며 한동안 유지된 것으로 파악된다.

"보나파르트 시민 동지라."

젊은 장교가 남자 가수의 말허리를 끊고 끼어든다.

"아무한테나 '시민 동지'라고 불러야 했던 건 철 지난 자코뱅 집권 시절의 유습에 불과하오. 지금 돌이켜보면 정말이지 억지스럽고 우스꽝스런 호칭의 습속이었소. 설령 그 명분이 공화국 정신의 철저한 함양과 고취였다 해도 현실에서 어떻게 상호 간에 그런 호칭을 쓰도록 당정 차원에서 선전해델 수 있었는지 심히 의아한 일이었다고 할 밖에."

남자 가수가 묻는다.

"그럼 뭐라고 불러야 하나요?"

젊은 장교가 그렇게 답한다.

"계급과 서열에 따른 정식 명칭으로 부르도록 하시오. 특히 본인 같은 군 지휘관이나 정부 요인들에게는. 그래야 호칭의 합리주의적 원칙에 부합하지 않을까 싶소. 그렇다고 해서 공화국이 구체제로 퇴행하는 변고 따윈 결코 일어나지 않을 테니까."

남자 가수가 말한다.

"알겠습니다. 나폴레옹 사령관 나리."

젊은 장교 나폴레옹 보나파르트가 말한다.

"좋소. 계속 말해보시오."

뒤통수를 긁적거리며 남자 가수가 말한다.

"아닙니다. 괜찮습니다. 딱히 더 드릴 말씀은 없습니다."

나폴레옹이 노악사에게 묻는다.

"알겠소. 그럼 노인장은?"

노악사는 아무 대답 없이 검은 안경에 가린 시선도 돌리지 않고 시무룩하게 고개만 절레절레 흔들어 보인다. 그러다 문득 나폴레옹에게 묻는다.

"그럼 다른 노래로 바꿔서 계속할깝쇼?"

나폴레옹은 순순히 고개를 끄덕이며 답한다.

"그렇게 하시오. 어차피 시연 준비가 다 되려면 조금 더 기다려야 할 듯하니 말이오."

나폴레옹이 다시 탁자 위에 놓인 문서철로 주의를 돌리는 사이 노악사는 남자 가수와 무슨 곡을 부를지 상의하다 말고 낮은 목소리로 투덜거린다.

"하루에 수십 명씩 숱한 정객의 목이 단두대 밑으로 떨어져나간 공포정치 시기에는 물론이려니와 심지어는 구체제의 루이 왕정 때조차 권력자라는 양반이 카페에서 악사나 가수한테 함부로 으름장을 놓는 일은 없었는데 말이야."

그 말에 남자 가수는 기겁한 표정으로 노악사의 입을 틀어막는다. 나폴레옹은 노악사의 불평을 알아듣지 못한 척 계속 문서철에만 주의를 기울인다. 잠시 후 바르바리에 오르간의 전주를 앞세우고 남자 가수의 입에서 새로운 노래가 흘러나온다.

부드럽고 매력적인 축제에는

순진무구함이 넘치고

손마다 축배의 잔을 든 우리 메이슨은

이성의 신전을 예찬하노라……

그사이에 카페 주인, 뒷문으로 잠시 퇴장. 나폴레옹은 문득 뭔가가
떠올랐다는 듯이 다시 고개를 치켜든다. 그러고는 허공에 대고 이렇
게 웅얼거리기 시작한다.

"하필이면 또 **이성의 신전**이라니. 이 말은 로베스피에르 시민 동지
가 공들여 구상한 신흥 국교를 연상시키는군. 썩어 문드러진 가톨릭
교단을 대체할 이성의 신격으로 그는 공화정에서 무신론이 득세하는
것을 애써 막으려 했지. 무신론이야말로 굳건한 공화국 건설의 기저
부터 뒤흔들어대는 허무주의 풍조의 원흉일 테니까, 물론 그건 올바
른 정치적 포석이었어. 하물며 무신론이 퍼져 나오기 시작한 최초의
진원지가 대귀족들의 철학 살롱이었음을 감안한다면 더 말할 나위도
없지. 하지만 그 철학 살롱에서 귀족들이 주된 흥밋거리로 나눈 게
계몽주의 사상에 근거를 둔 이성의 원리와 합리주의적 세계관이었다
는 사실은 꽤 역설적이지 않은가. 그러니까 사람들은 이성의 원리와
합리주의적 세계관에 영향받아 종교적 광신과 맹목의 몽매주의를 타
파해놓고 대신 그 여파로 무신론의 허무주의에 빠져들었다는 말이 되
지. 이때 이성과 합리주의적 세계관은 공화정의 영혼일 수 있지만,

반면 무신론의 허무주의는 그 영혼의 뿌리부터 갉아먹는 정신적 암종일 수밖에 없다는 점이 흥미롭군. 그래서 로베스피에르 시민 동지는 이성의 진보와 신격의 권세를 합친 **최고의 존재**로 구체제의 가톨릭 교단을 대치하는 개종의 과업에 거국적인 차원에서 그토록 집착한 거겠지. 하지만 설령 그것이 공화국의 반석을 다지는 데 바쳐진 적심(赤心)의 충정이었다 해도 국가 단위의 종교적 교화란 어차피 전제정의 방향성을 띠지 않을 수 없는 법. 그렇다면 그 성패의 관건은 강압적인 완력 행사와 교묘한 공작의 수완을 적절히 배합하는 데 따라 좌우된다고 해도 전혀 지나친 말이 아닐지 몰라. 그러고 보니 로베스피에르 시민 동지께서는 위정자로서 한 시대의 중압을 감당하기에는 답답할 정도로 고지식하고 순진한 사람이 아니었을까 싶어 아쉬움을 금할 수 없군. 지나치게 고지식하고 순진한 정치적 대응은 필시 그에 상응하는 반동을 불러들여 자멸의 나락으로 굴러떨어질 수밖에 없단 말씀이야. 바로 그런 면에서, 같은 로마 공화정의 역사를 읽더라도 그가 티베리우스 그라쿠스*의 개혁 의지나 청렴강직한 카토**의 정신적 지조에만 매달리는 동안, 나는 500년 동안 지속되어온 공화정을 한순간에 뒤집어엎고도 반동과 암살의 위협에서 자유로이 새로운 제국의 세계를 열고 다진 아우구스투스***의 선례에 주목하지. 아우구스투스가 내세운 **프린켑스**란 겸양과 화합의 공공윤리를 가장해서 대외적으로 두르고 다닌 허울에 불과했어. 실제로 아우구스투스와 그의 정치 체제를 보호하고 지탱해준 건 프린켑스의 허울이나 공공윤리 같

• B. C. 163~B. C. 133. 기원전 2세기에 활동한 로마 공화정의 정치가. 호민관에 당선된 후 '셈프로니우스 농지법'이라는 토지개혁을 추진했으나, 원로원의 수구 세력들에게 암살당했다.
•• 마르쿠스 포르키우스 카토 우티켄시스. B. C. 95~B. C. 46. 로마 공화정 말기의 정치가. 키프로스 지방 총독과 집정관을 역임하는 동안. 엄격하고 청렴결백한 스토아 철학의 실천으로 민중들의 두터운 신망을 얻었다. 그러나 폼페이우스와 함께 카이사르의 독재에 맞서다 우티카에서 스스로 목숨을 끊었다.
••• 본명은 가이우스 옥타비아누스. B. C. 63~A. D. 14. 원로원에서 '존엄한 자'라는 의미의 '아우구스투

은 게 아니라 막강한 경찰력과 친위대 조직, 그리고 무엇보다도 언제 어디서든 누구나 감시하고 사찰할 수 있는 무소불위의 정보정치였지. 아우구스투스야말로 가장 먼저, 그리고 가장 효과적으로 정보정치를 체제 수호에 적극 활용한 사상 최초의 국가수반일 거야. 내가 보안위원회에 특무대 창설을 직접 건의해서 떠맡은 것도 다 거기서 깨우친 것을 현 상황에 대입하고 응용해본 결과라고 할 수 있지. 사상경찰과 첩보 요원은 내가 구상하고 있는 야경국가의 쌍두마차야. 비록 지금은 보안위원회의 직속기구에 머물러 있다 해도 앞으로는 이 특무대를 의회나 내각에서 독립된 별도의 정보기관으로 육성하고야 말겠어. 그리하여 내정은 사상경찰의 공작에, 외치(外治)는 첩보 요원들의 암약에 분담한다면 누구라도 아우구스투스 못지않은 통치력을 발휘할 수 있을 텐데, 혹시라도 그간 야심이 부쩍 자란 폴 바라스 집정관 각하의 손에 다른 집정관 동료들이 모조리 숙청당하는 사태라도 발생하지 않을까 모르겠어.* 세간의 평판이 아주 좋지 않은 상관에게 그 과실을 누리도록 가져다 바치는 짓은 전혀 내키지 않는군. 아우구스투스로서 추대되려면 말 그대로 **존엄한 자**로서의 품격에 걸맞은 인물이어야만 하지. 부패하고 타락했다는 이유로 폴 바라스 집정관 각하에 대해서는 민심과 여론이 등을 돌린 지 오래니만큼 스스로 허물어지도록 놔두는 것도 그리 나쁘지 않겠어. 민의가 이처럼 냉랭하게 돌아선 데는 인민들의 눈에 각하야말로 로베스피에르의 종말을 주도하고 앞당긴 장본인으로 비쳤기 때문일 수도 있어. 테르미도르 반동 직후에야 공

스'로 축성되는 절차를 통해 사실상 고대 로마의 초대 황제에 즉위했으나 자신은 죽을 때까지 프린켑스(제1시민)를 자처했다.
• 당시에는 다섯 명의 집정관이 집단으로 정부수반을 맡았다. 1795년 10월 26일 출범한 이런 집권 형태를 '5인의 집정관 정부'라고 하며 '총재 정부'라고도 부른다. 폴 바라스 이외의 집정관에는 뢰벨·라 레블리에르·르 투르뇌르·카르노 등이 있다. 1799년 브뤼메르 18일의 쿠데타 직후 막을 내렸다.

포정치의 흡혈귀라는 쿠데타 주모자들의 선전이 먹혔지만 요사이에는 서서히 인민들이 로베스피에르를 그리워하기 시작하는 것 같아."

나폴레옹은 다시 문서철로 눈길을 떨어뜨리며 계속한다.

"내가 오래도록 신문해온 바뵈프만 해도 로베스피에르가 살아 있었을 때는 그 존재의 고마움을 미처 깨달을 수 없었노라고 털어놓았지. 바뵈프는 로베스피에르가 한창 공안위원으로 활동할 무렵 가장 혹독하고 극렬하게 반대를 한 사람 중 하나였는데도 말이야. 로베스피에르가 형장의 이슬로 사라진 당일 오후에는 마을 광장에 나가서 이제 부르주아 독재자가 사라졌으니 상퀼로트sans-culotte*들의 인민공화국이 부활하게 생겼다며 만세삼창을 했다고 하지 않는가. 심지어는 부르주아 전제정의 존립과 유지를 저해하기 위해서라도 로베스피에르의 암살이 불가피하다는 결단을 내리고 직접 행동에 나설 계획까지 세운 바 있다는 자백도 받아냈지. 그런 바뵈프가 로베스피에르를 그리워하다니 이건 정말이지 뭐가 뒤틀려도 한참 뒤틀린 거라고 할밖에. 그런데 이 친구 바뵈프는 고대 로마의 호민관을 꿈꾸는 시대착오적 망상에 깊이 사로잡혀 있는 게 틀림없어. 주위 사람들에게 그라쿠스라는 애칭으로 불린다는 것을 보면, 로베스피에르보다도 정작 이자야말로 티베리우스와 가이우스 형제의 직계 후손일세그려. 지금 이런 시대에 부르주아들로만 북적거리는 반동의 영지에 홀로 서서 마치 광야의 요한처럼 인민주권의 회복과 평등주의를 부르짖다니 아무래도 제정신이 아닌 것 같아."

● 소상인·장색·영세 상인에서부터 직인이나 수공업 노동자 또는 도시 빈민에 이르기까지 유산계급과 부유층에 대립되는 사회계층을 통칭하는 말. 혁명 발발 이후 이들은 각각의 구별로 민중협회와 구민협회 등을 조직하여 정치에 참여했으며 코뮌·자코뱅·국민공회와도 긴밀히 소통했다.

나폴레옹, 혼잣말을 멈추고 신경질적으로 문서철을 뒤적거린다. 무대
위의 가수는 나폴레옹의 눈치를 살피며 또 다른 노래로 넘어갈까 말
까 잠시 망설이는 표정을 짓는다. 나폴레옹에게서 별다른 신호가 없
자 바르바리에 오르간의 손잡이가 빙글빙글 돌아가면서 또 다른 노래
가 다시 시작된다. 나폴레옹은 무대 위의 노래와 무관하게 방금 전의
혼잣말로 되돌아간다.

"1년 전, 걸려들어왔을 때는 이토록 괴이한 망상에 빠진 정신 상태
를 참작해서 가볍게 내보내줬건만 그 은혜도 모르고 다시 한 번 공안
에 위배되는 발작을 일으키다니. 이건 샤랑통 정신병원* 같은 곳의
수감 처분으로 끝낼 수 있는 사안의 한도를 이미 넘어선 변란의 책동
이야. 더 이상 그 시대착오적 망상을 관대하게 용인해주기는 어려워
졌어. 나로서는 도무지 바뵈프 이 작자가 꿈꾸는 게 어떤 세상인지
상상조차 가질 않아. 혹시 내가 자코뱅 당원으로 로베스피에르를 추
종하던 시절이었다면 어렴풋하게나마 그게 어떤 세상인지 알았을지
도 모르지. 하지만 지금은 굳이 알고 싶지도 않고, 설혹 안다고 해도
그 따위 음모는 그저 내 군홧발로 삼엄하게 짓밟아주고 싶은 빈자(貧
者)들의 망상에 지나지 않아. 요즘 내가 그리고 있는 세상은 그런 세
상이 아니니까. 세상은 벌써 부르주아들에 의해 결판나고 말았어. 그
리고 이걸 돌이키기에는 이미 너무 늦었어. 이제는 그들과 어떤 관계
를 맺느냐만 풀어가야 할 과제로 남아 있지. 지롱드**처럼 너무 가까
이 밀착되면 인민들의 반감을 사고, 산악파***처럼 너무 거리를 두려

---

* 일반적인 정신질환자들뿐 아니라 반체제 인사들이나 정치범들 또는 반사회적 인물들까지도 정신 이
상으로 몰아 격리 수용하던 곳.
** 부르주아들이 주축을 이룬 우파 정당. 대혁명이 왕정과 봉건제도의 타파 이상으로 흐르는 것을 원치
않았고, 정치적으로나 문화적으로나 귀족들에게 매우 관대했다. 1792년 8월 10일 왕당과 처단 이후
정권을 잡고 브리소와 베르니오 등이 이끌었으나 1793년 6월 2일 인민봉기를 맞아 실각했다.
*** 자코뱅 좌파의 별칭. 좁은 의미에서는 로베스피에르 일파를 가리키는 명칭으로 통하기도 한다. 이들은
의회 내 자코뱅 클럽의 의석 왼쪽 상단에 주로 포진해 있었기 때문에 세간에서 이런 별칭으로 불렸다.

하면 특권층의 반동을 야기하는 법이니 권력을 앞세워 적당히 요리할 수 있어야 해. 설령 특권층과 결탁하더라도 정보정치와 선전효과를 적절히 활용해서 인민들의 눈에는 내가 오로지 자기편에만 서 있는 것처럼 보이도록 두꺼운 허위의 장막을 둘러칠 수 있어야 해. 정보정치와 선전효과에는 설령 통치자가 폭정으로만 일관할지라도 누구한테나 어진 군주처럼 여겨지게 하는 집단최면의 힘이 있지. 말하자면 현실에 환영의 베일을 덧씌운달지. 우리가 겪는 현실은 실제 현실이 아니야. 그건 그저 권력자들이 인민들에게 원하는 방향대로 인식되게 끔 조성해놓은 지배권력의 가상현실에 불과하지. 부르주아들의 대다수가 그걸 알아채고도 속아 넘어가는 척 적당히 눈감아준다는 사실을 난 알고 있지. 왜냐하면 그래야 자기들이 절대적으로 유리하니까. 어차피 권력자와 부르주아들은 철저한 공생관계니까. 반면에 상퀼로트 같은 하층민 계급은 짓밟아놓거나 속이거나 얼러야 하는 관리 대상일 뿐 결코 온당한 권력분점의 상대일 수 없지. 권력과 계급에 대한 선망만 효율적으로 조장해주면 하층민 계급만큼 제 뜻대로 조종하기 쉬운 관리 대상도 따로 없는데 왜 그들과 권력을 나눈담? 말도 안 되는 소리야. 이번 선거에서만 봐도 왕당파 다수가 의회에 진출했지 않은가 말이야. 그들은 자기 계급을 위해 투표하고 싶어 하지 않아. 아니, 어쩌면 하층계급은 하층계급만의 세상이 오는 걸 원치 않는 것일지도 모르겠어. 그런 게 아니라면, 인민들의 집단봉기로 왕정이 몰락하고 루이와 그 왕비까지 단두대의 심판 속에 사라진 지 채 몇 년도 지나지 않아 왕당파가 공화정의 성벽 위로 슬금슬금 떼 지어 기어오르는 작금의 정세를 대관절 어떻게 받아들여야 할까? 이런 판국에 인민민주주의를 하자는 얘긴, 황당무계한 농담이 아니라면 도대체 어쩌자는 수작일까? 아마도 이건 자기 한 사람으로는 모자라서 모두를 인민주권의 집단망상 속에 몰아넣고 싶어 하는 정치적 야욕일 거야. 그리고 훗날 그라쿠스 바뵈프는 모험주의적이고 원색적인 민중선동에 어처구니없이 자기 목숨까지 내다바친 극렬분자로밖에 기억되지 않을 거야. 지난해, 신문할 때까지만 해도 그 열정이 아까워 가까이 두고 호민관 시늉이라도 낼 기회를 줄까 싶었지만 이젠 도저히 어쩔 수 없군. 이제 이틀 후면 그 꿈도 단죄의 칼날 아래 가뭇없이 동강 나겠지. 잘 가게, 호민관 그라쿠스. 혹여 다음 세상이 있다면 모두가 평등하게 인민주권을 누리는 빈자들의 천국에서 다시 태어나 구태여 인민민주주의 노선의 폭력투쟁에 그 한 몸 희생할 필요도 없게 되기를!"

나폴레옹은 문서철에 대고 뭔가를 열심히 쓴다. 남자 가수와 노악사, 노래를 마치고 한동안 무대에서 퇴장한다. 그때 카페의 문이 슬그머니 열리더니 손에 책을 든 한 신사가 들어오려다 말고 멈칫한다. 뒷문을 통해 다시 스탠드로 돌아와 있던 카페 주인이 서둘러 그쪽으로 향해 간다.

"죄송합니다만, 시민 알베르."

카페 주인이 문간에서 신사에게 말한다.

"오늘 저녁에는 저희 업소에 사정이 좀 생겨서 영업을 하지 않습니다. 다음에 다시 오시면 좋겠네요."

"무슨 사정인가요? 혹시 푸펜슈필Puppenspiel*의 공연 내용 때문에 영업정지라도 당한 건가요?"

손에 책을 든 신사가 묻는다. 그러자 카페 주인이 신사에게 귀엣말을 한다. 손에 책을 든 신사는 고개를 끄덕여 보이며 나폴레옹이 앉아 있는 방향으로 주의 어린 시선을 보낸다. 그러고는 카페 주인과 심상치 않은 눈길을 주고받은 후 이내 자리에서 물러난다. 카페 주인, 출입문 앞에 **금일휴업**이라는 팻말을 내걸고는 황황히 나폴레옹 옆으로 다가가 공손한 목소리로 말한다.

"죄송합니다, 장군님. 제가 밖에 팻말을 내건다고 하고는 깜빡했네요. 아무쪼록 방해가 되지 않았기를 바랍니다."

나폴레옹이 말한다.

"아직까지는 별 상관이 없소, 주인장. 하지만 시연이 시작될 즈음부터는 누구도 드나드는 사람이 없도록 각별히 신경을 좀더 써주시오. 이 일은 특무대의 보안사항이니만큼."

그 말에 카페 주인, 허리를 굽실거리며 말한다.

"여부가 있겠습니까? 이제부터라도 최대한 출입 단속에 유의할 테니 장군님께서도 염려 푹 놓으십시오. 시연이 시작되고 나서부터는 이쪽으로 개미 새끼 한 마리 얼씬거리지 못하도록 조심하겠습니다."

"그건 그렇고"

나폴레옹이 말한다.

● 인형극을 의미하는 독일어. 당시 프랑스에 갓 태동한 기뇰(손 인형)이나 마리오네트(꼭두각시)보다 프로이센에서 워낙 인형극이 뿌리 깊게 성행하고 있었던 만큼 알베르는 인형극을 가리키는 일종의 외래어로 이 단어를 쓰고 있다. 프랑스 기뇰에는 주로 정치적인 내막을 폭로하거나 사회풍자적인 내용이 많다.

"시연은 언제쯤부터 시작될 수 있을 것 같소? 시간이 꽤 지난 것 같은데."

"그렇지 않아도 제가 조금 전 지하실에 내려가보니……"

"갑자기 주인장이 지하실에는 왜……?"

"아, **빵과 자유**라는 극단 패거리들이 시연 준비를 하는 데가 이 카페 지하에 있습지요. 거기서 극에 등장시킬 각각의 인형을 제작하거나 무대 의상을 가봉하기도 하고요. 며칠 전 장군님에게서 넘겨받은 자료들로 대본 작성은 그럭저럭 마무리가 된 모양입니다만 그사이에 얼마 전 공연에 쓰인 인형들을 다시 가다듬고 손질하기에는 아무래도 시간이 빠듯했나 봅니다. 이 점, 장군님께서도 양해해주셨으면 싶습니다만……"

"아하, 그래 최근 이 극단 **빵과 자유**에서는 어떤 작품들을 무대에 올렸소?"

"코르네유의 「연극적 환상」하고 보마르셰의 「피가로의 결혼」에서 인형극으로 각색하기 좋은 부분들만 뽑아 재구성한 내용이었습지요."

"오, 「피가로의 결혼」도?"

"왜, 이 작품은 아직 안 되지요? 혹시 보마르셰는 지금도 금서 작가인가요? 아니면 혹시 그사이에 이 작가에 대한 시각이 달라져서……"

"아니, 아니요. 전혀 그렇지 않소. 오히려 그 반대지. 보마르셰가 자코뱅 혁명정부의 무분별한 과오를 피해 한때 외국으로 피신해 있긴 했지만 우리 집정관 정부에서는 이 양반이 귀국했을 때 열렬한 환대와 함께 복권 조치해드렸소. 단지 난 푸펜슈필로 이 희곡이 어떻게 재구성되었을지 궁금하고 홍미로워서…… 그렇지 않아도 신랄하고 독설적인 얘기가 더 거칠 게 없어졌을 것 같소만."

나폴레옹의 말에 카페 주인, 난데없이 낄낄거리고는 지금도 우스워 죽겠다는 어투로 말을 잇는다.

"예, 아무래도 그랬습지요. 장군님도 그 자리에 계셨더라면 볼 만하셨을 겁니다. 원문의 풍자를 과장하거나 음탕하게 때론 냉소적으로 다시 쓴 등장인물들의 대사에 손님들이 아주 난리도 아니었지요. 그때 분위기만 보면 행여나 우리의 프랑스 공화정이 귀족들을 떠받들고 살아야 하는 구체제로 돌아간다는 건 상상도 못 할 일처럼만 여겨지더구먼요. 주인공 피가로와 수잔나가, 무능한 데다 음흉하기만 한 알마비바 백작을 조롱할 때마다 테이블에서는 요란한 박수갈채가 터져 나오곤 했으니까요. 특히 마지막 대목에서 백작이 부인 앞에 꿇어앉아 자기의 잘못을 뉘우치다 말고 바지 뒤춤이 흘러내리면서 엉겁결에 뿌지직 똥까지 누는 장면은 가히 폭발적이었는데……"

카페 주인, 입에 손을 가져다 올리며 거기서 말을 끊는다. 그러고는 잠시 후 다시 입을 연다.

"이거, 재미나게 이야기보따리를 풀어놓으려다 보니 제가 고매하신 장군님 앞에서 할 말, 못 할 말을 구분하지 못했네요. 죄송합니다."

"아니 뭐, 괜찮아요."

나폴레옹이 짐짓 너그러운 표정을 지어 보이며 말한다.

"그만큼 진기하고 흥미로운 구경거리였다는 의미로 알아듣겠소. 그래도 무엇을 무대에 올리고 표현하든 매사에 절도와 규범이 뒤따라야 한다는 것만큼은 기본적인 공공의 준칙이 아닐까 싶소이다만."

"알겠습니다. 장군님."

그 말을 끝으로 카페 주인이 물러나자 곧이어 안으로 들이닥친 특무대 요원 사바리가 나폴레옹 앞에 우뚝 멈춰 서서 깍듯하게 거수경례를 올려붙인다. 그러고는 허리를 숙여 귀엣말로 속닥거린다.

"로베스피에르의 최후에 관한 조사 내용을 추가로 대장님께 보고드리기 위해 왔습니다."

나폴레옹은 앞자리에 앉으라는 손짓과 함께 사바리에게 은밀하면서도 준엄한 음성으로 이렇게 속삭인다.

"이봐, 공공장소에서는 **대장님**이라는 호칭을 쓰지 않도록 조심하라고 몇 번을 말해야 알아듣겠나? 내가 특무대 대장이란 직책을 겸하고 있다는 사실은 보안에 부쳐야 할 대외비란 말일세. 그래야 기밀 업무와 감시 활동을 원활히 수행할 수 있을 테니까. 이 카페에서야 어차피 내 신분을 노출시킬 수밖에 없는 처지이니 그나마 다행이지만 어디 가서 또 그놈의 **대장님**이란 호칭을 무심코 썼다가는 자네, 그 자리에서 아주 호되게 혼쭐이 날 줄 알게. 알겠나?"

사바리가 말한다.

"명심하겠습니다, 사령관 각하."

나폴레옹이 말한다.

"좋아. 추가된 조사 내용이라는 게 뭔지 어서 말해봐."

사바리가 말한다.

"그사이 저희 조사반에서는 몇몇 주요 증인의 진술을 추가로 확보할 수 있었습니다."

그러고는 지참하고 온 문서철을 재빨리 들척인다.

"이해의 편의를 위해 사건이 일어난 역순에 따라 소개해 올리도록 하겠습니다. 우선, 단두대 형리 앙리 삼손의 증언 내용입니다."

나폴레옹이 말한다.

"오, 결국 앙리 삼손을 찾아냈구먼. 그래, 어디 숨어 있던가?"

사바리가 말한다.

"일드프랑스의 남동부 외곽으로 빠지는 뱅센 숲가에 허름한 통나무 오두막을 한 채 지어놓고는 거기 숨어 지내고 있었습니다. 오늘 오후 14시경 그곳을 엄습했을 때는 그자가 몹시 술에 절어 있었던 관계로 빨리 취중에서 깨어나도록 저희로서는 의자에 묶어두고 증인에게 약간의 고문을 가하지 않을 수 없었습니다. 저희가 고문을 하려들자 뭔가 오해했는지, 지금까지 국가와 공화정을 위해 봉직해온 대가로 이런 수모를 겪어야 한다면 차라리 자기를 정든 단두대에 세워달라고 아우성을 치더군요. 결백한 몸이지만 언젠가 이런 날이 닥칠 것을 각오하고 있었다면서요."

나폴레옹이 말한다.

"그래, 대의를 위해서라면 그 과정에서 더러 방법적인 야만이 불거지는 것은 불가피한 노릇이지. 계속해봐."

사바리가 말한다.

"그러다 보니 본격적인 심문과 앙리 삼손의 증언은 그곳을 찾은 지약 한 시간 후쯤부터 이루어질 수밖에 없었습니다. 앙리 삼손에 따르면, 사건 당일 그러니까 공화력 제2년 테르미도르(열의 달) 10일 (1794년 7월 28일) 오후 18시경 오귀스탱 로베스피에르, 쿠통, 생-쥐스트 등이 처형되고 나서 마지막으로 문제의 인물이 간수들의 팔에 이끌려 단두대 위로 올라왔다고 합니다. 앙리 삼손은 의례적인 신원 확인 절차에 따라 그에게 국민공회 전 대의원이자 공화국 공안위원회 전 위원인 막시밀리앵 드 로베스피에르가 맞느냐고 물었답니다. 그러자 그가 아무 말 없이 고개만 끄덕여 보이더랍니다. 순간, 앙리 삼손은 이전과 달리 가슴이 울렁거리면서 하반신이 덜덜 떨려왔다고 했습니다. 한두 해 사이 무덤덤한 일과처럼 많은 명망가와 정치적 거물의 목을 단두대로 쳐낸 탓에 이젠 누구의 죽음 앞에서도 의연할 줄 알았는데, 적어도 그 순간만큼은 한 목숨의 모진 죗값에 대해 그동안 형리로서 억눌러온 전율과 공포가 되살아나는 것 같더라는 말도 덧붙였습니다. 문득 이젠 모든 게 끝이구나 하는 생각도 들었답니다……"

르네 사바리가 전해주는 앙리 삼손의 증언에 귀 기울이며 나폴레옹은 문득 비통해진 듯 표정을 일그러뜨린다. 하지만 이내 냉엄한 표정을 되찾고는 짐짓 차가운 목소리로 이렇게 내뱉는다.

"이보게 르네, 전달 내용이 조금 지루하군. 그런 부분은 다 빼고 가장 핵심적인 요점만 간추려서 보고할 수는 없겠나? 나머지 세부적인 대목이야 나중에 문면으로 검토해도 충분할 테니."

"알겠습니다. 각하. 그럼 그렇게 하겠습니다."

사바리가 말한다.

"앙리 삼손에 따르면, 로베스피에르로 신원이 확인된 자의 왼쪽 턱밑과 목덜미에는 두꺼운 붕대가 칭칭 감겨 있었습니다. 그런데 형틀에 로베스피에르의 몸을 반듯이 맞추려고 하면서 보니 아무래도 그 붕대가 신속한 형 집행을 방해할 거라는 생각이 들었다고 합니다. 그래서 앙리 삼손은 순간적인 자신의 판단에 따라 로베스피에르의 왼쪽 턱밑과 목덜미에 감겨 있는 붕대를 바로 뜯어냈습니다. 그런데 놀랍게도 붕대 밑으로는 아무런 총상의 흔적이나 흉터도 보이지 않았다고 합니다. 항간에는 그자가 붕대를 뜯어낸 순간 총상의 통증을 견디지 못한 로베스피에르의 입에서 끔찍한 외마디 비명이 터져 나왔다는 소문이 나돌기도 했지만, 그건 현장에 있던 사람들 자신이 너무 놀라 내지른 소리를 잘못 알아들은 후 그렇게 과장해서 전한 걸 거라고 했습니다. 앙리 삼손도 체포 과정에서 한 헌병이 쏜 총탄에 맞아 로베스피에르의 한쪽 턱에 큰 상처가 생겼다는 사실을 익히 알고 있었습니다. 그러니만큼 목덜미의 붕대 뭉치 밑으로 피고름이 잔뜩 뒤엉겨 끔찍하게 덧나 있는 총상 자국이 보일 거라고 추측한 것은 당연한 일이었습니다. 하지만 막상 붕대 뭉치를 뜯어보니, 로베스피에르의 왼쪽 턱밑에는 총상 자국은커녕 가벼운 생채기 하나 보이지 않았다고 했습니다. 앙리 삼손은 뜻밖의 상황에 당혹스러워져서 형 집행 감시관 베르트랑 바레르를 돌아보며 잠시 미적거릴 수밖에 없었습니다. 하지만 바레르는 무슨 일이냐고 확인하는 대신 빨리 형을 집행하라고 급한 손짓으로 다그치기만 했답니다. 게다가 혁명광장에 모인 군중들의 성화 때문에라도 더 이상 그렇게 미적거리고만 있을 수는 없었습니다. 앙리 삼손이 단두대의 형리 생활을 돌연 그만두고 뱅센 숲가의 오두막으로 잠적한 건 그 직후의 일이었습니다. 한동안 극심한 죄책감에 사로잡혀 있다가도, 자기가 처형한 게 어쩌면 진짜 로베스피에르가 아니라 가짜 로베스피에르였을지도 모른다는 짐작에서 약간의 위안거리를 찾았다고 하더군요. 놀랍게도 앙리 삼손의 증언은 지난 테르미도르 10일 오귀스탱 로베스피에르, 쿠통, 생-쥐스트 등과 함께 단두대에서 처형당한 인물이, 실제의 로베스피에르가 아니라 실재처럼 위조된 그의 대리자일지도 모른다는 의혹을 불러일으킵니다. 동시에 그의 이런 증언으로 인해, 로베스피에르의 죽음에 관한 진상이 누군가에 의해 전면적으로 날조되거나 은폐되었을 가능성도 생겨난다고 할 수 있습니다. 말하자면, 로베스피에르가 최후를 맞이한 시점과 장소는 테르미도르 10일 오후 혁명광장의 단두대가 아닐 수도 있다는 것입니다."

나폴레옹이 말한다.

"체포 과정에서 헌병의 총탄을 맞았다면, 붕대 밑으로 드러난 아래턱이 그렇게 생채기 하나 없이 깨끗할 수는 없을 텐데 정말 이상하

군…… 르네, 설마 앙리 삼손이 그 점에 관해 괜한 거짓말을 할 리는
없겠지?"

사바리가 말한다.

"혹시 로베스피에르에 대한 경외심과 그런 자를 자기 손으로 처형
했다는 죄책감 때문에 자기도 모르게 그 상황에 대한 기억이 헝클어
질 수는 있겠습니다만, 저희가 보기에는 고의로 허튼소리를 꾸며대거
나 터무니없는 위증을 늘어놓는 것 같지는 않았습니다."

나폴레옹이 말한다.

"만약 앙리 삼손의 증언대로, 단두대의 형 집행 속에서 기꺼이 생
을 버린 자가 가짜 로베스피에르였다면 그렇게 로베스피에르로 내세
워진 인물은 누구이며, 그리고 도대체 무슨 이유에서 감히 로베스피
에르의 대리자로 나서 형틀에 자기 목을 내맡겨야 했다는 말인가?"

사바리가 말한다.

"그 점에 대해서는 한참 수사를 진행해봐야 뭔가가 더 밝혀질 것
같습니다. 아쉽게도 현재로서는 오리무중입니다."

나폴레옹이 말한다.

"그럼 로베스피에르가 헌병의 총탄에 턱을 맞았다는 이야기는 확실
한 건가?"

사바리가 말한다.

"그렇지 않아도 당시 국민공회 경비대대 소속 헌병소대장 메르다
풍주의 증언으로 넘어갈 참이었습니다. 사령관 각하……"

나폴레옹, 맥없이 혼잣말을 주절거린다.

"아, 그의 최후가 결국 자결로 마무리 지어졌을 거라는 심증이 점점 사실로 굳어져가는구나."

사바리가 말한다.

"헌병소대장 메르다 퐁주는 제가 보안위원회 직속 특무대에서 나왔다고 밝히자 잔뜩 긴장하는 것 같았습니다. 아마도 누군가의 무고로 왕당파라는 혐의를 뒤집어쓰고 어디론가 쥐도 새도 모르게 끌려갈까 봐 겁이 많이 났던 모양입니다. 요사이 일부 부대에서 특무대에 소환 조사를 받으러 간 여러 동료가 아직까지 돌아오지 않고 있다는 얘기를 벌써 전해 들은 것 같기도 했습니다. 제가 한 치의 거짓도 없이 오직 그 순간의 진실만을 말해달라고 요구하자 그는 벌겋게 달아오른 얼굴로 그러겠다며 순순히 심문에 응했습니다. 이전까지만 해도 로베스피에르의 체포와 관련해서 이 헌병소대장이 보인 소행은 다소 우스꽝스러웠던 게 사실이었습니다. 어쩌면 허위에 빠진 영웅 심리의 전형이었다고 해야 할지도 모르겠습니다."

나폴레옹이 말한다.

"그렇다면 데려다 혼을 좀 내야 할 필요가 있을지도 모르겠구먼. 어떤 면에서 그런가?"

사바리가 말한다.

"그 현장에 있었다는 이유만으로 자기가 실제로 한 적도 없는 일을 주위 사람들한테 그렇게 한 것처럼 퍼뜨려서 믿도록 한 겁니다. 말하자면 허위 사실을 유포했다고도 볼 수 있지요. 거짓된 모험담을 꾸며 대고 우쭐거리면서 한 방의 총격으로 로베스피에르를 제압한 장본인 처럼 지금까지 행세해온 게 틀림없습니다. 공화력 제2년 테르미도르 10일 새벽 2시경, 레오나르 부르동과 폴 바라스 집정관 각하가 이끄는 국민공회 측 경비대대 헌병단이 그라빌리에 구의 민병대와 함께, 파리 시청에 피신해 있던 로베스피에르 일파를 체포하고자 청사 안으로 들이닥쳤습니다. 이들을 지키기 위해 그레브 광장에 집결해 있던 국민방위대 포병대가 흩어지기 시작한 직후라 별다른 무력 충돌도 겪지 않고 청사 2층의 회의장까지 무혈입성할 수 있었다고 합니다……"
그 대목에서 나폴레옹은 한숨을 내쉬며 이렇게 웅얼거린다.

"아, 그런 상황이 오기 전에 튈르리 궁*으로 쳐들어간 앙리오와 코피날이 그토록 얼빠지게 굴지만 않았더라도 로베스피에르는 궁지에서 벗어날 수 있었을 것을. 그랬다면 역사가 또 한 번 뒤집혔을지도 모르는 일이었는데……"
사바리가 말한다.

"안으로 들어서자마자 당연히 헌병단은 눈에 불을 켜고 로베스피에르가 어디 있는지부터 찾았답니다. 우선 그들의 눈에 들어온 것은 오귀스탱 로베스피에르와 생-쥐스트, 그리고 필리프 르바였는데 어찌된 영문인지 로베스피에르만 보이지 않았다고 하더군요. 그런데 메르다 퐁주의 증언에 따르면, 그때 코뮌** 측 경비병들이 나타나서 이들과 한바탕 총격전을 벌이는 바람에 실내는 걷잡을 수 없는 난장판으

- 원래는 구체제의 왕궁이었으나, 프랑스대혁명 이후 제헌의회가 이곳을 의사당으로 사용하면서 제헌의회와 입법의회에서 넘어온 국민공회도 이곳에 자리했다.
- 프랑스의 자치행정단위로, 여기서는 자치시의 지방정부를 가리킨다. 프랑스대혁명 당시 각 구 단위에 설립되어 있는 민중협회나 구민협회와의 긴밀한 연락망을 유지함으로써 지구별 정치 참여 조직의 중앙본부 성격을 띠었다고 볼 수 있다. 중앙정부처럼 국민방위대로 편성된 군대와 경찰 조직의 운영을 보장받았다.

로 변하고 말았답니다. 그 와중에 오귀스탱 로베스피에르는 창턱 아래로 몸을 던졌고, 몸이 불편한 쿠통은 몸싸움을 벌이던 헌병들에게 밀려 계단에서 굴러떨어졌나 봅니다. 다행인지 불행인지 몰라도, 이들은 그때 죽지 않고 모두 헌병단의 손에 생포되고 말았습니다. 또한 헌병단은 얼마 지나지 않아 머릿수와 화력에서 밀린 코뮌 측 경비병들의 고군분투를 온전히 진압할 수 있었습니다. 권총을 난사해가며 결사적으로 저항하던 생-쥐스트도 결국 헌병단의 오랏줄을 받아야 했습니다. 필리프 르바는 진압이 완료된 후 회의실 바닥에서 총에 맞은 사체로 발견되었는데, 나중에 사인을 확인해보니 역시나 권총 자살이었습니다. 그런데 총격전이 갓 벌어졌을 무렵 메르다 퐁주는 회의장 안쪽의 밀실로 달아나는 누군가를 쏘아 턱에 중상을 입혔답니다. 그러고는 곧바로 여기서 로베스피에르를 잡았다며 고래고래 소리를 질렀다고 하더군요. 그래서 모두 그가 로베스피에르에게 총상을 입혀 생포한 줄로만 알았답니다. 하지만 총탄에 맞아 한쪽 턱이 으스러진 자의 신원은 로베스피에르가 아니라 시청 경비대 소속 클로드 데마레라는 사병으로 밝혀졌습니다. 그런데도 어쩔 속셈이었는지 헌병들은 아직 숨이 끊어지지 않은 클로드 데마레를, 이미 체포된 로베스피에르 일파와 함께 뤽상부르 궁으로 압송했답니다. 하지만 클로드 데마레는 압송 도중 과다 출혈로 말미암아 숨을 거둔 것으로 확인되었습니다. 그날 새벽의 진상이 그러한데도 헌병소대장 메르다 퐁주는 착각으로 밝혀진 체포의 무용담을 꿋꿋이 사실이라고 우겨대며 주위 사람들 앞에서 허황되게 으스대고 있는 셈입니다. 제가 단단히 주의를 주고 오긴 했습니다만, 방금 전 사령관 각하 말씀처럼 앞으로의 행실 여부에 따라서는 특무대로 소환해서 다시는 그렇게 떠벌리고 다니지 못하도록 단단히 혼쩌검을 내줘야 할 필요가 있을지도 모르겠습니다. 아직도 어떤 때는 자기가 정말로 로베스피에르에게 총격을 가해 그 자리에서 생포했노라고 확신하는 눈치를 보이니 말입니다. 여하튼 국민공회와 내각의 발표와는 달리 테르미도르 10일 새벽, 로베스피에르는 헌병들의 손에 생포된 게 아닐 뿐 아니라 그 일파에 끼어 뤽상부르 궁까지 압송된 적도 없다는 사실만큼은 틀림없습니다."

나폴레옹이 말한다.

"이거 정말, 점입가경이로구먼. 그럼 왜 헌병단에서는 로베스피에르가 아닌 줄 뻔히 알면서도 그 사병을 생포된 무리들과 함께 뤽상부르 궁까지 강제적으로 압송하려 한 걸까?"

사바리가 말한다.

"그 점에 관해서는 수사를 더 진행해봐야 좀더 명확한 단서가 잡힐 것 같긴 합니다만, 아마도 국민공회와 내각 측에서 전시효과를 노린 게 아닐까 싶습니다."

나폴레옹이 말한다.

"전시효과라?"

사바리가 말한다.

"그렇습니다. 심야에 전격적인 체포 작전이 펼쳐졌는데 로베스피에르의 검거만 실패했다는 게 알려지면 일망타진의 선전효과가 반감되면서 잠잠하던 민심이 돌연 동요할 수도 있기 때문입니다. 그래서 어쩌면 국민공회 측에서 레오나르 부르동을 통하여 헌병들로 하여금 클로드 데마레라도 대신 잡아오게 하라고 급히 전갈을 넣지 않았을까 싶습니다. 그렇다면 헌병소대장 메르다 퐁주의 어이없는 허풍도 윗선의 의도에 따라 고의적으로 조장되었을 가능성이 높아 보입니다만. 언젠가 한번은 이 녀석을 정말로 특무대에 잡아 와서……"

사바리의 말에 나폴레옹은 놀란 표정으로 한동안 말문을 잃고 멀거니 맞은편만 바라본다. 그러다 잠시 후 입을 연다.

"혹여 그 말이 사실이라면, 지금 로베스피에르는 그 생사 여부조차 불투명하다는 말이 아닌가? 설마 그날 새벽, 파리 시청에서 동료들만 아비규환의 타르타로스*에 그대로 남겨두고 자기 혼자 어디론가 도피해서 초개 같은 목숨을 보전하려든 것은 아니겠지? 그래서 지금도 세상의 눈을 피해 그날 아낀 목숨으로 굴욕의 여생을 근근이 이어가고 있는 것은 아니겠지? 마지막까지 과연 **공포정치의 흡혈귀**답게 최후에 홀린 동료들의 보혈마저도 비루한 부활의 기약에 보태려 한 것은 아니겠지? 설마…… 정녕, 설마 우리의 덕망 높은 시민 동지이자 **강직한 로마 대관****** 로베스피에르가 그럴 리 없질 않은가? 말해보게, 르네!"

사바리가 말한다.

"아마도 그렇지는 않을 겁니다. 테르미도르 10일 오전, 혁명재판의

● 그리스 신화에 나오는 지옥.
●● 세간에서 불린 로베스피에르의 별명. 그뿐 아니라 자코뱅 소속의 공안위원회 의원들을 가리키기도 한다.

절차 축소를 위한 프레리알 22일의 개정 법령*에 따라 처형 직전 요식 절차로 치러진 약식 재판에서, 피고들은 입을 모아 로베스피에르가 마지막 한순간까지 자기들과 함께 있었다고 단호하게 증언한 바 있습니다. 혁명재판소의 공공검사 푸키에-탱빌의 서릿발 같은 문초에도 그들은 내내 똑같은 답변만 되풀이했다고 합니다. 또한 로베스피에르가 진작 도주했다면, 구태여 쾨뮌의 경비병들이 시민 동지를 지키겠다며 출동해서 국민공회 측 병력들과 충돌했을 리도 없습니다. 게다가 당시의 파리 시장 레스코플뢰리오가 남겨놓은 비망록에도, 밤 늦게까지 로베스피에르와 머리를 맞대고 향후의 대책을 숙의했다는 기록이 나옵니다. 이와 같은 증언과 여러 정황 등으로 미루어보아, 각하께서 우려하시는 바와는 달리 로베스피에르가 현장에서 동료들을 버리고 도주하거나 잠적했을 가능성은 아주 희박합니다. 메르다 퐁주와 그 헌병들이 시청 회의장을 습격한 순간에는 불의의 총격전으로 인해 현장이 수습되지 않아 미처 로베스피에르를 찾아내지 못했을 수는 있습니다만, 그가 정말 그 자리에 부재했으리라고는 도저히 생각하기 어렵다는 게 저희 조사반의 추론입니다. 이런 수사 내용을 앙리 삼손의 진술과 결부시켜보면, 당시의 국민공회와 내각에서는 처형 당일에도 로베스피에르의 행방을 찾아내지 못했다는 사실이 드러납니다만, 그렇다고 해서 그때까지 그가 생존해 있었던 것처럼 보이지도 않습니다. 로베스피에르는 그전에 이미 사망한 게 확실합니다."
나폴레옹이 말한다.

● 프레리알 22일(1794년 6월 10일), 공안위원회 위원 쿠통이 공회에 제출하고 로베스피에르의 강력한 제청에 의해 채택된 법령으로 그 골자는 피고의 변론권을 박탈하고 증인 심문의 절차를 폐지한다는 것이다. 이 법령의 발의와 채택을 주도한 테르미도르 반동의 희생자들은 역설적이게도 이 법령으로 인해 법정에서 이렇다 할 항변의 기회조차 얻을 수 없었다.

"어째서 그런 거지?"

사바리가 말한다.

"왼쪽 아래턱이 으깨진 모습으로 남아 있는 데드마스크가 그 증거입니다."

나폴레옹이 말한다.

"그것도 공회나 내각의 몇몇 권모술사에 의해 조작되었을 공산이 다분하지 않은가?"

사바리가 말한다.

"저희도 처음에는 그런 의심을 품고 있었습니다. 하지만 그런 분야의 감식에 일가견이 있는 장색(匠色)들을 모아 조사해보니, 모두 진본이 확실하다는 쪽으로 결론을 냈습니다. 그리고 어림잡은 데드마스크의 주조 시기로부터 소급해서 로베스피에르의 사망 시점도 대략적으로나마 추정해보는 게 가능했습니다. 장색들의 다수 의견에 따르면, 그건 테르미도르 9일 밤에서 10일 새벽 사이로 로베스피에르 일파가 파리 시청에 피신해 있다 헌병들의 습격을 받은 시점과 정확히 일치합니다. 아쉽게도 누가 이 데드마스크를 주조했는지는 아직 밝혀내지 못했습니다. 따라서 이 데드마스크가 평소 로베스피에르를 지지한 무명의 시민에 의해 만들어졌는지, 아니면 공회와 내각의 지시에 따라 극비리에 급조된 것인지는 지금 바로 규명하기가 어렵습니다. 여하튼 데드마스크는 누군가의 죽음을 대외적으로 확인시켜주는 결정적 물증입니다. 국민공회가 이 데드마스크를 내세워 로베스피에르의 죽음을 인민들에게 대대적으로 공표한 점, 그리고 이 데스마스크가 장색들의 감식 결과 진본으로 결론 난 점 등에 비춰볼 때 그의 유해는 일파가 처형당하고 나서 얼마 지나지 않아 발견된 후 쥐도 새도 모르게 에렌시스 묘지°에 묻힌 게 아닌가 싶습니다. 문제는 로베스피에르가 어떤 방식으로 최후를 맞았느냐 하는 점인데……"

그때 카페 주인이 다가와서 나폴레옹에게 귀엣말을 한다. 나폴레옹, 고개를 끄덕여 보이더니 한동안 문서철의 용지에 뭔가를 빠르게 메모한다. 그러는 사이 시연이 임박했음을 알리려는 듯 다시 무대에 등장한 노악사가 나지막한 음조로 바르바리에 오르간을 연주하기 시작한다. 사바리는 자신의 조사 기록을 들여다보고, 카페 주인은 묵묵히 나폴레옹이 메모를 마칠 때까지 기다린다. 이윽고 나폴레옹은 카페 주인에게 그것을 건네주며 말한다.

"이걸 극단에 전해주시오. 그리고 시연할 때 필히 참고하도록 당부하시오."

카페 주인, 나폴레옹이 건넨 용지를 받아들고 뒷문으로 나간다.

나폴레옹이 말한다.

"알겠네. 오늘은 이쯤 해두세. 자네가 그토록 열심이니 곧 은폐된 진상의 전모가 백일하에 드러나겠지. 그때까지 계속 좀더 수고해주고."

그사이 카페 주인을 앞세우고, 손에 제각각의 인형을 챙겨든 한 떼거리의 극단 배우와 단원이 우르르 무대로 몰려나온다.

● 당시 정부가 단두대에서 처형당한 죄수들을 매장한 무덤.

사바리가 말한다.

"대장…… 아니, 사령관 각하께서는 여전히 인형극을 좋아하시나 봅니다. 프로이센의 안스바흐에 진지 시찰을 나가셨을 때도 일부러 시간을 쪼개 그쪽 사람들의 푸펜슈필을 즐겨 보시더니…… 아 참, 이번 조사에서 새로 밝혀진 사실 한 가지만 더 말씀드리고 물러나겠습니다."

나폴레옹이 말한다.

"뭔데? 짧게 말해봐. 나는 한참 기다려도 상관없지만, 예술가들을 무대 위에 오래 세워두는 건 아주 큰 결례니까 말이야."

사바리가 말한다.

"로베스피에르는 아주 오래전부터 비밀결사에 입문해 있었습니다."

나폴레옹이 의아하다는 표정으로 묻는다.

"비밀결사? 프리메이슨이나 **신전기사단**, 뭐 이런 데 말인가?"

사바리가 답한다.

"그렇습니다. 그런데 로베스피에르가 입문해서 활동한 곳은 프리메이슨의 지파 가운데서도 가장 신비주의적인 경향이 짙고 초월론의 비의 같은 것을 추구한다는 **진리의 친구들**이었습니다."

나폴레옹이 말한다.

"좀 뜻밖이군 그래, 평소 이성에 입각한 일반의지의 통제와 덕치를 유난히 강조해온 그가 그런 결사에 참여하고 있었다니 말이야…… 요새 부쩍 창궐하는 그놈의 비밀결사 단체들을 앞으로 어떻게 요리한다? ……알았으니 더 늦기 전에 그만 가보도록 하게."

사바리, 절도 있는 동작으로 거수경례를 한 후 바깥으로 퇴장한다. 나폴레옹은 배우와 단원들 앞으로 다가온다. 노악사는 바르바리에 오른 연주를 멈춘다. 그때 카페 주인이 앞으로 나서더니 나폴레옹에게 이런 말을 던진다.

"로베스피에르가 비밀결사의 형제였다는 사실은 저희도 이미 알고 있었습니다. 그렇다는 건 공공연한 세간의 비밀이었습죠."

그러자 순간적으로 나폴레옹의 표정이 냉엄해진다. 그러고는 검지를 입가에 가져다 대며 이렇게 쏘아붙인다.

"쉿! 지금은 보안이 목숨과도 같다고 한 말을 그새 잊은 거요, 주인장? 혹시라도 여기서 주워들은 얘기나 시연 내용을 외부로 누설할 시에는 향후 감당 못 할 사태가 닥칠 테니 그리 아시오!"

카페 주인, 나폴레옹에게 머리를 조아리며 말한다.

"여부가 있겠습니까, 장군님. 전 그냥 괜한 수고를 덜어드릴까 해서……"

표정을 다소 부드럽게 누그러뜨린 나폴레옹의 시선이 다시 배우들과 단원들에게로 향한다.

"보아 하니 여러분은 모두 상퀼로트이시로군요. 반갑습니다."

나폴레옹이 그들의 행색을 둘러보며 말한다.

"상퀼로트들이 편안하고 행복해야 이 공화정의 근본이 바로 섭니다. 그런데 요새 정치가 갈피를 못 잡고 아주 흐트러져 있어서 참 걱정입니다. 그동안 납작 엎드려 있던 루이 카페*의 주구(走狗)들이 슬슬 다시 설쳐댈 준비를 하는가 하면 한쪽에서는 자코뱅 잔당들과 극렬 좌익분자들의 준동도 여전히 심상치 않습니다. 민주주의가 뭡니까? 바로 상퀼로트들의 세상 아닙니까? 그런데 우선은 나라의 질서와 기강이 바로잡혀야, 장사를 하든 도급(都給)을 하든 노동을 하든, 상퀼로트들이 먹고살기 좋은 세상을 이룰 수 있지요. 그리고 그래야만 참된 민주주의가 실현됩니다. 유감스럽게도 혁명 발발 이후 지금까지는 여러분 같은 상퀼로트를 위한다면서 정치하는 사람들이 세상을 너무 어지럽히기만 해온 것 같습니다. 여러분 같은 상퀼로트를 위하여 한시바삐 이 사회에 평화와 안정이 회복될 수 있도록 언젠가는 군부 엘리트의 한 사람으로서 저도 어떤 결단을 내려야만 하지 않을까 싶을 정도입니다. 상퀼로트들이 잘살아야 공화정과 민주주의는 결코 구체제로 퇴행하는 변고를 겪지 않고 이 땅에 굳건히 뿌리 내릴 수 있다는 게 저의 확고한 신념이올습니다, 여러분!"

나폴레옹이 그쯤에서 말을 끊고 불현듯 헛기침을 하자 배우들과 단원들, 쭈뼛거리는 태도로 박수를 보낸다.

"오늘 저녁의 시연도 그와 전혀 무관치 않습니다."

잠시 후 다시 입을 열어 나폴레옹이 말을 잇는다.

"대본의 준비 과정을 통해 이미 아시겠지만, 여러분이 저한테 보여주실 시연 내용은 바로 로베스피에르 시민 동지가 맞은 최후의 상황이지요. 제가 극단에 넘겨드린 여러 문헌에는 바뵈프에서부터 카미유

● 루이 9세부터 16세까지 계속된 부르봉왕조를 달리 일컫는 말로, 여기서는 왕정을 의미한다.

데물랭에 이르기까지 아주 다양하고 상반되는 관점들과 여러 겹의 목소리들이 서로 뒤엉기거나 갈려 있습니다. 물론 그 안에는 대본을 준비하고 시연하는 여러분의 몫도 당연히 포개져 있으리라는 생각이 드는군요. 저는 여러분도 이미 그 내용이 무엇인지 짐작하고 있을 진상 규명을 추진하는 과정에서 한 번쯤은 생생한 역사적 상황의 재현을 체험하는 일이 반드시 필요하다고 절감했습니다."

나폴레옹이 거기서 다시 말을 끊고 그다음으로 무슨 말을 잇는 게 좋을지 잠시 헤아려보는 듯한 표정에 잠긴다. 배우들과 단원들은 이 대목에서도 다시 박수를 쳐야 할지 말아야 할지 몰라 엉거주춤하게 머뭇거린다. 그들의 태도에 개의치 않고 나폴레옹은 계속한다.

"정부의 공식적인 발표와는 판이한 로베스피에르의 최후와 그 내막에 관한 이야깃거리들은 요사이 파리의 인민들 사이에서 다채로운 이본(異本)들로 흉흉한 풍문이 되어 끊임없이 나돌아 다니고 있습니다. 이미 저잣거리에서는 정부의 감시망을 피해 뒷골목의 지하 극단들이 풍자적인 기놀들로 이런 이야깃거리들을 성황리에 상연하고 있다는 말도 들리더군요. 우리 프랑스 공화정의 질서와 안정을 복구해야 할 소임이 제게 주어져 있는 이상, 저로서는 민심을 미혹하는 역사의 이명(耳鳴)들이 더 이상 확산되지 못하도록 진실의 이름으로 이를 정리하고 수습해야 한다는 판단과 마주하지 않을 수 없었습니다. 하지만 저는 얼마 후면 다시 공화국이 수행 중인 혁명전쟁을 위하여 이탈리아 북부전선으로 복귀해야 합니다. 그 전까지 로베스피에르 시민 동지의 최후에 관한 진상규명을 일단락 지으려는 차원에서 비밀리에 이런 시연을 준비한 만큼 애국자 여러분들의 적극적인 협조, 부탁드립니다……"

말을 마치고 나폴레옹은 자기 자리로 돌아간다. 단원들은 재빨리 카페의 무대 위에 간소한 인형극 박스 세트를 설치한 후 그 뒤로 사라진다. 무대가 정돈되자 남자 가수가 앞으로 나온다. 그리고 곧바로 뒤따라 나오는 바르바리에 오르간의 반주.

"아 참, 시간은 공화력 제2년 테르미도르 8일(1794년 7월 26일) 오전부터 10일 새벽까지라고 전해달랍니다. 그리고…… 이번 시연의 가제를 '로베스피에르 최후의 항거'로 하면 어떨까 싶다는군요, 사령관 나리."

남자 가수가 말한다. 그 말에 나폴레옹은 표정이 흐려지며 고개를 가로젓는다.

"글쎄올시다, 군이 가제를 붙일 요량이라면 차라리 그보다는 '로베스피에르 최후의 진실'이나 그냥 '로베스피에르의 죽음'이라고 하는 게 낫지 않겠소?"

1 막

어느 날 저녁 콩도르세*가

자기 당 동료들에게 털어놓았네

내 머릿속엔 자네들이 반길

한 가지 계획 있으니

친애하는 벗들이여, 우리는 이 나라에

공 공 공, 화 화 화

공화국을 세우되

희한한 형태로 해나가세나.

당통**이

원한 건 루이***에게서

● 1743~94. 프랑스 혁명기의 계몽주의 사상가이자 지롱드 당원. 자신이 주도한 지롱드파의 헌법 개정
  안을 두고 자코뱅파와 대립하다 체포되어 옥중에서 음독자살했다.
●● 1759~94. 자코뱅파의 혁명가이자 정치가. 한때는 가장 극렬한 혁명분자였으나 거듭되는 독직과 낭
  비벽, 복잡한 여자 관계의 추문 등으로 정치적 명예가 실추된 이후 공포정치의 완화와 지롱드파에 대
  한 사면, 그리고 자유주의적인 경제 경책 등을 촉구하면서 의심스런 '관용파'로 몰려 로베스피에르 일
  파(자코뱅파)에게 숙청당했다.
●●● 루이 16세를 가리킨다.

왕관을 벗겨내는 일이야
하지만 이내 그는
내 친구들에게 이 일을 떠넘겼으니
당통도 나처럼
공 공 공, 화 화 화
민주주의 공화국에선
뭐든 나눠서 하는 게
최고라고 여기기 때문이로세.
……

무대 위에 상자무대. 그 위로 빛이 집중된다. 제각기 누군가의 모습을 빼닮은 여러 기놀과 마리오네트가 상자무대 안팎으로 떠돌아다닌다. 나폴레옹은 마치 칼레이도스코프kaléidoscope* 앞에서 넋이 나간 소년처럼 입을 헤벌쭉 벌리고 있다.

공화력 제2년 테르미도르 8일(1794년 7월 26일) 오전.

* 만화경과 비슷한 프랑스 장난감. 둥근 통 속에 다색의 무늬가 있는 종이를 넣고 빙글빙글 돌려서 바라보면 여러 가지로 변하는 천변(千變) 만화의 무늬가 나타난다.

제1장

"롬바르 구 구민협회 공회당. 알베르와 콜레뇽, 파트리스, 레옹, 장-폴 그리고 그밖에 몇 명의 상퀼로트가 모여 있다"라고 알려주는 목소리가 상자무대 바깥에서 들린다. 그들은 모두 붉은색 혁명모와 카르마뇰 조끼를 착용하고 있다.* 잠시 후, 기뇰 알베르의 입이 달싹 거린다.

"우리가 그토록 청원서를 넣었건만, 이 망할 놈의 혁명정부에서는 우리의 요구에 제대로 귀 기울이지도 않고 결국 식료품의 최고 가격 고정제**를 철폐해버렸어. 또 한 번 내려앉을 기근의 재앙으로 이제 파리의 지붕 밑이 온통 시름에 잠기리라는 건 되새겨봐야 마음만 아 플 뿐 부질없는 일이지. 공화국이 생겨난 지도 어언 3년째지만 우리 가 누릴 수 있는 세상의 몫은 여전히 공평하기도 하구나. 한쪽이 배 불리 먹고 잘 차려입을수록 다른 한쪽에서는 헐벗고 굶주려야 하 니…… 저 저주받을 플루토스***의 자손들한테만 살판나는 세상이 올 줄 누가 알았나! 장사치들은 쌓여가는 아시냐****에 환성을 지르 고, 위선적인 신사들은 인민들의 피눈물로 기름진 위장을 씻어내려 들겠지. 그러는 동안 이웃집 딸들은 몸을 팔아 식구들과 피죽으로 연 명하는데 그 아비라는 자는 오랜 굶주림에 지쳐 부모로서의 수치심도 잊은 지 오래겠지. 이래놓고 우리야말로 혁명정부의 초석이라고? 아,

---

* 상퀼로트 투사들이 자주 입은 혁명의 상징적 복장. 상퀼로트뿐 아니라 자코뱅 당원들도 인민들과의 연대가 함축된 자유와 평등의 상징으로 간주하여 붉은색 혁명모를 자주 쓰고 다녔다.
** 혁명정부가 추진한 민생 해결책의 하나. 식료품에 한해서는 상인들이 구매자들에게 정부에서 동결 해놓은 일정 금액 이상의 가격을 매겨 팔 수 없도록 못박아놓은 시장 규제 조치.
*** 그리스 신화에 나오는 재물 또는 부의 신. 여기서는 유산계급이나 거상(巨商)들을 빗대어 가리키고 있다.
**** 혁명 이후 정부에서 시중에 강제적으로 유통시킨 불환지폐.

초석이라 우리한테는 빵도 안 먹이고 부자들과 장사치들 배만 불리시나? 그래, 초석으로 버텨준 보상이라면서 기껏 꺼내놓은 게 시행한 지 얼마 되지도 않은 최고 가격 고정제의 철폐란 말인가! 이딴 게 자코뱅 혁명정부의 공화국이라면, 나는 빵 대신 우선 그 혁명정부라도 먹어치워 내 굶주림부터 해결해야겠어."

알베르의 말에 기뇰 콜레농, 양팔을 허우적거리며 말한다. 나머지 상퀼로트 기뇰들도 어쩔 바를 모르겠다는 듯 뒤에서 덩달아 몸을 들썩거린다.

"쉿! 알베르 시민 동지, 아무리 화가 머리 꼭대기까지 치밀어 오르더라도 요새는 말을 가려 할 필요가 있다고. 요즘 들어 구민협회를 바라보는 혁명정부의 눈길이 심상치 않으니까. 당통 일파의 숙청은 환영할 만한 일이었지만, 코르들리에 클럽*의 에베르와 쇼메트까지 공포정치에 희생당하다니 그건 아주 애석한 노릇이었어. 그들은 시민 마라 동지와 더불어 진정한 **인민의 벗****이었으니까. 그들이 사라지고 난 이후로는 우리를 대하는 혁명정부의 안색이 예전 같지 않아. 예전에는 우리가 뭘 하려고 해도 북돋워주면서 반기더니, 최근에는 무슨 일을 벌이려고만 하면 아주 성가셔하면서 그 사업 의도가 무엇인지 꼬치꼬치 캐묻더라니까. 쉽게 승인해주지도 않고 말이야. 그러고 보면 중앙정부가 명색이 인민들의 자치기구라는 구민협회의 사업을 승인하느니 마느니 하는 것도 어불성설이지. 하긴 협회의 기관장을 정부에서 직접 임명하려들 때부터 그렇게 되리라고 짐작하긴 했지만.

---

* 당시의 한 정파로 본래 이름은 '인민과 시민 권리의 벗'이었다. 자코뱅 클럽보다 더 극렬한 좌파 세력이 있었으며 에베르와 모모로 등이 주도했으나 1794년 3월 극단적인 선동분자들로 몰려 몰락했다.
** 마라가 간행한 신문 제호. 이 신문은 급진적이고 과격한 논조로 철저한 구체제 청산과 왕당파 척결, 그리고 온건파의 역사적 퇴장을 부르짖었다. 1793년 4월, 마라가 자택에서 목욕하던 중 지롱드파의 지지자 샤를로트 코르데에게 암살당한 이후 간행이 중단되고 말았다.

심지어는 경찰 조직이 비밀리에 각 구 구민협회들의 동향을 감시하고 조사해서 매일같이 공안위원회*에 보고한다는 소문까지 나돌더라고. 얼마 전 앵디지빌리테 구의 감시위원회**는 사적 소유권의 제한 범위를 확대하려들었다는 이유만으로 공안위원회에 의해 강제 해산 조치를 당하기도 했다니까 그런 소리 소문들이 결코 허황된 낭설만은 아닌가 봐. 아까 내가 여기 올 때도 골목 어귀에서 설핏 그 끄나풀들의 그림자가 어른거리는 것 같기도 했다고. 그러니 무조건 입조심 해. 우리 같은 상퀼로트들이라고 해서 공포정치의 단두대가 한결 너그러울 거라는 보장이 없어. 요즘 세상에서는 누구든 꼬투리만 잡히면 그걸로 딱 끝장이야."

알베르가 말한다.

"지난 세월 동안 그토록 수많은 모반꾼의 피를 쏟아내고도 모자라 이제는 우리 목숨까지 단두대의 제물로 넘본다는 건가? 상상만으로도 끔찍해서 소름이 다 돋는군. 모반꾼들이 흘린 단죄의 피가 인민들을 먹여 살릴 빵으로 뒤바뀔 거라고 믿어온 우리만 어리석었던 거지!"

그러자 기뇰 파트리스가 말한다.

"뭐라? 정말로? 사적 소유권의 제한 범위를 넓히려고 하니까 공안위원회가 거기 감시위원회를 해산시켜버렸다고? 도저히 믿을 수가 없군. 허허, 그런 애국 활동에 상을 내리지는 못할망정 오히려 중앙 권력으로 무참히 짓밟아버리다니! 공화국이고 나발이고, 독재로세 독재야……"

- 보안위원회와 함께 혁명정부의 양대 축을 이룬 통치기구. 외교 안보와 국방은 물론 반혁명분자 색출, 공권력 사찰이나 내란책동의 감시 등과 같은 공안통치의 핵심 업무가 주어져 있었으며 실질적으로 공포정치를 주도했다. 1793년 7월, 로베스피에르를 위원의 한 사람으로 맞아들인 직후부터 권한과 역할이 증대했는데, 후일 이것 때문에 보안위원회와 업무가 중복되면서 부서 간에 심한 마찰을 빚게 된다.
- • 프랑스대혁명 기간에, 각각의 구 단위별로 혁명 활동의 수행과 반혁명에 대한 감시를 위해 인민들이 자발적으로 설치한 지방 감찰기구로 혁명정부의 하부 조직이라고 할 수 있으나 테르미도르 반동 이후 역사에서 사라졌다.

기뇰 장-폴이 말한다.

"독재라면 지금 세상에 누가 그런 독재를 한다는 말인가?"

알베르가 말한다.

"누구긴 누구야? 로베스피에르지, 막시밀리앵 로베스피에르!"

장-폴이 되묻는다.

"로베스피에르?"

그러자 잠자코 있던 기뇰 레옹이 나선다.

"난 그런 말 안 믿어. 대쪽같이 올곧고 **청렴결백한**˚ 로베스피에르 시민 동지가 구체제의 폭군들처럼 독재 같은 짓을 할 리가 없거든. 그런 얘긴 다 몇몇 정치 모리배가 꾸며낸 모함일 뿐이야."

그 말에 알베르가 앞으로 튀어나갈 듯한 몸짓을 취하며 이렇게 말한다.

"야 이 녀석아, 지금 네가 한 말이 누구를 모욕하고 있는지나 알고서 그런 소릴 지껄이는 거냐?"

레옹, 꿋꿋한 목소리로 응수한다.

"네가 그렇다는 얘기는 아니야. 다만, 세상에 그 양반을 독재자로 몰아가는 사람들이 정치권에 있다는 말이지, 내 말인즉슨. 나도 그 얘긴 어디선가 들었어. 얼마 전 신문에서 읽은 적도 있고. 그동안 계몽주의 야학에 다니면서 글을 배워두니 이럴 때 써먹을 수 있어서 참 좋더라고…… 근데, 독재는 정말 아니야. 물론 신문에서도 로베스피에르 시민 동지를 로마 황제 누군가한테 견주면서 은근히 악의적으로 써놓았던데, 그래도 세상에는 보는 눈들이 다 있는 법이지."

● '부패하지 않는' 또는 '변절하지 않는'이라는 의미의 프랑스어 형용사incorruptible로 당시 세간에서 로베스피에르의 이름 앞에 별명처럼 붙여 부른 찬사의 수식어.

파트리스가 말한다.

"너, 독재가 뭔지는 아니? 우선, 올곧고 청렴결백한 거하고 독재가 무슨 상관인데?"

레옹이 말한다.

"독재는 나쁜 건데, 로베스피에르는 그만큼 세상을 대하는 태도가 바르다는 거지. 만약 로베스피에르 시민 동지가 정말 독재자라면, 아무도 그 양반한테 험하게 대거리를 할 수도 없고, 함부로 맞서지도 못해야 정상일 텐데 그 일 때문에 같이 일하는 동료들한테 심하게 욕을 얻어먹었다고 하더구나, 독재자라고."

그 말을 냉큼 받아 알베르가 말한다.

"그러니까 독재하는 거 맞네. 같이 일하는 동료들한테까지도 독재자라고 욕을 얻어먹었다니 말이야."

콜레뇽이 말한다.

"어허, 이 친구들이 정말 내 얘기를 어디로 들은 거야? 지금은 무조건 입조심해야 할 때라고 그렇게 신신당부를 했는데도 오히려 아까보다 한술 더 뜨잖아. 이러다 느닷없이 누가 들이닥치기라도 하면 어쩌려고……"

그때 실제로 새로운 인물이 회의실 안에 들이닥친다.

"공회 출입기자 바뵈프 등장" 하고 알리는 목소리가 상자무대 바깥에서 들린다. 바뵈프 역시 붉은색 혁명모와 카르마뇰 조끼를 입고 있는데 다른 인물들과는 달리 마리오네트다. 회의실 안으로 들어서자마자 마리오네트 바뵈프가 말한다.

"오늘처럼 혁명정부가 우리 인민들에게 정식으로 선전포고를 해온 날, 아침부터 그렇게 어이없는 문제로 입씨름이나 벌이고 있다니 참 한심들 하군. 그 문제라면 내가 한마디로 정리해주지. 로베스피에르는 독재자가 틀림없어. 게다가 교활한 정치 모리배이기까지 하지. 왜냐하면 초기에는 인민독재에 관심 있는 시늉이라도 보이더니 최근에는 노골적으로 부르주아 독재의 본색을 드러내는 중이니까. 한마디로 말해서, 썩어빠진 부르주아 독재자의 전형이라고 할 수 있지."

알베르가 묻는다.

"이 시간에 여긴 어인 일인가, 시민 바뵈프?"

바뵈프가 말한다.

"오늘부로 신문기자 생활은 끝났어. 이참에 아예 때려치우기로 결심했지. 대신 이곳 구민협회에 들어와서 상퀼로트 인민들과 함께 독재 타도를 위한 투쟁의 대오나 정비할까 싶네, 시민 알베르…… 이제 공회 같은 데 출입하며 글 쓰는 짓은 빌어먹지 못해 겨우 사는 낙오자들이나 하라지!"

콜레뇽이 말한다.

"자네의 환멸이 깊은 줄은 진작 알고 있었네만, 도대체 무슨 소식 때문에 이토록 노기를 다스리지 못해 스스로 괴로워하나? 그리고 혁명정부에서 우리 인민들에게 정식으로 선전포고를 해왔다니 그건 또 무슨 말인가? 최고 가격 고정제의 철폐로도 모자라서 또 다른 개악 조치라도 추가된 건가?"

바뵈프가 말문을 열려고 하는 동안, 레옹은 혼잣말을 한다.

"시민 바뵈프는 내게 글을 깨쳐준 스승이지. 그런 식자까지 독재자라고 비난하는 걸 보니 로베스피에르는 정말 독재자가 맞나 보네. 하지만 인민독재니 부르주아 독재니 하는 말이 무슨 뜻인지는 몰라도 여하튼 로베스피에르가 독재자라는 험담만큼은 나한테 전혀 곧이들리지 않아. 그가 왕정과 귀족들에 맞서온 민주주의자라는 건 세상이다 아는 사실 아닌가."

장-폴도 혼잣말을 한다.

"가만, 사적 소유권의 제한 범위가 확대된다면 반드시 좋은 것이라고만은 볼 수 없겠어. 예컨대, 나 같은 사람에게도 비록 작은 규모나마 장색으로서의 사업장이 있는데 정부의 강제적인 소유권 제한 조치때문에 피땀 흘려 마련한 그 사업장을 남과 무상으로 나눠 쓰거나 혼자 쓰는 만큼의 조세 부담을 훨씬 많이 져야 한다면 그건 너무 억울한 노릇이지. 구민협회의 다른 상퀼로트 동지들이야 이 문제를 어떻게 여기든 적어도 내 입장은 그래. 아무렴."

이번에는 파트리스가 혼잣말을 한다.

"바뵈프의 말이 옳아. 로베스피에르와 혁명정부는 우리 상퀼로트들을 한동안 이용만 해먹고 이제 때가 되니 가차 없이 공화국 바깥으로 내몰고 있는 거야. 그러니 바뵈프의 배신감과 환멸이 깊어지는 것도 무리는 아니지. 최고 가격 고정제의 철폐는 이제 서서히 드러나기 시작한 빙산의 일각에 불과할지도 몰라. 그가 농지법* 시행에 반대한 일은 별다른 의혹을 불러일으키지 않고 적당히 넘어갔지. 처음에는 소유권과 재산권의 철저한 제한으로 우리 같은 인민들의 생존권부터 우선 보호하고, 정부가 나서서 대규모 사업가들이나 도매상들의 독과점을 억제하는 것으로 중소 상공인들 같은 소규모 생산자들에게도 일거리가 고루 돌아갈 수 있도록 통제하겠다고 한 호언장담이 우리의 이목을 현혹시켰으니까. 하지만 나중에 가서는 죄다 철회해버린 빈말에 불과했어. 게다가 망명 귀족들과 반항 사제들의 재산도 몰수해서 빈민 복지예산과 무산자들을 위한 구호기금으로 전용하겠다는 오래전의 약속은 아직도 지켜지지 않고 있어. 그러느니 차라리 군수물자 납품업자들부터 챙기는 게 더 낫다고 여겼겠지. 전시라는 명목을 앞세워 자기들한테 투자해달라는 그치들의 막후교섭에 홀랑 넘어가서 말이야. 그런 걸 보면 방토즈 특별법**이라는 것도 제대로 시행 한번 되지 않고 어느 사이엔가 유야무야될 게 빤해. 애초부터 방토즈 특별법은 민생 해결에는 아무 관심도 없는 풋내기 생-쥐스트가 코르들리에파와의 선명성 경쟁에서 밀리지 않으려고 난데없이 꺼내든 정략의 산물이니 더욱 그럴 테지. 아, 졸지에 밥줄도 끊기고 일자리도 잃게 생기다니 그동안 로베스피에르의 혁명정부를 지지해온 대가가 고작 이거란 말이냐! 그리되면 요사이 남들처럼 사랑하는 나의 아내 마리조도 성문 앞에 진을 치고 앉아 욕정에 굶주린 군인들과 밤새도록 노닥거려야만 할지도 모르겠네. 그래야 끼니라도 이을 테니……"

● 토지 개혁 정책. 대토지 소유를 제한하고 소작농들에게 가구당 적정량의 토지를 분배해주자는 법. 로베스피에르는 이 법령이 실현 불가능하고 공상적이라며 반대했다.
●● 1794년 방토즈 8일과 13일(2월 26일과 3월 3일). 생-쥐스트가 발의하고 국민공회에서 가결된 법안으로 반혁명 용의자의 재산 처리에 관한 특별법이다. 반혁명 용의자의 재산 몰수와 빈민들에 대한 무상분배가 이 법안의 골자다.

이윽고 바뵈프가 말한다.

"가난하고 성실한 인민들이여!* 깜짝 놀라지들 마시게나, 대쪽같이 올곧고 청렴결백한 호민관 나리께서 한결같은 그대들의 신뢰와 성원에 어떤 은전으로 보답하셨는지에 관하여 말일세. 식료품에 관한 최고 가격 고정제의 철폐와 맞바꿔 인민들에게 배당된 몫이 무엇인지 알게 되면 지금이야말로 우리가 혁명정부에 의해 생존의 벼랑 끝까지 내몰려 있다는 걸 깨달을 수 있을 테니. 혹시 시행되지도 않을 방토즈 특별법 떡고물에 여전히 군침이나 흘리고들 있는 건 아니겠지? 이제는 제발 그런 미망에서 벗어나게. 그건 바로 무차별적인 최고 임금 상한제**가 확대 시행될 거라는 흉보(凶報)라네!"

바뵈프의 말에 일동, 경악한다.

알베르가 말한다.

"그게 정녕 사실인가? 설마설마하면서도, 난 최고 가격 고정제를 철폐했으니 당연히 최고 임금 상한제도 함께 거둬들일 거라 내심 기대했는데, 우리의 아리스티데스***는 또 한 번 내가 어리석다는 사실만 일깨워주는구나. 배신당하기만을 거듭하는 나의 기대와 희망이 가엾다."

콜레뇽은 조심스럽고 나지막한 목소리로 말한다.

"아, 이제 로베스피에르가 정말 막가는구나. 그렇다면 인민들이야 굶어 죽든 말든 부르주아들이 사업하고 장사해먹기 좋은 세상만 이루면 그만이라는 거 아닌가!"

---

* 로베스피에르가 연설할 때 인민에게 호소하는 말로 이런 표현을 즐겨 사용했다고 한다. 여기서 바뵈프는 이 표현을 차용함으로써 인민에 대한 로베스피에르의 공허한 수사를 비아냥거리고 있다.
** 고용주가 피고용인의 임금에 대해 일정 한도 이상의 액수를 지불할 의무가 없도록 규정한 사업자 보호조치.
*** 청렴결백한 성품으로 길이 칭송받은 아테네의 정치가.

파트리스가 말한다.

"시민 바뵈프의 말대로 이제야 그 야비한 본색이 제대로 드러나는 셈이지. 애초부터 혁명정부의 집권층은 우리와 전혀 다른 세상 사람들이었으니까. 얼마 전까지는 우리와 함께하는 척 위선을 떤 데 지나지 않은 거야. 그래야 우리를 자기들의 의지대로 조종하고 동원하기가 쉬워지니 말이지."

레옹이 말한다.

"로베스피에르 시민 동지가 그렇게 우리를 헌신짝 버리듯 내팽개칠 리 없어. 그런 결정도 그의 의사와는 아무런 상관없이 내려졌을 거야. 요사이, 같이 일하는 동료들한테 집단따돌림을 당하고 있는 게 틀림없어."

장-폴이 말한다.

"그런 소식이 들려와서 안타깝긴 하지만, 내게는 이 얘기가 최고 가격 고정제의 철폐만큼 충격적이지는 않아. 상퀼로트들 중에서는 직장 주인한테 급료를 받고 일하는 친구들이 압도적으로 많긴 하지만, 그와는 반대로 직인들이나 종업원들한테 급료를 줘야 하는 경우도 적지 않으니까. 큼지막한 사업 규모로 엄청나게 떼돈을 벌어들이면서도 정작 급료를 지불해야 할 때는 최고 임금 상한제로 빠져나가려 드는 대부르주아지들이 문제지, 기본적으로는 장사하는 상퀼로트들도 먹고살아야 할 게 아닌가. 모든 사업주나 상인을 적대시하는 건 옳지 않아. 그보다 중요한 건 물가와의 상관관계야. 정부가 식료품 가격을

포함해서 물가만 잘 잡는다면 최고 임금 상한제가 확대 시행된다손
쳐도……"

바뵈프가 장-폴에게 말한다.

"이보게, 다시 말해두네만, 최고 임금 상한제는 대다수 상퀼로트의
생계를 파탄 낼 철퇴이자 혁명정부의 선전포고야. 왜냐하면 자네 말
마따나, 상퀼로트 중에는 임금노동자가 압도적으로 많기 때문이지.
자기 입장만 다르다고 해서 친구와 형제의 곤궁을 나 몰라라 할 셈인
가? 직인 출신의 상퀼로트로서 이곳 롬바르 구 구민협회에 함께하고
있는 이상, 나는 자네가 지금의 경제적 기반이 어떠하든 상퀼로트들
의 모든 고통과 울분을 나눠서 걸머질 책임감에 충실해야 한다고 보
네. 대부르주아지들은 자기들의 계급 성향에 따라 똘똘 뭉쳐 있는데,
어째서 스스로를 바라보는 우리 상퀼로트들의 의식은 귀족들의 비웃
음을 산 로마 공화정의 플레브스*와도 같이 산산이 흩어져 있을 수밖
에 없다는 말인가. 혁명정부가 작금의 상황에서 갈수록 부르주아들에
게 친화적으로 변해가는 까닭도 다 여러 정책 결정에 자기들의 계급
의식을 철저히 반영하고 있기 때문이 아니겠나. 여전히 이상한 미혹
에 빠져 미련을 버리지 못하는 친구들이 많아 보이네만, 제발 착각들
하지 말게. 혁명정부는 상퀼로트들의 정권이 아니라 부르주아 집권
세력에 지나지 않으니 말이야. 다시 말해, 혁명적 부르주아들이라고
해서 부르주아지가 아니라고는 결코 부인할 수 없다는 걸세. 혁명정
부의 삼두정으로 일컬어지는 로베스피에르·생-쥐스트·쿠통, 이 세

---

* 로마 공화정 때의 평민 신분을 가리키는 말. 귀족들은 평민 신분을 존중하는 척하면서도 비웃었으나 정
작 평민 신분의 사람들은 이것을 두고 아무런 자각도 하지 못했다.

사람은 모두 영악하고 사특한 **포플라레스**°일 뿐 그 뼈마디까지 속속들이 철저한 부르주아 정치인들에 불과하다는 사실을 잊지 말게나. 이런 미혹에 빠져들 있으니 우리의 대리인°°을 선출해야 하는 기회가 와도 자꾸만 엉뚱한 정파의 입후보자들에게 표를 주는 잘못이 때마다 반복될 수밖에. 물론 우리의 위대한 **시계 수리공**°°° 선생께서 일찍이 비판하신 대로, 선량(選良)들의 간접민주주의와 대의제 정치제도는 기만적인 부르주아들이 벌이는 한바탕 사기극에 지나지 않아. 부르주아들은 이 공화국이 지속되는 한 앞으로도 대의제 민주정치를 민주주의 정치제도의 금과옥조로 떠받들며 지상의 유일한 참정 방식처럼 선전해댈 걸세. 그 제도의 바깥을 부정하여 결과적으로는 자기들의 지배가 인민주권에 절대 넘어가지 않도록 그 실낱같은 가능성조차 미리 차단해두기 위해서지. 그러니 대의제 민주정치란 인민주권의 회복을 위해 언젠가는 반드시 제거되어야 할 부르주아들의 차폐막일 뿐이야…… 하지만 우선은 현실을 직시하세나. 방금 내가 말한 것처럼, 부르주아 정치인들은 보통선거에 관한 입법 과정에서 자기 계급의 요구에 부응하여 국가의 주권이 송두리째 인민들에게로 넘어가는 것을 두려워한 나머지, 납세 액수와 상관 지어 유권자들을 **능동 시민**과 **수동 시민**으로 나누고 납세액이 관련 법규상의 하한선을 밑도는 자들에게는 투표권을 박탈했네만……"

이때 레옹이 파트리스에게 소곤거린다.

"저런 부(富)의 귀족제도에 극렬히 반대한 정치인이 바로 로베스피

● 로마 공화정 때 호민관 선거에 입후보해서 평민들의 환심을 얻기 위해 그 말투까지 따라 하는 귀족 출신 정치인을 가리킨다.
●● 의회 의원을 가리킨다. 인민주권의 관점에서는 의회 의원이란 인민의 대표자가 아니라 의회에 가서 정치를 대신해주는 인민의 심부름꾼에 지나지 않는다.
●●● 장-자크 루소를 가리킨다. 루소는 대대로 이어져온 시계 수리공 집안 출신이었다.

에르였다는 건 알고 있나?"

파트리스도 소곤거리는 목소리로 이 말에 답한다.

"그가 마라와 함께 그따위 엉터리 입법에 목청 높여 반대했다는 것쯤은 나도 알고 있지. 하지만 요즘 행보에 비추어보니, 그 진정성이 의심스러워지는군."

바뵈프의 말이 계속된다.

"…… 설령 **수동 시민**들에게 참정권이 주어졌다 해도, 나는 그 선거 결과에 관해 아찔한 전망을 금할 수 없네. 의회에 왕당파들의 의석수가 많으면 왕당파의 세상이 오고, 부르주아들이 다수 의석을 차지하면 부르주아의 세상이 오리라는 건 그야말로 명약관화한 노릇이 아니겠나. 그렇게 보았을 때 상퀼로트들이 의회에 많이 진출한다면 바로 상퀼로트의 세상이 오는 걸세. 가증스런 부르주아들이 인민들의 의회 진출을 원천적으로 봉쇄하고자 피선거인의 자격에 과중한 납세액을 매겨 가난한 상퀼로트들로서는 입후보할 엄두조차 내기 어려운 게 작금의 실정이네만, 계급 현실에 대한 우리 상퀼로트들의 자각이 뒤따르지 않는 한 혹여 상퀼로트 출신이 입후보할 수 있다 해도 결과가 달라질지는 의문일 수밖에. 왜냐하면 내게는 아직도 1792년 8월, 인민봉기로 왕당파들을 몰아낸 직후 치러진 의회선거가 지롱드파의 압승으로 끝난 충격이 가시질 않고 있기 때문이지. 죽 쒀서 개 준다는 속담이 꼭 이 경우를 두고 하는 말처럼 여겨지지 않는가 말이야. 봉기에 흘린 인민들의 피가 지롱드파 같은 사이비 공화파 정권을 옹립하는 데 바쳐지다니, 선거가 끝난 직후 당선 사례를 위해 거리로 나선 브리소가 상퀼로트들에게 보낸 적의와 멸시의 시선은 지금도 눈앞에 생생히 떠오를 지경이네. 정말 이대로는 곤란해. 이대로라면 부르주아들은 그런 적대의 시선과 사악한 금력으로 영원히 우리를 깔아뭉개려들테니까. 그리고 궁극적으로는 민주주의를 말살하려 들 걸세. 유사 이래 부르주아들은 언제나 민주주의를 가장 두려운 난적으로 간주해왔으니 말이야. 그런 의미에서 나는 자코뱅 집권의 앞날도 그다지 밝다고 보지 않았네. 그들이 언젠가는 인민들과 갈라서려 들 줄 알았고, 바로 그 순간이야말로 자코뱅이 스스로의 몰락을 자초하는 시점이리라는 게 훤히 내다보였으니까. 그런데 벌써부터 그 조짐이 드러나기 시작하는군. 하지만 어쩌겠나, 그게 바로 계급의 역사적 숙명일지도 모르는 일이니…… 여하튼 요는 우리가 자기 계급에 대한 의식의 대오를 투철히 정비하여 그 전선 앞에서 굳게 결속하는 일일세."

알베르가 묻는다.

"그래, 이제는 어찌하면 좋겠나?"

바뵈프가 말한다.

"일단 생토노레 가에 있는 로베스피에르의 자택 앞으로 가세."

콜레뇽이 말한다.

"자택 앞으로 찾아가자고? 거기까지 가서 뭘 어쩌려고? 설마 이번 기회에 두어 달 전의 로베스피에르 암살 기도* 같은 테러를 모의하자

• 프레리알 3일과 4일(1794년 5월 22일과 23일) 이틀 동안 잇따라 그의 자택 앞에서 발생한 로베스피에르 암살 미수 사건. 취조 결과 암살 기도에 나선 두 사람. 아드미랄과 세실 르노는 모두 영국 수상 피트와 프랑스 내의 반대 세력들이 내통해서 보낸 자객이었던 것으로 밝혀졌다.

는 건 아니겠지?"

바뵈프가 말한다.

"아, 영국의 그 기생충 같은 스파이들이 벌인 소동 말인가? 안심하게, 아직 그럴 계획까지는 없으니. 그럴 요량이었다면 자네들한테 알리지도 않고 나 혼자 단독으로 암살 계획을 짜서 극비리에 처리하려 들었을 걸세. 일단은 그에게 면담 요청이라도 해서 우리 의사를 확고히 알려야 할 필요가 있겠다는 생각 뿐이야. 공회나 공안위원회로 청원서를 넣어봐야 제대로 받아볼 것 같지도 않고, 또한 우리끼리 무리지어 직접 찾아가는 것으로 시위를 해 보일 욕심도 있네."

파트리스·레옹·장-폴 등이 입을 모아 말한다.

"찾아간들 별 수 있을까? 상대는 나는 새도 떨어뜨린다는 공안위원회 위원이자 공포정치의 두령이야. 솔직히 좀 두려워지는군."

바뵈프가 말한다.

"염려 말아. 그래봐야 로베스피에르도 우리나 다름없는 공화국 시민의 한 사람에 지나지 않으니까. 그리고 지금 이곳은 누가 누구를 그 신분 차이만으로 짓누를 수 있는 왕정이나 귀족사회의 결박에서 자유롭다는 점을 잊지 말게. 자, 그럼 다 같이 바로 출발하세나."

바뵈프의 말에 모두 우르르 밖으로 몰려나간다.

제2장

"그라빌리에 구의 어느 산책로. 신사들이 거리를 산보 중이다"라고 알려주는 목소리가 상자무대 바깥에서 들려온다. 노악사, 다시 바르바리에 오르간을 돌리기 시작한다. 카바티나*풍의 나지막한 곡조가 흘러나온다.

신사복 차림의 기뇰 1, 가다가 걸음을 멈추고 상자무대 바깥의 노악사를 내려다보며 입을 달싹거린다.

"노인장의 노랫가락이 참 구슬프기도 하군. 마치 비탄에 젖은 한세상을 암시하는 것만 같아. 내가 이 길로 산보하러 다닐 때마다 저 노인장은 늘 같은 자리에서 이렇게 똑같은 곡조를 타곤 했지. 노래에 어떤 곡절이라도 담겨 있는 걸까? 하긴 요즘 세상에 곡절 없는 사람이 어디 있을까만, 그래도 노인장의 비가가 유난히 구슬퍼서 그 곡절이 뭔지나 한번 들어보고 싶어지네그려."

그러자 신사 차림의 기뇰 2가 말한다.

"해될 거 있겠나? 어디 한번 말이라도 붙여보세."

신사 1이 노악사에게 말한다.

"이보시오, 노인장. 도대체 무슨 곡절이 있어 이렇게 늘 같은 자리에 나와 앉아 늘 똑같은 곡조만 타는 것이오?"

하지만 노악사는 아무 대답도 하지 않고 그대로 오르간의 손잡이를

* 짧고 서정적인 간주곡.

70

돌리는 데만 열중한다.

신사 2가 말한다.

"어허 이 양반, 아무래도 지난 세월 동안 휘몰아친 하데스*의 어둠에 저 두 눈의 빛뿐 아니라 청력도 함께 잃은 모양이로군. 가엾은 양반일세."

신사 1이 말한다.

"그러게. 늘그막에 다음 세상이나 꿈꿀 수 있게 노구라도 편히 누일 보금자리 한 칸이나마 있으면 좋을 텐데, 늘 여기 이러고 나와 있는 걸 보면 필시 모든 게 여의치 않을 만큼 딱한 신세일 게 틀림없어."

신사 2가 말한다.

"정말이지 세상에는 딱하고 가난한 사람들이 너무 많아 큰일이네. 하지만 어쩌겠나. 우리가 이 노인장한테 베풀 수 있는 최선의 호의야 그저 몇 아시냐의 적선이 고작인 것을."

신사 1과 2, 상자무대 바깥으로 팔을 내밀어 노악사에게 적선하는 시늉을 한다.

"고맙습니다요, 나리들."

그렇게 말하고는 노악사, 바르바리에 오르간을 챙겨든 후 무대 바깥으로 퇴장한다.

신사 1이 말한다.

"정부가 저들 편에 서 있다지만, 가만 보면 하는 일들마다 모조리 다 헛짓거리뿐일세그려. 저렇게 헐벗고 가난한 하층민들부터 먹여 살

● 그리스 신화에 나오는 저승세계와 암흑의 신.

릴 궁리는 안 하고, 노상 정적들이나 때려잡으면서 가진 사람들만 특권층이라며 자꾸 몰아세우니 말이야."

신사 2가 말한다.

"그러게 말이네. 참으로 걱정일세. 실은 나도 혁명 때 쫓겨난 귀족들처럼 런던이나 코블렌츠로 이민을 떠날지 말지 요새 심각하게 고민 중이네. 여기서는 도저히 못 살겠다 싶을 때가 한두 번이 아니라서 말이야. 아, 부친이 물려주신 기업과 유산으로 크게 장사판을 벌이는 일이 그다지도 큰 죄란 말인가? 왜 툭하면 이것저것 자꾸 규제를 하고 일일이 간섭하려드는지 모르겠어."

신사 1이 말한다.

"나도 마찬가지일세. 그래서 이제는 일할 의욕까지 잃고 말았네. 지금 돌이켜보면, 심지어 루이 카페 때도 이 정도까지는 아니었던 것 같아."

신사 2가 말한다.

"그러고 보니 지난 지롱드 당 정부 시절이 참 좋았지 뭔가. 그땐 자유가 철철 넘쳐흐르지 않았나. 민주주의고 나발이고 간에, 우리처럼 돈 만지는 사람들의 자유를 최우선적으로 보장해줘야 피 흘려 혁명한 보람이 있다는 것을 명철하게 깨닫고 있는 정권이었지. 그런 게 아니라면 혁명은 왜 하고 공화국은 무슨 이유에서 세우나? 다 왕가와 귀족들이 신분 질서의 위세로 누르고 독점해온 빵을 자유롭게 유통시키기 위해서가 아니었나? 내가 보기에 지롱드 정부는 그러한 혁명정신의 핵심을 단 한시도 잊지 않은 집권 세력이었네. 성 야곱 머저리들의 반대를 무릅쓰고 외세 열강들과의 전쟁을 시작한 이유도 혁명정신의 전파라는 허울과는 달리 돈줄의 광맥을 캐내려는 데 있었다는 것쯤이야 눈치 빠른 사업가들이라면 다 간파하고 있는 사실이지 않았을까 싶군. 혁명정신의 전파 같은 명분이야 일부 철딱서니 없는 시민들의 비판 여론을 무마하기 위해서나 쓰는 정치적 수사였을 뿐이고……그땐 뭐든 정부와 결탁해서 다 할 수가 있었는데 말이야. 아무 눈치볼 필요도 없이 재산을 굴릴 수 있었으니 구체제의 귀족 신분이 부럽지 않을 정도였지. 난 정말이지 이제야 우리 세상이 온 줄 알았어. 그러려고 돈 벌 시간까지 쪼개가며 그 혁명의 아수라장에 동참한 거니까…… 하, 그런데 그사이에 세상이 이렇게 달라지다니."

신사 1이 말한다.

"그중에서도 가장 경악할 만한 일은 그동안 우리를 고분고분하게 따라온 상퀼로트들이 불과 한 해 만에 아주 무섭게 돌변했다는 점이지. 이제는 누가 사업장의 주인이고 누가 종업원인지도 모르겠어. 놈들이 툭하면 구민협회나 감시위원회로 쪼르르 달려가서, 이른바 **부르주아들의 반혁명적 품행**이라며 고발해대는 통에 아주 골치가 아파. 일전에는 공화국의 기조(基調)에 반하는 고압적 어투로 종업원들을 다룬 게 죄목이라며 난데없이 우리 구의 감시위원회에서 나를 좀 보자고 하더군. 그렇게 불려가서는 악취가 폴폴 풍기는 그 상퀼로트 자식들한테 한 시간 넘도록 추궁을 당하고 풀려난 일도 있었다니까. 어쩌겠나. 시궁창의 쥐새끼들 같은 상퀼로트들이 제 세상이라도 만난 듯 자코뱅 클럽의 완장을 차고 설쳐대니 말이야. 거기서 나오는데 하늘이 온통 노래 보이더군. 이런 꼴 보자고 우리가 혁명을 일으킨 건가? 이럴 바엔 차라리 다시 왕정으로 돌아가는 편이 낫겠어."

신사 2가 말한다.

"그러니 매사에 급진적이고 성마르기만 한 자코뱅 망나니들한테 정권이 넘어간 일부터가 잘못 꿴 첫 단추였다네. 그러고 나서 정권의 실세로 전면에 등장한 치들이 바로 그 위선적인 카토 일당*이었으니 말이야. 그런 봉변을 겪었으니 자네도 마찬가지겠네만, 아라스** 촌뜨기 로베스피에르만 떠오르면 요새 잠을 다 설칠 지경이라니까. 애써 혁명해놓고 우리는 그야말로 터무니없는 독재자와 맞닥뜨린 셈이네."

신사 2가 말한다.

"맞아. 모든 게 다 그놈의 로베스피에르 때문이야. 변호사 출신이라고 하던데, 어찌 그렇게까지 세상 물정에 캄캄하고 자기 혼자만의 꽉 막힌 이상에 도취되어 있는지 도저히 이해가 가질 않아. 최근에는 식료품의 최고 가격 고정제를 철폐해놓고도 소유권 제한의 원칙이 후퇴할 순 없다면서 집세 한도의 규제 조치로 상퀼로트들의 주거 문제를 해결하려 한다는군. 강제적인 곡물 징발과 1차 생필품의 독점으로도 모자라서 말이야. 그러니 우리 손으로 빵을 자유로이 유통시킬 수가 있나. 혁명을 왜 했는데!"

---

* 로베스피에르 일파를 가리킨다.
** 로베스피에르의 고향. 프랑스 북부 노르파드칼레 지방에 있는 중소 도시이다.

신사 1이 말한다.

"집세 한도의 규제 조치라니, 참으로 희한하고 기가 막힌 독재의 발상이 아닐 수 없네 그려. 식료품의 최고 가격 고정제 때문에 장사하는 우리 사촌들의 손해가 이루 헤아릴 수 없을 정도인데, 또 그런 규제 조치들로 부동산 소유자들의 재산권을 짓밟는다는 말인가. 상퀼로트들이 길거리에 나앉는 건 묵과할 수 없고, 아파트 임대업자들이 집세를 받지 못해 쫄딱 거덜 나는 건 전혀 개의치 않겠다는 발상인가 보군. 도대체 어디서 그토록 해괴한 발상들이 자꾸만 생겨나는지 모르겠어. 이러다 나중에는 아예 모든 유산자들의 사유재산을 몰수하고 국유화해서 빈민들에게 무상으로 나눠주겠다고 하지나 않을지 심히 걱정스럽네."

신사 2가 말한다.

"말이 씨 된다고 제발 입단속 좀 하게. 몇 달 전 발의되었다는 방토즈 특별법인가 뭔가가 아마도 그 비슷한 법안일 거야. 부유층들 가운데 아무나 찍어내서 사유재산의 몰수 형에 해당하는 반혁명 혐의를 뒤집어씌운 후에 그렇게 몰수한 재산을 극빈층들에게 무상 분배하겠다는 내용이라네. 독재도 이런 독재가 없지."

신사 1이 말한다.

"이쯤 되면 가히 우리를 상대로 한 일당독재의 선전포고나 다름없군. 상퀼로트들의 머릿수만 믿고 로베스피에르와 놈들이 숫제 제 무덤을 파는구나. 상퀼로트 출신도 아닌 것들이 무도하고 흉포한 인민들에게 아첨해서 자기들의 정치적 야욕을 충족시키려드는 꼴이 참으로 가소롭구나. 그래봤자 뛰어야 벼룩이지. 어디 누가 이기나 끝까지 한번 가보자, 이 피에 굶주린 독재자!"

신사 2가 말한다.

"글쎄, 그렇지 않아도 요즘 들어 서서히 예사롭지 않은 징조들이 나타나기 시작하는 것 같기도 하네. 『크로니크 드 파리』지에서 보니까, 벨기에 전쟁에서 얻어낸 정복지의 처리 문제를 두고 재무위원회 위원 캉봉과 로베스피에르가 한판 붙은 적이 있다는군. 캉봉이 정복지를 수탈해서라도 국가 재정난을 타개하려는 데 반해, 이 철부지 독재자 녀석은 정복지 수탈이 공화국의 박애 정신에 어긋난다면서 극렬히 반대했다는 말일세."

신사 1이 말한다.

"공화국의 박애 정신에 어긋나? 하하하…… 당장 발등에 떨어진 불 앞에서 별 거지 같은 대의명분을 다 보겠네. 지금 상대방은 시급히 해결해야 할 돈 문제로 애가 닳아서 절곡한 우국충정을 호소하는데, 책임 있는 자리에 있다는 작자가 그렇게 한가롭고 고매한 도덕적 아집이나 내세우다니 그게 어디 될 법한 소린가? 아마 고대의 로마인들도 로베스피에르만큼 답답하지는 않았을 거야. 그는 티베리우스*나 칼리굴라**가 아니라 차라리 갈리에누스***에 견줘야 합당할 인물이 아닐까 싶군…… 아무튼 그래서?"

신사 2가 말한다.

- B. C. 42~A. D. 37. 로마의 2대 황제. 즉위 초에는 공화주의적인 전통에 바탕을 둔 치세에 전념했으나 말기에는 군부를 동원한 공포정치로 백성들을 탄압했다.
- •• A. D. 12~41. 로마의 제3대 황제. 즉위 초에는 티베리우스의 폭정에 대한 민심 수습 대책으로 원로원과 백성들에게 환영을 받았으나 점차로 낭비와 독재에 빠져들면서 국정을 어지럽히던 중 근위대의 한 장교에게 암살당했다. 당통 일파의 언론인 카미유 데물랭은 자신이 발행한 신문 『낡은 코르들리에 Le vieux Cordelier』에서 로베스피에르의 공포정치를 이 두 로마 황제의 폭정에 견준 바 있다.
- ••• A. D. 218~268. 로마 황제. 고지식할 정도로 플라톤 사상의 대의와 정신적인 이념의 고양에 충실하려 했으나 정복전쟁 중 이를 답답히 여긴 신하들의 손에 살해되고 말았다.

"시작도 하기 전에 승부의 추가 기울고 말았겠지. 그 일파 말고 누가 또 그토록 황당무계한 대의명분에 동조하겠나? 정복지 수탈로 국가 재정난을 타개해야 한다는 당위성 앞에서 어떤 이념상의 대의명분이 유효할 수 있겠나? 그런데도 이 **강직한 로마 대관**이 꺾이지 않고 계속 고집을 부려대니 그렇지 않아도 그동안 그의 독선을 가까스로 견뎌온 의회 동료들이 마침내 지긋지긋해하기 시작한 모양이네. 내 눈이 정확하다면, 아마도 로베스피에르는 지금 구석에 잔뜩 몰려 있는 것 같아. 누가 앞장서서 도화선에 불만 붙이면 그 길로 이 자코뱅 독재 체제는 곧장 폭발하고 말 걸세. 조만간 구국의 결단이 있을 거야. 의회 동료들은 이미 그를 지금 이 시점의 현실에 전혀 걸맞지 않는 폐물(廢物)이요 독선적인 공공의 적으로 간주하고 있을 게 빤하니 말이지."

신사 1이 말한다.

"그렇다면 우리라도 서둘러 그런 공회 의원들과 접촉해서……"

신사 1이 말을 맺기도 전에, 손에 삼지창을 든 몇몇 기놀이 그들 앞에 재빨리 들이닥친다. 상자무대 바깥에서 들려오는 목소리가 새로 등장한 기놀들의 정체에 대해 그라빌리에 구의 감시위원회 위원과 지역 관헌 들이라고 알려준다.

그들 중 하나가 신사들에게 말한다.

"접촉하긴 뭘 접촉해? 꼼짝 마라! 감시위원회의 고발을 받고 출동했다. 너희들을 방토즈 특별법의 예비 조치에 따라 긴급체포한다."

그러고는 관헌들, 신사 1과 2를 급히 끌고 나간다.

신사 1과 2, 관헌들의 손에 이끌려 퇴장하면서 함께 외친다.

"공화국 만세! 자유 만세!"

그때 상자무대 바깥에서 "관헌들이 무고한 시민들을 잡아간다! 공포 정치를 종식하자! 독재자를 타도하자!"라고 외치는 고함이 들려온다. 그들이 상자무대에서 사라지자마자 곧바로 다른 인형들이 등장한다. 이번에는 네 사람 역할의 마리오네트이다.

"숙청에서 살아남은 당통의 잔당 르장드르와 부르동 드 루아즈, 그리고 자코뱅 클럽에서 축출당한 탈리앵과 프레롱 입장. 이들은 모두 국민공회 의원이다"라고 상자무대 바깥에서 들려온 목소리가 이들에 대해 알려준다. 이들 중에서 탈리앵만이 붉은색 혁명모를 쓰고 있다. 마리오네트 르장드르가 탈리앵에게 빈정거리는 어투로 입을 달싹거린다.

"혁명모가 자네한테 썩 잘 어울리는군. 그래, 마지막 남은 자코뱅의 추억인가?"

탈리앵이 말한다.

"이 까짓게 추억이라고 할 건 또 뭐가 있겠나. 그저 도처에 쫙 깔려 있는 지역 관헌들의 눈길이 쏠리지 않도록 내 복심(腹心)을 위장하고자 했을 뿐이지. 동네 어린아이들의 유치한 대장 놀이도 아니고 말이야. 이 따위 붉은색 모자 하나로 혁명과 공화정에 대한 대의의 충심을 가늠하려들다니 그게 어디 가당키나 한 노릇인가! 하지만 이젠 다 필요 없으이. 모조리 드러내놓고 가는 거야. 파국이 그리 멀지 않았으니까 말일세. 지금 내가 여기서 행할 도발을 그런 각오와 결기의 증표로 받아들여주게들."

그러고는 혁명모를 벗어 바닥에 내팽개친 후 마구 짓밟는다. 그러자 관헌 하나가 호루라기를 불며 그들이 모여 있는 쪽으로 달려 나온다. 일동은 그 관헌을 보며 피식거린다.

관헌이 말한다.

"도대체 이게 무슨 짓입니까? 함부로 혁명모를 훼손하고 모독하다니, 반혁명 혐의로 끌려가고 싶어들 환장했소?"

탈리앵, 관헌의 으름장에 코웃음을 친다. 그러고는 품에서 문서 한 장을 꺼내 상대방의 눈앞에 가까이 들이민다. 그러자 관헌, 당황한 몸짓으로 황급히 경례를 올려붙이고는 이내 퇴장한다.

탈리앵이 말한다.

"내 이럴 줄 알고 미리 보안위원회 소속 아마르라는 친구한테 부탁해서 신분증명서 직인을 하나 복사해두었지. 원래 경찰이니 관헌이니 헌병이니 하는 것들은 모두 보안위원회 위원이라고만 하면 오금을 저리는 법이니까."

그러자 부르동 드 루아즈가 말한다.

"나도 그 생각을 하지 못한 건 아니었어. 하지만 얼마 전까지만 해도 로베스피에르의 서슬이 워낙 시퍼렇게 살아 있어서 보안위원회의 직인을 사취(詐取)할 엄두조차 내기 어려웠지. 내게도 불랑이라고 보안위원회 소속 친구가 하나 있으니 내가 부탁만 하면 알아서 다 처리해주었을 텐데, 꼬장꼬장한 로베스피에르의 눈치를 살피느라 전혀 여의치가 않았다네. 한동안은 치안총감까지도 로베스피에르의 수하에 있었으니 말 다했지 뭔가. 그 일로 보안위원회의 반발이 이만저만한 게 아니었는데도 말이야. 로베스피에르, 그 친구는 공안위원회 소속이면서 어찌 보안위원회 돌아가는 일까지 그렇게 제멋대로 간여하려든담? 친애하는 당통 동지가 단두대의 이슬로 사라지고 나서부터는 아예 이 공화국이 송두리째 자기 손아귀 안에라도 들어온 줄 아는 모양이야."

탈리앵이 말한다.

"자네 말이 맞아. 내가 하려던 얘기가 바로 그 말일세. 로베스피에르라는 애물단지가 하나 나타나서 걸핏하면 보안위원회에 고유한 업무 소관과 직분을 침해하려고 하니, 서로 간에 분란이 없으려야 없을 수 있겠는가 이 말이야. 산천초목이 벌벌 떠는 보안위원회를 공안위원회의 발밑에 두려는 로베스피에르의 처사에는 빤한 노림수가 엿보이네. 권력욕에 눈이 먼 야심가가 아니고서야 공연히 그런 분란을 일으킬 턱이 없지. 모든 권한과 역할을 자기 혼자서만 거머쥐려고 발버둥치는 건 고금을 막론하고 광기 어린 독재자들이나 벌이는 작태일세. 지금이 어떤 세상인가? 아직도 사리분별 못 하는 독재자 하나가 자기만의 망상에 겨워 핏빛 어린 선동정치로 국정을 농단하고 신성한 의회를 능욕할 수 있는 시대인가? 아닐세, 지금 세상은 모든 게 어둑한 저 고대 로마의 제정시대가 아니야. 지금 세상은 종교적 광신과 정치적 맹종의 야음을 몰아내고 계몽주의의 등불이 환하게 밝혀놓은 역사적 지평 위에서 천신만고 끝에 탄생한 민주주의 공화정의 대낮이라네. 그런 시대의 햇살 아래서 누군가가 독재를 하고 또 다른 누군가는 그 독재를 묵인해준다면, 이는 유구히 흘러온 역사의 대하와 마주하여 도저히 씻어낼 수 없는 공모의 죄악으로 남을 걸세."

탈리앵의 열변에 르장드르가 다소 냉소적인 목소리로 응대한다.

"그래, 참 장엄한 언변이로군. 자네 심기에 어떤 열불이 타오르고 있는지는 나도 다 아니까 지금 당장의 혈기만을 앞세워 너무 그리 무리하지는 말게. 하긴 로베스피에르는 공안위원회를 향하여 자네가 서약한 충성의 다짐에도 전혀 아랑곳하지 않았지. 자네의 내연녀 카바뤼 부인을 망명 귀족들과 내통했다는 혐의로 체포하도록 지시하고는 공사가 분명치 않은 자네의 행적에 대해서도 무섭게 추궁한 걸 보면 말일세. 그러니 그를 향한 사감과 원한이 고목의 뿌리만큼이나 깊을 만도 하지. 게다가 그 사건을 빌미로 자코뱅은 자네를 쫓아내기까지 하질 않았는가. 그런 만큼 방금 전 늘어놓은 자네 언설의 입아귀에서 잔뜩 벼려진 복수의 송곳니가 날카롭게 번뜩이는 것도 어찌 보면 당연하다는 생각이 드는군."

그러자 탈리앵이 발끈한 어투로 입을 연다.

"아니, 그럼 지금 내가 로베스피에르에 대한 사감과 원한만을 앞세워 자네들과 함께하려 한다고 보는 건가? 매사에 공명정대하고 꼿꼿

한 척하는 로베스피에르의 위선에 질려 그와 담을 쌓은 지는 오래된 게 사실이네만, 단지 그런 소이에서만 내가 나서려는 것은 아닐세. 다 같이 험한 길을 떠나려는 처지니만큼 서로 말을 좀 가려 했으면 좋겠군."

르장드르가 말한다.

"누가 뭐랬나? 나는 단지 우리 중에서도 유난히 독재에 맞서겠다는 자네의 일념이 출중해 보인다는 말을 하고 싶었을 뿐이네. 그런데 혼자 왜 그렇게 발끈해서……"

프레롱이 나선다.

"자자, 다들 그만하지. 이중에서 로베스피에르에 대한 사감과 원한으로만 치면 그 누가 자유롭다고 할 수 있겠나? 나만 해도 지방의 반역도당들을 열심히 진압했다는 이유만으로 공안위원회에 불려가서 눈물이 쏙 빠지도록 엄중한 로베스피에르의 문초를 받았을 때는 참기가 막히지 않을 수 없었다고. 내게 지능적인 반혁명 모의의 혐의를 뒤집어씌우려들 때는, 자코뱅 일당들에 대해서도 그렇고 로베스피에르에 대해서도 그렇고, 아주 이가 갈릴 지경이었지. 지금도 자코뱅이라는 말만 들으면 그 배신감에 부르르 치가 다 떨리네…… 하지만 지금 우리한테 중요한 건 옛일이 아닐세. 옛일을 두고 하나부터 열까지 왈가왈부하기 시작하면 모처럼 하나의 공적을 앞에 두고 결속하려는 동맹의 전열이 일거에 흐트러질 수 있다니까."

부르동 드 루아즈가 탈리앵에게 말한다.

"여하튼 뭐, 친구 아마르에게서 직인까지 복사받을 정도였다면 보안위원회 측과의 소통은 과히 문제없어 보이는군. 앞으로도 계속 그쪽과 이야기가 잘되어갈 수 있으려나?"

탈리앵이 말한다.

"그건 전혀 아무 문제없어 보이더군. 내가 슬며시 운을 띄우자 오히려 당혹스러울 정도로 그쪽에서 반기던걸. 그동안 여러 가지 갈등과 알력 때문에 보안위원회 측에도 로베스피에르에 대한 앙금이 잔뜩 쌓여 있을 수밖에 없었겠지. 우리로서는 참으로 다행한 일이지 뭔가. 만에 하나 보안위원회가 로베스피에르 일파에 밀착해 있었다면, 휴 그런 상상만으로도……"

르장드르가 탈리앵의 말허리를 자르고 들어온다.

"거사를 앞둔 지금, 그렇게 쓸데없는 가정을 주절주절 늘어놓는 일은 삼가도록 하게. 가만 보면 자네는 말이 너무 많아…… 여하튼 보안위원회가 뜻을 같이 해준다면 우리로서는 큰 축복이요, 천군만마의 지원이나 다름없네. 하지만 그렇다 해도 여전히 방심할 수 없는 위험 요인이 도사리고 있어. 보안위원회 위원들 가운데서는 우리가 전혀 안심할 수 없는 인물도 끼어 있으니 말이야."

프레롱이 묻는다.

"예를 들자면, 누구 말인가?"

르장드르가 답한다.

"필리프 르바일세. 평소에는 하도 과묵해서 그 의중을 헤아리기가 어렵지만, 일단 무슨 일이 터지기만 하면 무조건 로베스피에르에게로 달려가서 큰 힘을 보탤 인물이지. 게다가 그들의 관계는 어쩌면 곧 동서지간이 될지도 모르네. 필리프 르바의 부인 엘리자베스와 현재 로베스피에르와 깊이 사귀고 있는 레오노르 뒤플레는 친자매 사이니까. 게다가 두 여성은 로베스피에르가 살고 있는 하숙집 주인의 딸들이기도 하지. 레오노르 쪽이 맏딸이네. 그러니 필리프 르바를 극도로 경계해야 할 수밖에."

프레롱이 되묻는다.

"로베스피에르가 하숙집 주인의 맏딸과 목하 열애 중이라고? 그것 참 뜻밖의 소식이로군. 난 로베스피에르가 평생 연애 한번 못 해보고 혼자서 늙어갈 줄 알았는데 말이야. 워낙 여자를 멀리하는 사람처럼 보이니…… 성 야곱 수도원에서 보았을 때 첫인상이 이 사람은 자코뱅 클럽의 당원이라기보다 차라리 이곳의 수도승으로 등장했으면 한결 어울리겠구나 싶을 정도였어."

그 말에 다들 낄낄거린다. 잠시 후 탈리앵이 뾰로통한 어조로 묻는다.

"그런 신상정보는 언제 다 긁어모았나? 그의 측근이 아니고서야 알아내기 쉽지 않았을 텐데."

르장드르가 말한다.

"친애하는 당통 동지가 놈들한테 당한 후로 오직 이런 날이 다가오기만을 기다리면서 비수를 갈아왔네. 하지만 당장은 힘이 모자라니 어쩌겠나. 일단은 비수를 겨눌 만한 급소가 어디인지부터 알아보기 위해 차곡차곡 이런저런 신상정보들만 쌓아가는 수밖에 없었지. 로베스피에르에 대한 사감과 원한으로 치자면 아마도 석 달 전 무참히 숙청당한 우리 당통 일파의 생존자들이 가장 클 걸세. 말이 나온 김에 한마디만 덧붙이자면, 실은 나도 당통의 부패 혐의와 추문을 구태여 변호해주거나 옹호할 의향은 전혀 없네. 그는 분명히 타락한 정치인이었지. 하지만 매사에 아주 자유분방하고 진솔했어. 공포정치가 시작되고 나서부터 이 대혁명과 공화정의 들판은 자코뱅 반대파들이나 반혁명 혐의자들의 피비린내로 온통 자욱해지고 말았네. 멈출 줄도 모르고 어디론가 폭주하는 혁명 이념의 수레바퀴에 깔려 무참히 동강나고 짓이겨진 희생자들의 사지가 그 들판에 아무렇게나 널브러져 있었으니까. 이대로 가다가는 날숨 한번 시원하게 내쉴 수조차 없는 세상이 닥치리라는 게 확연해 보였지. 어떤 대의와 이념의 폭압은 우선 사람들의 숨구멍부터 틀어막고 질식과 혼절을 유발하는 법이니 말이야. 나는 우리 당통 동지께서 혁명의 수레바퀴를 일단 멈춰 세우고 공포정치로 틀어 막힌 공화정의 숨구멍이 트이도록 헌신하다 쓰러지신 거라고 보네."

탈리앵이 르장드르에게 들으라는 듯 혼잣말처럼 웅얼거린다.

"당통이 비록 공화정의 숨구멍을 트는 데는 실패했을지 몰라도 팔레루아얄*의 여러 다른 구멍은 무던히도 많이 메워주었지. 특히 축축한 구멍을 헤집는 짓만큼은 아마 공화국 전체에서도 따라갈 자가 드물었을 거야."

---

* 당시 파리에서 가장 거대하고 화려한 유곽과 술집이 있던 곳.

르장드르가 노려본다.

"뭐라고?"

탈리앵이 말한다.

"발끈하지 말게. 농담이니까. 아니면 진심으로 부럽다는 뜻이기도
하고."

르장드르가 씩씩거리며 말한다.

"이 친구가 정말…… 로베스피에르가 공화국의 숨통을 틀어막고
피를 빨아댄 흡혈귀라면, 우리 당통 동지는 공포정치의 억압과 통제
에 맞서 싸운 자유의 사도로 후세에 길이 기억될 걸세. 특히 예술가
들이나 식자층들이야말로 그런 당통의 일대기에 깊이 매혹될 게 틀림
없다고 보네."

탈리앵이 응수한다.

"하하하…… 그런 예술가들이나 식자층들이 있다면, 그 이유는 당
통처럼 자유를 사랑하는 척하는 여유와 관용의 손짓이 대중들의 인기
에 영합하기 좋은 세련미라고, 특히 골빈 여성들의 이목을 끄는 데
효과적인 책략이 되리라고 여겨져서겠지. 시중에 나가보게. 알코올에
곯은 당통이 혀끝이 돌아가는 대로 지껄여댄 취중의 언사들을 고스란
히 흉내 내다 관헌들에게 붙잡혀가는 얼치기 예술가들이나 식자층들
이 얼마나 들끓는지."

부르동 드 루아즈가 르장드르를 거든다.

"지금 자네, 공화국의 자유를 위해 순교한 당통 동지를 정말 모욕

할 셈인가?"

탈리앵이 맞선다.

"나는 이 거사에 내 나름대로 부여한 의의가 있네. 비록 한 사람의 공적과 맞서 당통 일파의 잔당인 자네들과 의기투합하긴 했네만, 더 이상 이 거사에 오욕으로 얼룩진 당통의 이름을 끌어들이진 말아주게. 세련된 눈속임의 시효는 그다지 오래가지 않는 법이야. 앞으로 엄정한 역사의 평가가 내려질 무렵까지 우리가 생존해 있을 수 있다면, 자네들로서는 지금과 달리 당통이라는 이름과 한데 얽히는 것을 감당 못 할 치욕이나 수모로 여기게 될 날이 올지도 모르네."

마침내 르장드르가 폭발한다.

"아니, 근데 이 자식이……"

탈리앵도 맞서 싸울 태세를 취한다. 프레롱이 둘 사이로 끼어들며 외친다.

"큰일을 앞두고 제발 이러지들 좀 말게! 옛일을 두고 우리끼리 아옹다옹 다투기만 하다 손 한번 못 써보고 모처럼 이룬 거사 동맹이 와해되게 생기질 않았나!"

그때 그들 옆으로 관헌들이 지나간다. 그들 넷은 순간적으로 얼어붙는다. 하지만 관헌들은 그들에게 공손히 목례만 하고 바삐 지나간다. 이윽고 씩씩거리던 르장드르가 다소 누그러진 어조로 말한다.

"보안위원회 직인의 위력이 실로 대단하긴 대단하군. 관헌들이 다른 사람들 같으면 당장 개입하고도 남았을 텐데, 여전히 우리한테 어려워하는 눈치를 보이니 말이야."

탈리앵이 말한다.

"뭐, 어쩌면 우리가 공회 의원이라는 걸 아는지도 모르지."

부르동 드 루아즈가 말한다.

"자 자, 옛일에 대한 시시비비는 그만 접고 이제 슬슬 이야기를 좀 정리해보세."

르장드르가 탈리앵에게 말한다.

"나도 자중할 테니 자네도 일을 도모할 때까지만 참아주게."

탈리앵이 말한다.

"그래, 내가 말이 좀 과했네. 이제부터는 정말로 우리, 거사에만 집중하세."

프레롱이 말한다.

"아까 보안위원회 얘기는 일단 마무리가 된 것 같네. 그 밖에는 누가 또 우리와 함께할 수 있겠나?"

르장드르가 말한다.

"내가 알기로는, 공안위원회 안에서도 로베스피에르의 독선과 전횡에 엄청난 불만을 억누르며 견뎌온 반대자들이 몇 있네. 그 대표적인 예가 비요-바렌과 콜로 데르부아이지."

부르동 드 루아즈가 말한다.

"비요-바렌과 콜로 데르부아라······ 으흠, 그들의 정치적인 성향이 비록 로베스피에르와 가장 근접하다고는 해도, 우리와 마찬가지로

● 비요-바렌과 콜로 데르부아는 1794년 3월 극단적인 선동분자들로 낙인찍혀 숙청당한 코르들리에 클럽의 당원이었다.

그들 역시 로베스피에르가 침몰시킨 난파선의 생존자*라는 의미에서 우리와 동병상련일 수도 있겠다 싶네그려."

르장드르가 말한다.

"바로 그거야. 비록 로베스피에르와 특정한 정치적 사안에 한해서는 뜻이 잘 통한다지만 본질적으로 그들은 로베스피에르에 대한 배신감과 해묵은 불신을 떨칠 수 없을 걸세. 오히려 특정한 정치적 사안에 한해 뜻이 잘 통할수록 그런 배신감과 불신은 더욱 크게 불거질 수밖에 없을 거야. 어째서 이런 정치 노선에 집착하는 사람이 자기들의 동료들을 냉혹하게 단두대로 보냈는지 참으로 의아하고 괘씸하게 받아들여질 수밖에 없을 테니까. 어쩌면 이들은 우리 중에서 가장 단호하고 극렬하게 로베스피에르의 몰락과 최후를 결정짓기 위해 앞장설 수도 있을 걸세. 왜냐하면 이런 극렬분자들은 우리 같은 실용주의자들과 비교할 때 훨씬 더 기회주의적인 변절자들의 응징에 가혹하고 이념적인 대의를 중시하기 때문이지."

탈리앵이 말한다.

"우리 같은 실용주의자들에서 나는 좀 빼주게. 듣기 거북하네."

부르동 드 루아즈가 말한다.

"또 시작……"

르장드르가 말한다.

"알겠네. 거사의 원만한 도모를 위해 내가 양보하지. 이 자리에서 실용주의자는 나와 부르동 드 루아즈에 국한하기로 하세. 그럼 됐나?

다만 자네는 방금 전에 한 가지 오해를 한 것 같더군. 내가 이 자리에서 굳이 당통 동지를 들먹인 까닭은 다른 포석이 있어서가 아니었네. 다만, 우리가 미적거리는 동안 상대편에서 강한 선공이 날아오면 맥없이 주저앉을 수밖에 없다는 예전의 경험을 환기시켜주려는 이유에 서였지. 상대는 로베스피에르네. 한순간 방심하거나 때를 놓치면 우리는 그 길로 끝장일세. 비록 의회에서는 무리 지어 다니는 동료들이 적어 보일지 모르나 로베스피에르의 뒤에는 국민방위대 참모들과 혁명재판소, 코뮌, 그리고 무엇보다 언제든 그를 지원하러 벌떼처럼 달려올 수도 있을 여러 구의 상퀼로트들이 버티고 있다는 사실을 한시도 잊어서는 안 되네. 아울러 지롱드파 정권이 끝장난 1793년 5월 31일의 밤도 기억해둘 필요가 있지. 당통 동지나 브리소의 예처럼 무기력하게 앉아서 당하는 것보다야 골백번 나을 테니 차라리 다소 조급해 보이더라도 우리가 먼저 치고 들어가세. 지금 우리로서는 그것만이 살 길이야."

그때 프레롱이 한쪽 방향을 가리키며 말한다.

"아, 저기 마침 푸셰도 오는군. 푸셰 또한 얼마 전 로베스피에르와 한바탕하고 자코뱅 클럽을 뛰쳐나온 인물이니 아마도 지금 하는 이야기가 서로 잘 통할 거야."

제3장

상자무대 바깥에서 "생토노레 가에 있는 로베스피에르의 하숙방. 안경을 쓴 로베스피에르, 책상에 앉아 골똘히 어떤 문서를 읽고 있다. 이때 두 손에 찻잔과 케이크 접시를 받쳐 든 하녀 입장"이라고 알려주는 목소리가 들린다. 책상 앞에 앉아 있는 로베스피에르는 마리 오네트이고, 새로 입장한 하녀는 기욜이다.

하녀가 입을 달싹거리며 찻잔과 케이크 접시를 책상 위에 내려놓는다.

"저기, 나리……"

한참 문서에 몰두하고 있던 로베스피에르, 그제야 화들짝 놀라 날카로운 눈길로 하녀를 쏘아보면서 묻는다.

"아가씨는 누구요? 왜 여기서 어정거리는 겁니까?"

하녀가 잔뜩 긴장한 목소리로 말한다.

"일하시는 데 방해해서 죄송해요. 저는 이 댁에 새로 온 하녀 실비예요, 로베스피에르 나리."

로베스피에르, 그제야 굳은 표정을 푼다. 그러고는 안경을 벗어 책상에 내려놓으면서 말한다.

"사납게 대해 미안합니다. 내가 요새 신경이 좀 날카로워져서……"

하녀 실비가 말한다.

"말씀 낮추세요, 나리. 그리고 저는 아가씨가 아니에요. 그냥 이

댁의 하녀랍니다."

로베스피에르가 말한다.

"이 공화국에 더 이상 하녀 같은 신분은 없어요. 아가씨도 하녀가
아니라 이 집에서 뒤플레 부인의 집안 살림을 도와주는 한 사람의 여
성 시민이지요. 내 말 무슨 뜻인지 이해하겠어요, 시민 아가씨?"

실비가 말한다.

"그래도 전 하녀일 뿐인데…… 아무튼 말씀 감사합니다, 로베스피
에르 나리."

로베스피에르가 준엄한 어조로 말한다.

"그리고 **나리**라는 호칭도 앞으로는 쓰지 않도록 유념해요. 동등한
신분의 공화국 시민들끼리 구체제의 신분사회에서처럼 누가 누구를
나리라고 존칭하는 일은 사리에 맞지 않으니까. 엄밀히 말해 그런 호
칭은 공화국에서 불법이오."

실비가 놀란 목소리로 되묻는다.

"네, 불법이라고요? 그럼, 뭐라고 불러야 하나요?"

로베스피에르가 말한다.

"이제부터는 나뿐 아니라 누구한테든 **시민**이라고 부르도록 해요.
시민 로베스피에르, 시민 뒤플레…… 그러다 나중에 편해지면 그냥
막심 시민이라 불러도 좋고."

실비가 말한다.

"도저히 편해질 것 같지 않은데…… 게다가 뒤플레 어르신이나 부

인 마님께 **시민 뒤플레**라고 불렀다가는 아주 혼찌검이 날 것만 같아요."

로베스피에르가 말한다.

"그 점은 내가 잘 얘기해보겠어요. 같은 상퀼로트들 사이에 누가 누구를 상전처럼 떠받든다는 건 있을 수 없는 일이지.* ……그리고 한 가지만 더. 앞으로는 나한테 오늘 아침처럼 일부러 홍차와 케이크를 내오지 않아도 괜찮아요. 이런 걸 내오느라 공연히 귀한 설탕만 낭비할 필요는 없으니까."**

실비가 말한다.

"그렇지 않아도 뒤플레 부인께서 걱정하셨어요. 아마도 나리…… 아니, 로베스피에르 시민이 분명히 다과상을 물리려들 거라고 하시면서요. 그래도 꼭꼭 챙겨드리라고 신신당부까지 하셨는 걸요. 그러니 부인의 성의를 봐서라도……"

로베스피에르가 말한다.

"이봐요, 시민 아가씨. 아침마다 이런 홍차와 케이크로 귀한 설탕을 낭비하려들면, 백성들이야 어찌 먹고살든 자기들끼리만 흥청망청 즐기려 한 구체제 귀족들의 생활상을 우리가 그대로 따라 하는 꼴이 되는 거요. 그렇지 않아도 요사이 구체제 귀족들의 행태를 고스란히 답습하려드는 일부 부르주아들의 유행 풍조로 사회가 뒤숭숭한데, 나까지 그럴 순 없질 않겠어요? 자, 그러니 어서 이 다과상을 치우도록 해요."

● 이 말은 로베스피에르의 하숙집 주인 모리스 뒤플레도 상퀼로트 신분임을 가리킨다. 실제로 모리스 뒤플레는 목공예와 가구 제작에 종사하는 상퀼로트였다.
●● 오래전부터 지속된 설탕 품귀 현상과 설탕에 대한 일부 투기 사업가들의 매점매석으로 혁명정부의 요인들과 자코뱅 클럽 당원들은 일상생활에서 일절 설탕을 먹지 않겠다고 결의한 바 있다. 혁명정부에서는 설탕 투기꾼들에게 반혁명 혐의를 적용하여 극형으로 다스렸다.

실비가 말한다.

"음…… 그러면 일단 설탕만 빼고 가져다 드리면 괜찮지 않을까요?"

로베스피에르가 성가시다는 듯 다소 퉁명스런 목소리로 답한다.

"방금 얘기한 것처럼, 꼭 설탕만의 문제는 아니오. 아침마다 내가 아가씨 같은 시민에게서 다과상을 꼬박꼬박 챙겨 받는다면, 우리의 이념과 정신이 사치스런 귀족들의 유습으로 물들 수 있다는 점도 문제지요. 여기에 한번 익숙해지기 시작하면 우리는 구체제와 귀족들을 결코 이겨내기가 쉽지 않을 거요. 우리 시민 아가씨도 이 점을 확실히 명심해두면 좋을 것 같군요."

로베스피에르의 말에 결국 순순히 찻잔과 케이크 접시를 치우며 실비가 말한다.

"무슨 말씀인지는 못 알아듣겠지만, 아무튼 치우라고 하시니 도로 가지고는 나갈게요. 그리고 말씀 나누느라 깜빡했는데, 지금 밖에 생-쥐스트라는 분이 와 계세요."

로베스피에르가 말한다.

"어서 들어오라고 전해줘요, 시민 아가씨."

실비, 무릎을 살짝 굽혀 인사해 보인 후 퇴장한다. 로베스피에르는 다시 책상 위에 놓인 문서로 시선을 돌린다. 잠시 후 생-쥐스트가 방 안으로 들어온다. 생-쥐스트도 마리오네트이며 붉은색 혁명모와 카르마뇰 조끼를 착용한 모습이다. 둘은 서로 짧게 인사를 나눈다.

"안녕하십니까, 로베스피에르 시민 동지."

"어서 오게, 루이 시민 동지."

생-쥐스트가 말한다.

"방금 전 그 아가씨, 자기가 이 집에 새로 온 하녀라면서 나한테도 정중히 인사하던데, 그녀하고 무슨 이야기를 그리도 오래 나눈 겁니까? 문밖에서 한참 기다렸습니다."

로베스피에르가 말한다.

"별 얘기 아니었네. 그냥 공화국에서 기본적으로 따라야 할 호칭의 규범과 생활습관을 간략히 일러주었을 뿐이지. 그런데 어디에서도 그런 얘기를 들어보지 못한 눈치더군. 왕정을 무너뜨리고 공화정이 들어선 지 어느덧 2년이 흘렀는데, 인민들이 아직도 왕정의 습속과 생활규범에서 벗어나지 못하고 있다면 그 공화국은 모래 위에 지어 올린 누각과 다름없지. 아무래도 상퀼로트들에 대한 공공교육을 더욱 강화해야 할 필요가 있겠어. 장기적으로 보자면, 상퀼로트의 공공교육을 강화하는 일은 우리가 가장 열성적으로 다져놓아야 할 공화국의 반석임에 틀림없으니까."

로베스피에르가 말한다.

"투철한 공공교육을 통하여 공화정의 덕성과 이념이 모든 상퀼로트들에게 깊이 각인될 수만 있다면, 그 사실 한 가지만으로도 공화국은 변화무쌍한 외부 여건과 무관하게 안정되고 탄탄한 역사의 궤도 위에 올라섰다고 자신할 수 있을 거야. 그와는 반대로, 만일 공화정의 덕성과 이념이 상퀼로트들을 전혀 교화하지 못한다면 이 공화국은 오래 가지 않아 야심적인 군부의 총칼이나 여전히 왕정의 향수에 사로잡혀 있는 수구 세력들 또는 민주주의를 적대적으로 흘겨보는 유산자들의 물질적 탐욕 따위에 그 지반부터 허물어지고 말겠지. 그런데 상퀼로 트처럼 빵에 굶주린 하층민들을 공화정의 덕성과 이념으로 교화할 수 있으려면 공공교육이나 정치 참여에 대한 계몽만으로는 역불급(力不 及)일 수밖에 없어. 반드시 이러한 교화에는 상퀼로트들을 위한 경제 적 보호와 사회정의의 실천이 뒤따라야 하는 법이네. 자유를 부르짖 는 일부 계층의 요구에 재갈을 물려서라도 이들이 굶주리지 않도록 정 부가 강력하게 경제 질서를 통제하고 그 흐름에 개입해야 할 책임이 있지. 상퀼로트들이야말로 이 공화국의 주춧돌이니까. 그리고 주춧돌 이 흔들리면 공화국도 불가불 위태로워질 수밖에 없을 테니까……"
그러다 문득 생-쥐스트를 바라보며 이렇게 말한다.

"아 이런, 떠오르는 대로 가슴에 쌓인 말을 꺼내 놓으려다 보니 자 리에 앉으라는 인사도 잠시 잊고 있었군. 내 결례를 용서해주게, 시 민 생-쥐스트."
로베스피에르의 손짓에 생-쥐스트, 책상 앞에서 로베스피에르와 마 주앉는다.

로베스피에르가 말한다.

"아침 일찍 인편으로 공안위원회의 정치 상황 보고서를 보내줘 고맙 네. 그렇지 않아도 자네가 대표 작성자라기에 어떤 내용이 포함되어 있을지 궁금해하고 있었네. 하지만 아직까지는 초안이더군. 내일 공회에서 발표할 예정이라지? 지금 그 글을 막 검토해보던 참이었지."

생-쥐스트가 말한다.

"저도 제 보고서 초안에 대한 동지의 견해가 궁금해서 이렇게 서둘러 찾아왔습니다."

그러더니 잠시 말을 끊고는 걱정스런 눈길로 로베스피에르의 안색을 살핀다.

"막심 동지, 얼굴이 아주 수척하고 많이 피곤해 보이시네요. 설마 어디가 불편하신 건 아니시지요?"

로베스피에르가 말한다.

"왜 아니겠나? 잠을 통 못 자는데. 실은 요사이 심한 불면증을 앓고 있네. 어쩌면 내 앞에 죽음이 가까이 다가와 있다는 징조일지도 모르지. 더할 나위 없이 깊고 아늑한 영면의 축복을 위해 그 전에 먼저 현세의 단잠부터 아끼고 비축해두려는 히프노스*의 조화일 수도 있을 거라는 말일세."

생-쥐스트가 말한다.

"어찌 그런 말씀을…… 막심 동지의 나이는 이제 겨우 서른여섯에 불과한 걸요."

로베스피에르가 말한다.

"아니야. 혁명을 거치는 동안 많은 사람이 이 나이 즈음해서 죽었어. 특히 코르들리에파와 당통 일파의 옛 동지들이 그렇지 않은가?

● 그리스 신화에 나오는 잠의 신.

카미유 데물랭, 필리포, 모모로, 쇼메트, 당통, 에베르, 클로츠······"
그러자 생-쥐스트가 격앙된 목소리로 말한다.

"**옛 동지들**이라뇨? 그들은 혁명의 대의를 거스른 형벌로 단두대에서 심판받고 파멸한 반역도당의 죄인들이 아닙니까? 그런 대역 죄인들에게 **옛 동지들**이라는 표현을 쓰시다니 가당치 않습니다. 매사에 엄정하고 준열한 동지의 성정과도 전혀 어울리지 않고요. 더욱이 동지는 저와 함께 그들을 단두대로 심판한 장본인이 아닙니까? "
로베스피에르가 말한다.

"비록 그렇다고는 해도, 우리와 함께 발 맞춰온 혁명의 행렬에서 이탈하기 전까지는 그들 모두가 자코뱅의 식솔들이었으니 지금 와서 **옛 동지들**이라 표현한들 그게 과히 허물 잡힐 일로 여겨지지는 않네······ 하지만 내가 방금 그들을 **옛 동지들**이라고 부른 까닭은 그런 게 아니야. 나는 **죽음의 벗들**이라는 의미에서 그들을 그렇게 부른 거지. 이 말은 지금 이곳에서의 시비곡직과 정치적 판단 여부에 앞서 내가 그들과 죽음으로 연대하고 교감한다는 동지애를 함축하고 있어. 생-쥐스트, 아마도 자네는 자네 스스로를 지금 이곳에 틀림없이 살아 있는 사람이라고 확신하겠지? 난 아니야. 내겐 그런 확신이 없네. 나는 나 스스로를 지금 이곳에 분명히 살아 있는 사람이라고 확신할 수가 없어. 혹시 내가 이미 사그라진 영육의 잔존으로 이 땅에 머물러 있는 건 아닐까 하는 의혹에 시달리기 시작한 것은 꽤 오래전부터의 일이야. 나는 내가 도무지 산 사람으로 여겨지질 않아. 그러니 내게는 이제 무(無)에 의탁해서 역사와 마주한다는 망자로서의 체념이 친숙해졌네. 부디 나를 죽은 사람으로 대해주게, 시민 생-쥐스트. 바로 내가 그 심판의 장본인으로서 **옛 동지들**을 단두대에 회부했다는 자네 주장이 설령 사실이라 해도, 나는 그들과 나 사이에 돌이킬 수 없는 생사의 경계를 가르듯 살아 있는 사람으로서 죽음의 심판을 몰고 온 게 아냐. 나는 이미 죽은 사람의 영육으로 옛 동지들을 죽음의 유배지에 입감(入監)한 데 지나지 않아. 그건 결코 산 사람에 의한 심판이 아니었어. 혁명은 진보가 아니라 죽음을 향한 단 하나의 역사적 퇴행이지. 이성이 혁명을 가능케 했어. 하지만 이성도 죽음이야. 죽음은 무화(無化)인가? 아니지. 죽음은 허무의 참호야. 그 참호의 구덩이를 메워보려고 나는 신의 죽음에 대해 극력 부인했지. 구덩이가 더 크게 파이는 순간, 모든 게 다 허물어지고 말리라는 사실이 너무나도 내 눈에 자명해 보였기 때문이야. 그래서 신의 죽음을 알리는 부고장의 유포와 무신론의 확산을 어떻게 해서든 막아야만 했네. 자네도 아는 바와 같이, 그래서 궁리해낸 게 바로 이성의 최고 존재였어. 그리고 신의 죽음에 대한 부고장을 유포하고 무신론에 기꺼이 투신한 자들을 공포정치의 철퇴로 무자비하게 응징했지. 세간에 알려진 바와 달리, 코르들리에파의 참된 죄목은 극렬한 정치적 선동이 아니었네. 그것은 바로 지옥의 유황불과도 같은 허무주의의 영적 선동이었어. 허무주의의 영적 선동이야말로 가장 불온하고 위협적인 파멸의 음모일 수밖에 없지. 하지만 나는 거기서 죽음에 짓눌린 내 그림자도 보고 말았네. 내가 신의 자리에 최고 존재로서의 이성을 대치하려들었기 때문이지. 어쩌면 그런 선택은 아무리 혼자 발버둥 쳐봤자 내 목에 씌워질 수밖에 없는 숙명의 올가미였을 거야. 무에 의탁하는데 친숙해진 망자로서의 체념…… 내 발치 아래 시커먼 허무의 구덩이가 괴물의 아가리처럼 벌어져 있더군. 그 구덩이의 어둠에 절대로 투항하고 싶지는 않았지만, 나는 나도 모르는 사이에 기꺼이 내 영육을 그 어둠 속에 떠맡기고 말았지……"

생-쥐스트가 허공에 대고 버럭 소리친다.

"그러니 이제 와서 도대체 나더러 어쩌라는 말입니까!"

그때, 잠자코 인형극에 집중하던 나폴레옹이 객석에서 문득 로베스피에르 역의 마리오네트에게 이런 말을 건넨다.

"로베스피에르 시민 동지, 그 순간에 이미 당신은 죽은 사람이었군요. 창백한 안색에 몹시 수척한 얼굴, 내 눈에도 당신은 이미 사그라진 영육의 잔존처럼 보입니다. 이제 와 돌이켜보니, 당신을 추종해온 우리는 결국 죽음의 그림자에 홀린 그 에피고넨들이 아니었나 싶군요. 하지만 제발 그것만은 아니라고 부정해주십시오. 당신은 당신만의 꿈과 염원으로 빚어낸 이성의 최고 존재를 내세워 허무주의에 강력히 응전하려 하시지 않았습니까? 하지만 불가사의합니다. 저는 지금도 공화력 제2년 프레리알 20일(1794년 6월 8일)에 거행된 최고 존재의 제전을 생생히 기억하고 있습니다. 하지만 그것은 거룩하고 장엄한 엘리시움* 참배였습니다. 이성의 최고 존재를 기리는 국가 제전이 어째서 사후의 엘리시움에 대한 묵상과 죽음의 송가들로 이지러져야 했는지 저로서는 그저 의아할 뿐이었습니다. 그때 당신은 공회 의장으로서 그 축제를 집전하며 준엄한 화마의 불꽃으로 무신론의 동상을 다스려놓고도 정작 환호하는 군중 앞에서는 머지않아 자신이 아무것도 아닌 자, 이 세상에 단 한 번도 발 디뎌본 적이 없는 자로 돌아가리라고 공언했지요. 당시 저는 그 현장에 있었지만 도저히 그 말씀도 납득할 수가 없었습니다. 한 가지 분명한 사실은 스산한 당신의 공언이 제전의 감흥과 열기에 찬물을 끼얹기는커녕 오히려 그것들을 더욱 고조시킨 것처럼 보였다는 점입니다. 그러니까 허무주의에 대한 투항이 숨길 수 없는 당신의 본심이었다는 말입니까?"

나폴레옹의 말에 로베스피에르가 단호한 목소리로 입을 연다.

"다시 말해두지만, 혁명은 오로지 죽은 자들만이 실현할 수 있을 죽음의 제의일 거요. 내가 죽은 사람으로 이 대혁명에 동참했다는 것은 단 한시라도 뒤바뀔 수 없는 진실이오. 우리의 혁명이 목적지로 택한 공화정은 진보와 계몽의 힘을 전적으로 신임하는 이성의 찬연한 기념비일 테지만, 그 이성의 근저에 깔려 있는 것은 신에 대한 부정으로 인해 모든 존재의 기항지가 사라진 허무요. 역설적이게도, 허무는 진보와 계몽의 힘을 부정하고 거둬들이는 반동의 회오리로 혁명의 들판에 휘몰아칠 게 틀림없소. 나는 허무주의를 단두대의 심판에 회부하고 싶었소. 그리고 궁극적으로는 죽음의 권세로 이성의 최고 존

• 고대 그리스의 철학과 종교에 제시되어 있는 사후 세계의 개념으로 신화에 등장하는 하데스와 달리 축복 받은 자들만이 들어갈 수 있는 내세의 낙원을 의미한다.

재를 대체하고 싶었소. 내가 허무주의에 투항했다는 말은 내 목을 노리는 정치적 암살자들의 흉계와 음해에 불과하오. 나는 역사의 진보와 계몽을 굳게 신뢰하는 혁명가요."

나폴레옹이 말한다.

"하지만 로베스피에르 시민 동지, 당신 말대로라면 역사의 진보와 계몽을 굳게 신뢰하는 일이야말로 극단적인 허무주의의 발현이라고 할 수 있질 않겠습니까?"

그 물음에 로베스피에르 역의 마리오네트가 두 팔을 허둥거리며 당혹스러워하자 카페 주인, 허리를 숙이고 나폴레옹에게 다가가서는 조심스러운 태도로 귀엣말을 한다. 그러자 나폴레옹이 다시 의자 등받이에 상체를 기대며 잔뜩 낮춘 음성으로 말한다.

"알겠어요, 주인장. 이제부터는 자중하겠소."

카페 주인, 나폴레옹에게 꾸벅 인사를 해 보인 후 다급히 뒤로 물러난다.

로베스피에르와 생-쥐스트, 한동안 침묵.

이윽고 생-쥐스트가 먼저 입을 연다. "막심 동지, 저는 동지께서 무슨 말씀을 하시려는지 다 이해하고 있습니다. 그러니 안심하세요. 지금 제게 공포정치는 단순히 공포만을 위한 정치가 아니라는 사실을 새삼 일깨워주고 싶으신 거겠지요. 일찍이 루소 선생이 강조하신 바와 같이, 혁명정부의 공포에는 반드시 인민과 사회를 두루 교화시킬

수 있는 덕성의 뒷받침이 필요하다는 말씀 아니십니까? 아니, 동지께
서는 그 역으로 말씀하셨지요. 그러니까 저는 동지의 말씀을 덕성으
로 인민을 교화하되 강력한 공포가 그 덕성이 효율적으로 인민들 사
이에서 파급될 수 있도록, 정부에서 민생과 직결된 경제 시책을 철저
히 통제하고 조정해야 한다는 주장으로 들었습니다. 공화정의 안보에
선행하는 공포정치의 근본적 배경이란 바로 그 부분을 가리키신 게
아닐까 싶기도 했고요. 왜냐하면 동지께서 보시기에 여전히 시급하고
도 막중한 선결 과제는 공화정의 덕성과 민주적인 이념으로, 헐벗은
인민들의 영혼을 교화해서 거듭나도록 해야 하는 일이니까요. 제 말
이 맞습니까?"

로베스피에르, 선선히 고개를 끄덕여 보이며 답한다.

"정확하네. 바로 그거야. 하지만……"

생-쥐스트, 로베스피에르의 말을 마저 다 듣지 않고 바로 끼어든다.

"하지만 가장 치명적인 돌부리는 애초부터 이 혁명이 상업자본의
부르주아들에 의해 처음 촉발되고 이끌려갔다는 사실이겠지요. 어차
피 구체제 말엽에는 돈줄의 흐름에 따라 권력의 향배가 이미 귀족 같
은 특권 신분에서 부르주아지들의 평민층에게로 완벽하게 넘어가 있
었으니까요. 하지만 이제는 다시 권력의 향배가 귀족들과 내통하기
쉬운 부르주아지들로부터 공화정에 충성스러운 상퀼로트들에게로 이
동……"

그때 로베스피에르가 생-쥐스트의 말허리를 자르고 들어온다.

"루이, 솔직히 말해 요새 난 좀 두렵네……"

생-쥐스트가 말한다.

"두려울 게 뭐 있습니까? 아무 걱정 마십시오. 우리한테는 방토즈 특별법이 있질 않습니까? 방토즈 특별법만 발효되고 나면 그 법령의 화력으로 우리 발치에서 거치적거려온 반혁명의 구더기들을 일거에 불살라버릴 수 있을 텐데요. 그리되면 동지께서 구상하시는 교화 사업과 상퀼로트들의 공공교육 강화를 위한 여분의 재원 확보도 꽤 원활해질 겁니다. 더 나아가서는 혁명정부의 재정도 지금보다 훨씬 풍족해질 수 있습니다. 정복지 수탈로 나라 경제를 되살리자는 재무위원회 캉봉의 야비하고도 비도덕적인 주장에 솔깃해하는 공회 의원들도 한결 줄어들 게 빤하고요. 그리고…… 이건 다른 얘기입니다만, 언젠가는 캉봉 그 친구도 우리 공안위원회에서 손을 한번 봐줘야 하지 않을까 싶습니다. 자기주장이 반박당했다고 해서 동지한테 독선적인 철부지니 뭐니 해가며 감히 막말을 내뱉은 것은 도저히 묵과할 수 없는 망발이니까요."

로베스피에르가 말한다.

"이봐 루이, 어디 가서 그런 말 함부로 입에 담지 않도록 조심하게. 그거야말로 진짜 망발이니 말이야. 그리고 방토즈 특별법은 자네가 처음 발의한 지 넉 달이 넘도록 각 구의 감시위원회 활동을 통한 예비 조치만 근근이 시행되고 있을 뿐 기본적인 입법 사정(査定)과 심의위원회 구성은 고사하고 아직까지 세세한 법안 조목들조차 제대로 짜이질 않고 있네."

생-쥐스트가 말한다.

"이 법령을 둘러싸고 벌어질 공회 내부에서의 지연 공작은 이미 각
오하고 있었습니다. 제가 보니 방토즈 특별법을 진지한 태도로 다루
려는 대의원들은 공회에서 얼마 되지 않는 것 같더군요. 그나마 쿠통
동지가 나서준 덕에 제가 얼마나 큰 힘을 얻었는지 모릅니다……"

로베스피에르가 말한다.

"루이, 지금 나는 그런 얘기를 하자는 게 아니야."

생-쥐스트는 로베스피에르의 제지에도 아랑곳하지 않고 열띤 목소리
로 계속한다.

"……친애하는 쿠통 동지가 프레리알 22일의 혁명재판에 관한 긴
급 법령을 발의하고 제정에 힘써주신 것은 저의 방토즈 특별법이 시
행되기 위한 발판이라고 할 수 있습니다. 교활하고 음흉한 반역도당
들의 재산을 몰수하자는데, 재판 과정에서 이것저것 다 들어주고 기
존 법규에 정해진 심리(審理) 절차들을 빼놓지 않고 준수하려다 보
면, 놈들은 자기들의 죄목에 적용되는 법망의 허점만을 노려 모두 빠
져나가려들 겁니다. 우리의 방토즈 특별법에서 겨냥하고 있는 단죄의
대상들이 거의 대부분 상당한 부호와 특권층이다 보니 아무래도 유능
한 변호사들을 법정에 내세우기가 수월할 테니까요. 그들과 유착해
있는 일부 변호사들은 아무리 철통같은 법망이라 할지라도 악착같이
물고 늘어질 만한 허점들을 짚어내서 부질없는 법리 공방으로 끌고

가는 데 도통한 전문가 집단입니다. 그리되면 법 앞의 평등이라는 민주주의의 기본 원칙도 막강한 금력과 특권 앞에서는 전혀 지켜질 수 없다는 반례들로 얼룩질 우려가 있습니다. 말하자면 돈의 자유에 민주주의가 훼손당하는 셈이지요. 그뿐 아니라 재판에 응하는 척하면서 심문과 변론의 과정이 진행되는 동안 외국으로 재산을 빼돌리기 위한 협잡의 시간도 넉넉히 벌어들일 수 있을 겁니다. 하지만 프레리알 22일의 법령은 심문 절차를 폐지하고 피의자들의 변론권도 아예 박탈하고 있습니다. 그러니 반역도당들의 예상 가능한 술책에는 전혀 예기치 못한 날벼락이 떨어진 셈입니다. 재판부터 형벌의 집행까지가 워낙 신속하게 처리되다 보니 피의자들로서는 돈으로 농간을 부려보려고 해야 부려볼 여지가 그만큼 적을 수밖에 없을 테니까요. 그러니 쿠통 동지의 이 법령은 방토즈 특별법의 완벽한 시행을 보장해주는 제도적 보완장치라고 할 수 있지요. 비록 일부 온건파 의원들의 방해 책동과 법안의 세부 조목들을 짜는 저의 미숙함 때문에 많이 미뤄지고 있긴 합니다만, 그래도 방토즈 특별법이 시행될 날은 이제 머지않았습니다. 그러니 막심 동지, 갑갑하시더라도 조금만 더 기다려주세요. 근래 들어 부득이하게도 상인들의 경제 활동에 대한 규제와 감시가 다소 느슨해진 건 사실입니다. 그러다 보니 여기저기서 혁명정부를 헐뜯고 비난하는 목소리들이 부쩍 늘어난 모양이더군요. 하지만 방토즈 특별법의 가차 없는 집행으로 몰수 재산의 무상분배가 떡하니 이뤄지고 나면, 혁명정부를 향한 비난과 원성의 목소리는 하루아침에 열렬

한 지지와 찬사의 환호성으로 뒤바뀔 테니 어디 한번 두고 보십시오,
막심 동지! 앞으로 하층민들은 어디서 로베스피에르 시민 동지의 이
름만 들려와도 아마 만세를 부르려들 겁니다."

로베스피에르가 말한다.

"제발 그만하게! 지금 나는 그런 얘기를 하자는 게 아니라니까!"

생-쥐스트가 말한다.

"아니, 그럼 무슨 일로 그러십니까? ……혹시 제 보고서 초안 때
문에 그러시는 건가요?"

로베스피에르가 말한다.

"이보게 루이, 언젠가부터 사람들은 나를 피에 굶주린 독재자로 매
도하며 서서히 고사(枯死)시키려 들고 있네. 하지만 나는 사람들에게
독재자로 몰리는 것도, 그렇게 몰려 죽는 것도 두렵지 않아. 어차피
오래전에 이미 내놓은 목숨이니까…… 하지만 내가 정말 두려워하는
건 자네와 나 사이에 어이없는 오해와 불신이 싹트는 일이지. 반대파
들의 집요한 공격에 대응하는 과정에서 행여나 자네와 나 사이의 신
뢰가 약화될까 그게 두렵다는 말일세."

생-쥐스트가 말한다.

"예? 도대체 그게 무슨 말씀이신지…… 저는 통 영문을 모르겠습
니다."

로베스피에르가 말한다.

"프레리알 24(1794년 6월 12일)일의 연설 이후 나는 나를 보는 자

네의 눈빛이 예사롭지 않게 흔들린다는 것을 알아차릴 수 있었네. 지금도 내 앞에서 전혀 아닌 척하고는 있네만, 자네 나이는 이제 겨우 스물일곱에 불과해. 그러니 손윗사람에게 감추고 싶은 기색이 들춰졌다손 쳐도 너무 그리 민망해할 필요는 없어. 나이가 젊을수록 안에서 생겨난 여러 감정은 노출을 꺼리는 자신의 의지와 무관하게 바깥으로 삐져나오기가 쉬운 법이니 말이야."

생-쥐스트가 말한다.

"무슨 말씀을 하시려는지 잘 모르겠습니다만, 그날 동지께서 하신 연설의 내용만큼은 분명하게 기억납니다. 저는 아주 오래전부터 동지의 일거수일투족을 기억 속에 담아두고 있었으니까요. 동지는 그날 돌연 연단 위로 뛰어 올라가서는 프레리알 22일의 법을 교묘하게 수정하려고 한 부르동 드 루아즈와 메를랭 드 두에에 맞서 친애하는 쿠통 동지와 자코뱅 산악파를 열렬히 옹호하셨지요."

로베스피에르가 말한다.

"맞네. 그런데 그러고 나서 계속된 내 발언으로 의회가 느닷없이 술렁거리기 시작했지. 나도 사람들의 반향이 그렇게 클 줄은 미처 짐작하지 못했어……"

그때 상자무대 바깥에서 프레리알 24일 국민공회에서 연설하는 로베스피에르의 목소리가 들려온다.

"자코뱅 산악파는 특정한 이념만을 지향하는 정파도 아니고, 특정 계층만을 위한 당파도 아닙니다. 왕정의 압제를 거부하고 공화정의 자유와 평등에 헌신하기로 결심한 인민의 대표라면 누구나 모두 산악파입니다…… 브리소나 베르니오 같은 지롱드파의 악당들이 구체제로 회귀하려는 음모를 꾸미고 있었을 때, 우리 모두는 청렴·정의·덕성을 앞세워 공화정의 수호에 투신하겠다는 각오로 이들과 투쟁했습니다. 그리고 끝끝내 지롱드파를 물리쳤습니다. 그러므로 산악파는 하나의 특정 당파가 아니라 그저 조국을 지켜내겠다는 애국심의 새 이름과 다르지 않습니다. 그렇게 보자면 이 국민공회 안에는 특정한 지향 이념과 각기 다른 여러 계층의 이익을 표방하는 각각의 정파가 따로따로 있는 게 아닙니다. 오로지 두 개의 정파, 즉 덕성 있는 사람들과 사악한 사람들, 애국자들과 위선적인 반혁명 세력들만이 존재할 뿐입니다, 여러분……"

생-쥐스트가 말한다.

"사람들은 그날 동지의 이 연설 내용에 대해 로베스피에르가 궁지에 몰리다 보니 결국 우파들과의 대연합을 제안하기에 이르렀다고 해석했습니다. 아, **우파들과의 대연합**이라는 표현은 제가 임의로 골라 쓴 말이 아니라 바뵈프라는 언론이 자기 신문의 머리기사에 붙인 제호였지요. 필요할 경우 자코뱅으로서의 정체성까지 포기하고 오로지 덕성과 정의의 이름만 내건다면 누구와도 언제든 손을 맞잡을 수 있다는 의미라면서 말이죠. 실은 저도 공회 의원 누군가의 입에서 **우파들과의 대연합**이라는 말이 튀어나왔을 때는 한동안 어리둥절해지는 기분을 금할 수 없었습니다. 동지께서 제 눈빛이 예사롭지 않게 흔들리는 것을 알아차리셨다면, 아마도 이때 제가 느낀 당혹스러움이 전해진 게 아니었을까 싶군요. 하지만 그 여파가 생각보다 훨씬 컸던 것도 사실이었습니다. 이 발언을 들은 평원파* 의원들이나 지롱드파 생존자들, 그리고 당통의 잔당들은 대쪽 같은 동지가 모처럼 내민 대연합의 손길을 흔쾌히 받아들이겠다는 듯 일제히 환영 의사를 나타냈습니다. 반면에 자코뱅 동지들은 심한 불쾌감을 털어놓더군요. 심지어는 동지께 변절의 조짐까지 느꼈다는 당원들도 있었을 정도입니다. 하지만 무엇보다 가장 충격을 받은 쪽은 상퀼로트들로 보였습니다. 제가 방금 전 방토즈의 시행 법령으로 상퀼로트들에게 돌아갈 수혜와 민심의 반전을 애써 강조한 까닭도 실은 다 그 때문이었지요."

로베스피에르가 말한다.

"그래, 무슨 말인지 다 이해할 수 있네. 하지만 그 상황에서는 도무지 어쩔 수가 없었어. 부르주아 출신들이 대다수인 국민공회에서 프레리알 22일의 긴급법령과 방토즈 특별법을 가결시켜 시행하자면 나로서는 모든 정파를 초월한 덕성에 호소하는 수밖에 없었다는 말이야. 여기서 정작 내가 강조하고 싶었던 것은 **덕성**이었지 **모든 정파의 초월**이 아니었어. 하지만 지금껏 자코뱅 혁명정부와 나를 지지해온 상퀼로트들도 그렇고 대다수 우파 의원들도 그렇고, 모두들 그날의 연설 내용에서 **모든 정파의 초월**에만 방점을 찍어두고 주목하려들더군. **모든 정파의 초월**은 **덕성**의 실현 방법을 이곳에서 관철시키기 위한 하나의 전략적 수사에 불과했는데도 일은 그 반대로 돌아가고 말

● 의회 내 중도파를 가리킨다. 일명 늪지파le Marais라고도 불린다. 시에예스와 바레르를 주축으로 하여 부아시 당글라, 뒤랑 드 마이안, 팔란 드 샹포 등이 속해 있었고 혁명정부의 기본적인 원칙과 방향에는 동의했으나 공포정치의 철폐와 경제적 자유의 확대를 요구했다.

았지. 하지만 원칙적인 관점에서 다시 돌이켜보더라도, 덕성을 통한 정파의 초월과 단합으로 지금 우리가 겪고 있는 공화국의 여러 위기에 대처해야 한다는 것만큼은 결코 달라질 수 없는 나의 신조일세. 문제는 특정 계급의 이익을 대변해주고 그들의 입장에 서서 부르주아 계급과 역사의 패권을 다투는 데 있지 않아. 그건 내게 부차적인 투쟁 목표일 뿐일세. 내가 인민들에게 지롱드파의 퇴진을 호소한 이유도 그들 집권 세력이 단순히 부르주아여서가 아니었네. 공화정의 덕성과 이념으로 인민들을 일깨우는 데 아무런 관심도 두지 않은 희대의 정치 모리배들이었기 때문이지. 설령 이 부분을 문제 삼아 격노한 상퀼로트들이 나와의 결별을 선언한다고 해도 이제 나로서는 어쩔 수가 없어. 왜냐하면 그게 나의 한계일지도 모르니까…… 대혁명이 발발한 직후부터 나는 단 하루도 제대로 편히 쉬질 못했네. 그래서인지 요즘 들어 몹시 피곤하군. 아무래도 많이 지친 것 같아. 어쩌면 그사이에 기력이 다했는지도 모르지. 자코뱅 동지들이 그날 내 연설에서 변절의 조짐을 느끼고 분개하든, 아니면 이참에 우파로 기울어질 호기라고 받아들이든, 또는 어떤 공회 의원들이 내 말을 제거의 위협이라며 경계하든, 이제 나로서는 더 이상 관여하고 싶지 않네…… 하지만 그런 문제들로 자네와의 우정까지 흐트러지는 것은 결코 원치 않아. 그건 정말 다른 얘기일세."

생-쥐스트가 말한다.

"막심 동지, 저는 끝까지 동지 곁에 남아 있겠습니다. 어떠한 역경과 고초의 가시밭길이라도 결연히 뒤따를 테니, 동지에 대한 저의 우정과 존경을 믿어주십시오."

로베스피에르가 보고서 초안을 가리키며 말한다.

"저 보고서 초안을 검토하고 있자니, 의회 안의 정치적 반대파들이 우리의 우정과 신뢰까지도 충분히 뒤흔들 수 있겠다 싶었네. 자네는 내가 **이성의 최고 존재**나 **무신론의 부정** 같은 사안을 얼마나 중시하는지 빤히 알고 있으면서도, 이 초안에는 단 한 줄도 언급하지 않았더군. 프레리알 24일의 여파에 심지가 흔들려 자네마저도 혹시 다른 입장으로 선회하려는 게 아닌가, 시민 루이?"

생-쥐스트가 말한다.

"막심 동지, 역시나 그 문제로 오해하실 줄 알았습니다. 우리가 공안위원회에서 지속적으로 확고한 영향력을 행사하려면, 어느 정도 동료들과의 타협이나 조율도 필요하지 않을까 싶더군요. 동지께서 짐작하시는 대로, 종교와 관련된 언급을 일절 넣지 말아야 한다고 완강하게 요구한 것은 코르들리에파의 비요-바렌과 콜로 데르부아였습니다. **이성의 최고 존재**나 **무신론의 부정** 또는 **불멸의 영혼**에 대해 다룰 요량이라면, 공안위원회의 명의로 정치 상황 보고서를 발표하는 데 절대 동의해줄 수 없다면서 말입니다. 동지께서도 아시다시피, 국민공회에서 공안위원회의 명의로 정치 상황 보고서를 발표하려면 위원들 열두 명 전원의 사전 서명이 필요합니다. 그런데 비요-바렌과 콜로 데르부아는 그 부분이 보고서 문안에 포함되는 한 서명을 거부하겠다고 버텼습니다. 그뿐 아니라 차제에 **이성의 최고 존재**를 마치 공화정의 국교처럼 신성화하려는 움직임도 강력하게 저지하겠다고 엄포를 놓더군요. 그러니 전들 어쩌겠습니까? 그들과 일정 부분을 타협하고 양보해주는 수밖에 없었지요. 만약 제가 이 상황에서 그들과의 의견 조율에 결국 실패한 나머지 정치 상황 보고서를 공안위원회가 아니라 자코뱅 산악파나 제 개인 명의로 발표해야 한다고 가정해보죠. 그리고 공안위원회에서는 공안위원회대로 다른 보고서를 채택한다고 하면 어떻겠습니까, 막심 동지? 반대파들은 공안위원회의 분열과 반목이 고스란히 노출되었다면서 당장에 그 빈틈으로 무섭게 파고들 수 있는 계략을 모의하려들지도 모릅니다. 지금 의회 안의 상황은 아주 녹록지 않습니다, 막심 동지. 저희들을 지지해주는 세력은 한낱 소수파에 지나지 않습니다."

로베스피에르가 말한다.

"음, 결국은 우리의 반대파들이 늘 문제로군. 매사에 그들의 시선을 의식해야 한다는 것도 문제고."

그러고는 다시 정치 상황 보고서를 들여다보며 계속한다.

"여기 자네가 카르노의 요구에 동의해준 대목도 놀랍기 그지없었네. 카르노의 요구대로라면, 파리 시내에 포진시킨 몇몇 자치구의 국민방위대 포병대 병력 가운데 네 개 중대를 오늘 오후까지 외각으로 즉시 철수시켜야 한다는 얘긴데, 정말 뭔가가 심상치 않아. 나는 어째서 자네가 이렇게 위험한 요구까지 선뜻 동의해주었는지 의아해하지 않을 수 없었네. 자네 말대로 의회 안의 상황이 녹록지 않다면, 유사시에 국민방위대 포병대야말로 우리의 보호망이 되어줄지도 모르는 일인데 말이야."

생-쥐스트가 말한다.

"마찬가지 이유에서였습니다. 하지만 아무 걱정 없습니다, 막심 동지. 네 개 중대의 포병대 병력을 철수시키는 데 동의해주고 저들과 타협해서 나머지 부분에 한해서는 우리의 의지대로 모든 일을 관철시켜나갈 수 있다면, 썩 괜찮은 거래라는 생각이 들었으니까요. 설령 동지께서 걱정하시는 것처럼 만일의 사태가 일어난다 해도, 이제 곧 파리 외각으로 철수할 네 개 중대의 포병대만 우리한테 있는 것은 아니질 않습니까? 코뮌의 수많은 방위대 병력뿐 아니라 우리를 지지하고 있는 여러 자치구의 상퀼로트들도 있습니다. 각 자치구의 봉기위원회*에서……"

로베스피에르가 말한다.

"공안위원회에서 각 자치구의 봉기위원회에 해산 명령을 내린 게 불과 얼마 되지 않았는데 자네는 그 사실이 기억나지 않는 모양일세. 더욱이 그때도 비요-바렌과 콜로 데르부아의 반대를 무릅쓰고 꿋꿋이 봉기위원회의 해산을 주도한 장본인은 바로 자네였는데 말이야. 그걸 벌써 잊어버리다니 이상한 일이로군."

생-쥐스트가 말한다.

"아, 그렇군요. 제가 깜빡했네요. 뭐, 그렇다고 해도 전혀 상관없

• 대혁명 발발 직후, 로베스피에르가 그 초안을 작성하고 1789년 8월 제헌의회에서 채택한 「인간과 시민의 권리선언」 제29항은 "정부가 인민의 권리를 박탈하려 한다면, 봉기는 인민의 가장 신성한 권리이자 의무가 된다"라며 사실상 인민봉기를 법적으로 추인했다. 이런 조항을 근거로 해서 각각의 자치구에는 유사시에 대비한 봉기위원회들이 속속 창설된 바 있다. 이 봉기위원회들은 1792년 8월 10일 왕정 및 왕당파를 타도하고 1793년 5월 31일 지롱드과 정권을 축출하는 데 실질적인 주역으로 맹활약한다. 하지만 공포정치 시기에 혁명정부의 중앙집권 통치가 강화되면서 서서히 무력화되기 시작했다.

114

습니다. 제 말의 요지는 달라질 게 없으니까요. 요컨대 우리 뒤에는 수백만의 인민이 버티고 있으니 아무 걱정할 게 없다는 말씀입니다. 의회 내 반대자들은 로베스피에르와 함께하는 그 인민들이 두려워서라도 섣불리 선제공격을 감행하려들지는 못할 겁니다. 오히려 이참에 마지막으로 한 번만 더 냉혹한 숙정을 거치는 게 어떨까 싶습니다. 마지막으로 한 번만 더. 당시 제가 그토록 몰살시켜버려야 한다고 주장했습니다만, 동지께서는 무차별적인 대량 살상만은 피해야 한다면서 당통 일파와 코르들리에파 가운데 일부를 처단하는 일에 극구 반대하셨지요. 아니나 다를까, 그렇게 살려둔 잔당들이 지금 폼페이우스의 크라수스* 같은 화근으로 자라 우리의 뒷덜미를 낚아채려는 중입니다. 이제는 우리가 먼저 저들을 쳐야 합니다. 마지막으로 한 번만 더 거대한 숙정의 피바람을 불러들여야 할 필요가 있습니다. 우리에게는 이 과도기 공화정을 반역도당들의 피로 씻어내야 할 역사적 소임이 주어져 있습니다."

그 말에 로베스피에르가 몹시 지친 표정으로 되묻는다.

"우리가 먼저?"

생-쥐스트가 말한다.

"그렇습니다. 몇 달 전, 당통 일파를 숙청할 때와 내내 매한가지 논리라고 보시면 됩니다. 저들이 움직이기 전에 우리가 먼저 나서는 겁니다. 그러지 않으면 저들의 손에 공화정이 허무하게 찬탈당할 우려가 있습니다. 혁명의 고삐를 조금만 늦춰도 여전히 허약한 토대 위

• B. C. 6세기경에 활약한 로마의 장군이자 정치가 들로 둘은 한평생 정적지간으로 지냈는데, 로마 공화정의 영웅 폼페이우스가 방심하는 동안 크라수스는 세를 키워 그와 대등한 정치적 위상으로까지 올라선 후 늘 폼페이우스의 발목을 잡았다. 폼페이우스는 카이사르에 대적하다 알렉산드리아 바닷가에서 암살당했고, 크라수스는 파르티아와의 전쟁에서 패사했다.

에 세워져 있는 이 공화국은 지롱드파의 경우처럼 덕성이나 대의에 무관심한 야심가들의 노획물로 한순간에 전락할지도 모릅니다. 그리되면 동지께서는 역사 앞에 큰 죄를 짓는 셈입니다……"

그때 로베스피에르가 불쑥 말한다.

"자네, 도대체 무슨 심산에서 그렇게 나를 자꾸 선동하고 부추기는 건가?"

생-쥐스트가 말한다.

"선동하고 부추기다니요, 그게 무슨 말씀이십니까? 저는 단지……"

로베스피에르가 말한다.

"그렇지 않아도 매번 그 저의를 수상쩍게 여겨온 참이었어. 자네는 언제나 누구보다 앞장서서 정적들의 숙청과 처단을 부르짖고 실행에 옮겨왔지. 자네의 선동만 없었더라도 당통 일파와 코르들리에파에 대한 대규모 척살만은 피할 수 있었을지도 몰라. 자네야말로 자꾸만 나를 부추겨가며 자코뱅 산악파의 반대자들을 무더기로 제거함으로써 진정한 독재의 실현에 한 발 한 발 다가가고 싶은 야심을 가누지 못하고 있는 셈은 아닌가!"

생-쥐스트가 소리친다.

"막심 동지, 어떻게 그런 말씀을 저한테 하실 수가……"

로베스피에르가 서둘러 말한다.

"당통이 처형되던 날, 나는 자네가 내게 와서 처음 던진 말을 똑똑히 기억하고 있네. '당통 일파를 끝장냄으로써 이제 동지께는 로마 공화정의 독재관*으로 가는 길이 훤히 트였습니다! 공화국이 우리 손아귀에 들어올 날도 머지않았습니다!' 나는 이 말을 듣고 속으로 놀랐지만 자네와의 오랜 우정을 고려해서 아무 내색도 하지 않았지. 하지만 반대파들의 피로 얼룩진 독재를 원하는 건 내가 아니라 바로 자네라는 사실을 그 순간에 분명하게 깨달을 수 있었네."

그 말을 듣고 생-쥐스트가 소리친다.

"그래요. 제가 정말 원하는 건 독재입니다. 왕정이나 귀족사회로 퇴행하지 않을 공화정의 안보를 위해서라도, 부유층들이 돈의 자유로 농락하는 인민들의 생존권을 위해서라도, 부르주아 정치인들과 그 정파들이 선거제도라는 자기들의 놀이판으로 인민주권을 침탈하고 참된 민주주의를 기만하는 데 저항하기 위해서라도, 부가 영구적으로 세습되는 것을 막기 위해서라도, 반혁명분자들의 부정한 재산을 강제로 몰수해서 극빈자들에게 두루 분배하기 위해서라도, 강력한 농지법 시행으로 부당한 토지 소유와 부르주아들에 의한 사유지 투기를 막고 소작농들에게 일정한 경작지를 공평하게 나눠주기 위해서라도, 사업장의 주인들에게 착취당하고 있는 상퀼로트들의 권리를 확장해주기 위해서라도, 파렴치한 정복지 수탈을 위해서가 아니라 공화국의 대의에 부합하는 혁명전쟁을 수행하기 위해서라도, 공화정의 인민 전체를 덕성으로 교화시킬 수 있도록 헌신하기 위해서라도, 저는 처절하고 강인한 독재를 원합니다. 됐습니까? 저는 이제 그만 물러가보겠습니다. 보고서의 초안 작성을 서둘러 마무리 지어야 하니까요. 그럼 안

● 로마 공화정의 행정수반은 1년 임기의 집정관으로 두 사람의 공동 책임제였다. 그런데 특수한 경우 원로원에서 어느 집정관의 위엄과 공적을 인정하여 장기간 단독으로 행정수반의 권한과 책임을 수행토록 인준해준 직책이 바로 독재관이다. 로마 공화정에서 독재관의 권한과 책임은 오로지 세습만 불가능한 임기직 황제의 역할이라고 봐도 무방할 정도로 막강했다. 로마 공화정에 이 독재관 제도를 처음 도입한 정치인은 B. C. 8세기 마리우스와 술키피우스 정권을 군사 쿠데타로 전복한 술라였다. 이후에는 카이사르가 공화정 말엽에 종신 독재관으로 추대된 바 있다.

녕히 계십시오, 막심 동지."

그러고는 문으로 나가려다 말고 난데없이 돌아서서 로베스피에르를
향해 외친다.

"그러니 이제 와서 도대체 나더러 어쩌라는 말입니까!"

생-쥐스트, 문을 벌컥 열고 나가버린다.

생-쥐스트가 퇴장하자마자 로베스피에르, 두 팔로 머리를 감싸 쥐며
책상 위에 엎드린다. 실비가 안으로 들어오려다 말고 침울해하는 로
베스피에르의 모습에 흠칫 놀라 뒷걸음질 친다.

제4장

"생토노레 가에 있는 로베스피에르의 하숙집 건물 앞 골목"이라고 알려주는 목소리가 상자무대 바깥에서 들린다. 알베르와 콜레뇽, 바뵈프, 파트리스, 레옹, 장-폴 등과 함께 몇 명의 상퀼로트가 로베스피에르의 하숙집 앞으로 몰려온다.

가장 먼저 콜레뇽의 입이 달싹거린다.

"로베스피에르가 사는 집 앞이라고 해서 관헌들이나 헌병들이라도 몇 명 경계 근무를 서고 있을 줄 알았는데, 지키는 사람이라곤 개미 새끼 한 마리도 보이질 않네. 아무튼 다행이야. 하지만 좀 뜻밖인걸."

알베르가 말한다.

"그래도 조심하자고. 네가 그랬잖아, 구민협회로 오는 길목에서도 끄나풀들의 그림자를 본 것 같다고 말이야. 혹시라도 집 앞에서 수상쩍은 동태가 보이면 즉시 출동하려고 관헌들이 어디 숨어서 감시하는 중일 수도 있으니까."

파트리스가 말한다.

"두 달 전에 두 차례나 암살 기도가 있었다니, 공안위원회 권력자의 집 앞을 이렇게 자유로이 비워둘 리가 없어. 필시 어디 숨어서 누군가가 우리를 몰래 감시하고 있을 거야. 자칫 잘못하면 관헌들한테 다 끌려갈 수도 있네."

레옹이 말한다.

"내가 본 적이 있는 다른 정치인들의 집은 다 으리으리하고 고급스런 호화 저택이었어. 가령, 당통만 해도 그랬지. 그런데 이 빌라 건물은 생각보다 소박하고 허름하네. 그나마도 로베스피에르는 이곳 단칸방에서 하숙을 하는 거라던데. 하숙집 주인장도 우리 같은 상퀼로트라더군."

장-폴이 불안한 어투로 말한다.

"아무래도 난 안 되겠어. 너희들이 억지로 잡아끄는 통에 부득불 여기까지 따라오긴 했지만, 지금 이 시간에는 작업장이 서서히 바빠질 무렵이거든. 직인들과 손님들이 날 찾을 거야. 내가 없으면 작업장이 안 돌아가니까. 여기서 공친 시간을 누가 보상해주는 것도 아니고 말이지. 이러다 일거리라도 떨어지면 큰일이라고. 그리되면 집에서 바글거리는 처자식들은 누가 다 먹여 살리나? 미안해, 시민 바뵈프. 그럼 난 이만 먼저 가네."

장-폴, 동료들이 붙잡을 틈도 주지 않고 황황히 혼자서 내뺀다. 파트리스가 장-폴을 따라 나서려 하자 바뵈프, 제지하며 말한다.

"그냥 놔두게. 강제로 붙잡는다고 해서 해결될 일이 아니니까. 나중에 때가 되면 제 스스로 깨우치게 될 거야, 이런 결속과 시위가 우리한테 반드시 필요하다는걸."

콜레뇽이 파트리스와 레옹에게 묻는다.

"너희들은 일터에 가보지 않아도 괜찮겠어?"

그 물음에 파트리스와 레옹, 얼른 대답을 하지 못하고 우물거린다. 그러다 잠시 후 파트리스가 말한다.

"저 친구, 작업장이 바빠져서 빨리 가봐야 한다는 소리는 필시 그냥 둘러대는 핑계일 게 뻔해. 실제로는 관헌들한테 잡혀가지나 않을까 그게 걱정되는 거지, 혹시라도 단두대에 끌려갈까 봐."

레옹이 말한다.

"뭐, 단두대라고? 혹시 관헌들이 덮치기라도 하면 난 열렬한 로베스피에르 지지자라고 재빨리 말해야겠다. 그저 그 양반 얼굴이나 한 번 보러 여기 왔다고 말이야."

파트리스가 말한다.

"여기까지 같이 와놓고 그런 식으로 혼자만 빠져나가겠다는 거냐? 비겁한 녀석, 너도 내뺀 자식하고 하나 다를 거 없어."

레옹이 말한다.

"있는 그대로 사실만을 말했을 뿐인데 괜히 왜 나한테 역정이야? 나는 그 양반한테 뭘 따지러 여기까지 같이 온 게 아니야. 이 기회에 한마디라도 직접 나눠볼 수 있지 않을까 해서 그냥 따라온 거지."

그때 바뵈프가 손짓으로 둘의 대거리를 말리며 앞쪽을 주시한다. 빌라 건물 출입구로 생-쥐스트가 나오더니 이내 어디론가 사라진다. 콜레뇽이 바뵈프에게 묻는다.

"저 사람은 누군가?"

바뵈프가 답한다.

"생-쥐스트야. 로베스피에르의 최측근이지. 아마도 이른 아침부터 이 집에서 무슨 회합이 있었나 보군."

알베르가 말한다.

"생-쥐스트라면, 방토즈 특별법 발의와 입법에 앞장선 사람 아닌가?"

바뵈프가 말한다.

"맞아. 하지만 이 법령을 발의한 생-쥐스트 본인부터가 방토즈 특별법은 현실적으로 시행될 가능성이 극히 낮다는 걸 아마 잘 알고 있을 거야. 그런데도 지금까지 정치적인 선전효과와 우리 같은 상퀼로트들의 환심만 노리고 정략적으로 그런 입법을 추진해온 게 틀림없어. 요새 상퀼로트들 사이에서 바닥에 떨어져 있는 로베스피에르의 인기와 신뢰를 만회하기 위해서 말이야. 아까도 말했지만, 본래 방토즈 특별법이 난데없이 추진된 배경에는 코르들리에파에 대한 자코뱅 산악파의 견제와 불순한 경쟁 욕구가 도사리고 있지. 한동안 줄곧 독점하고 있던 상퀼로트들의 민심이 자기네들보다 훨씬 더 급진적인 코르들리에파 쪽으로 자꾸만 기울어지는 게 못내 불안해졌을 테니까. 그런데 그 불안감을 견디지 못한 로베스피에르가 억지스런 내란 음모 공작으로 결국 코르들리에파를 제거하는 데 성공한 지금, 누가 봐도 허술하기 그지없는 방토즈 특별법을 저들이 구태여 시행하려들겠나? 본디 정치하는 인간들의 속성이라는 게 다 그렇다네. 그러니 조금도 혹시나 하고 기대할 거 없어."

알베르가 말한다.

"혹시나 했더니 역시나겠군. 듣고 보니 일이 돌아가는 게 그래 보이네. 확실히 우리 그라쿠스 선생의 안목과 혜안은 참으로 놀라워. 매사에 감정만 앞세워 로베스피에르와 자코뱅 산악파를 저주해대면서도 실제로는 행여나 하는 마음에 그 망할 놈의 미련을 못 버리고 사는 나와는 영 사태 파악의 차원이 달라."

레옹이 웅얼거린다.

"혹시나, 역시나, 행여나…… 옛날에 엄마가 이런 말을 입에 달고 다니면서 노상 불평과 험담을 일삼는 친구들하고는 자주 어울려 놀지 말라고 그랬는데."

파트리스가 묻는다.

"그런데 그라쿠스 선생이라니 그건 무슨 말인가?"

콜레뇽이 답한다.

"시민 바뵈프가 스스로 지어 붙인 별명이지…… 좋은 뜻이라는데 그라쿠스가 누군지는 나도 잘 몰라."

파트리스가 말한다.

"누군지는 몰라도 어감이 썩 근사하니 앞으로는 나도 시민 바뵈프를 그렇게 부르겠네."

바뵈프가 그들에게 말한다.

"그라쿠스가 누구냐 하면 말이야……"

그때 외출복으로 갈아입은 로베스피에르가 골목에 등장한다. 그는 바뵈프 일행과는 달리 붉은색 혁명모와 카르마뇰 조끼를 착용하고 있지 않다. 바뵈프, 급히 말을 끊고 일행과 함께 로베스피에르의 앞쪽으로 달려나간다. 이들의 돌발적인 접근에 로베스피에르, 흠칫 놀라 뒤로 몇 발짝 물러선다. 콜레뇽이 바뵈프에게 소곤거린다.

"혹시 이쪽을 감시하는 눈길이 있을지도 모르니 말이야, 우선은 언성 높이지 말고 신중하게 처신하세. 알았지?"

다소 쇠잔하긴 해도 여전히 꼬장꼬장한 목소리로 로베스피에르가 말한다.

"가난하고 성실한 인민들이여, 이쪽을 감시하는 눈길 같은 건 없습니다. 공화국에서 어느 누가 제멋대로 인민들을 감시할 수 있다는 말입니까? 그러니 안심들 하시고 무슨 일로 나를 찾아왔는지나 편히 말씀해보십시오."

레옹, 로베스피에르에게 악수를 청하려다 파트리스에게 제지당한다. 바뵈프가 말한다.

"로베스피에르 시민 동지, 정녕 오랜만이올시다. 혹시 제가 누군지 기억하시겠습니까?"

로베스피에르가 바뵈프를 유심히 건너다본 후 말한다.

"그래, 이제야 떠오르는군. 당신은 언론인 바뵈프가 아닌가? 상퀼로트 동지들과 함께 여기까지 나를 만나러 오다니 그래, 어인 일이시오?"

바뵈프가 말한다.

"기자 생활은 오늘부로 때려치웠습니다. 진작 그만두었더라면 그래도 환멸이 덜했을 텐데 오늘에서야 이 생활을 작파한 게 후회막급입니다. 자코뱅 산악파 치하에서 세상 돌아가는 꼴이 워낙 험난하고 어수선해야 말이지요. 대신, 이제는 롬바르 구의 구민협회에서부터 여러 상퀼로트 동지들과 뜻을 모아 이런 세상이 우리의 손으로 바로잡힐 수 있도록 한번 매달려볼까 합니다. 이 상퀼로트 동지들이 탐욕스런 부르주아들의 구둣발 밑에 깔려 개처럼 헐떡거릴 필요도 없는 세상을 하루라도 빨리 앞당기기 위해서 말입니다."

그 말에 초장부터 너무 직설적이지 않느냐는 듯 콜레뇽이 바뵈프의 옆구리를 찌른다. 로베스피에르가 정색한 목소리로 묻는다.

"과도한 불평분자는 대책 없는 팡글로시앙*만큼이나 공화정에 이롭지 않은 존재가 아닐까 싶소. 그래, 불만이 뭐요, 시민 바뵈프?"

바뵈프가 잠시 로베스피에르의 행색을 살피고는 짐짓 비아냥거리는 어투로 말한다.

"저는 붉은색 혁명모와 카르마뇰 조끼가 대혁명에 동참한 상퀼로트들의 상징적 복장이자 자코뱅이 상퀼로트들과 굳게 연대하고 있다는 동맹의 표상인 줄로만 알고 있었습니다. 방금 전 이 골목을 지나간 생-쥐스트도 저희와 마찬가지로 붉은색 혁명모와 카르마뇰 조끼를 착용하고 있었고요. 그런데 자코뱅 산악파를 실질적으로 이끌고 계실 뿐 아니라 공안위원회의 수장이기도 하신 시민 동지께서 붉은색 혁명모도, 카르마뇰 조끼도 착용하고 있지 않은 걸 보니 아무래도 제가

● 볼테르의 『캉디드』에 등장하는 낙천주의자 팡글로스Pangloss의 추종자를 가리키는 말. 팡글로스는 현세를 최상의 유토피아로 보는 낙천적 인물로 근거 없는 낙천주의의 대명사이다.

잘못 알고 있었나 봅니다그려."

로베스피에르가 말한다.

"자코뱅 산악파에도, 공안위원회에도 조직의 운영을 주도하고 통솔하는 우두머리 따위는 따로 없소. 나도 자코뱅 산악파와 공안위원회의 일원일 뿐 그 조직의 우두머리는 아니오. 더욱이 이 둘 가운데 하나는 공화정과 민주주의에 뿌리를 박고 태동한 자유와 평등의 결사체요, 나머지 하나는 공화정과 민주주의의 수족으로 움직이는 혁명정부의 통치기구이거늘, 스스로 공화정과 민주주의의 대의를 거슬러 어찌한 사람에게만 통솔자로서의 지위와 역할이 집중되도록 허용할 수 있다는 말이며 어떻게 한 사람만이 우두머리로서의 권한과 의무를 독점하는 게 가능하겠소? 당신의 말이 설령 내게 산악파와 공안위원회의 과오를 전가하여 질책하려는 의도에서 비롯되었다 할지라도, 섣불리 산악파나 공안위원회의 수장 노릇을 운위한 것은 공화정과 민주주의의 함의에 전혀 부합하지 않는 퇴행적 발상의 소치에 지나지 않소. 다시 한 번 강조해두는 바이오만, 나는 다른 동료들과 동등한 일원으로서 그 소임과 책무에 충실하고자 했을 뿐 결코 동료들의 머리 꼭대기 위에서 수장으로서의 전권을 행사한 적도, 그 몫을 거머쥐려 한 적도 없소이다. 그리고 내가 혁명모와 카르마놀 조끼를 착용하지 않은 까닭은 한 사람의 시민으로서 그런 상퀼로트들의 표상에 앞서 더 중히 기억하고 내세워야 할 공화국의 상징과 이념이 따로 있다고 보았기 때문이오."

바뵈프가 준열한 목소리로 말한다.

"지금 이 판국에 상퀼로트들의 표상보다도 더 중히 기억하고 내세워야 할 공화국의 상징물이 다 있다니, 그게 뭔지 어서 말씀해주시겠습니까, 시민 로베스피에르?"

로베스피에르가 말한다.

"바로 자유·평등·박애의 삼색기요. 공화국의 시민들에게 이보다 더 중히 여겨져야 할 상징과 이념은 따로 있을 수 없소. 왜냐하면 이 세 가지 상징적 색상은 파이드로스의 등대처럼 공화정의 보편적 이념을 모든 시민에게 환히 비춰 보여야 할 것이기 때문이오. 그 보편적 이념이 궁극적으로 지향하는 것은 모든 차이와 갈등을 초월하는 세계시민주의의 덕성과 평화요. 그러므로 이곳의 공화국 시민들은 무엇보다도 삼색기의 상징성과 이념 속에서 그런 덕성과 평화의 보편 정신을 체득하고 함양해야 할 의무가 있소. 그래야만 덕성과 평화의 보편 정신은, 마치 시나이 산에서 모세가 가지고 내려온 동판의 율법과도 같이, 공화국 시민들의 영혼에 확고한 정언명령 또는 준수해야 할 도덕률의 방향성으로 깊이 아로새겨질 수 있을 테니까 말이오. 공화정의 법을 낳고 양육하는 시민들의 일반의지란 결국 자유·평등·박애의 삼색 이념으로부터 형성되고 발산되는 하나의 정언명령과 전혀 다른 게 아닐 거요. 그에 반해 붉은색 혁명모와 카르마뇰은……"

레옹이 나지막한 목소리로 웅얼거린다.

"하긴 삼색기를 입고 다닐 순 없잖아? 다른 건 몰라도 혁명모와 카르마뇰이 삼색기에 비해 착용하긴 좋지."

파트리스도 나지막한 목소리로 웅얼거린다.

"인민인가, 시민인가? 인민 속에 시민이 있지만, 문맥에 따라 그것 과는 전혀 다른 의미로 들리기도 하지."

로베스피에르가 계속한다.

"……어떠한 압제에도 굴하지 않겠다는 인민들의 투쟁의지와 역사 적 사명감을 드러내주는 혁명정신의 징표로되 현재로서는 지나치게 특정한 한 계층의 전유물처럼만 인식되는 경향이 강한 것 같소. 말하 자면 자유·평등·박애의 삼색기와는 달리 이런 상징성으로는 공화국 전체와 시민사회 모두를 두루 아우를 수 없다는 말이오. 심지어 몇몇 정치인과 일부 사회계층 사이에서는 붉은색 혁명모에 대한 위화감과 거부감이 자심해진 나머지 그것을 특정 권력에 대한 조롱거리로까지 삼고 있는 실정이오. 다른 한편으로는 혁명을 뒤엎으려는 불순 세력 들이 간계와 모략의 일환으로 일부러 붉은색 혁명모나 카르마뇰을 즐 겨 착용한다는 말도 들려오고 있소. 물론 공화정의 초석이 상퀼로트 라는 것은 누구도 부인할 수 없는 사실이오. 그리고 붉은색 혁명모와 카르마뇰이 대혁명의 완수와 민주주의 공화정의 출범을 지지하는 애 국자들 대다수의 상징적 복장으로 오늘날까지 사람들 사이에 널리 통 용되고 있다는 것도 어김없는 사실이오. 하지만 그렇다고 해서 그런 복장이 어느 한 계층의 권력과 위세에 대한 상징으로까지 변질되는 것은 결코 바람직한 일로 보이지 않소. 그리고 그로 인해 많은 사람이 붉은색 혁명모와 카르마뇰을 타기하고 상퀼로트들에 대해서도 적대시하는 풍조가 이 공화국에 만연한다면, 이 또한 몹시 부당하고 불미스런 사태라 아니할 수 없을 거요. 그런데도 여전히 몇몇 자치구의 구민협회에서는 혁명정부의 임명을 받고 부임해온 공직자들에게까지 붉은색 혁명모와 카르마뇰의 착용을 의무화해서 강요하고 있는 것으로 알고 있소. 한 사람의 시민으로서 나는 그런 자치구들의 강제 시책에 반대하오. 상퀼로트들이 공화국의 초석이라는 것은 두말할 나위도 없는 사실이되, 이 공화국이 결코 상퀼로트들만의 나라는 아닐 것이기 때문이오."

바뵈프가 말한다.

"안타깝지만, 그 말 한마디로 당신은 인민의 독재를 원하는 게 아니라는 점이 다시금 명확해진 것 같군요. 인민의 독재를 원하지도 않으면서 혁명정부가 구민협회에 공직자들을 내려보내고 자치구의 여러 사업 계획에 대해서도 반드시 공안위원회의 재가를 거치도록 통제할 만큼 중앙집권을 가속화하는 이유는, 역시 제 예상대로, 당신이 또 다른 독재에 집착하고 있기 때문이겠지요? 그러니 봉기위원회를 무력화한 것도 모자라서 끄나풀들로 하여금 구민협회들의 동향을 은밀히 파악해오도록 한 것일 테고요."

로베스피에르가 말한다.

"아니나 다를까, 당신도 다른 사람들처럼 나를 독재자로 모는군. 좋소, 이참에 다시 한 번 분명히 밝혀두지. 나는 인민의 독재도, 부르주아의 독재도, 군부의 독재도 절대로 원치 않소. 나는 여하한 형태의 독재에 대해서도 반대하오. 그게 지금 내가 당신한테 들려줄 수 있는 최선의 응답일 듯하오. 내가 독재자일 수 없다는 사실은 방금 전 자코뱅 클럽과 공안위원회의 직위에 대한 해명에서도 이미 확연히 드러난 게 아닐까 싶소. 나는 동료들로부터 권력을 가로채서 전용한 적이 없소. 내가 대혁명에 앞장서서 뛰어든 까닭도 무엇보다, 신물 나는 왕정의 전제정치를 타도하려는 데 있었소. 모든 전제정과 독재는 나의 적이오. 그런데도 내가 독재를 하고 있다니, 이야말로 무책임하고 터무니없는 음해에 불과하오."

바뵈프가 말한다.

"당신은 지난 플뤼비오즈(비의 달) 중순경 국민공회 연설에서 공안위원회 위원의 이름으로 혁명정부의 요체를 전제정에 항거하는 자유의 독재라고 선포한 바 있습니다. 저는 그날 당신이 한 연설 내용을 일일이 받아 적었기 때문에 아주 똑똑히 기억하고 있지요. 그래놓고 지금에 와서는 여하한 형태의 독재에 대해서도 반대한다니, 아무리 주위에서 독재자로 몰려 상황이 급박하다고는 해도, 강직한 청백리 로베스피에르의 평소 품격을 고려해볼 때 적어도 제 눈에는 전혀 그와 걸맞지 않는 입장의 선회로밖에 보이지 않는군요. 흔히 전제정에 항거하는 자유의 독재란 왕정으로부터 경제적 독립권을 쟁취해서 유지하려는 부르주아 자유주의를 뜻하는 말이 아닙니까? 그리고 부르주아 자유주의란 곧 왕정의 총칼 대신 돈과 시장의 압제로 인민들의 생존권을 유린하는 상업자본가들의 독재를 뜻하고요. 이것은 필경 치명적인 민주주의 파괴와 엇물리는 법입니다. 그러면 국가의 주권을 인민들에게 돌려주겠다던 혁명의 확약에도 위배되는 셈이지요. 만일 그런 뜻으로 말하려던 게 아니었다면 당신은 혁명정부의 요체를 자유의 독재가 아니라 평등의 독재로 선포했어야 옳습니다."

바뵈프의 말에 상퀼로트들이 일제히 "옳소!"라고 외치며 박수를 보낸다. 그때 두어 명의 관헌이 그들에게 다가온다. 알베르와 콜레농을 비롯한 상퀼로트들, 관헌들의 접근에 소스라치게 놀라 뒤로 슬금슬금 물러난다. 하지만 바뵈프의 자신만만한 독려에 그들은 곧 평정을 회복한다. 로베스피에르도 안심하도록 그들을 다독거린다. 로베스피에르가 날카로운 눈길로 관헌들을 쏘아보며 묻는다.

"자네들이 여기 느닷없이 무슨 일인가?"

관헌들 가운데 한 사내가 말한다.

"어떤 행인의 제보를 받고 혹시나 싶어 나와봤습니다. 자택 앞에서 로베스피에르 시민 동지가 상퀼로트들에게 둘러싸여 있다고 해서 말입니다."

로베스피에르가 말한다.

"둘러싸이긴 누가 누구한테 둘러싸였다는 말인가? 나는 지금 출근길에 나를 찾아온 시민들과 잠시 대화를 나누고 있을 뿐이네. 그러니 방해하지 말고 그만 썩 물러가주게."

관헌들, 당혹스러워하는 표정으로 발길을 돌리려 한다. 순간, 로베스피에르가 그들을 다시 불러 세워놓고는 이렇게 묻는다.

"자네들, 분명히 누군가의 제보를 받고 찾아온 게 확실한가?"

관헌이 말한다.

"네, 분명히 그렇습니다만 왜 그러십니까, 시민 동지?"

로베스피에르가 다시 묻는다.

"혹시 이 근처에서 우리들의 대화를 지켜보고 있다 갑자기 튀어나온 건 아닌가? 아, 오해는 하지 말게. 그냥 확인이 필요해서 묻는 것뿐이니."

관헌이 대답한다.

"설마 그럴 리가 있겠습니까? 분명히 누군가의 제보를 받고 걱정스런 마음에 한번 찾아와봤을 뿐입니다. 시민 동지께서 요청하신 일도 없는데 저희가 왜 자택 앞을 지켜보고 있겠습니까?"

로베스피에르가 말한다.

"한 가지만 더 묻겠네. 지역 관헌들이 관할구역 구민협회의 동향을 사찰한 경우가 있거나 혹시라도 그런 얘기를 들은 적이 있나?"

관헌이 말한다.

"지역 관헌들이 구민협회를 사찰한다는 것은 감히 상상도 못 할 일입니다. 아직도 구민협회가 지역 관헌들의 윗자리에 있는데 거기가 어디라고 저희들이 사찰할 용기라도 낼 수가 있겠습니까? 그런 일은 절대로 있을 수 없습니다."

로베스피에르가 말한다.

"알겠네. 그럼 그렇게 알고 있겠네."

관헌들, 로베스피에르와 상퀼로트들에게 깍듯이 인사한 후 발길을 돌려 퇴장한다. 알베르가 콜레뇽에게 속닥거린다.

"정치인들이란 자고로 믿을 게 못 되는 연극배우들인데, 저것도 다 우리의 이목을 의식해서 자기들끼리 짜고 한 자작극이 아닌가 모르겠네."

콜레뇽이 알베르에게 속닥거린다.

"그렇게 보이지는 않던걸…… 그나저나 권력이 좋긴 좋군. 인민들 앞에서는 함부로 거드름을 피워대는 지역 관헌들도 공안위원회 위원 앞에 오니 저토록 비굴해지니 말이야. 그런데 로베스피에르의 태도는 우리를 대할 때와 관헌들을 대할 때가 영 딴판이네. 바뵈프와 얘기하는 동안에는 나는 저 양반이 그런 권력자라는 걸 별로 실감하지도 못했으니까."

알베르가 다시 콜레뇽에게 속닥거린다.

"그럼 뭐해! 우리 같은 상퀼로트들하고는 이미 갈라섰는데……"

콜레뇽도 알베르에게 다시 속닥거린다.

"그러게. 그 점이 좀 아쉬워……"

레옹이 그들의 속닥거림에 끼어든다.

"나는 갈라서지 않았어. 그리고 앞으로도 로베스피에르와 갈라서지 않겠어. 너희들이 뭐라고 하든, 아마 나처럼 생각하는 상퀼로트들도 아직 많이 남아 있을 거야."

잠시 후 로베스피에르가 바뵈프에게 말한다.

"혹시 또 모르니까 실제로 혁명정부가 구민협회에 대한 사찰을 자행한 적이 있는지 공안위원회에서 곧 엄정한 내사에 착수할 수 있도록 조치하겠소. 그러고 나서 내가 직접 그 사실 여부를 확인해보겠소…… 그런데 **전제정에 항거하는 자유의 독재**라는 말은 결코 그런 의미에서 쓴 표현이 아니오. 물론 당시 내가 **자유의 독재**라는 개념을 내세워 혁명정부의 요체를 설명한 건 맞소. 하지만 이 말은 여전히 이 나라에 득시글거리는 왕당파와 반혁명 세력들에게 강력히 경고하면서 공화정과 민주주의의 안보를 굳건히 다지기 위해 사용한 겁박과 위협의 수사에 불과하오. 왕정의 잔존 세력들과 공화정의 전복을 획책하는 불순분자들의 준동이 여전히 심상치 않다는 것은 아마 여러분도 잘 알고 있으리라 믿소. 만일 이들에 의해 공화국과 민주주의가 전복되는 변고라도 발생한다면, 필경 혁명정부의 공포정치와는 비길 수도 없을 보복의 학살과 백색테러로 이 프랑스 전역에 경천동지할 피바람이 몰아치리라는 것은 불을 보듯 빤한 일이오. 공화정과 제국의 시기를 막론하고 고대 로마사만 해도 처절하게 거듭되는 보복과 반동의 도륙으로 점철되어 있다는 것은 익히 알려진 사실이 아닐까 싶소. 그것은 단순히 그들의 손에 수백만의 인명이 살상되는 차원의 문제를 뛰어넘어 한 시대의 장려한 역사적 기념비가 송두리째 무너지고 말살된다는 것을 가리킬 수도 있는 일이오. 그토록 소름 끼치는 퇴행과 회귀의 의례를 한바탕 거치고 나면 이 공화정의 인민들은 필시 모든 자유를 박탈당한 전제정의 노예로 되돌아가고 말 것이오. 그러니 지금 인민들을 왕정복고의 위협으로부터 보호하고 공화정을 반혁명분자들의 교란책동에 맞서 투철히 지켜내는 일만큼 막중한 역사적 과제는 없는 셈이오. 지금 우리에게는 혁명의 수레바퀴가 절대 역행하지 않도록 어떻게 해서든 그 동력을 지탱해야 할 책임이 주어져 있다는 말이오. 그러자면 힘의 응집이 절실해질 수밖에 없소. 반혁명 세력들의 준동을 철저히 토벌하여 뿌리 뽑을 수 있으려면, 그 싹조차 준열히 짓밟아 없애버리자면, 여전히 구체제의 문화와 유습에 사로잡혀 약간의 도발만으로도 기우뚱거리기 쉬운 사회의 이념적 토양을 근본적으로 혁신하려면 그 과업을 수행할 수 있을 만한 힘의 크기가 요청되기 때문이오. 반역도당들의 교란과 도발을 강력하게 억눌러 괴멸시킬 수 있는 힘이 없다면, 이 민주주의 공화정은 하루아침에 절박한 안위와 존망의 갈림길로 내몰리지 않을 수 없을 것이기 때문이오. 그렇다면 왕당파나 반역분자들의 파고에 대비해서 공화국의 방파제를 높이 쌓아 올리기 위한 독재는 결국 불가피하다고 봐야 하오."

로베스피에르의 말에 레옹, 돌연 손뼉을 치려 한다. 하지만 주위에서 따가운 눈총을 주자 이내 박수를 슬그머니 거두어들인다. 로베스피에르가 계속한다.

"하지만 내가 지금 말한 독재는 영구적인 독재권력의 행사가 아니라 과도적인 독재 체제를 의미할 뿐이오. 그것은 또한 인민들만을 위한 독재도 아니고, 부르주아들만을 위한 독재도 아니요. 다시 말해 어느 특정한 사회 세력들만을 위한 독재가 아니라 오로지 공화정과 민주주의의 안정된 착근(着根)만을 위한 독재란 뜻이오. 공화정과 민주주의가 비로소 한 나라의 반석 위에 세워지면 당연히 한시적으로 수립된 데 불과한 독재 체제는 막을 내리고 평시 정부의 형태로 서둘러 전환해야 할 것이오. 그리고 아마 그때쯤 되면 한동안 지속되어온 공포정치의 시효도 마감되지 않을 수 없을 것이오. 여하튼 당시 **자유의 독재**란 말은 그런 이유에서 선택된 표현이었소. 그런데 시민 바뵈프, 이 말이 그렇게 해석될 여지도 있다는 것은 안타깝지만 지금에야 처음 깨달았소. 그리고 진작 알았더라면 더 좋았을 거라는 생각도 들었소."

바뵈프가 말한다.

"그런 말로 저희를 포섭하려들지 마십시오, 시민 로베스피에르. 안 속습니다. 우리는 공포정치 따위는 전혀 두렵지 않습니다. 만약 공포정치가 두려웠다면 이 자리에 올 엄두조차 내지 못했을 겁니다. 공포정치 때문에 자코뱅 산악파 치하에서 살기 힘들다고 한 것도 전혀 아닙니다. 오히려 정확히 그 반대 지점 때문입니다. 우리는 오히려 공포정치가 마감되었을 때 뒤따를 경제적 자유화와 규제 완화의 후속 조치들을 더 두려워하고 있습니다. 지금부터도 벌써 최고 가격 고정제가 철폐된 반면 최고 임금 상한제는 오히려 확대 시행될 수순을 밟고 있질 않습니까? 이 점 하나만으로도 요사이 상퀼로트들은 치명적인 도탄에 빠져 허우적거리고 있습니다. 더욱이 우려스러운 것은 당신이 지난 프레리알 24일에 **우파들과의 대연합**을 제안한 이후부터 이렇게 의회 내 온건 노선과 부르주아들의 의중만을 반영한 듯한 경제 정책들이 속속 쏟아져 나오고 있다는 점입니다. 게다가 전반적으로 통제 경제의 기조를 크게 후퇴시키려는 움직임들이 혁명정부 내에서 뚜렷해지기 시작했다는 대목도 수많은 상퀼로트의 우려와 탄식을 자아내고 있습니다. 지금까지 상퀼로트들은 자코뱅 산악파의 집권을 든든히 떠받쳐온 버팀목이었습니다. 그 사실에 관해서는 아마 저보다도 당신이 더 잘 알고 있을 줄 믿습니다. 심지어는 당신들이 석연치 않은 죄목으로 코르들리에파를 숙청했을 때조차 상퀼로트들은 혁명정부에 대한 지지를 철회하지 않았습니다. 물론 저는 이 사건이 일어나면서부터 시민 로베스피에르, 당신을 권력욕에 사로잡힌 한 사람의 부르주아 독재자로 보기 시작했지만 말입니다. 여하튼 당신과 자코뱅 산악파, 그리고 혁명정부에 대한 상퀼로트들의 신뢰와 사랑은 그만큼 뜨겁고 두터웠습니다. 하지만 만일 당신이 우파들과의 대연합 속에서 경제 운용의 기조를 계속 이런 식으로 옮겨가려 한다면 또는 적어도 그런 흐름을 여러 이유에서 방관만 하고자 한다면, 아마도 상퀼로트들과 당신과의 유대관계는 건널 수 없는 다리 하나를 사이에 두고 영영 단절되어버릴지도 모릅니다. 지금 수많은 상퀼로트는 돈의 자유에 짓눌려 위태로운 생존의 벼랑 끝에서 허덕거리고 있으니까요. 일찍이 당신은 입법의회 시절, 부자들의 귀족정에 극렬히 반대한다고 선언하면서 인민의 이익이 전체의 이익이며 부자들의 이익은 특수한 이익이라고 주장한 바 있습니다. 그러고는 **대의원 여러분이 봉건 귀족정의 속박을 끊어낼 때 인민이 함께한 이유가 또다시 부자들의 지배를 받기 위해서였을까요?**라고도 반문했습니다. 또한 부르주아지들이야말로 훌륭한 재능과 관대한 미덕이 몰락해버린 자리에 오로지 이기주의와 천박함만을 불러들인 장본인이라며 국가의 정치 체제가 오직 한 계급만의 영역으로 굳어진다면 그 체제는 오래 지속될 수 없을 것이라는 경고까지 덧붙였습니다.* 당시 그렇게 선언하고 경고한 시민 로베스피에르는 지금 어디 있습니까? 극도의 배신감에 휩싸인 상퀼로트들의 민심이 자코뱅 산악파와 혁명정부를 싸늘히 외면할 때 앞으로 어떤 결과가 초래될지는 하늘만이 아시겠지요. 이 말은 제가 당신께 드릴 수 있는 마지막 충언입니다."

바뵈프의 말에 다른 일행들이 일제히 응원의 함성을 내지르는 동안, 유독 레옹만 뒤로 돌아서서 난데없이 울먹이기 시작한다. 잠시 후 로베스피에르가 매우 피로해진 목소리로 입을 연다.

"우파들과의 대연합이라니, 그건 정말 오해요, 시민 바뵈프……"

● 여기에 인용된 로베스피에르의 말들은 1791년 4월 '실버마르크에 대하여'라는 제목으로 입법의회에서 대의원들에게 한 연설 내용의 일부이다. 이 연설에서 로베스피에르는 납세액의 액수에 따라 보통선거의 참정권을 제한하고자 한 선거 규정에 반발하면서 의회선거가 일부 계층들만을 위한 대의제도로 전락하지 않을까 우려하고 있다.

제5장

상자무대 바깥의 목소리.

"폐쇄된 코르들리에 클럽의 옛 사무실에 비요-바렌과 콜로 데르부아가 와 있다."

둘 다 마리오네트인 이들은 연극 연습에 몰두하고 있는 것처럼 보인다. 그들의 손에는 제각기 대본 하나씩이 들려 있다. 마리오네트 비요-바렌의 입이 달싹거린다.

"저 보고서 초안을 검토하고 있자니, 의회 안의 정치적 반대파들이 우리의 우정과 신뢰까지도 충분히 뒤흔들 수 있겠다 싶었네. 자네는 내가 **이성의 최고 존재**나 **무신론의 부정** 같은 사안을 얼마나 중시하는지 빤히 알고 있으면서도 이 초안에는 단 한 줄도 언급하지 않았더군. 프레리알 24일 내가 제안한 우파 대연합의 여파로 자네마저도 혹시 다른 입장을 취할 셈인가, 시민 생-쥐스트?"

콜로 데르부아가 말한다.

"막심 동지, 역시나 그 문제로 오해하실 줄 알았습니다. 우리가 공안위원회에서 지속적으로 확고한 영향력을 행사하려면, 어느 정도 동료들과의 타협이나 조율도 필요하지 않을까 싶더군요. 동지께서 짐작하시는 대로, 종교와 관련된 언급을 일절 넣지 말아야 한다고 완강하게 요구한 것은 코르들리에파의 비요-바렌과 콜로 데르부아였습니다. **이성의 최고 존재**나 **무신론의 부정** 또는 **불멸의 영혼**에 대해 다룰 요량이라면, 공안위원회의 명의로 정치 상황 보고서를 발표하는 데 절대 동의해줄 수 없다면서 말입니다. 동지께서도 아시다시피, 국민공회에서 공안위원회의 명의로 정치 상황 보고서를 발표하려면 위원 열두 명 전원의 사전 서명이 필요합니다. 그런데 비요-바렌과 콜로 데르부아는 그 부분이 보고서 문안에 포함되는 한 서명을 거부하겠다고 버텼습니다. 그뿐 아니라 차제에 **이성의 최고 존재**를 마치 공화정의 국교처럼 신성화하려는 일부 산악파의 움직임도 강력하게 저지하겠다고 엄포를 놓더군요. 그러니 전들 어쩌겠습니까? 지금 의회 안의 상황이 정말 예사롭지 않습니다, 막심 동지."

비요-바렌이 말한다.

"어쩌긴 뭘 어째? 비요-바렌과 콜로 데르부아 따위는 무시하세나, 시민 생-쥐스트. 어차피 그들은 우파 대연합의 포섭 대상들이 아니야. 그저 하잘것없는 코르들리에파의 잔존 세력들이 아닌가? 우파 대연합이 실현되면 비요-바렌과 콜로 데르부아처럼 극렬한 좌익분자들은 독 안에 든 생쥐나 다름없이 고립되고 말 거야. 그러니 그들의 방해 책동 따위는 안중에도 두지 말고 그대로 우리 뜻을 밀어붙이기로 하세. 이런 식으로 계속 말썽을 피워대면 에베르나 쇼메트 이상으로 가혹하게 짓밟아버리면 그만이니 말이야."

콜로 데르부아가 말한다.

"막심 동지, 상퀼로트들이 그때는 그냥 넘어갔지만 이번에도 코르들리에파를 단두대로 보내면 혹시 동요하지 않을까요? 저는 그 점이 걱정됩니다. 그래도 코르들리에파가 상퀼로트들 사이에서는 자코뱅 산악파 이상으로 인민들을 위한 정파처럼 인식되고 있는 모양이니 말입니다."

비요-바렌이 말한다.

"저번에는 무분별한 무신론의 설파를 앞세워 우리와 전쟁 중인 외세들과 내통했을 뿐 아니라 궁극적으로는 반역도당들과 합세하고자 사유재산제 폐지처럼 씨알도 먹히지 않을 급진 정책들로 인민들을 미혹하려들었다고 한 우리의 선전이 적중하지 않았나. 이번에도 여차하면 그렇게 뒤집어씌우세. 그러면 모든 일이 다 잘 풀릴 거야. 그리고 상퀼로트들과는 이제 슬슬 단절할 때도 되지 않았나 싶으이. 우리의 집권과 독재를 위해 그동안 이용해먹을 만큼 이용해먹은 듯하니 말이야. 상퀼로트들과 함께하는 척해봤자 더 이상 우려먹을 것도 없겠어. 그리고 어차피 우파 대연합을 추진하려는 마당에 이제 와서 상퀼로트들의 반응이 무슨 대수인가? 만일 예전처럼 저항하려들면 모든 부르주아 집단을 총결집해서 그냥 밟고 지나가는 거야. 이제 얘네들한테는 봉기위원회 같은 것도 없어. 이럴 줄 알고 내가 나서서 다 작살내버렸으니까. 그때 자네가 내 대신 나서서 일을 제대로 처리해준 건 고맙게 생각하고 있네. 비요-바렌과 콜로 데르부아가 뭐라고 지껄이든 나에 대한 충성심을 내세워 고집스럽게 밀어붙였다지? 그럼 이번에도 그때처럼 하란 말이야! 자네는 아직 나이가 어려서 잘 모르겠지만, 역사의 격랑과 소요를 다스려야 할 때는 총칼에 의지해서라도 막나가야 하는 걸세, 시민 생-쥐스트. 설령 상퀼로트들의 엄청난 반발과 희생이 뒤따르더라도 그런 건 어쩔 수 없어. 오로지 그럴 때만 참된 독재가 완성되고 그 독재자는 만인 위에 군림할 수 있는 법이니까. 그래야 역사는 진전하는 거라고, 이 애송이 녀석아!"

비요-바렌, 콜로 데르부아의 엉덩이에 발길질하는 시늉을 한다. 그러자 콜로 데르부아가 자기 엉덩이를 문지르며 말한다.

"동지께서 티베리우스나 네로보다 더 극악무도한 독재자의 길을 추구하시는지는 익히 알고 있었습니다만, 설마 그런 앞날까지 헤아리고 있을 줄은 미처 몰랐습니다. 그런 것만 봐도 저는 아직 솜털이 보송보송한 애송이에 지나지 않나 봅니다, 막심 동지. 정말 엉덩이를 걷어차여도 쌉니다, 싸…… 그래, 우파 대연합에는 누구까지 끌어들이실 셈이신가요?"

비요-바렌이 잔뜩 거드름을 피우는 목소리로 말한다.

"비요-바렌이나 콜로 데르부아 같은 극렬 좌익분자들만 아니라면 그게 누군들 무슨 상관이겠나? 애초부터 독재에는 원칙 따위가 없는 거라고, 이 사람아! 독재에 유일한 원칙이 있다면, 그건 힘을 무한히 증강하고 확대해야 한다는 일뿐이네. 내 독재권력에 힘을 보태줄 만한 세력이 있다면, 왕당파가 아니라 왕당파 할아비라도 무조건 끌어들여야지. 그뿐 아니라 망명귀족들부터 해서 재산 많은 반항사제들, 해외로 정치자금을 빼돌린 지롱드파 잔존 세력들까지 모조리 끌어들여 한몫 단단히 챙길 셈이네."

콜로 데르부아가 아부하듯 간사한 목소리로 말한다.

"지금까지는 **부패할 수 없는 자**라는 세간의 평판을 즐기시더니, 이제부터는 본격적으로 위선의 탈을 벗어던지고 피에 대한 탐욕만큼이나 재물을 긁어모으는 데도 그 한 몸 바치시려나 봅니다, 막심 동지."

비요-바렌이 말한다.

"자네한테도 풍족한 떡고물이 돌아갈 테니 아무 걱정하지 말고 묵묵히 기다리게나, 시민 생-쥐스트. 그동안 내 기질과도 어울리지 않는 청백리 시늉을 하느라 얼마나 답답했는지 몰라. 하긴 우파 대연합을 제안한 날, 내 속셈은 이미 하얗게 까발려지고 만 셈이었지. 내게도 아직 일말의 양심이 살아 있었는지 그동안 나를 신뢰하고 지지해준 상퀼로트들의 시선이 순간적으로 의식되긴 했지만, 자코뱅 독재와 우파 대연합이 향해 가야 할 지점은 결국 돈인데 그럼 어쩌겠나……"

콜로 데르부아, 몸가짐을 풀며 달라진 목소리로 말한다.

"여기까지 하세. 어떤가?"

비요-바렌도 몸가짐을 풀며 달라진 목소리로 말한다.

"자네, 극작을 하지 않은 지가 꽤 오래된 줄 알고 있는데, 여전히 신랄한 대사들을 자유자재로 뽑아내는 솜씨만큼은 과히 녹슬지 않은 것 같아 다행이군.* 재미있네. 로베스피에르와 생-쥐스트, 그 두 놈이 몰래 이런 대화를 주고받는 모습이라니 아주 흥미롭고 짜릿한 상황 설정이네. 다만……"

● 콜로 데르부아의 본래 직업은 극작가였다.

비요-바렌이 뒷말을 잇지 못하고 잠시 머뭇거리자 콜로 데르부아가 대답을 재촉한다.

"그래. 다만. 뭔가, 뒷말이?"

비요-바렌이 말한다.

"매섭게 풍자해보겠다는 자네의 의도야 짐작하고도 남음이 있네만, 그렇다고 해도 로베스피에르의 대사가 너무 위악적이고 조야하다는 인상을 주네. 로베스피에르에 대한 자네의 반감이 지나치게 노골적으로 반영되어 있다는 생각을 했지. 하지만 아무리 작가가 어느 등장인물에 대해 개인적으로 심한 반감을 감출 수 없다 해도, 작품에서는 작가의 개인적인 분노와 적의가 어느 정도 걸러져야 더욱 생생한 사실감을 확보할 수 있지 않을까 싶은데 말이야. 내가 극작을 어떻게 하는지는 잘 모르네만, 가령 셰익스피어가 이아고 같은 악당의 대사를 써 내려갈 때마다 개인적으로 끓어오르는 반감에 시달려야 했다면, 그의 손끝에서 「오셀로」 같은 명작이 탄생하지는 못했을 수도 있다는 얘기일세."

콜로 데르부아가 말한다.

"듣고 보니 자네 말이 옳다 싶군. 로베스피에르의 대사를 쓰기 시작하면서부터는 필요 이상으로 흥분한 게 사실이네. 그러다 보니 이 인물이 어떤 면에서든 포악하고 우스꽝스럽게 보이도록 조장해야겠다는 의도를 지나칠 정도로 앞세우지 않을 수 없었지. 아무리 천하의 악인을 등장시켜야 할 때조차 작가는 냉정한 거리감을 유지해야 할 필요가 있는 법인데, 그 대상이 로베스피에르이니만큼 내 감정이 너무 격앙되고 말았다는 사실을 인정할 수밖에 없네. 로베스피에르 같은 타도의 대상과 마주하니 내 붓도 냉철한 균형 감각을 잃고 개인적인 반감에 치우쳐 비틀거리고 만 셈이지. 그런데 그 점을 확실히 알고 있을 뿐 아니라 내 글에서 지적해내기까지 하는 것을 보니, 마음먹기에 따라서는 어쩌면 자네도 좋은 희곡을 쓸 수 있지 않을까 싶네."

비요-바렌이 말한다.

"농담이라도 그런 말 말게. 나야 셰익스피어부터 해서 코르네유까지 취미 삼아 희곡 작품들을 즐겨 읽긴 하네만, 내가 희곡을 쓴다니 말도 되지 않는 노릇일세. 방금 전의 지적도 평소 희곡 읽기를 즐기는 취미에서 연유한 데 불과하네. 그렇게 지적할 수 있다는 것과 내가 희곡을 쓸 수 있다는 것은 전혀 차원이 다른 문제지."

콜로 데르부아가 말한다.

"아무튼 자네가 해준 충고에 따라 로베스피에르의 대사를 대폭 수정해야겠어. 지금보다 약간만 더 점잖고 절제된 방향으로 말이야."

비요-바렌이 말한다.

"맞아. 그래야 상퀼로트 관객들의 반응도 더 폭발적일 거야. 지금 우리한테 무엇보다 중요한 것은 개인적인 반감과 적개심을 로베스피에르라는 등장인물에 투영해서 악의적인 화풀이로 마무리 짓는 일이 아닐세. 결코 그 점을 잊어서는 안 돼. 관객들에게는 현실의 로베스피에르와 그 언행이 어느 정도 유사한 인물을 제시해야 할 필요가 있네. 그러면서도 그가 피에 굶주린 독재자일 뿐 아니라 우파 대연합으로 왕정 때보다 더 무시무시한 전제정을 획책하고 있다는 게 드러나야 하지. 그래야 관객들로부터 최대치의 선동효과를 이끌어낼 수 있을 걸세. 더욱이 자네와 상연 계약을 맺은 게 지하의 마리오네트 극단들이라면서? 내 경험상으로 인형극은 조금만 과장이 심해져도 등장인물의 현실성이 확 떨어지더군. 정극과는 달리 실제 인물들이 무대에 서는 게 아니라 아무래도 인형들이다 보니 사실적인 상황 전달에는 얼마만큼 한계가 있을 수밖에 없지. 하지만 다른 한편으로는 인형들이라서 오히려 더 등장인물들의 행태를 풍자하고 상퀼로트 관객들을 자극하기에는 유리한 측면도 있을 수 있네. 상퀼로트 관객들로서는 정극의 실제 인물보다야 인형들을 받아들이기가 한결 부담이 덜하고 수월할 테니까 말이야. 그러고 보면 로베스피에르 일파와 상퀼로트 대중 사이를 이간질하기에는 인형극 상연만큼 적절한 공작 방식도 드물 거라는 생각이 드는군. 이 이간 책동이 성공적일수록 거기에 정비례해서 로베스피에르 일당의 발밑은 허전해질 수밖에 없을 걸세."

콜로 데르부아가 말한다.

"옳은 말이네. 이간질이야말로 지금 우리가 꾀할 수 있는 최선의 공작이지. 로베스피에르 일파와 상퀼로트 대중 사이를 이간질시키고, 로베스피에르 일파 안에서도 생-쥐스트와 로베스피에르의 이반을 도모할 수 있다면 그들은 결국 제 풀에 무너지지 않을 수 없을 테니까…… 에베르여, 모모로여, 쇼메트여, 뱅상이여, 죽은 사람을 위해 누군가가 복수해줄 수 있다면 그는 더 이상 죽은 사람이 아니라는 오라스*의 대사에 동의하는가? 동의한다면 그만 묘혈에서 깨어나 우리 앞으로 걸어 나올 준비들을 하게나. 자네들을 위한 복수의 순간이 무르익고 있다네. 이제 깨어나 걸어 나올 자네들과 교대해서 로베스피에르 일당이 단두대를 지나 그 묘혈 속에 곧 파묻힐 테니. 그리하여 지금 이곳에서 다시 만나는 날 그 악당들의 파멸을 축하하고 이토록 누추한 몰골로 퇴락해버린 코르들리에 클럽도 온전히 재건하세. 코르들리에 클럽이 자코뱅 산악파 같은 사이비 혁명 세력들을 몰아내고 인민 낙원의 건설에 앞장설 수 있도록 말이야!"

비요-바렌이 콜로 데르부아를 향해 말한다. 하지만 콜로 데르부아는 시선을 다른 쪽으로 돌리고 혼자만의 생각에 골똘히 잠겨 있다. 그러다 문득 대본을 고치기 시작한다. 그러니 비요-바렌의 말도 혼자만의 웅얼거림처럼 들린다.

"아마도 생-쥐스트 녀석은 어리둥절해하지 않을 수 없었을 거야. 우리가 왜 그토록 자신의 정치 상황 보고서에서 이성의 최고 존재에 관해 민감하게 굴었는지 말이지. 거기에 우리 나름의 계략이 숨어 있다는 건 아마 상상도 못했을 거야. 비록 우리가 한때 코르들리에파에 속해 있었다고는 하나 이제는 자코뱅으로 배를 갈아탄 판에 놈들이 원하는 대로 그까짓 **이성의 최고 존재**에 대한 논의를 정치 상황 보고서에 올리는 일쯤이야 눈감아줄 수도 있었지. 하지만 새파란 생-쥐

● 코르네유의 운문 비극 「오라스」에 등장하는 주인공.

스트 녀석한테 으름장을 놓아가면서까지 우리는 그러지 않았지. 그 애송이야 우리의 요구에 어쩔 수 없이 따라주는 척하면서 또 다른 정치적 계산을 하고 있었겠지만 말이야. 물론 녀석이 우리한테 양보할 수밖에 없었던 데는 코르들리에파를 향한 죄책감이 스멀거린 탓도 있었겠지…… 우리는 원래부터 종교 문제에 대한 로베스피에르의 방침을 일관되게 거부해왔지. 왕정과 봉건제도가 붕괴된 구체제의 폐허 위에 새로운 세계를 건설해야 할 이 시점에서 구체제의 유물이나 다름없는 신의 존재에 집착하고 구체제의 유습과도 같은 미사의 집전 방식에 따라 최고 존재를 기리려들다니, 이 얼마나 고루하고 퇴영적인 구체제적 발상이냐 말이야. 신은 없어. 본래 존재한 적도 없던 신을 중세의 암흑에 갇힌 인간들이 빚어놓고 제멋대로 섬겨왔을 뿐이지. 그러다 그 암흑을 환히 걷어낸 계몽주의 사상에 의해 신을 섬기는 짓은 변태적인 성직자들과 광신도들의 혹세무민에 불과하다는 진실이 비로소 밝혀졌지. 그럼으로써 신은 우리의 손에 살해당한 셈이야. 그러니 신은 죽었어. 우리가 신을 죽였어. 원래 존재하지도 않았지만 사람들이 창조해낸 신을, 미몽에서 깨어난 우리가 무(無)로 되돌려놓았어. 신과 왕정의 결탁에서 해방된 인민들은 아무것도 적혀 있지 않은 무의 양피지 위에 위대한 진보의 새 역사를 쓰기 시작한 거야. 그게 지금까지 이어져온 혁명의 유래이자 원심력이야. 로베스피에르는 근본적으로 종교적 광신의 타파에서부터 대혁명이 움텄다는 역사의 배경을 일부러 외면하는 걸까, 아니면 정말 모르는 걸까?

어째서 그가 그토록 신의 존재와 거국적인 종교를 되살리는 일에 매달리는지 우리로서는 도무지 납득할 수가 없어. 그야말로 정말 불가사의한 부분이 아닐 수 없지. 무신론의 유포나 신의 죽음에 대한 거론을 그 어떤 반혁명적 행태보다도 훨씬 불온하고 위험스런 도발로 간주하는 것처럼 보이니 정말 알다가도 모를 노릇일 수밖에. 혹시 이 사람은 역사의 회오리에 휘말려 잠시 희미해진 신의 존재를 끝끝내 부활시켜야 할 소명이라도 걸머진 사제가 아닌가 싶을 지경이니 말이야. 그럼 차라리 성 야곱 수도원에 들어가서 입헌 사제*가 되든가 하지 구태여 자코뱅 당원으로 남아 정치를 하는 까닭이 뭐냐 이거야. 그것도 수많은 사람을 단두대로 희생시켜가면서까지. 혹시 그 친구는 어디서 흘러나온 풍문대로 자기를 정말 예수나 구세주로 착각하고 있는 미치광이가 아닐까? 그렇지 않고서야 같은 산악파 안에서도 이견이 분분한 **최고 존재**의 종교적 정립을 그만큼 꿋꿋하게 추진해오기도 쉽지 않은 일이었을 텐데 말이지. 광신과 무신론이 동전의 양면이라니** 말도 안 되는 소리지. 당시 그 말이 에베르를 치기 위한 전조인 줄 알았더라면 진작 강력히 대처했을 텐데, 하도 터무니없는 객담처럼 들려서 실소로 넘겨버린 게 화근이었어. 그동안 경쟁적 동반자 관계처럼만 여겨온 로베스피에르에게 우리 일파가 그토록 무참히 짓밟히다니 정말 비통하고 경악스런 노릇이었지. 그러고 나서는 균형이라도 잡겠다는 듯이 썩어빠진 당통 일당도 연이어 몰아내긴 했지만, 요사이는 결국 당통식의 온건 노선과 자유주의를 답습하는 방향으로 나

● 프랑스대혁명이 일어난 이후, 과도기적인 입헌군주제를 추진한 제헌의회에서는 성직자들을 혁명과 새로운 입법에 대한 찬반 여부에 따라 **거부 사제**와 **입헌 사제**로 나누었다.
●● 이 부분은 로베스피에르가 공화력 제2년 니보즈 5일(1793년 12월 25일)의 국민공회 연설에서 극과 극이 통한다는 취지로 한 말을 겨냥하고 있다. 원문은 "열광적으로 무신론을 설파하는 자와 광적인 가톨릭 수사는 서로 닮아 있습니다."

아갈 모양이더군. 그러니 이래저래 로베스피에르와 그 일파는 도저히 용서할 수가 없어…… 자기가 무던히도 강조해온 **최고 존재**의 사안이 아예 빠져버린 생-쥐스트의 정치 상황 보고서를 보고는 그 완고하고 독선적인 로베스피에르가 어떤 표정을 지었을지 눈에 선하군. 우리가 노린 게 바로 그거였지. 서로의 동지적 관계가 맑고 깨끗할수록 그 위로 우연히 떨어진 의혹과 불신의 잉크 한 점은 걷잡을 수 없이 번져가는 먹장이 되어 그 관계를 시커멓게 뒤덮어버리는 법이니까. 그러니 이제부터 새로운 시작이다. 기다려라, 흡혈의 독재자 로베스피에르여. 조만간 너의 몰락과 종말이 임박할 테니."

그때 콜로 데르부아가 비요-바렌에게 대본을 다시 건네주며 말한다.

"자, 자네 조언에 따라 그럭저럭 대본을 다시 손질해보았네. 이제 다시 해보세."

비요-바렌이 말한다.

"그래, 수고 많았네. 그런데 자네 대본의 연습 상대가 되어주는 일도 생각보다 퍽 고된 노동일세그려."

콜로 데르부아가 말한다.

"하지만 이런 일은 보안 유지가 목숨과도 직결되어 있네. 그러니 어쩌겠나? 자네 이외에 다른 사람들과 논의한다는 것은 상상할 수도 없지…… 그래, 무슨 뜻으로 하는 말인지 알아들었네. 마침 팔레루아얄에 요즘 들어 아이티에서 건너온 흑장미들이 싱그럽게 만발해 있다더군. 아이티산 흑장미들의 이국적인 향취나 즐기러 같이 가세. 튈르리 궁에 들어가야 할 때까지는 아직 시간 여유가 충분하니까. 아침 일찍부터 수고해준 보답으로 꽃값은 내가 지불하도록 하지. 덤으로 코냑도 한 병 사겠네, 10년 묵은 레미 마르탱으로 말이야. 그런데 병은 다 나았겠지? 아, 일전에 클리시에 다녀와서는 왜……"

비요-바렌이 말한다.

"아, 마드무아젤 아델레드 말이지? 말도 말게. 야릇한 가려움증도 가려움증이지만 질질 새어나오는 피고름 때문에 한동안 이만저만 고생한 게 아니었지. 혹시나 혀뿌리로까지 이상한 병균이 옮았을까 봐 얼마나 마음 졸였는지 모르네. 다행히 지금은 다 나았어. 그래도 조심하긴 조심해야겠지만, 오늘 아이티산 흑장미의 향취를 즐기는 데는 아무 문제없을 걸세. 팔레루아얄에 자주 드나드는 정가의 단골들이 전해준 바로는 아직 문명의 때를 입지 않아 그런지 그 꽃술까지도 무척 싱그럽고 깨끗하다더군. 그렇다면 최소한 병 걱정은 하지 않아도 괜찮지 않을까 싶네. 우리 프랑스가 이런저런 식민지들을 거느리니 그토록 희귀하고 싱그러운 흑장미들도 들여와서 탐해보고, 참 좋은 세상이로다. 그놈의 로베스피에르만 없으면 더할 나위가 없을 텐데 말이야."

콜로 데르부아가 말한다.

"그러게 말일세. 우리가 명색이 공안위원회 위원인데 팔레루아얄 일대를 순찰하고 다니는 관헌들의 눈치나 살펴야 한다는 것도 참 더럽고 아니꼬운 노릇이 아닐 수 없지. 관헌들이 다 로베스피에르의 끄

나풀들이니 혹시라도 녀석들이 놈에게 우리가 거기 다녀갔다고 고자
질이라도 하는 날에는 또 그 지긋지긋한 공화국의 덕성이니 공직자로
서의 청렴의무니 하는 따위의 준칙들과 관련해서 역겹고 위선적인 문
책에 호되게 시달리겠지. 동등한 직위의 공안위원회 위원들끼리 말일
세. 그렇게 사소한 죄과들 때문에 쫓겨난 자코뱅 당원들만 해도 한둘
이 아니라더군. 덕성과 정의의 신탁으로 공화국을 깨끗이 씻어내고
교화시켜야 할 마당에 공공 정파의 당원들로서 부적절한 처신을 했다
면서 말이야. 사적인 품행 하나하나에 대해서까지 일일이 공공성의
윤리 기준을 들이대서 재단하려드니, 이래서야 어디 사람이 숨 한 번
편히 쉬면서 살아갈 수 있겠나?"

비요-바렌이 말한다.

"누가 뭐라나. 그러니 하루라도 빨리 그 위험하고도 무모한 독재자
를 권좌에서 끌어내는 것 말고는 별 도리가 없어. 자기가 우선 다른
사람의 생활 방식이나 세상 돌아가는 이치를 존중해주는 게 자유로운
공화국 시민으로서의 기본자세 아니겠나? 그런데 거꾸로 세상과 다
른 사람들의 삶을 자기의 알량한 도덕률과 허황된 이상에만 맞추려
드니 다양한 사람이 함께 모여 사는 세상에서 공연한 평지풍파가 일
어날 수밖에……"

그때 바깥에서 누군가 다급하게 문을 두드리는 소리가 들린다. 콜로
데르부아가 묻는다.

"누구요?"

문밖의 목소리가 대답한다.

"국민공회 대의원 루이 르장드르의 급전(急傳)입니다."

그 말에 비요-바렌과 콜로 데르부아, 서로 얼굴을 마주 본다.

제6장

상자무대 바깥의 목소리.

"튈르리 궁 보안위원회 회의실. 원탁 앞에 둘러앉아 있는 세 명의 사내는 왼쪽부터 차례대로 보안위원회 위원 아마르, 불랑, 바디에이다."

셋은 모두 마리오네트이다. 가장 먼저 바디에의 입이 달싹거린다.

"두 분이 뤽상부르 궁의 지하 감옥에 가서 지롱드파 수감자들과 접견하고 왔다는 말은 이미 들었소. 혹시 로베스피에르의 귀에 이 얘기가 흘러들어갈지도 모르니 아직은 조심하는 게 좋을 거요. 당신들이 거기까지 일부러 찾아가서 지롱드파와 접촉하는 것을 누가 보고 이상한 방향으로 곡해해서 퍼뜨리기라도 하면 또 괜한 말썽이 빚어질 테니 말이오."

아마르가 말한다.

"도대체 언제까지 우리 보안위원회가 로베스피에르의 위세에 눌려 있어야 한다는 말입니까? 참 답답하군요. 저들이 비록 지금은 국사범으로 낙인찍혀 뤽상부르 감옥에 갇혀 있다 해도 한때는 이 나라의 국정을 떠안고 있던 한 정파의 일원들입니다. 보안위원회 위원들이 인도적 차원에서 그들의 수감 생활을 시찰하고 점검하는 일까지도 로베스피에르의 눈에 날까 걱정해야 한다는 말입니까? 이러니 로베스피에르와 공안위원회에서 우리 보안위원회를 만만히 보고 제멋대로 휘어잡으려드는 겁니다."

바디에가 말한다.

"아니, 왜 애꿎은 나한테 역정을 내는 거요? 나는 뭐, 로베스피에르한테 불만이 없는 줄 아시오? 나도 로베스피에르를 향한 반감이 가슴에 사무친 사람 가운데 하나요. 오죽하면 콩트르스카르프 거리의 카트린 테오 같은 미치광이 노파의 예언*까지 악용해가면서 로베스피에르를 궁지에 몰아보려들었을까."

불랑이 말한다.

"네, 제법 흥미로운 공작이었지요. 하지만 로베스피에르를 궁지에 모는 데까지 성공했는지는 의문입니다. 그의 괴상한 종교적 집착을 광신도의 망상에 빗대 조롱한 것은 정말 훌륭했지만 말이지요."

바디에가 말한다.

"본래 독재자는 그렇게 다뤄야 하는 거요. 몰락한 지롱드파하고나 성급하게 접선하려는 방식으로는 터무니없는 오명만 뒤집어쓰고 화를 입기 십상이지. 물론 때가 되면 누구든 우리 편으로 끌어들여 적극적인 공세를 펴야 한다는 데는 나도 동의하오. 하지만 그전까지는 다양한 공작 방법에 따라 상대방을 자꾸 교란해야 할 필요가 있소. 그러자면 사전에 괜한 분란을 일으켜서는 곤란하오. 그런 의미에서라도, 로베스피에르의 눈치를 보자는 게 아니라 요사이 정세가 심상치 않으니 몸을 사리면서 조금만 더 기다려야 할지도 모른다는 말이었

● 카트린 테오라는 점술가 노파가 메시아의 도래를 설파하여 파리 시내에 적지 않은 파문을 일으킨 사건. 보안위원회 위원 바디에는 이 노파가 그녀의 환상 속에서 계시받았다는 메시아란 로베스피에르를 가리키는 거라는 보고서 발표로 그를 음해하려고 한 바 있다. 의회에서 메시아란 곧 독재자를 의미하는 것으로 받아들여졌기 때문이다. 이 일로 보안위원회에 대한 로베스피에르의 불신과 반감은 더욱 격화되기에 이른다.

소. 지롱드파 수감자들은 여전히 이 공화정에서 누구라도 접촉을 꺼려야 할 반혁명분자들로 인식되는 판국인데, 하물며 그들과 접견한 사람들이 보안위원회 위원들이라면 세간에서 이 일을 두고 어찌 받아들이겠소? 방금 당신은 로베스피에르의 위세에 눌려 보안위원회의 위신이 추락했다고 개탄했소만, 만약 이 일이 알려지면 공안위원회의 입김을 받은 국민공회에서는 아예 우리 보안위원회를 혁파하려들지도 모르는 일이오. 그러면 만사가 다 끝장나는 거지. 지금은 보안위원회가 누구에게라도 괜한 꼬투리를 잡혀서는 안 될 시점이오."

아마르가 말한다.

"없애려면 어디 한번 없애보라지! 우리가 그리 녹록하게 당하고 있지만은 않을 테니까."

불랑이 바디에에게 묻는다.

"그런데 요즘 돌아가는 정세가 어떻다는 말씀이신가요?"

바디에가 말한다.

"한동안 로베스피에르는 국민공회뿐 아니라 공안위원회에도 전혀 나타난 적이 없소. 그런 것만 봐도 로베스피에르 일파와 나머지 위원들 사이에 생겨난 공안위원회의 내분과 반목이 심각한 것 같소. 우리에게는 전혀 나쁠 게 없는 징조요. 조만간 공안위원회에서 로베스피에르와 사이가 틀어진 위원들의 개별 접촉에 나서볼까 하오. 여하튼 로베스피에르는 공안위원회에서 자리를 비운 동안 자기 일파와 측근들만 자택으로 불러들이거나 아니면 자코뱅 클럽에만 더러 드나든 모양이오. 그런데 우리 보안위원회의 정보원들이 전해준 말에 따르면, 혼자 지내는 동안 그가 어떤 결심을 굳힌 것 같다고 했소. 아마도 오늘 중으로 국민공회에서 공안위원회의 내분이나 보안위원회와의 알력에 대한 중대 제안을 꺼내놓지 않을까 싶다는 정보요."

불랑이 말한다.

"중대 제안이요? 로베스피에르의 중대 제안이라…… 말만 들어도 소름이 쫙 끼쳐오네요. 아니 그래, 무슨 내용의 중대 제안이랍니까?"

바디에가 말한다.

"그자의 이번 연설에 구체적으로 어떤 내용이 포함될지는 아직 알 수 없소. 다만, 공안위원회의 진용과 직무 범위를 전면 개편하자면서 아울러 보안위원회 위원들도 다수를 교체하자고 제안하리라는 것은 거의 확실한 것 같소."

불랑이 말한다.

"만일 그 제안이 의회에서 먹혀든다면, 로베스피에르의 눈 밖에 나 있는 우리 셋은 무조건 보안위원회에서 해임될 게 빤하네요. 어쩌면 그자가 우리 셋만을 표적으로 골라 그렇게 제안하려고 결심한 것일지도 모르겠다는 생각까지 듭니다. 괘씸하군요."

바디에가 말한다.

"일단 본인의 입에서 실제로 그런 제안이 나온 연후에 우리가 대응해도 늦지는 않을 테니 너무 걱정들 마시오. 보안위원회라는 기구만 존속될 수 있다면 어떤 경우에도 로베스피에르에 반대하는 위원들이 보안위원회에서 해임되는 사태만큼은 막아낼 수 있을 거요. 그러고 나면 그의 몰락을 앞당길 역공의 기회야 언제든……"

아마르가 말한다.

"글쎄요, 오늘 연단에 서서 로베스피에르가 늘어놓을 얘기들은 비단 그뿐만이 아닐 겁니다. 어쩌면 과감하게 마지막 숙청을 시도하려 들지도 모르지요."

바디에가 말한다.

"마지막 숙청이라니?"

아마르가 말한다.

"말 그대롭니다. 로마 공화정의 독재관으로 향해 가는 길을 트려 들지도 모른다는 겁니다. 그러자면 자기 발치에서 거치적거리는 돌부리들부터 싹 치워 없애는 게 순서일 테지요. 생각해보십시오. 1792년 8월부터 혁명은 그런 순서로 이어져왔습니다. 왕당파가 제거되고 나서는 지롱드파 정권의 차례였지요. 지롱드파 정권이 무너지고 자코뱅 혁명정부가 들어서자 이번에는 자코뱅 내부의 권력분쟁이 문제였습니다. 그런데 그 권력분쟁에서 로베스피에르 일파는 자기와 충돌해온 양변의 좌·우파를 모조리 숙청했습니다. 그렇게 보자면 왕당파 제거에서부터 지금까지 이어져온 혁명의 흐름이 일목요연해집니다. 즉, 로베스피에르의 야심이 단계적으로 혁명을 먹어 들어갔다는 말입니다. 이런 사실은 비단 저만 알고 있는 비밀이 아니지요. 이제는 모두 그런 흐름에 대해 서서히 깨달아가고 있습니다. 그러다 보니 사람들은 도처에서 로베스피에르의 정체가 실은 피에 굶주린 독재자요 권력 욕에 사로잡힌 야심가일 뿐이라는 비난의 목소리를 높여가고 있는 실 정입니다. 그렇다면 이제 로베스피에르가 고를 수 있는 앞길은 크게 보아 두 가지 가운데 하나밖에 없다는 생각이 듭니다. 첫째는 자기를 독재자로 몰아가는 사람들의 비난이 부당하다고 여길 경우, 모든 공직에서 물러날 뿐 아니라 자코뱅과의 연줄까지 끊고 정치를 그만두는 길입니다. 오로지 그래야만 독재의 야심과 전혀 무관하다는 자신의 결백을 스스로 입증해 보일 수 있을 테니까요. 물론 일부에서 무책임 하다는 비판과 성토가 잇따를 수도 있겠지요. 하지만 자신의 정치 활동이 독재와 무관하며 앞으로도 결코 독재자의 길로 접어들지 않겠다는 본인의 결의를 그 이상 더 확고하게 드러낼 수 있는 방법은 따로 찾기가 어렵지 않을까 싶습니다. 스스로 택하는 자결보다 더하게 생의 의지를 단호히 부정하는 방법이 따로 있을 수 있을까요? 말하자면 이것은 자신의 결백을 주장하고 스스로 증언하기 위한 정치적 자결이라고 할 수 있습니다. 고대 로마 공화정의 루키우스 술라*는 원로원이 추인해준 종신 독재관의 직책에 스스로 임기를 매겨 때가 이르자 자진 하야의 길을 택했습니다. 그럼으로써 자기가 공화정을 전복할지도 모른다는 세간의 의혹에 맞섰을 뿐 아니라 비로소 그로부터 자유로워질 수 있었지요. 그러고는 불과 1년 만에 고향 캄파니아에서 세상을 떠났습니다."

불랑이 웅얼거린다.

● B. C. 138(?) ~ B. C. 78, 고대 로마 공화정의 장군이자 정치인. 군사 쿠데타로 마리우스와 술키피우스 정권을 무너뜨리고 국가 재건을 위한 독재관으로 재직하던 중 돌연 사임하고 정치 일선에서 물러났다.

"역사가 플루타르코스의 말대로, 자신의 전성기에 세상을 떠나는 것만큼 큰 행운도 없는 법이지."

아마르가 계속한다.

"포기와 체념은 죽음의 한 형태로되 번잡한 향일성(向日性)의 의지나 욕망을 거둬들이는 어둠의 힘이기도 한 법이지요. 물론 어쩌면 그가 택할 수도 있을 이 첫번째 길은 어디까지나 저의 부질없는 희망사항에 불과합니다. 현재로서는 그럴 가능성이 매우 낮지요. 우리가 의회에서 실제로 마주치게 될 로베스피에르의 선택은 아마도 다음의 두번째 경우가 되지 않을까 싶습니다. 그것은 오늘 이후부터 스스럼없이 독재자로서의 의중을 드러내고 정면 돌파에 나서는 길입니다. 그길에 들어서는 첫걸음으로 로베스피에르는 자신의 반대파들에 대한 마지막 숙청을 감행하려고 들지도 모른다는 겁니다. 마지막 숙청은 독재자라는 여론의 비난을 받아 막다른 골목까지 몰려 있는 그가 이제 꺼내들 수 있는 최선의 승부수로 보입니다. 로베스피에르는 공안위원회와 보안위원회를 전면 쇄신하려들 뿐 아니라 의회 내 반대자들을 모두 불순분자로 몰아 이들에 대한 단죄를 맹렬히 촉구하려 할 겁니다. 이제 이들만 제거되면 공화정은 자기 손아귀에 떨어질 수밖에 없을 거라는 확신이 어쩌면 그의 이성을 마비시킬지도 모르지요. 실제로도 그렇습니다. 국민공회 안의 상황에 비춰볼 때 그를 독재자로 몰며 비판하고 있는 반대파가 제거될 경우 로베스피에르의 앞길은 본인의 권력의지대로 훤히 열리는 셈입니다. 당통 일파가 사라진 이후로 지금 의회 안에는 로베스피에르 일파와 정면으로 대적하고 있는 단 하나의 정파나 당파조차 변변히 없습니다. 루아시 당글라 등의 평원파가 있긴 합니다만 그들은 사안에 따라 로베스피에르 일파의 비위를 맞추기에 급급한 회색분자들에 불과합니다. 로베스피에르가 평원파에 대해 비판적으로 언급한 적이 거의 없었다는 사실 하나만 놓고 봐도 이들은 그의 걸림돌이 되지 못한다는 게 입증되는 셈입니다. 그저 몇몇의 반대파만이 그의 표적으로 떠오르지 않기 위해 전전긍긍하며 지하에서 암약하고 있을 뿐이지요. 그러니 로베스피에르는 요즘 상황을 자기가 합법적인 독재자의 권좌에 오르기 위하여 넘어서야 할 최후의 고비쯤으로 여기고 있을지도 모릅니다. 최후의 고비를 마지막 숙청으로 넘어서겠다는 발상은 퍽 무모하면서도 자연스러워 보이지요. 로베스피에르에게는 이미 그런 전력이 있으니까요."

불랑이 웅얼거린다.

"루키우스 유니우스 브루투스*는 타르퀴니우스**를 죽였고, 그의 자손인 마르쿠스 유니우스 브루투스***는 카이사르를 죽였지. 역사는 결국 같은 손길들에 의해 계속 반복되는 거야. 그리고 반복될 때마다 역사에는 새로운 물굽이 길이 열리곤 하지."

바디에가 묻는다.

"혹시 지난해 5월 31일과 6월 2일 인민봉기에 의한 지롱드파 축출을 말하는 거요?"

아마르가 말한다.

● 로마의 왕정을 종식시키고 공화정을 열었다고 알려진 전설적 인물.
●● 로마가 공화정으로 넘어가기 전까지 보위를 이은 마지막 왕.
●●● B. C. 85~B. C. 42, 전설적 인물 루키우스 유니우스 브루투스의 후손을 자처한 로마 공화정 말기의 정치가. 당대의 독재관 카이사르가 공화정을 전복할지도 모른다는 의심으로 그를 암살했다.

"그렇습니다. 로베스피에르가 마지막 숙청을 감행하려들 때 염두에 둘 법한 전례는 바로 그 사건일 수밖에 없습니다. 국민공회에서 반대 파들에 대한 숙청을 촉구했는데도 반응이 시원치 않으면 그는 곧바로 각 구의 구민협회에 자신의 연설문을 배포한 후 아직도 의회 내에 혁명의 대의를 거스르는 반역도당들이 남아 있다면서 인민들에게 직접적으로 호소하려들 겁니다. 그러면 인민들의 호응 여하에 따라 5월 31일과 6월 2일의 지롱드파 축출이 재현될지 아닐지가 판가름 나겠지요. 만약 그때처럼 로베스피에르의 호소에 발맞춰 코뮌과 구민협회의 인민들이 들고 일어나서 국민방위대와 합세한다면 단순히 반대파들의 체포만으로 끝나는 게 아니라 현재의 국민공회가 해산되는 파국에 이르지 않을 수 없을 겁니다. 그리되면 바로 그 순간부터 이 공화정의 역사는 곧바로 독재의 권좌에 오를 로베스피에르의 손에 의해 다시 쓰이기 시작할 테지요. 아직 저 혼자만의 예측에 불과합니다만 그 상상만으로도 무시무시한 일이 아닐 수 없습니다."

그 말을 듣고 불랑이 묻는다.

"요사이 상퀼로트들의 동향이나 민심은 어떻게 파악되고 있나요? 지난해처럼 모두 들고 일어나라는 로베스피에르의 선동에 쉽게 움직일 법한 조짐들이 보입니까, 어떻습니까? 다행히 공안위원회에서 각구의 봉기위원회들을 모두 해산 조치한 것으로 알고 있는데요."

바디에가 말한다.

"그렇소. 각 자치구별 봉기위원회가 해산한 건 사실이오. 내가 보기에 그건 공포정치의 여파로 자신만만해진 공안위원회가 중앙집권 통치를 강화하려다 둔 자충수요. 이에 대해 인민들은 불만이 적지 않았을 테지만, 여전히 인민의 벗으로 떠받들리는 로베스피에르를 믿고 일단 그렇게 받아들여준 것 같소. 인민들은 공안위원회의 시행 조치라면 무조건 로베스피에르가 주도해서 결정한 것으로 여기는 편이니 말이오. 공안위원회가 열두 명이나 되는 임기제 선임위원들의 전원합의제 방식으로 운영된다는 사실에 대해서는 대부분 안중에도 없지. 하긴 우리들마저도 공안위원회와 로베스피에르를 동일시하고 있으니 누가 누구를 탓할 일도 아닌 것 같소. 그 때문에 누구를 탓하기는커녕 나중에라도 공포정치의 책임과 허물을 모조리 로베스피에르에게 전가할 수 있으니 우리한테는 오히려 잘된 일인지도 모르겠소. 봉기위원회라는 제도적 장치는 분명히 사라졌지만, 비상사태가 발생하면 각 구에서는 여전히 수많은 상퀼로트를, 응전할 수 있는 병력 자원으로 동원할 수도 있소. 인민봉기의 제도적 장치와 상관없이 코뮌과 자치구들의 인민 동원령은 아직 법적으로 유효하게 남아 있기 때문이오. 하지만 동원령이 발령된다 해도 인민들이 소집에 불응하면 이를 강제적으로 압박할 수 있는 법적 근거는 없소. 그러니 중요한 건 인민들의 자발적인 선택과 의지요. 인민들에 대한 로베스피에르의 영향력이 예전처럼 여전히 크다면 그가 또다시 봉기에 호소하려들 경우 우리로서는 최악의 상황을 각오하는 수밖에 없소. 5월 31일의 인민봉기에 무참히 쓸려나간 지롱드파의 경우와 마찬가지로 우리의 운명을 하늘이 베푸는 가호에 의탁해야 할지도 모른다는 말이오…… 그런데 다행히도 내가 파악하기로는 말이요, 그게 아직 애매모호한 것 같소. 겉으로만 봐서는 전혀 감이 안 오니까. 혹자는 요사이 로베스피에르를 바라보는 상퀼로트들의 민심이 예전만 못하다고 주장하오. 그런가 하면 또 다른 사람이 전하는 바에 따르면, 로베스피에르에 대한 상퀼로트들의 충성심은 여전히 드높다고도 하오. 그러니만큼 만약 그런 사태가 벌어졌을 때 상퀼로트들이 또다시 상당한 희생을 감수하면서까지 삼지창을 챙겨들고 인민봉기에 나설지 아닐지 현재로서는 전혀 속단할 수가 없소."

아마르가 말한다.

"제 생각도 같습니다. 지금으로서는 상퀼로트들의 민심과 동향이 어떠하며 로베스피에르의 호소와 관련해서 앞으로 어떻게 돌변할지 전혀 알 수가 없지요. 하지만 상퀼로트들의 요즘 민심이 어떠하든 그들이 로베스피에르의 잠재적 우군이라는 점만큼은 확실하니 유사시에는 전혀 마음을 놓을 수가 없습니다. 로베스피에르가 입만 열었다 하면 공연히 상퀼로트들을 공화국의 초석이라고 떠받든 게 아니지요. 상퀼로트들은 로베스피에르로 하여금 지금까지 꼿꼿이 버텨오도록 한 위세의 뿌리임에 틀림없으니까요."

불랑이 말한다.

"그러면 우리가 먼저 확 선수를 쳐서 내란 음모 혐의로 로베스피에르 일파를 체포해버리는 게 어떨까요? 또 한 차례의 5월 31일로 헌

정이 중단되도록 기도하려 했다는 죄목을 뒤집어씌워서 말입니다. 이
거 혹시라도 그날의 인민봉기가 재현될까 봐 불안해서 견딜 수가 없
군요."

바디에가 말한다.

"침착하시오. 지금까지는 아무 일도 일어나지 않았으니까. 로베스
피에르는 아직 공회의 연단에도 오르질 않았는데 도대체 무슨 죄목으
로 그를 체포한단 말이오? 아마르의 예측에 따르면 로베스피에르가
마지막 숙청을 감행하려들 텐데 의회 안에서의 처리가 여의치 않을
경우 인민봉기에 호소할 수도 있을 가능성에 대비해서, 예상되는 내
란의 예비 음모자로 그를 체포해야 한다는 말이오? 혹여 그랬다가는
오히려 우리가 나서서 잠잠한 상퀼로트들을 들고 일어나도록 부추기
는 꼴밖에 더 되겠소? 일단 로베스피에르가 오늘 공회에서 무슨 말을
하는지부터 신중히 지켜본 후 어떻게 대처할지는 그때 가서 결정하기
로 합시다."

아마르가 말한다.

"그래서 저와 불랑이 위험을 무릅쓰고 뤽상부르 궁의 지하 감옥까
지 지롱드파의 수감자들을 접견하러 다녀온 겁니다. 물론 선배의 걱
정에도 일리는 있습니다만 지금은 지롱드파라고 해서 배제할 때가 아
닙니다. 로베스피에르에 맞설 만한 모든 세력을 규합하는 게 절대적
으로 필요한 시점이지요. 제 예상대로라면, 로베스피에르가 정치 일
선에서 물러나지 않는 한 어차피 우리들과의 충돌은 이미 불가피해지

지 않았나 싶습니다. 그런데 만만치 않은 적수와 생사를 걸고 맞부딪치기 위해서는 의회 안팎에서 우리들에게 힘을 보태줄 원군들이 늘어나면 늘어날수록 유리한 법입니다. 다소 부도덕하긴 하지만 외국으로 빼돌린 지롱드파의 자금줄까지도 끌어다 쓸 각오를 하지 않으면 안 됩니다. 라클로와 뱀펜 장군 그리고 세르방 등과 만나보니 뭔가 그쪽으로 도움을 받을 수도 있을 것 같더군요. 그 친구들도 로베스피에르라면 아주 이를 갈 정도니까요. 이렇게 해서라도 곧 로베스피에르를 치지 않으면 결국 우리가 떼죽음을 당하고 말 겁니다. 그러니 로베스피에르라면 가장 치를 떠는 지롱드파와라도 손을 잡을 수밖에 없습니다. 만약 로베스피에르가 지롱드파와 접선한 우리의 잠행을 어떤 경로로든 알게 돼서 문제 삼고 나오는 경우에는 단순한 수감 상황의 시찰과 감옥 실태의 점검이었다고 둘러댈까 합니다. 그거야 보안위원회의 기본적인 소관사항이니까요."

바디에가 말한다.

"듣고 보니 그렇군. 내 생각이 조금 짧았소. 지금 같은 위기 상황에서는 적의 적이야말로 가장 참된 동지니까. 하긴 강력한 공적을 앞에 두고 있는 지금 이 상황에서 옛일에 얽매이는 것은 한낱 사치스런 감상에 지나지 않는 것 같소. 각자의 정치적 성향이나 이념상의 포부야 어떠하든 간에 일단 옛일은 묻어두고 섬멸해야 할 공적 앞에서 하나의 목표의식으로 굳게 뭉치는 것만이 살 길이지."

아마르가 계속한다.

"그런데 여기서 한 가지 짚고 넘어가야 할 문제는 로베스피에르가 보안위원회에 고유한 업무 소관들을 자꾸만 공안위원회로 옮겨가면서 갈수록 보안위원회 위원들을 무력화하는 방향으로 나아가고 있다는 점입니다. 이는 아주 예사롭지 않은 징후입니다. 지난해 말에 생-쥐스트가 공안위원회 직속으로 개설한 치안총국도 그 업무의 성격을 보자면 분명히 보안위원회에서 배속받아야 할 경찰 조직이었습니다. 공안위원회가 외교 안보와 국방을 맡고, 보안위원회가 치안과 내정 감시에 주력한다는 섯은 누구나 나들 알고 있는 직제의 기본 아닙니까? 그런데도 공안위원회에서는 자기들 멋대로 치안총국을 개설해놓고 로베스피에르의 수하에 불과한 생-쥐스트에게 그 기관의 관리감독을 맡겼단 말입니다. 이런 점만 봐도 로베스피에르는 보안위원회 또는 그 위원들을 요시찰 대상 또는 가장 먼저 숙정(肅正)해야 할 표적으로 여기고 있는 게 틀림없습니다. 아까 선배께서 말씀하신 대로 여하한 경우에라도 보안위원회라는 기구만 존속할 수 있다면 우리들로서는 후일을 기약할 수 있는 여지가 충분히 생깁니다. 하지만 로베스피에르의 의도대로 기구 자체가 무력화되면 우리의 앞날에는 목숨을 내던져야 할 낭떠러지만이 기다리고 있을 뿐입니다."

바디에가 묻는다.

"그러면 지금 어떻게 대처하는 것이 가장 현명하겠소?"

불랑이 말한다.

"가장 최선의 방법은 지금 당장이라도 로베스피에르를 체포하는 일인데, 일단은 그의 입에서 무슨 말이 튀어나올지 기다려봐야 한다니까 공안위원회 모르게 우리 나름의 비밀기관을 꾸리는 것으로 상대방의 조직적 움직임에 맞대응하는 게 어떨까 싶군요."

아마르가 말한다.

"바로 그겁니다. 저한테 아이디어가 하나 있습니다. 군 내부에 공안위원회에 조직적으로 맞대응할 수 있는 보안위원회의 직속기구를 하나 창설해서 비밀리에 운영하는 게 어떨까 싶습니다. 제가 뢰상부르까지 가서 빔펜 장군과 접견하고 온 것도 실은 그 문제를 상의하기 위해서였지요. 지롱드파의 군부에는 아주 유능한 엘리트 장교들이 많았으니까요. 군 내부에 첩보와 사찰을 전담하고 여러 가지 정치 공작에도 투입될 수 있는 보안위원회 직속기구가 발족하면 공안위원회에 맞대응할 수 있는 것은 물론이려니와 그 기구를 통해 우리 보안위원회에서 정규군을 통제하는 것도 가능해질 수 있습니다. 말하자면 기밀 업무를 관장하면서 여차하면 우리 뜻대로 군부의 정예 병력도 얼마든지 차출해서 활용할 수 있는 특무대를 조직하자는 거지요."

바디에가 말한다.

"특무대라. 그거 썩 좋은 아이디어요. 오늘부터라도 당장 추진하는 게 좋을 것 같소."

그때 문밖에서 누군가 노크하는 소리가 들린다. 일동, 긴장한다. 잠시 후 불랑이 묻는다.

"누구요?"

문밖에서 대답하는 말소리가 들려온다.

"장-랑베르 탈리앵, 국민공회 대의원이오. 아마르를 좀 보러 왔는데 혹시 거기 있소?"

불랑이 문을 열어준다. 탈리앵, 안으로 들어오며 일동과 인사를 주고받는다. 아마르가 탈리앵에게 묻는다.

"그래, 좋은 얘기들 많이 나누었나?"

탈리앵이 아마르에게 말한다.

"많은 이야깃거리들이 오고갔지. 자네하고도 거기서 나눈 얘기들을 마저 이어가볼까 하고 이리로 걸음한 걸세."

바디에가 말한다.

"아, 벌써 시간이 이렇게 됐군. 그럼 천천히 말씀들 나누시오. 난 먼저 실례하겠소. 나한테도 혹시 협조를 당부할 만한 용무가 생기면 필히 전갈을 넣어주시오."

탈리앵이 말한다.

"알겠습니다. 감사합니다."

바디에가 일어서자 불랑도 따라 일어서며 말한다.

"점심식사는 어디서 하실 겁니까? 요 근처에 부야베스 아주 맛있게 하는 집이 있는데 그리로 같이 가실까요? 제가 원래 바닷가 출신이라 해물 수프에 대한 미각 하나만큼은……"

바디에와 불랑, 퇴장. 그들이 나가자마자 탈리앵이 말한다.

"자네가 복사를 허락해준 보안위원회 직인은 아주 요긴하게 잘 써먹었네. 덕분에 관헌들의 눈치를 전혀 보지 않고 모의에만 전념할 수 있었지. 로베스피에르라는 공적 앞에서 힘을 모아야 한다는 데는 다들 원칙적으로 동의했네만, 동참한 의원들의 출신 당파가 워낙 제각각이다 보니 모의 과정에서 수시로 삐걱거릴 수밖에 없었던 것도 사실이네. 특히 르장드르 그치가 당통 예찬을 늘어놓을 때마다 오장육부가 뒤틀려서 죽는 줄 알았지. 우리가 당통 같은 부패분자의 잔당과 손잡고 일을 도모하게 될지 누가 알았겠나? 남의 오장육부가 뒤틀리지는 모르고 르장드르와 부르동 드 루아즈, 그 두 잔당 녀석은 입만 벌리면 허무맹랑한 당통의 위업을 칭송하느라 시간 가는 줄도 모르더군. 아직까지도 당통을 자기네 당파의 우두머리처럼 추대하고 사는 머저리들과 이런 모의를 함께해야 한다는 게 차라리 서글플 지경이었네."

아마르가 말한다.

"청렴결백하고 대쪽 같은 로베스피에르와 나와의 관계가 이렇게까지 악화된 것도 따지고 보면 모두 당통의 비리에서 비롯된 셈이지. 동인도회사 사기 스캔들에 관한 보안위원회 조사 때 파브르 데글랑틴 같은 자기 일파의 착복과 횡령을 적당한 선에서 덮어주면 정치적으로 후사하겠다는 당통의 흥정에 내가 휘말려들면서부터였으니 말이야. 때문에 나는 보안위원회 위원 신분임에도 공안위원회에 불려가서 로베스피에르한테 엄혹하게 취조까지 당하는 모욕을 감수해야만 했지. 그런데 그때, 이 친구가 혹시 꽉 막힌 독재자일지도 모르겠다는 의구심이 처음으로 생겨났네. 그러자 사사로운 나의 복수욕이 독재자에 대한 공분(公憤)으로 뒤바뀌더군. 그러면서 독재에 반대하는 무리들을 모두 규합해서 로베스피에르 일파의 타도에 앞장서야겠다고 다짐하기 시작했지…… 나는 며칠 전 지롱드파와 접견하러 뤽상부르 궁의 지하 감옥까지 다녀왔네. 지금 이 시점에서 당통의 잔당이면 어떻고, 지롱드파의 잔존 세력이면 또 어떻겠나? 로베스피에르에 반대하고 그의 실각만 원하면 그만이지. 나도 당통이라고 하면 자네 이상으로 속이 뒤집어지는 사람일세. 특히 공포정치의 완화를 촉구했다는 이유 하나만으로 그자가 최후까지 로베스피에르 독재에 의롭게 항거하다 산화하고 만 자유의 순교자처럼 세간에서 회자되는 것을 보고 있자면 그 무지와 억설에 소름이 다 돋을 정도라네. 세상의 사리분별이 워낙 혼미하다 보니 이젠 그런 최저치의 정치 모리배까지 순교자로 미화될 수 있는 시대가 온 게 아닌가 싶어 심히 개탄스럽기까지 하지…… 하지만 그래봐야 어차피 모두 흘러간 옛일에 불과하네. 그런 문제를 두고 이제 와서 우리끼리 왈가왈부해본들 결과적으로는 독재자한테만 득 될 노릇일세. 지금은 각 당파의 과거지사를 들먹일 때가 아니야. 오로지 로베스피에르 독재 타도에만 집중해야 할 때이지. 우선 눈앞의 공통된 목표물부터 힘을 합쳐 해치우는 데만 전념하세. 당통의 잔당과 함께한다는 게 정히 거북스러우면 우리가 도약하기 위해 그들을 밟고 올라선다고 여기는 것으로 족하지 않겠나? 그러고 난 연후에 내쳐도 늦지는 않으니까 말이야. 그때 가서 함께 정리해나가

세. 어차피 당통의 잔당 같은 것들이야 역사에서 도태당할 대혁명의
찌꺼기들일 뿐이니 공연히 괘념할 필요조차 없네."

탈리앵이 말한다.

"알겠네. 자네의 충고를 받아들여 당통 일파에 대한 억하심정은 이
쯤에서 그만 묻어두기로 하지. 자, 그럼 이제부터는 본격적으로 모의
에 들어가보세……"

제7장

상자무대 바깥의 목소리.

"프리메이슨 지파의 하나인 **진리의 친구** 파리 지부의 회당. 사제 지부장 자라스트로*와 로베스피에르. 모차르트의 「프리메이슨을 위한 장송곡」이 흐른다."

검은색 우단 망토로 온몸을 두르고 있는 사제 지부장 자라스트로는 높은 제단 위에 우뚝 올라서 있다. 마리오네트이다. 반면, 로베스피에르가 서 있는 곳은 제단 아래 놓인 널판장 안이다. 그의 두 눈은 노악사처럼 검은 안경으로 가려져 있다. 목소리 지문에 따라 노악사가 바르바리에 오르간으로 배경음악을 내보내기 시작한다. 어둡고 무거운 곡조가 상자무대의 장경 아래 낮게 깔린다. 자라스트로의 입이 달싹거린다.

"죽는 게 두렵지 않습니까, 시민 엘레우시스?"

로베스피에르가 답한다.

"저는 이미 죽은 몸입니다."

지부장이 묻는다.

"지금 내 앞에서 자신이 이미 죽은 몸임을 내세우는 자는 누구입니까, 시민 엘레우시스?"

로베스피에르가 답한다.

● 모차르트의 오페라 「마술피리」에 등장하는 이시스와 오시리스 신전의 대제사장. 1791년 9월 빈에서 초연된 이 오페라는 프리메이슨의 이상과 전망을 형상화한 작품으로 평가되고 있다.

"죽음을 이미 받아들인 자가 남기고 온 이승의 허물에 지나지 않습니다."

자라스트로가 묻는다.

"이승의 허물에게 죽음을 자인하는 각성과 의식이 있을 수 있습니까, 시민 엘레우시스?"

로베스피에르가 답한다.

"제 존재가 영혼과 육신으로 쪼개져 있기 때문입니다. 육신은 영혼의 한시적인 거푸집일 뿐입니다. 영혼이 떠나면 육신은 용도를 다한 거푸집처럼 사그라집니다. 하지만 영혼은 소멸하지 않습니다. 저는 영혼의 불멸과 불멸의 영혼을 동시에 믿습니다. 이 믿음에 반발한다면 그는 아마도 무신론자이거나 신의 죽음을 설파하고 다니는 허무주의자일 것입니다. 저는 무신론도, 허무주의도 배격합니다."

자라스트로가 묻는다.

"그렇다면 지금 내 앞에서 말하고 있는 당신은 존재하는 자입니까, 아니면 존재하지 않는 자입니까, 시민 엘레우시스?"

로베스피에르가 답한다.

"둘 모두에 해당됩니다. 그러니까 이미 죽은 몸으로서의 저는, 존재하면서 동시에 존재하지 않는 자이기도 하다는 말입니다."

자라스트로가 묻는다.

"죽음으로 존재와 비존재의 경계가 갈리기는커녕 오히려 죽음 속에서 비존재와 존재의 영원한 합일이 이루어진다는 뜻입니까, 시민 엘레우시스?"

로베스피에르가 답한다.

"그렇기도 하고 그렇지 않기도 합니다. 죽음은 존재이면서 비존재이기도 하지만, 또한 죽음은 존재도 아니고 비존재도 아니기 때문입니다. 그러므로 영육이란 영혼과 육신을 각기 일컫는 말일 수 없습니다. 영육은 영혼의 육신이자 육신의 영혼을 의미합니다."

자라스트로가 묻는다.

"만일 그렇다면 영육을 뒤덮는 죽음의 그림자란 무엇입니까, 시민 엘레우시스?"

로베스피에르가 답한다.

"살아서 죽고, 죽는 것으로 사는 일입니다. 영육을 뒤덮는 죽음의 그림자는 삶과 죽음이 대극임을 부정하는 징표일 것입니다."

자라스트로가 묻는다.

"그것에 대해 삶과 죽음이 대극임을 부정하는 징표일 수 있다는 말은, 삶과 죽음 가운데 반드시 하나는 존재의 참이어야 한다는 의미에서, 상반된 근본적 범주의 병존을 주장하는 배중률의 오류가 아닙니까, 시민 엘레우시스?"

로베스피에르가 답한다.

"이성의 최고 존재께서는 이미 저에게 그것이 오류가 아니라고 응답해주신 바 있습니다."

자라스트로가 묻는다.

"방금 전 당신이 대립시킨 불멸의 영혼과 한시적인 육신도 실은 범주화의 논리에 속하질 않습니까, 시민 엘레우시스?"

로베스피에르가 답한다.

"그래서 저는 그 대립을 영육으로 해소하고자 하였습니다. 영육은 대립을 무화시키는 심연입니다."

자라스트로가 묻는다.

"그 심연은 이성에 근거를 둔 존재입니까, 시민 엘레우시스?"

로베스피에르가 답한다.

"아마도 그럴 것입니다. 왜냐하면 이성의 바깥에는 이 지상에 그 어떠한 것도 존재할 수 없기 때문입니다."

자라스트로가 묻는다.

"예컨대 신은 이성의 바깥에 있는 존재가 아닙니까? 계몽주의자들과 이 시대의 무신론자들이 신의 존재를 부정하는 까닭은 그것이 이성의 바깥에 있다고 여겨서가 아니라는 말입니까, 시민 엘레우시스?"

로베스피에르가 답한다.

"그래서 저는 이성의 최고 존재를 신성화하는 일에 집착하고 있습니다. 저로서는 그들의 허무주의를 도저히 받아들일 수가 없습니다."

자라스트로가 묻는다.

"이성의 최고 존재가 가톨릭 성좌를 대치하면 허무주의의 창궐만큼은 피할 수 있는 게 확실합니까, 시민 엘레우시스?"

로베스피에르가 답한다.

"가톨릭의 신은 천년 이상 동안 이 유럽에 군림해오면서 사람들의 존재 이유와 생에 대한 정합성으로 깊이 뿌리 내렸습니다. 그런데 그것이 송두리째 부정된다면 우리가 디뎌온 존재의 지축도 함께 뒤흔들릴 수밖에 없습니다. 그런 사태만은 막아야 합니다. 현재로서는 이성 또는 그것의 최고 존재만이 유일하게 신의 자리를 대신할 수 있을 뿐입니다. 이성은 존재 이유의 지침으로 역사의 발전과 진보를 제시하고 있습니다. 저는 역사의 발전과 진보에 대한 이성의 전망이 사람들을 허무주의의 늪지에 건져 올리리라고 확신합니다."

자라스트로가 묻는다.

"그토록 강조된 이성의 전망이 가톨릭 성좌를 대체할 수 있을지는 몰라도 오히려 신의 부재와 죽음에 대해 확인시켜주는 결과만을 낳아 허무주의가 더욱 창궐하도록 부추기지 않겠습니까, 시민 엘레우시스?"

로베스피에르가 답한다.

"역사의 진보와 발전에 대한 이성의 전망이야말로 신께서 예정해두신 궤도의 계시일 것입니다. 즉, 이성은 사람들에게 이식된 신의 마음이라는 말입니다. 우리가 모든 것을 명확하게 분별할 수 있는 것은 모두 신이 내려주신 이성의 눈으로 존재와 세계와 역사를 바라보고 있기 때문입니다. 그렇지 않았다면, 우리의 육안으로는 도무지 아무것도 분별해내지 못했을 것입니다. 그러니 신의 뜻을 가늠할 수 있는 지상의 척도는 이성의 눈일 수밖에 없습니다. 여기에 근거해서 역사의 진보와 발전을 이끌어내는 것으로 인간은 영화로운 조물주의 오묘하신 섭리에 부응할 수 있습니다. 이를 부정하는 항간의 변설이 바로 허무주의입니다. 하지만 허무주의의 창궐에 이성도 책임져야 할 몫이 있지 않겠느냐는 자문은 받아들일 수 없습니다. 계몽주의적 이성을 통한 종교적 광신과 왕권신수설의 비판이 근자에 유행하는 무신론의 역사적 배경으로 자리하고 있는 것은 사실입니다. 하지만 종교적 광신을 타파하려는 의지가 신의 존재에 대한 부정과 배척으로까지 증폭되고 확장된 작금의 추세는 대중 선동적인 몽매주의의 조화일 뿐 본디부터 이성이 향해가려 한 역사적 방향과는 아무 연관성도 없습니다. 우리는 그 점을 구별해야만 합니다. 그 배면에는 살롱에서 저희들끼리 무신론을 새 시대의 오락거리로 노닥거린 구체제 귀족들의 권태와 방종이 감춰져 있습니다. 계몽주의 지식인들은 이들의 살롱에서 밤마다 치러진 연회의 정신적 향락을 북돋우기 위해 동원된 노리개에 불과합니다. 이들은 오늘날 이 나라에 허무주의 풍조가 만연하도록 조장한 공모관계를 지속적으로 맺어왔습니다. 말하자면 계몽주의 지식인들은 구체제 귀족들의 권태와 방종에 봉사하고자 그것과 유착된 사상의 수발을 들어온 셈입니다. 이것은 세간의 오해와 달리 명철한 이성의 활동 범위와는 아무 상관도 없는 지적 농간이었을 뿐입니다. 구체제 귀족들은 일시적으로나마 자신들의 권태와 불안에서 해방되고자 모르핀 투약과도 같은 무신론의 처방에 매달리면서 그 처방의 약효로 눅진한 허무주의를 게워낸 데 지나지 않습니다. 그리고 그 허무주의는 이 공화국의 많은 시민을 감염시켜 역사의 진보와 발전에 대해 불신하는 퇴행의 욕망으로 물들이고 있습니다. 저들이 노리는 것은 결국 이성의 마비로 신탁을 붕괴시키는 일이지 계몽주의적 이성에 대한 신봉과 함께 종교의 미망을 경계하자는 게 절대 아닙니다. 따라서 나는 허무주의를 유포하였을 뿐 아니라 이성의 본질을 왜곡하고 음해한 죄목으로 구체제의 귀족들과 그들의 살롱에서 놀아난 일부 계몽주의 지식인들을 이 자리에서 고발하는 바입니다!"

그때 불현듯 나폴레옹이 자리에서 벌떡 일어나 로베스피에르의 말에 "옳소!"라고 외치며 열렬한 박수를 보내고는 말한다.

"제가 시민 동지의 그 뜻을 이어 받아 어떤 일이 있더라도 이 나라에 무신론과 허무주의 따위가 창궐하지 않도록 철저히 단속하겠습니다. 무신론과 허무주의야말로 공화정의 안보에 치명적인 주적이라는 것을 이제야 알겠습니다."

검은 안경을 쓰고 있는 로베스피에르가 나폴레옹의 목소리가 들려온 쪽에 대고 말한다.

"그런 것은 군부의 강권과 탄압만으로 근절할 수 있는 대상이 아마 아닐 거요. 내가 이성의 최고 존재에 대한 국교화를 국책사업의 하나로 추진하고 있는 것도 모두 그런 고심의 흔적이라 아니할 수 없소. 누군가 나를 갈리에누스 황제에 비겨 조롱하든 말든, 한 나라의 근간까지 위태롭게 하는 사상적 유해풍조는 무력의 개입이 아니라 역시 사상적인 대응 방식을 통해서만 억누를 수 있는 게 아닐까 싶소. 오로지 그렇게 해야만 허무주의는 다스려질 수 있을 거요."

자라스트로가 마저 질문을 이어가려 하는 순간, 나폴레옹이 다시 끼어들어 로베스피에르에게 말한다.

"네, 깊이 명심하겠습니다, 시민 동지…… 그런데 시민 동지가 결국 자결을 택할 수밖에 없었던 것도 궁극적으로는 허무주의의 덫에 걸리고 만 것은 아닙니까? 지금 동지가 머물러 계신 그곳이야말로 허무주의의 사원처럼 보이니 하는 말입니다. 저 사제가 동지를 꼬박꼬박 **시민 엘레우시스**라고 호칭한 것으로 보나 음침한 장송곡풍의 배경 음악으로 보나, 지금 그곳에서는 엘리시움 참배를 위해 지핀 향불이 스산한 죽음의 연기를 피워 올리고 있는 것만 같습니다. 그리고 지금 시민 동지가 서 있는 널판장이 제 눈에는 꼭 관처럼만 보이는군요. 그렇다면 혹시 그곳은 동지가 오랫동안 망설여온 자결을 끝내 실행에 옮기려는 장소라고 할 수 있습니까?"

로베스피에르가 말한다.

"내가 허무주의에 덫에 걸리고 말았다니, 도대체 무슨 근거로 장군은 그런 소리를 입에 담는 거요? 나는 철저한 이성의 신봉자로서 허무주의와 무관하오. 허무주의의 죄악상으로부터 완벽하게 결백하다는 말이오. 방금 전의 언설들로 나는 이성이 허무주의와 결탁해 있을지도 모른다는 세간의 혐의를 말끔히 벗겨냈다고 자부하오. 그러니

다시는 그런 음해와 모함으로 나를 괴롭히지 마시오. 허무주의의 덫에 걸려 파멸한 것은 내가 아니라 브리소와 당통, 그리고 에베르 같은 반역도당의 수괴들이었소. 이들이야말로 허무주의의 사도들이었다고 할 수 있지. 내가 이들을 단죄하기로 결심한 것도 순전히 정치적 이유 때문만은 아니었소. 바로 이들이 허무주의의 세균을 여기저기 전염시키고 다니는 정신적 병원체였다는 이유 또한 그에 못지않았소. 이와 관련해서 특히 당통은 절대로 묵인해줄 수 없는 위험인물이었소. 앞으로 혹시나 당통이 복권되는 날이 온다면, 그것은 허무주의가 그만큼 세상의 사리분별을 잠식했다는 징후로 받아들여도 좋을 거라고까지 나는 믿고 있소. 당통은 냉소주의자였고 쾌락주의자였소. 그렇게 얘기되는 것이 한 사람의 자유로운 정신을 드러내주는 증표일 수 있다면, 그 자유란 도대체 누구를 위한 자유이며 어디서 나온 자유란 말이오? 전제정의 속박을 분쇄하기 위한 자유 이외에는 이 세상의 어떠한 자유도 모두 음험하고 의심스러운 권력의 보균자일 가능성이 매우 높소. 그것은 일차적으로 재산의 권력행사를 위한 자유요, 거기에 예속될 수 있는 자유만을 가리키는 데 불과할 것이기 때문이오. 당통이 숱한 배임과 뒷거래 때문에 동료들에게까지 부패분자로 내몰릴 수밖에 없었던 것은 결코 우연한 불상사가 아니었소. 에베르는 당통과 또 다른 형태의 허무주의자였소. 항간에 나돌기로는 상퀼로트의 지지를 둘러싼 패권 다툼 끝에 내가 에베르를 숙청할 수밖에 없었다고들 하는 것 같소만, 그것은 사실과 전혀 다른 또 하나의 음해일 뿐이오. 수구 세력들에 대한 에베르의 과격한 언동은 모두 역사 허무주의의 소산에 불과했소. 과도하리만큼 집요하고 철저한 그들 일파의 무신론은 역사 허무주의와 상관관계를 맺고 있었소. 게다가 궁극적으로는 공화정이 반동 세력들에 의해 허물어질 수밖에 없을 거라는 자포자기의 패배주의를 은폐하고 있었던 것으로 밝혀졌소. 나는 그들을 처단함으로써 이 공화국에 허무주의가 더 이상 확산되지 않도록 조처한 죄밖에 없소. 그럼에도 이후의 역사는 어쩌면 허무주의와의 피비린내 나는 사투로 얼룩질지도 모르겠소. 갈수록 많은 사람이 허무주의의 미혹에 빠져들 것처럼 보이니 말이오…… 여하튼 내게는 허무주의와 연루되었을지도 모른다는 의혹을 품지 마시오. 그리고 내가 여기서 자결을 하려고 결심하다니 그건 또 무슨 뜬금없는 객설인지 모르겠소. 여기가 허무주의의 사원처럼 보인다는 말도 거북하오. 그런 걸 보면 아마도 장군은 죽음과 허무주의를 동일시하고 있는 것 같소. 분명히 말해두지만, 죽음은 허무주의와 아무 상관도 없소이다. 나는 사망의 권세에 의지해서 허무주의와 싸우는 중이오. 허무주의는 영육이 무와 결합해서 소멸하다가도 다시 생성한다는 것을 애써 묵살하는 권태와 방종의 현상론에 지나지 않소. 게다가 나는 이미 죽은 몸이니 어찌 자결을 새로이 기도할 수 있다는 말이오? 이곳은 내가 자결을 결행하려고 찾아온 허무주의의 은닉처가 아니라 죽음의 추억을 되새기기 위한 엘레시움의 사원일 뿐이오. 그리고 이 널판장은 관이 아니라 각성과 도야의 요람이니 함부로 오해하지 마시오, 장군.

장군한테는 이런 말을 들려주고 싶소. **그곳에 있어봤자 몇이겠는가!
그리고 그중에서 너를 칭찬할 사람은 또 몇이겠는가! 완벽한 국가를
기대하지 말고 작은 진전에 대해서라도 항상 고마워하라!**"

한동안 사이. 잠시 후 자라스트로가 다시 대사를 이어가려는 순간,
이번에도 나폴레옹이 끼어든다.

"그럼 동지께서는 정말 자결을 하려고 여기 온 게 아니라는 말씀이
십니까?"

로베스피에르가 답한다.

"그렇소. 다시 한 번 분명히 말해두지만, 나는 자결한 적도, 그런
일념을 품은 적도 없소."

로베스피에르의 대답에 나폴레옹은 고개를 갸웃거리며 당혹스럽다는
표정을 지어 보인다. 이번에도 자기 대사를 끊긴 자라스트로 역의 마
리오네트가 팔을 앞으로 내밀고 허우적거린다. 카페 주인이 허리를
수그리고는 나폴레옹에게 다가와서 조심스러운 태도로 귀엣말을 한
다. 그러자 나폴레옹, 다시 자리에 앉으며 잔뜩 낮춘 음성으로 카페
주인에게 말한다.

"알겠어요, 주인장. 이제부터는 정말 자중하겠소. 무대 상황에 너
무 몰입하다 보니 나도 모르게 그만……"

자라스트로가 말한다.

"이성의 신봉자인 시민 엘레우시스여, 이승과 완전히 단절할 수 있

● 철학적인 성군으로 높이 칭송받은 로마 황제 마르쿠스 아우렐리우스가 『명상록』에서 한 말.

도록 당신에게 죽음의 태형을 베풀겠소. 그러고 나면 곧, 이승에 남은 당신의 허물이 이성의 눈 속에서 그 모습을 드러낼 거요."

상자무대 바깥의 목소리. "장송곡이 끝나고 「영광에 찬 프리메이슨의 팡파르」가 크게 울려 퍼진다."

목소리 지문에 따라 노악사는 장송곡의 선율을 끊고 트럼펫의 음색과 비슷한 팡파르를 내보낸다. 로베스피에르가 말한다.

"부디 제게 각성과 도야의 죽비를 내려주십시오."

자라스트로가 천천히 제단에서 걸어 내려오는 동안, 로베스피에르는 널판장 위에 반듯이 눕는다. 우단 망토를 벗어 던진 자라스트로의 손에는 죽비 한 자루가 들려 있다. 자라스트로는 그것으로 로베스피에르의 허벅지를 사정없이 내리친다. 한번 매질을 당할 때마다 로베스피에르, 발악하듯 큰 소리로 외쳐댄다.

딱.

"주권은 인민에게 있다! 정부는 인민의 산물이고 인민의 재산이다! 인민이 원한다면 정부를 바꿀 수 있고 의회를 해산시킬 수 있다!"

딱.

"형제 시민들의 안보·자유·생명·재산 중 그 어느 것도 재산권에 의해 손상될 수 없다!"

딱.

"자유는 정의를 모범으로, 타인의 권리를 한계로, 자연을 원칙으로, 그리고 법을 보호자로 삼는다!"

로베스피에르, 뒤돌아 눕는다. 이번에는 그의 엉덩이에 죽비의 매질이 계속된다. 딱.

"압제에 대한 저항은 인간과 시민에게 귀속되어 있는 여타 권리들의 결과이다!"

딱.

"인민의 수임자들이 저지른 범죄는 준엄하고 신속하게 처벌되어야 한다!"

딱.

"왕들, 특권층, 독재자들은 누구든 지상의 주권자인 인류와 우주의 입법자인 자연에 대해 반란을 일으킨 노예들이다!"

딱.

"모든 정치적 결사의 목적은 인간이 지닌 자연적이고 시효에 의해 소멸되지 않는 자연권의 유지와……"•

그때 프리메이슨의 팡파르가 다시 한 번 우렁차게 울려 퍼진다. 계속되는 팡파르에 묻혀 로베스피에르의 말소리가 먹먹해진다. 그때 회당 한쪽에서 로베스피에르와 꼭 닮은 마리오네트 하나가 앞쪽으로 걸어 나온다. 그러는 동안 상자무대의 막이 서서히 닫힌다.

• 위의 말들은 1793년 4월 로베스피에르가 작성하고 발표한 「인권선언」의 초안 가운데 일부 조항들이다.

제8장

카페 주인이 나폴레옹에게 말한다.

"첫 막이 끝났습니다, 장군님. 어떻게, 커피 한 잔 더 드시겠습니까? 아니면 코냑이라도? 저희 집에 10년 묵은 레미 마르탱이 한 병 있는뎁쇼."

나폴레옹이 말한다.

"이보시오 주인장, 나는 비요-바렌이 아닙니다. 게다가 지금은 비록 외관상 인형극을 즐기는 것처럼 보일지 모르나 실제로는 특무대 근무 중이오. 그러니 술을 입에 댈 수는 없소. 커피로 주시오."

카페 주인이 커피를 새로 내오는 동안, 나폴레옹은 손수건으로 이마의 땀을 훔치며 이렇게 웅얼거린다.

"죽음과 허무주의 사이에는 아무런 연관성도 없다고? 그래서 로베스피에르는 스스로 목숨을 끊은 게 아니라고? 자결을 택한 게 아니라고? 본인의 입으로 자신이 자결한 바도 없고 그렇게 마음먹은 적도 없다면서 자결의 추정을 단호히 부인하고 있질 않은가? 아니, 본인의 입이 아니라 실제로는 로베스피에르의 역할을 맡은 인형의 대사가 그렇게 주장하고 있는 거지. 아니, 원래 인형의 대사에는 그런 게 없었어. 내가 불쑥 극 속으로 끼어드는 바람에 예기치 못하게 로베스피에르의 역할을 맡은 인형의 입에서 그런 주장이 튀어나왔을 뿐이지. 그렇다면 그것도 극중의 대사로 봐야 하나, 아니면 로베스피에르 역을 맡은 목소리 배우의 즉흥적인 대응에 불과한 것이었을까? 만일 그게 극중의 대사였다면 내가 불시에 끼어들 것을 미리 알고 애초부터 대본이 그렇게 작성되어 있었다는 말밖에 되지 않는데, 그건 터무니없는 소리지. 그런데 목소리 배우의 즉흥적인 대응에 불과했다손 쳐도 이상하긴 마찬가지야. 마치 로베스피에르의 넋이 그 인형에 빙의한 것 같았고, 나는 정말로 살아 있었을 당시의 시민 동지와 대화를 나누는 게 아닌가 싶을 정도로 현실감에 사로잡혀 있었으니까. 내가 극 속으로 잠시 빨려 들어가서 로베스피에르에게 질문하는 나폴레옹의 배역을 맡았다 다시 무대 밖으로 돌아온 건가, 아니면 로베스피에르의 역할을 맡은 인형이 상자무대에서 벗어나 실제의 인물로 내 앞에 잠시 나타났다 사라진 건가? 마치 갈라테아°의 조화와 마주한 것만 같아. 요새 전선과 파리를 오가며 작전 지휘와 특무대 업무에 번갈아 시달리다 보니 내 정신이 다소 혼미해졌을 수도. 마음 같아서는 당장이라도 로베스피에르 역의 목소리 배우한테 그 상황에 대해 어찌 된 영문인지 물어보고 싶지만, 일단은 참는 게 좋겠어. 이제 겨우 첫 막이 끝난 마당에 내가 그런 식으로 개입하면 시연의 자연스런 흐름을 크게 해칠 우려가 있으니까. 아무렴, 궁금해도 그래서는 안 되는 거야…… 여하튼 지금 여기서 중요한 건 로베스피에르가 자결을 택한 게 아니며 그전에 이미 죽은 목숨이었다고 주장했다는 점이지. 그런데 그전에 이미 죽은 목숨이었다는 말은 도대체……"

● 그리스 신화에 등장하는 조각가 피그말리온이 자기가 빚은 여인의 조각상에 붙인 이름. 이 조각상은 비너스의 도움으로 생명을 얻고 피그말리온과 사랑에 빠진다.

그때 카페 주인, 닫혀 있는 출입구 문틈으로 누군가에게 쪽지를 건네 받는다. 주인은 곧바로 그것을 나폴레옹에게 전해준다. 나폴레옹이 쪽지를 펴보며 말한다.

"르네 사바리가 보낸 급전이군. **테르미도르 10일 새벽, 현장에서 로베스피에르의 자결을 목격한 증인이 나타났다고 해서 지금 그 소재지로 급히 이동 중입니다. 하지만 아직까지 실제 증인인지 아닌지는 확인되지 않고 있습니다. 새로운 상황이 발생하면 그 즉시 대장님께 다시 급전을 보내 올리겠습니다. 혹시라도 대장님의 긴급 출동이 요청되는 상황에 대비하고 계시는 게 좋을 것 같습니다.** ⋯⋯뭐, 자결의 목격자가 나타날지도 모른다고?"

잠시 후 노악사와 남자 가수가 다시 무대로 나와 노래 부를 준비를 한다.

2 막

창백하거나 벌건 살갗에 밤색 또는 블론드 머리
귀여운 계집아이 하나가
시름에 겨운 노동자의 딸로
고달픔 가득한 이 세상에 왔네.
머릿결은 마구 엉클어져 씻지 않은 손가락만
입으로 빨아대는데
버섯 표면처럼 꺼끌꺼끌한
그녀의 몸.

공장에 가야 하는 열다섯 나이
아침부터 저녁까지 한 순간도 쉴 새 없이

고된 노동에 지쳐
그녀의 몸,
성벽 틈새에 핀 꽃으로 시들어가네.
어느덧 한 여자가 되어갈 무렵
사탕 발린 말에 속아
작업반장의 노리개로 허물어진
그녀의 몸.
……

무대 위에 상자무대. 그 위로 빛이 집중된다. 제각기 누군가의 모습을 빼닮은 여러 기놀과 마리오네트가 상자무대 안팎으로 떠돌아다닌다. 나폴레옹은 마치 칼레이도스코프 앞에서 넋이 나간 소년처럼 입을 헤벌쭉 벌리고 있다.

테르미도르 8일 같은 날 오후에서 밤까지.

제1장

상자무대 바같의 목소리.

"튈르리 궁의 국민공회 정문 앞. 바뵈프와 상퀼로트 일행, 정문을 지키는 위병들과 실랑이를 벌인다."

위병들은 기놀이다. 알베르가 위병들에게 말한다.

"감히 누구의 명으로 우리를 막아서는 거요? 로베스피에르 시민 동지한테서 우리의 의회 참관을 약속받았다고 도대체 몇 번이나 말해야 알아듣겠소? 우리는 오늘 예정된 국민공회 연설을 참관하기로 시민 동지하고 단단히 약조했단 말이오. 그러고는 그 약조를 지키기 위해 이리로 몰려온 길이오. 우리가 직접 로베스피에르 시민 동지와 집 앞에서 면담했다는 말을 못 믿겠다는 거요? 이렇게 우리가 시민 동지와 한 약조를 지키지 못하도록 막아서면 나중에 어떤 후환이 닥칠지 두렵지도 않소? 그러니 냉큼 물러나 우리한테 길을 내주시오."

위병 1의 입이 달싹거린다.

"별도의 지시가 있기 전까지는 어떠한 외부인도 공회 안에 들이지 말라는 상부의 엄명이 있었소. 우리는 그저 그 명에 따를 뿐이오. 공회의 출입을 허락할 수 없으니 그만들 물러가시오. 계속 이런 식으로 공회 앞에서 고집을 피우면 당신들이야말로 후환을 각오해야 할 거요."

그러자 상퀼로트들 사이에서 웅성거림이 인다.

"우리가 외부인이라니?"

"상부의 엄명이라니?"

"후환을 각오해야 할 거라니?"

"그럼 로베스피에르가 우리하고 한 약속은 뭐야?"

"우리가 외부인이면 내부인은 또 누구야?"

"로베스피에르보다 더 높은 상부도 있다는 거야?"

그때 콜레뇽이 위병들에게 문서 한 장을 보여주며 말한다.

"보시오. 나와 알베르는 롬바르 구 구민협회 사무관이오. 그리고 여기 모인 인민들은 구민협회에서 함께 일하는 상퀼로트 동지들이오. 우리는 결코 국민공회의 외부인들이 아니란 말이오. 어서 우리가 공회에 들어갈 수 있도록 물러나시오. 이 프랑스 공화정의 모든 주권은 오로지 인민한테서만 나오고 기껏해야 의회의 대리인들은……"

위병 1이 콜레뇽의 문서를 잠시 들여다보는 사이 위병 2가 콜레뇽의 말을 자르고 들어온다.

"구민협회 사무관과 상퀼로트들? 그게 뭘 어쨌다고? 글쎄, 주권이고 대리인이고 간에 우리는 그런 거 모른다니까 그러네. 우리는 공회 경비대 소속 위병들로 무조건 상부의 엄명에만 충실해야 하오. 당신들이 뭐라고 지껄이든 우리를 통제하는 건 오직 상부의 엄명뿐이오. 우리를 움직일 수 있는 일체의 명령도 상부에서만 나올 뿐이고."

알베르가 묻는다.

"그 상부라는 게 도대체 어디를 가리키는 거요? 경비대 사령부를 말하는 거요, 아니면 국민공회 의장을 말하는 거요?"

위병 1이 말한다.

"알면 어쩌시려고? 가서 따지기라도 하시려고?"

알베르가 말한다.

"인민들을 대의기구의 외부인으로 홀대하는 권력은 우리가 무너뜨린 구체제의 왕정과 다를 바 없소. 또한 부르주아들을 또 하나의 귀족 신분처럼 특권화하려 한 지롱드파 정권과도 마찬가지요. 이건 명백한 반혁명적 행태요. 구민협회로 돌아가서 감시위원회에 고발할 수도 있소."

알베르의 말에 상퀼로트들, 일제히 함성을 내지른다. 하지만 위병들은 상퀼로트들의 기세에 위축되기는커녕 가소롭다는 듯 코웃음으로 응수한다.

위병 2가 상퀼로트들에게 말한다.

"가서 어디 실컷 고발해보시오. 아마 고발하자마자 거기 감시위원회는 금세 해산당하고 말 테니까. 일전에 어떤 구의 감시위원회도 부르주아의 재산권을 제한하려다 풍비박산이 났다고 하지, 아마?"

위병 1이 비아냥거리는 어투로 말한다.

"단순히 해산 조치를 당한 정도가 아니었다더군. 간부들은 싹 다 잡혀 들어가서 혹독한 문초를 받았다는 말까지 나돌던걸. 그러니 이 판국에 상퀼로트들의 공회 출입을 막았다는 이유만으로 반혁명의 죄목이 성립할지 어떨지 잘 모르겠네…… 알고 싶거든 어디 시험 삼아 한번 감시위원회에 고발들 해보시든가. 그럼 가부간에 확실한 답이 나오겠지."

위병 2가 그 말을 받아 말한다.

"자기들이 내린 엄명에 대해 어느 한 자치구의 감시위원회에서 자기들을 고발했다는 게 밝혀지면 이후로 일이 어떻게 돌아갈지는 구태여 알아볼 필요도 없이 빤해 보이는데. 뭐, 그래도 당신들이 알아보겠다면야 우리가 나서서 말릴 일도 아니지만."

그때 바뵈프가 앞으로 나서며 위병들에게 묻는다.

"그렇다면 국민공회에 외부인의 출입을 막도록 당신들한테 지시했다는 상부기관이 혹여 공안위원회란 말이요?"

위병 1이 답한다.

"기왕 얘기가 여기까지 흐른 거 솔직히 답하리다. 공안위원회뿐만 아니라 보안위원회도 있소."

위병 2가 말한다.

"공안위원회도 공안위원회지만 특히 보안위원회에서 엄명이 떨어졌소. 그러니 반혁명적 행태로 고발하느니 어쩌니 하는 말을 아무 데나 가져다 붙이지 마시오. 자칫하면 당신들한테 큰 화가 미칠 수도 있으니 그게 걱정스러워서 하는 소리요."

콜레농이 웅얼거린다.

"가만있어보자, 보안위원회라면 공안위원회와 함께 로베스피에르

가 장악하고 있는 혁명정부의 사찰기관 아닌가? 보안위원회에서 위
병들한테 그런 엄명을 내렸다고? 우리와 헤어지자마자 보안위원회로
달려가서 이런 식으로 조치하도록 지시했다는 말인가?"

그 말을 듣고 파트리스도 웅얼거린다.

"내가 알기로도 보안위원회는 로베스피에르의 수중에 있는 정부 기
관이야. 몸은 공안위원회 위원직에 두고 실질적으로는 아마 보안위원
회를 굴리고 있는 걸 거야. 얼마 전 보안위원회 산하에 치안총국이라
는 경찰 조직이 새로 생겼는데 그곳의 관리감독관을 한동안 로베스피
에르가 맡았다고 한 게 기억나. 좀 전에 지역 관헌들이 로베스피에르
앞에서 그렇게 쩔쩔맨 것도, 물론 그가 공안위원회 위원이어서이기도
하지만, 그보다는 치안총국의 책임자였기 때문일 거야. 그렇다면 정
말 얘기가 이상하게 돌아가는걸."

레옹이 파트리스에게 말한다.

"무슨 얘기가 또 이상하게 돌아간다는 거야? 나는 치안총국이 보안
위원회와 상관없는 곳이라고 들었는데. 게다가 지금 치안총국을 맡고
있는 사람도 로베스피에르가 아니잖아. 아무리 우리가 일자무식한 상
퀼로트들이지만, 구민협회 사무보조원으로 일한다면서 세상에 그런
것도 몰라?"

파트리스가 레옹에게 묻는다.

"그럼 지금 치안총국의 관리자는 누군데?"

레옹이 답한다.

"생-쥐스트. 봐봐. 그 사람도 보안위원회 위원이 아니잖아."

파트리스가 말한다.

"그 사람도 보안위원회 위원은 아니지만 로베스피에르의 최측근이
잖아. 여기엔 필시 뭔가 있어. 그리고 치안총국 같은 경찰 조직이 공
안위원회 산하에 있다는 것도 이상하고."

레옹이 말한다.

"이상하긴 뭐가 이상하다는 거야? 그럼 뭐 로베스피에르가 우리 뒤
통수라도 쳤다는 거야? 아, 그렇게도 사람한테 의심이 많아서 세상을
어떻게 사냐?"

콜레뇽이 그들에게 말한다.

"로베스피에르의 약조와는 달리 우리가 지금 국민공회에 들어가지
못하고 있는 건 엄연한 현실이야. 저 위병들 말로는, 그게 공안위원
회와 보안위원회의 엄명 때문이라고 하고 말이지. 그런데 두 군데 다
로베스피에르가 활동하고 있거나 최소한 관여하고 있는 권력기구야.
그렇다면 이 일을 어떻게 받아들여야 옳을까?"

파트리스가 말한다.

"우리가 또 한 번 로베스피에르의 감언이설에 속아 넘어간 거야!
뭐? 우리더러 국민공회에 와서 자기의 연설을 듣고 함께 싸워나가자
고? 그게 다 정치하는 놈들이 당혹스런 순간을 교묘하게 모면하기 위
해 써먹는 술수였던 셈이지."

레옹이 말한다.

"말도 안 돼! 여기엔 필시 무슨 음모가 있어. 로베스피에르는 우리와의 약조를 어떻게 해서든 지키려고 했을 거야. 그런데 뭔가가 뒤틀려서 아마도 제 뜻대로 되지 않은 게 틀림없어. 게다가 그는 우리를 이런 식으로 배신할 까닭이 없어. 상퀼로트들은 로베스피에르의 영원한 친구니까."

알베르가 레옹을 쏘아붙이듯 내뱉는다.

"친구 좋아하시네. 초대해놓고 문전박대하는 친구가 이 세상에 어디 있담? 그런 친구 있으면 당장 나와보라고 그래."

레옹이 말한다.

"지금 우리를 문전박대하고 있는 건 로베스피에르가 아니라니까들 자꾸 그러네."

바뵈프가 위병들에게 말한다.

"이보시오. 당신들이 공화국의 인민들이듯이 우리 또한 이 공화국의 인민들이오. 민주주의 공화국이라는 것은 명실상부한 인민주권의 국가공동체요. 공화국의 인민들을 국민공회의 주인으로 정중히 모시지는 못할망정, 아무리 공회의 출입을 통제하는 위병의 본분 때문이라 해도, 어찌 우리 같은 상퀼로트들을 외부인이라며 이렇듯 겁박하고 능멸할 수가 있단 말이오? 공화력 제1년에 제정된 헌법의 모든 조문은 하나같이 인민들을 이 공화정의 주권자로 명시하면서 국민공회가 인민주권의 수임기관일 뿐이라고 못박아두었소. 또한 일찍이 루소 선생이 우려한 대의제의 폐해를 예방하기 위해 국민공회의 대의원이란 민의의 대표가 아니라 한낱 인민들의 대리인 또는 충성스러워야 할 공복에 지나지 않는다고도 정의해놓았소. 굳이 로베스피에르와의 약조를 들먹이지 않더라도 인민들이 자기 심부름꾼들의 회의에 참석해서 그 의정 활동을 감시하려는 것은 주인으로서의 당연한 권리행사에 해당하오. 지금 이곳이 공화국이 틀림없는 한 여하한 경우에도 우리들은 여기까지 와서 당신들에게 문전박대 같은 모욕을 감수해야 할 국민공회의 외부인일 수 없다 이런 말씀이오."

위병 1이 바뵈프에게 말한다.

"하, 이 양반 참 말 많네. 상퀼로트치고는 먹물깨나 자신 식자층 같소만 그런 문자를 우리한테 써봐야 아무 소용없소이다. 우리는 그저 공안위원회와 보안위원회의 엄명에 따를 뿐이라고 하지 않았소. 우리도 어쩔 수 없으니 당장 돌아들 가시오. 안 그러면 괜한 불상사만 겪게 될 테니까."

바뵈프가 말한다.

"입만 열었다 하면 으름장이로군. 좋소. 그럼 그런 지시를 하달한 보안위원회 책임자와 만나게 해주시오."

위병 2가 딱 잘라 말한다.

"불가하오. 보안위원회 위원들의 서명이 담긴 공문으로 전해진 명이라 우리도 누가 그 책임자인지 알 수 없소. 더욱이 공안위원회나 보안위원회의 고위급 관리들이 당신 같은 상퀼로트들과 상대해줄 턱도 없소. 그러니 더 이상 생짜 부리지 말고 그만 물러들 가시오."

위병의 말에 바뵈프, 노기 어린 목소리로 외친다.

"당신들 같은 상퀼로트들이라니, 말 함부로 내뱉지 마! 이 공화국에서 우리를 그런 식으로 멸시할 수 있는 신분은 아무도 없어! 지껄이는 품새로 보아 네놈들은 필시 당장 물고를 내도 시원치 않을 공화정의 적이요, 부르주아 정부의 개들이 확실해!"

마치 바뵈프의 고함을 신호탄으로 받아들이기라도 한 듯 상퀼로트들, 일제히 한목소리로 구호를 외치기 시작한다.

"공화정의 적들을 처단하자! 처단하자! 처단하자! 부르주아 정부의 개들을 몰아내자! 몰아내자! 몰아내자!"

그러면서 위병들을 향해 돌진하려 한다. 위병들, 잠시 당황한 몸짓으로 허둥거리다 이윽고 황망히 정문 옆에 매달려 있는 경종을 울려댄다. 그러면서 위병 2가 다급한 목소리로 외친다.

"폭도들이 국민공회로 난입하려고 한다! 놈들을 진압해야 한다! 주동자를 놓치지 말고 체포하라!"

그러자 튈르리 궁 안에서 삼지창과 총검으로 무장한 경비대 병력들이 출동한다. 바뵈프 일행은 그들에게 쫓겨 허겁지겁 달아난다. 바뵈프, 달아나며 상퀼로트들에게 소리친다.

"이게 바로 로베스피에르의 정체다. 로베스피에르가 우리를 또다시 배신하고 말았다. 공회에 초대한 건 우리를 경비대 병력으로 모조리 잡아들이기 위해서였다. 이제 로베스피에르는 우리 상퀼로트들의 친구이기는커녕 한시라도 빨리 타도해야 할 적이라는 사실이 백일하에 드러났다. 그러니 우리들로서는 더 이상 로베스피에르와의 전쟁을 미룰 이유가 없다. 로베스피에르와의 전쟁을 선포하자. 그리하여 내일이라도 당장 그 일당을 처단하자. 우리들도 로베스피에르 일당을 처단하기 위한 민병대 병력의 규합으로 즉각적인 대응에 나서자. 공화국 만세! 민주주의 만세!"

알베르도 도망치며 소리친다.

"시민 그라쿠스의 말이 옳다. 로베스피에르는 결정적으로 우리를 배신했다. 이제 우리에게는 그 일당을 처절하게 응징해서 권력에 배신당한 상퀼로트들의 복수가 얼마나 가혹하고 냉엄할 수 있는지 보여줄 일만 남았다. 더 이상의 대화는 필요 없다. 이제 행동에 돌입해야 할 때이다. 로베스피에르 일당의 타도를 위해 각 자치구의 모든 상퀼로트들이 단합할 수 있도록 지금 즉시 호소하자. 그리하여 권력이 무시한 우리의 힘을 준열하게 과시하자. 공화국 만세! 인민주권 만세!"

그들의 외침에 파트리스도 호응한다.

"이 시점 이후부터 우리에게 타협이란 없다. 오로지 적들을 타도하기 위한 투쟁뿐이다. 시민 그라쿠스의 말마따나, 로베스피에르가 우리를 이리로 부른 건 모조리 잡아넣기 위한 책략에 불과했다. 우리가 또 한 번 그자에게 속았다. 이제 두 번 다시는 속지 않겠다. 지금으로서는 그래도 그가 여전히 상퀼로트들과 함께 가려 하지 않을까 기대한 우리의 어리석음이 마냥 한탄스러울 뿐이다. 지금 바로 투쟁의 대오를 정비해서 내일이라도 당장 우리 발치에 그들의 무릎을 꿇리자.

그리하여 부르주아 독재자를 추방하고 진정으로 상퀼로트들과 함께 하는 인민민주주의 정권을 수립하자. 보안위원회와 공안위원회를 혁 파해서 그 자리에 우리 같은 상퀼로트들을 앉히자. 허울 좋은 대의제 도의 기만에 휘둘리지 말고 완전무결한 직접민주주의 실현을 이룩하 자. 자기들이 이 공화국의 주인이라고 착각하는 국민공회의 버러지들 을 짓밟아 으깨버리자. 모든 특권층을 박멸하자. 부르주아들의 자유 논리에 기생하는 식자층들을 뿌리 뽑자. 이들과 야합해온 로베스피에 르 일당의 명치를 갈라 양심이 있는지 확인하자. 거기서 내장을 들어 내자. 그리하여 인민의 성배로 그들이 흘린 피를 다함께 들이켜자. 자유의 나무 그늘 아래 단두대에서 잘려 나온 그들의 수급을 심자. 그 수급들에 메마르지 않을 적들의 피를 뿌려 평등의 수목으로 자라 도록 가꿔나가자. 공화국 만세! 평등 만세!"

이번에는 콜레농이 외친다.

"더 이상 이대로 살 수는 없다. 놈들이 짓밟는 대로 밟혀주는 데도 한계가 있다. 때가 왔다. 내일이다. 상퀼로트들이여, 다시 한 번 들고 일어나자. 삼지창과 쇠스랑을 챙겨들고 무장에 나서자. 찬연한 8월 10일과 5월 31일의 햇살을 다시금 떠올리자. 그날의 봉기들로 우리 가 로베스피에르에게 안겨준 영광과 권력을 이제 다시 거둬들이자. 로베스피에르가 배신의 죗값을 치른 날로 내일이 역사에 길이 남을 수 있도록 상퀼로트들의 형제애 속에서 굳게 단합하자. 다시 한 번 바스티유 함락의 전율과 감흥을 나눠보자. 다시는 대의민주제의 거짓

에 속지 말자. 내일을 국민공회가 분쇄되는 날로 정해 대의제도에 조
의를 고하자. 튈르리 궁 앞에 굳건한 묘석을 세우자. 하지만 먼저 우
리의 우정을 사욕으로 유린한 로베스피에르가 망령으로라도 배회하
지 못하도록 단단히 짓뭉개두자. 우선은 로베스피에르의 타도를 위해
결속하자. 목표를 분산시키지 말자. 그러고 나서 다음을 꿈꾸자. 우
선은 로베스피에르 일당의 시체를 밟고 올라 상퀼로트들만의 새 역사
에 다가가자. 부르주아의 개들부터 도살하자. 공화국을 청소하자. 모
두들 삼지창과 쇠스랑을 챙겨들자. 왕정 이상으로 우리를 멸시한 공
화국의 적들에게 단죄의 피로 보복하자. 모두들 들고 일어나 「라 마
르세예즈」*를 목청 높여 함께 부르자. 공화국 만세! 상퀼로트 만세!"
경비대 병력들에 쫓기는 상퀼로트들, 그 와중에도 콜레뇽의 선창으로
「라 마르세예즈」를 따라 부른다.

　상자무대의 인형들이 가슴 벅찬 목소리로 일제히 「라 마르세예즈」
를 합창하자 노악사, 뒤늦게 뛰쳐나와 부랴부랴 반주를 넣기 시작한
다. 그러고는 고개를 갸웃거리며 이렇게 웅얼거린다.
　"여기, 약속된 대본에서는 노래 없이 넘어가기로 한 대목인데 이상
하네. 자기들끼리 즉흥적으로 짜 넣은 건가?"
상자무대에서 난데없이 「라 마르세예즈」가 흘러나오자 나폴레옹은 어
리둥절해하는 표정으로 엉거주춤하게 자리에서 일어난다.

● 1792년 공병장교 루제 드 릴이 불과 하룻밤 사이에 작사·작곡했다는 지금의 프랑스 국가. 원래는 전선
에 출정하는 아군들의 사기를 북돋워줄 요량으로 작곡된 군가였지만, 제1공화정 출범 직후부터 상퀼로트
들 사이에 유난히 널리 애창되면서 프랑스대혁명의 상징과도 같은 곡으로 굳어졌다. 현재의 프랑스 국가
로 채택된 연도는 1879년이지만 이 시기에도 국가 못지않은 공화정의 음악적 상징처럼 간주되고 있었던
듯하다.

일어나라, 조국의 형제들이여
영광의 그날이 밝았다
폭군에 결연히 맞서
피 묻은 항쟁의 깃발을 곧추세우자
우리의 강토에 메아리치는
적들의 포효가 들리지 않는가
놈들은 우리네 자녀와 이웃들을
도륙하고자 지금 여기 와 있다

무기를 잡으라, 시민 동지들이여
그대여, 부대의 선봉에 서라
진격하자, 진격하자
우리 조국의 가문 밭이랑에
더러운 적들의 피가 하천처럼 흘러넘치도록
……

다른 상퀼로트들이 노래를 부르는 동안 레옹이 웅얼거린다.
"지금 뭔가가 잘못 되어가고 있는 거야. 오해도 깊고 내가 모르는
음모도 감춰져 있는 것 같아. 이제 더 이상은 이 친구들과 함께 가지
못하겠어. 너희들한테는 로베스피에르가 타도해야 할 적일지 몰라도
내게 그는 여전히 충직한 공화정의 기둥이야. 내가 보기에는 그가 무

너지면 이 공화정도 함께 무너질 수밖에 없어. 나는 그를 믿어. 그러니 너희들이 로베스피에르를 타도하기 위해 부득불 뭉쳐야겠다면 나는 거기서 빠질 수밖에 없겠어. 도저히 이 이상은 너희들하고 함께할 수 없겠다. 나는 그를 끝까지 지지할 거야. 나는 너희들하고 생각이 조금 달라. 한번 마음을 준 사람에 대해서는 우여곡절이 있더라도 끝까지 함께 가는 게 내가 아는 상퀼로트의 우정과 연대야. 지금 뭔가 상황이 꼬여서 우리한테 좋지 않은 방향으로 흘러가고 있지만 그 모든 허물을 로베스피에르의 탓으로만 돌려놓고 그를 타도하겠다며 뭉치자는 건 너무 가혹한 짓이야. 내가 볼 때 그건 상퀼로트들의 우정과 연대가 아니야. 아무튼 나는 너희들하고 더 이상 함께할 수 없겠어. 비록 이제부터 함께하지는 못하더라도 로베스피에르 때문에 서로 맞서기까지 하지는 않았으면 좋겠어. 미안해. 그럼 안녕."

그러고는 일행과 다른 방향으로 서둘러 달아난다. 그때 튈르리 궁에서 아마르가 등장한다. 그러고는 깍듯하게 경례를 올려붙이는 정문 앞의 위병들에게 다가와서 당황한 목소리로 묻는다.

"대체 이게 어인 소란인가? 공회 앞에서 무슨 폭동이라도 일어났나?"

위병 1이 말한다.

"폭동까지는 아닙니다만, 롬바르 구의 구민협회에서 왔다는 상퀼로트들이 자기들을 공회 안으로 들여보내달라며 잠시 소란을 피웠습니다. 그런데 저희가 끝끝내 막아서자 힘으로 밀고 들어올 태세를 보이

기에 경비대 병력을 동원해서 강제해산시키려고 했을 뿐입니다, 나
리."

아마르가 말한다.

"아니, 웬 상퀼로트들이 무슨 연고로 난데없이 공회 난입을 시도했
단 말인가?"

위병 2가 말한다.

"로베스피에르가 참관하라면서 자기들을 공회에 초대하기로 약조
했답니다."

아마르가 말한다.

"로베스피에르가 롬바르 구의 상퀼로트들하고 그런 약조를 했다
고? 이거, 예사롭지 않은 징조로구먼. 가만있어보자. 그런데 저자들
이 뭐라고 외쳐대는 거지? 뭐라는 거야……"

아마르, 상퀼로트들의 외침에 유심히 귀 기울여본다. 위병 1이 말한다.

"약조를 어긴 로베스피에르 위원이 저희들한테 막으라고 시켜서 자
기들의 공회 진입이 실패했다고 여기는 모양입니다. 뜻대로 되지 않
으니까 갑자기 로베스피에르 위원에게 마구 저주를 퍼붓기 시작하더
군요. 지금도 아마 그런 내용의 악다구니를 내지르고 있는 것 같습니
다. 내일 당장이라도 롬바르 구의 민병대 병력을 규합해서 로베스피
에르 일파의 타도에 나설 거라면서 말입니다."

아마르가 혼자서 웅얼거린다.

"어허, 그렇다면 이거 이야기가 제법 흥미로워지는군. 혹시라도 상

퀼로트들이 몰려올지도 모른다는 생각에서 위병들로 하여금 출입 통제를 철통같이 하도록 지시해두었더니 예기치 못한 상황이 벌어졌네. 역시나 로베스피에르가 공회 안까지 상퀼로트들을 끌어들이려고 시도할 수도 있을 거라는 모두의 예상은 결국 사실로 드러나고 말았어. 자칫 방심했더라면 정말 큰일 날 뻔했지. 그런데 이건 또 뭐야? 위병들한테 출입을 제지당했다고 해서 상퀼로트들이 준열한 보복과 타도를 다짐하면서까지 저토록 로베스피에르에 대해 분개하다니 말이야. 이건 정말이지 뜻밖인데. 예사롭지 않은 징조이긴 마찬가지지만 방금 전과는 달리 아주 긍정적인 쪽으로 예사롭지 않은 징조이지. 로베스피에르와 상퀼로트들 사이의 동맹관계가 이만큼 어긋나 있다면 모든 일을 우리가 계획해둔 대로 추진해도 별다른 위험부담이 뒤따르지 않겠어. 게다가 여기서 뭔가 썩 영양가 있는 호재를 하나 건져 올릴 수도 있겠는걸."

아마르, 위병 1에게 말한다.

"당장 경비대 병력을 철수시켜."

위병 1이 어리둥절한 표정으로 되묻는다.

"네? 그럼 저 상퀼로트들을 체포하지 말고 그냥 도망치도록 놔두라는 말씀이십니까?"

아마르가 말한다.

"글쎄, 잔말 말고 철수시키라면 철수시켜. 그리고 지금 경비대의 손에 붙잡힌 사람들이 있으면 그 사람들도 모두 풀어주라고 해."

위병들, 알았다고 한 후 다시 경종을 울린다. 그러자 경비대 병력들, 일사불란하게 한쪽으로 무리지어 퇴장한다. 아마르가 위병들에게 묻는다.

"저들이 어느 구에서 온 상퀼로트들이라고?"

위병 2가 답한다.

"롬바르 구에서 왔다고 했습니다."

아마르가 말한다.

"롬바르 구라…… 알았네. 그럼 계속 수고하게. 그리고 또 다른 구에서도 혹시 상퀼로트들이 몰려올지 모르니까 방금 전처럼 철통같이 대처하도록. 그리고 그런 경우가 생기면 이번에는 아예 로베스피에르 위원한테서 직접적으로 상퀼로트들의 공회 출입을 봉쇄하라는 지시가 내려왔다고 둘러대도록. 내 말 무슨 뜻인지 알겠나?"

위병들, 차렷 자세를 취하며 대답한다.

"네, 명심하겠습니다, 아마르 나리!"

아마르가 튈르리 궁을 향해 돌아선다. 그러자 위병들, 자기들끼리 수군거린다.

"둘이 같은 정부 관리라지만, 로베스피에르와 아마르의 차이는 우리한테 몇 푼의 아시냐라도 수고비라면서 찔러주었느냐, 그렇지 않느냐의 차이지."

"거기에 후사를 약속하느냐, 그렇지 않느냐의 차이가 더해질 수 있지."

"로베스피에르는 그런 사회생활을 너무 모르고 사는 사람이야. 존경스러울 정도로 깨끗하긴 한데, 참 답답하고 고지식한 양반이지."

"그러게 말이야. 그 양반은 우리가 이토록 삼엄하게 공회의 출입을 통제하는 줄도 전혀 모르고 있을 텐데."

"모두들 로베스피에르를 못 잡아먹어서 안달하는 것 같지 않나? 상퀼로트들은 상퀼로트대로 저 모양이고 보안위원회에서는 보안위원회대로……"

"글쎄, 조만간 무슨 변고라도 생기려나 보네. 하나같이 로베스피에르를 독재자라고 욕하니 저 튈르리 궁 안에서 무슨 사단이 일어나도 일어나겠지."

"하긴 우리야 뭐 그런 데 신경 쓸 거 있나. 그저 권력자들이 던져주는 아시냐나 몇 푼이라도 더 주워 먹으면 그만이지. 가뜩이나 물가도 널뛰기하는 판국이니 말이야."

"아무렴, 기회 있을 때 두둑이 벌어놔야지."

제2장

무대 바깥의 목소리.

"대의원들이 모여 있는 국민공회 본회의장. 의장 튀리오가 연단 위의 의장석에 앉아 있다. 바깥에서 시끌벅적한 소음이 회의장 안까지 들려온다. 하지만 거기에 아랑곳하지 않고 연단에서는 재무위원회 위원 캉봉이 한창 연설 중이다."

튀리오와 캉봉, 모두 마리오네트이며 좌중의 대의원들 상당수는 기놀로 이루어져 있다. 마리오네트 캉봉의 입이 달싹거린다.

"언제까지 이 공화국이 특정 계층의 눈치만 살피면서 각종 규제 조치와 강제조정 따위로 얼룩진 경제 운영의 기조를 유지해야만 합니까? 언제까지 이 공화국이 실익도 애매모호한 역사적 대의명분에 얽매여서 기업가들의 권익증대에 치명적인 소유권 부분 제한으로 자유로운 시장 경쟁의 원리를 외면해야만 합니까? 영국이 요즘처럼 부강해진 이유가 무엇입니까? 현재 우리와 첨예하게 대립하고 있다는 이유만으로 영국의 경제 발전을 애써 평가절하해야 할 까닭이 있습니까? 혁명정부의 강압적인 경제 노선이 영국의 자유주의적인 경제 정책에 비해 단 한 가지라도 우월하거나 이로운 점이 있다고 자신할 수 있습니까? 도대체 언제까지 이 공화국이 독선적이고 무책임한 한 개인의 아집과 윤리관에 이끌려 다녀야 합니까? 요새 상인들과 기업가들 사이에서는 이럴 바에는 차라리 왕정으로 돌아가는 게 낫겠다는 원성이 자자하다고 합니다. 왜 그럴까요? 왕정 때도 이만큼 국가권력이 상업자본가들의 경제적 자유에 함부로 개입하고 관여하지는 않았던 것으로 체감되기 때문일 것입니다. 물론 이 공화국의 시민이라면 누구라도 그런 반혁명적 불평불만을 일삼아서는 안 될 노릇입니다. 하지만 어떤 계층의 입에서 그토록 불온한 원성과 불평불만이 끊이지 않고 쏟아져 나오는 데는 다 그만한 이유가 있는 법입니다. 그런 원성과 불평불만에 대해 반혁명의 혐의를 적용해서 엄히 다스리는 것만이 능사는 아닙니다. 오히려 그런 처벌로 골칫거리를 손쉽게 해결하려드는 것은 혁명정부의 직무태만에 속할 수도 있습니다. 상인들과 기업가들도 엄연히 이 공화국의 주권자들이기 때문입니다. 정부는 어째서 그들이 차라리 왕정으로 돌아가는 게 낫겠다는 최악의 불평을 쏟아낼 만큼 못 살겠다고 아우성치지 않을 수 없는지 소상히 점검하고 곰곰이 헤아려봐야만 합니다. 소상히 점검하고 곰곰이 헤아려야 할 사안을 과중한 처벌로만 다스리려든다는 것은 단순한 태만의 범위를 넘어서서 명백한 직무유기이자 왕정 이상으로 독재적인 철권통치에 해당한다고까지 볼 수도 있습니다. 지금 이 공화국에서 독재는 죄악입니다. 그들도 상퀼로트만큼이나 정부가 그 개별적인 권익을 보호해줘야 할 이 공화국의 시민들입니다. 하층민이나 저소득층의 민생만을 우선적으로 보호하고 지원해줘야 한다는 정치경제적 강박관념은 윤리적 독점욕의 폐해를 야기할 뿐입니다. 그리고 윤리적 독점욕이야말로 모든 독재적 발상의 토대입니다. 개개인의 자유를 억압하는 윤리적 독점욕과 독재의 야욕은 이 공화국의 경제 성장에 치명적인 독소가 아닐 수 없습니다. 그런 관점은 장사하고 기업하는 일을 되도록 국가 권력이 억압해야 할 죄악으로 여기기 때문입니다. 그러다 보니 이 사회에는 장사하고 기업하는 일을 죄악시하는 풍토가 고착되고 있습니다. 하지만 장사하고 기업하는 것을 죄악시하는 사회 풍토가 근본적으로 개선되지 않는 한 상인들에 대한 인민들의 약탈은 지속적으로 자행될 우려가 아주 큽니다. 지금 온 나라는 아무 거리낌 없이 저질러지는 인민들의 사유재산 침해와 상품에 대한 약취 행위 등으로 극심한 몸살을 앓고 있습니다. 장사하고 기업하는 일은 윤리적 독점욕에 따라 비하하면서, 상업에 종사하는 자본가들의 사유재산을 인민들이 무단으로 갈취하는 범행만큼은 과도기의 불가피한 혼란상이라며 방조한다면 이게 과연 올바르고 정상적으로 확립된 공화국의 윤리 규범이라고 할 수 있겠습니까? 어째서 공포정치의 엄중한 비수는 특정 대상만을 겨눠 무자비하게 엄단할 뿐 정작 사유재산의 침해와 약취 같은 반사회적 망동에 대해서는 이토록 관대할 수 있단 말입니까? 이것은 공화국을 온갖 불법과 탈선의 아수라장으로 망쳐놓고 있는 무정부주의적 난맥상이라고밖에 볼 수 없습니다. 지금 우리는 독재와 무정부주의의 위기에 직면해 있는 셈입니다, 여러분."

좌중에서 열화와도 같은 박수갈채와 동조의 환성이 터져 나온다. 의석 한 귀퉁이의 야유 소리는 다수의 박수갈채에 묻혀 희미하게만 새어 나올 뿐이다. 그때 누군가가 캉봉에게 묻는다.

"자꾸 독재를 운위하시는데 혁명정부 안에 독재자라도 있다는 말씀입니까? 만일 독재자가 있다면 누구를 가리키는지 분명하게 이 자리에서 밝혀주시기 바랍니다."

캉봉이 응답한다.

"그건 제가 이 자리에서 일부러 밝히지 않아도 다들 짐작하실 줄 믿습니다. 따라서 구태여 거명하거나 지목할 필요가 없으리라고 봅니다. 이 공회 안의 대의원 여러분 개개인이 속으로 떠올리는 그 사람이 틀림없기 때문입니다. 제 보고의 요지는 혁명정부의 독재자가 누군지 밝히려는 것보다 독재와 무정부주의의 발상으로는 공화국의 경제가 반석 위에 올라가기 어려우니만큼 부서 간의 적극적인 조율이 필요하다는 데 있었다는 점임을 다시 한 번 강조드리는 바입니다. 이상으로 재무위원회의 활동 보고를 마치겠습니다."

캉봉, 단상에서 내려간다. 의장 튀리오가 말한다.

"재무위원회 위원 캉봉 동지, 수고 많으셨습니다. 훌륭한 보고 내용과 고견에 진심으로 감사드립니다. 다음으로 연단에 오를 발언권 신청자는 공안위원회 위원 로베스피에르 시민 동지입니다."

로베스피에르가 단상 앞으로 등장한다. 그러자 좌중의 여기저기에서 숨죽인 헛기침 소리가 들려온다. 의장 튀리오가 연단 위에 선 로베스피에르에게 묻는다.

"이번 연설은 공안위원회 위원의 입장에서 하는 겁니까?"

로베스피에르가 말한다.

"아닙니다. 개인 또는 인민의 대리인 자격으로 이 자리에 선 겁니다. 저는 이번 연설에 공안위원회의 권력을 끌어들이고 싶지 않습니다. 오히려 저는 그 권력을 반납하고자 지금 이 자리에 서겠다고 한 셈입니다."

그 말에 좌중이 술렁인다. 의석에서 탈리앵이 옆자리의 프레롱에게 속닥거린다.

"저건 또 무슨 꿍꿍이 속셈이지?"

프레롱이 말한다.

"언뜻 들으면 겸손한 사직의 표현처럼 들리지만, 자기 뒤에는 상퀼로트들이 든든히 버티고 있으니 한 사람의 시민으로 돌아가서 계급장 떼고 한번 맞붙어보자는 투의 위협에 더 가까워 보이는군."

튀리오가 묻는다.

"혹시 연설의 분량이 많습니까?"

로베스피에르가 말한다.

"이번 연설이 길든 짧든, 저는 어차피 48시간 안에 모든 게 결판날 것이라고 예상합니다."

이번에는 좌중이 크게 들썩거린다. 의석에서 르장드르가 옆자리의 부르동 드 루아즈에게 속닥거린다.

"보안위원회의 몇몇 동지가 관측한 대로군. 역시 정면 돌파를 택한 거야. 그런 방식으로 자기한테 닥친 고비를 이참에 헤쳐나가겠다고 결심한 모양이네."

부르동 드 루아즈가 말한다.

"우리한테는 오히려 잘된 일이야. 그래야 이번 승부가 더욱 흥미로워질 테니까. 방금 전 권력을 반납하고자 저 자리에 섰다는 말을 했을 때는 맥없는 적진의 퇴각으로 이 대결이 흐지부지 마무리될까 봐 은근히 걱정스러워질 지경이었지. 우리로서는 그동안 얼마나 별러온 한판 승부인가. 그런데 저 말을 들으니 다시금 승부욕이 솟구치는 기분일세. 독재자의 선전포고는 위협적이기는커녕 새삼 우리의 결의를 다져줄 뿐이지."

튀리오가 로베스피에르에게 묻는다.

"48시간 안에 모든 게 결판날 거라니, 그게 대체 무슨 말씀입니까?"

로베스피에르가 말한다.

"제 연설을 들어보시면 아마도 그렇게 말한 이유를 짐작하실 수 있을 겁니다."

튀리오, 고개를 갸웃거리며 로베스피에르에게 어서 시작해보라는 손짓을 한다. 로베스피에르, 말하기 전 잠시 숨을 고른다. 그러는 사이 회의장 바깥에서 날아오는 소음들이 점점 더 극렬해진다. 로베스피에르는 연설을 시작하려다 말고 의장에게 말한다.

"친애하는 의장 동지, 지금 회의장 바깥에서 어쩐지 소란스런 사태가 발생한 것 같습니다. 아무래도 이렇게 산만한 분위기에서는 제가 연설을 시작하는 게 어렵지 않을까 싶습니다."

그러자 튀리오가 좌중에 대고 묻는다.

"지금 바깥에서 무슨 일이 벌어지고 있는 겁니까?"

좌중에서 이에 응답해오는 누군가의 목소리가 들린다.

"난데없이 무리 지어 몰려온 상퀼로트들이 공회 난입을 시도하다 위병들에게 저지당하는 과정에서 약간의 충돌이 빚어졌다고 합니다. 경비대 병력까지 출동했다는군요."

그 말에 로베스피에르, 당황한 몸짓으로 말한다.

"친애하는 의장 동지, 공회 난입을 시도했다는 상퀼로트들은 아마도 제가 이번 회의의 참관을 약속한 롬바르 구 구민협회의 인민들이 아닐까 싶습니다. 정문 앞 위병들에게 미리 언질을 주었는데 무슨 착오가 발생한 모양이군요. 서둘러 경비대 병력을 철수시켜 그들이 본회의장 방청석에 들어올 수 있도록 조처해주십시오."

로베스피에르의 말에 좌중이 다시 한 번 크게 들썩거린다. 비요-바렌이 옆자리의 콜로 데르부아에게 속닥거린다.

"자기가 배신한 인민들을 이 순간에 동원하려고 하다니 필시 일부 상퀼로트들과 짜고 무슨 흉계를 꾸미려는 게 틀림없어."

콜로 데르부아가 말한다.

"르장드르의 급전에 따르면, 로베스피에르가 최후의 도박을 벌일지도 모른다고 했지. 그런데 그 내용이 공회에 감히 자기들과 친한 상퀼로트들을 끌어들여 선동하겠다는 내용일 줄이야 미처 짐작도 못했어. 그렇게 해서 48시간 안에 결판이 나도록 하시겠다? 상황이 긴박하게 돌아가는군. 우리한테도 이제 결단을 내려야 할 순간이 닥친 것 같네."

비요-바렌이 말한다.

"어떻게, 저들과 함께하겠나?"

콜로 데르부아가 말한다.

"자네는 어쩔 셈인가?"

비요-바렌이 말한다.

"비록 당통의 잔당이 뒤섞여 있다는 게 찜찜하긴 하네만, 우리 코르들리에파의 복수를 위해서라면 딱히 함께 못할 이유도 없을 거라는 생각이 들었네. 이건 누가 먼저 쳐서 살아남느냐를 결정하는 생존의 게임일세. 이토록 급박한 생존의 게임에서는 이것저것 가리고 따질 여유가 없지. 우리의 복수만 성사시킬 수 있다면 당통의 잔당보다 더한 불순물이라도 무조건 거사의 동력으로 보태야 한다고 보네."

콜로 데르부아가 말한다.

"나도 동감일세. 르장드르의 급전에서, 각자의 출신 정파와 당리당략을 초월하여 구국의 결단으로 로베스피에르 독재에 분연히 맞서자는 호소가 내 마음을 움직이더군. 눈앞의 정치적 이해관계와 이념을 떠나 모든 로베스피에르 반대파들이 이 기회에 뭉치지 않으면, 복수는 고사하고 코르들리에파의 옛 동지들처럼 우리 또한 독재자의 야욕과 폭거에 덧없이 희생되고 말리라는 생각도 했지. 과거의 행보와 이념적 노선의 차이가 독재자로부터 공화국을 구해내야 한다는 당위성보다 한 걸음 앞설 수는 없는 일이지 않겠는가 말이야."

비요-바렌이 말한다.

"그러면 우리가 계획한 것보다 일이 훨씬 더 앞당겨진 셈치고 저들의 모의에 합류하기로 하세."

다른 쪽에서는 불랑이 옆자리의 바디에에게 속닥거린다.

"다행히 저희가 미리 손을 써두기에 망정이지 하마터면 로베스피에르의 상퀼로트들이 공회를 점거하는 사태가 발생할 뻔했습니다그려. 말이 상퀼로트이지 실제로는 그가 불러 모은 폭도들임에 틀림없어 보입니다."

바디에가 말한다.

"그러게 말이요. 자칫 방심했으면 아찔한 순간과 맞닥뜨렸을 수도 있었겠소. 로베스피에르가 몇몇 자치구와 내통하리라는 건 빤히 내다보았소만 설마 참관의 약조를 핑계 삼아 공회 본회의장까지 상퀼로트들을 불러들이려 할 줄은 미처 짐작도 못했소. 참으로 대담하고 오만방자한 사람이구먼. 아무래도 이자는 아마르 동지의 지적처럼 5월 31일의 봉기를 재현하기 위해 발버둥 치고 있는 게 확실한가 보오."

불랑이 말한다.

"그렇다면 지금이라도 당장 체포할 수 있는 여지가 생겼다고 볼 수 있지 않을까요? 본인이 상퀼로트들을 본회의장으로 끌어들이려고 했다는 사실도 엉겁결에 시인한 셈이니까요. 이렇게 회의할 거 다하고 연설하는 거 다 들으면서 우물거리기만 하다가는 5월 31일의 지롱드 파처럼 저희가 먼저 당할 수도 있겠다는 생각이 드니 하는 말씀입니다."

바디에가 말한다.

"경비대 병력이 출동했다면 일단 폭도들의 공회 난입을 막는 데는 성공했을 듯하니 너무 조바심치지 말고 조금만 더 기다려봅시다. 아직 심증만 있을 뿐 정문 앞에서 공회 난입을 시도한 상퀼로트들이 실제로 로베스피에르의 폭도들인지 아닌지는 일단 조사해봐야 밝혀질 문제요. 폭도들이라는 게 확실히 밝혀지고 나면 그때 가서 로베스피에르를 불순 세력들과 결탁한 내란 음모죄로 체포해도 결코 늦지 않을 거요. 무턱대고 그를 체포하기에는 아직 이른 것 같소. 우선 이자가 연단에서 뭐라고 하는지부터 한번 들어봅시다. 이럴 때일수록 경거망동을 삼가고 자중해야 할 필요가 있소. 그래야 일을 그르치지 않는 법이지. 이 선배의 연륜을 한번 믿어보시오."

불랑이 말한다.

"아, 마침 저기 아마르 동지가 오는군요."

아마르, 본회의장으로 들어와서 불랑의 옆자리에 앉는다. 불랑이 묻는다.

"바깥이 많이 소란스럽던데, 그래 어찌 되었나?"

아마르가 말한다.

"생각보다 일이 잘 풀리게 생겼네."

바디에가 묻는다.

"일이 풀리게 생기다니, 그럼 그 상퀼로트들이 정말 로베스피에르의 폭도들이 맞는다는 말씀이오? 보아 하니 경비대 병력만으로도 그들을 제압하는 데 성공한 것 같소이다만, 만약 이 상퀼로트들이 로베스피에르의 폭도들이라는 게 확실하다면 지금 당장 우리가 나서 그를 체포하는 데는 아무 문제도 없소."

아마르가 말한다.

"우리가 조작하기 나름으로, 그들은 로베스피에르의 폭도가 될 수도 있고 아닐 수도 있습니다. 물론 그들이 폭도든 아니든 우리와는 아무런 상관이 없을 수도 있지요."

불랑이 말한다.

"폭도일 수도 있고 아닐 수도 있을 뿐 아니라 폭도든 아니든 아무런 상관이 없을 수도 있다니, 도대체 그게 무슨 말인가? 어서 속 시원히 좀 얘기해보게."

아마르가 말한다.

"말하자면 그 상퀼로트들이 알고 보니 우리 편이었다 이 얘기야. 그러니 뜻하지 않은 꽃놀이패가 수중에 떨어진 셈이라고 할밖에. 우리는 이중으로 이 상퀼로트 집단을 이용만 하면 되는 걸세. 한쪽에서는 로베스피에르에 대한 공포와 위협을 불러일으킬 수 있는 환기의 도구로, 그리고 다른 한쪽에서는 우리와 거사의 대의를 같이하는 흥정과 협력의 상대로 말이야."

바디에가 말한다.

"들을수록 궁금증이 풀리기는커녕 오히려 더 알쏭달쏭해지는 얘기로구먼."

아마르가 말한다.

"일단 로베스피에르의 연설을 함께 경청하시지요. 우리의 관측대로라면 저자는 이제부터 시작할 연설문의 내용에서 자신의 목에 제 스스로 올가미를 씌울 수밖에 없을 테니까요."

의장 튀리오가 로베스피에르에게 말한다.

"도대체 무슨 저의에서 동지는 구민협회 상퀼로트들의 공회 참관을 약조했다는 말입니까?"

로베스피에르가 말한다.

"무슨 저의에서 그러다니, 의장 동지야말로 그게 무슨 말씀이십니까? 이 공화국의 주권자인 인민들이 자신들의 대리인 또는 공복들의 의정 활동을 직접 참관하고 감시하는 데 다른 이유가 더 필요합니까? 국민공회는 심부름꾼에 지나지 않는 대의원들이 주권자의 민의를 옮겨 전하고 논의하여 실행하는 인민의 복속기관이질 않습니까?"

튀리오가 말한다.

"그런 식의 인민주권론은 이미 사문화된 것으로 알고 있습니다만."

로베스피에르가 말한다.

"의장 동지의 오해입니다. 비록 요즘 들어 여러 가지 이유에서 자주 거론되지만 않고 있을 뿐 인민주권론은 어떤 경우에도 결코 사문화될 수 없는 이 공화국의 근간입니다. 우리가 민주주의 제도에 입각해 있다면 인민주권론이야말로 민주주의의 금과옥조일 것이기 때문입니다. 인민주권론이 사문화되었다는 주장은 곧바로 우리의 공화정 헌법이 더 이상 법적으로 유효하지 않다고 하는 포기선언이나 다를 바 없습니다. 왜냐하면 「인간과 시민의 권리선언」에서부터 「인권선언」에 이르기까지……"

튀리오가 말한다.

"나는 지금 동지와 그런 문제로 길게 논쟁하고 싶은 생각이 전혀 없습니다. 인민주권론과 관련해서 하고 싶은 말들이 남아 있다면 이번 연설에 최대한 반영하도록 하십시오. 여하튼 동지가 약조했다는 구민협회 상퀼로트들의 공회 참관은 결코 허용될 수 없습니다. 상퀼로트들이 지금 공회 안으로 진입한다면 동료 대의원들에게 심대한 불안과 공포를 자아낼 수도 있기 때문입니다."

로베스피에르가 말한다.

"이 상퀼로트들은 그저 소박하고 선량한 인민들일 뿐입니다. 결코 과격한 반의회 세력이거나 격앙파*의 불순분자들이 아니라는 말씀입니다. 그런데도 동료 대의원들에게 심대한 불안과 공포를 자아내다니요? 그렇다면 의장 동지께서는 평소에 상퀼로트들을 그런 관점에서 대해오셨다는 말입니까? 저로서는 도무지 이해할 수 없습니다. 왜냐하면 이와 같은 관점에 따라 상퀼로트들을 백안시하는 것은 왕정의 특권층과 지롱드파 권력자들에게나 어울릴 법한 태도이기 때문입니다."

● 급진적인 좌파 정책을 주도한 자크 루와 에베르, 모모로 등의 무리를 세간에서 일컫은 말.

튀리오가 말한다.

"지금 동지는 나를 왕정의 특권층이나 지롱드파 권력자들에 빗대서 매도하겠다는 겁니까? 아무튼 좋습니다. 의회 단상에서 이 문제로 더 이상 동지와 시비곡직을 따지고 싶지는 않습니다. 하지만 현시점에서 상퀼로트들의 공회 참관이 왜 동료 대의원들의 불안과 공포를 자아낼 것으로 보이는지는 오히려 나보다 본인이 더 잘 알고 있지 않을까 생각합니다…… 다행히 그사이에 바깥의 소요가 다소 가라앉은 것 같군요. 로베스피에르 시민 동지, 이제 본인의 연설을 시작해주십시오."

튀리오 의장과 마주하고 있던 로베스피에르, 무겁게 좌중을 향해 돌아선다. 그러고는 입을 달싹거리기 시작한다. 그의 목소리는 매우 단호하고 준엄한 어조로 회의장 안에 울려 퍼진다.

그 순간, 카페의 모든 조명이 꺼지고 오로지 로베스피에르 역의 마리오네트 위에만 남아 있는 촛불 두 개만이 희뿌연 어둠 속에서 그 모습을 집중적으로 비춘다. 나폴레옹, 자리에서 일어나 로베스피에르의 연설을 듣는다. 그러면서 나지막이 웅얼거린다.

"이것은 의회 연설이 아니라 그의 암묵적인 유언이야. 자결에 앞서 그가 육필로 남긴 유서는 아직까지 공식적으로 발견되지 않았지만, 국민공회에서 이미 통절한 장문의 유언을 발표한 만큼 어딘가에 따로 또 하나의 유서를 남겨둘 필요가 없었던 걸 거야."

"존경하는 국민공회 대의원 시민 동지 여러분. 아마도 여러분은 자신들의 비위에 거슬리지 않을 만한 동료를 필요로 하는지도 모르겠습니다. 하지만 진실을 직시하고 정직하게 털어놓으려 하는 동료는 과히 원치 않는 것 같습니다. 그런 동료에 대해서는 어떻게 해서든 좋지 않은 평판과 악의적인 풍문을 거짓으로라도 유포시켜 모함하고 싶어 하는 성향이 사람마다 다분할 수도 있습니다. 하지만 동료들의 어떠한 박해가 내다보이더라도 올곧은 신념과 덕성의 소유자라면 오로지 진실에만 충직하겠다는 심지를 절대로 물릴 수 없을 것입니다. 저는 감히 제가 그 짐을 자진해서 떠맡고자 합니다. 그렇다고 해서 여러분에 대한 억하심정을 토로하고 저에 대한 항변으로 일관하기 위해 이 자리에 선 것은 결코 아닙니다. 저는 오로지 진실의 힘만으로 저와 여러분 사이에 가로놓인 불화와 오인의 장벽을 허물고 싶습니다. 또한 공화국의 근간을 뒤흔들고 있는 악습과 최근 두드러지게 불거지기 시작한 몇 가지 폐단에 대해서도 사려 깊은 견해를 나눠보고 싶습니다. 우리의 혁명이 시작되기 전까지만 해도 혁명이란 기껏해야 한 왕조에서 다른 왕조로 이행한다든지, 일인 독재 체제를 과두정으로 변화시키기 위하여 그에 상응하는 지배 구조와 제도 개선안 따위를 재정비하는 게 고작이었습니다. 하지만 프랑스대혁명은 천부인권과 국가공동체의 올바른 가치 정립을 전면에 내세워 인류사를 덕성과 정의의 이름으로 다시 써 내려가고자 몸부림친 최초의 혁명이었습니다. 다른 혁명은 정치적 주체들의 야심과 권력욕이 우선이었지만, 우리가 이룬 혁명의 근본적 대의는 공화국의 덕성과 정의로 모든 시민을 교화시키고 일깨우는 데 있었습니다. 오로지 그래야만 역사의 수레바퀴가 뒷걸음치지 않을 수 있기 때문입니다. 다른 혁명들은 그런 대의와 원칙에 밝지 못했습니다. 그러다 보니 추악한 권력 다툼 속에서 구체제로 투항하기를 반복하지 않을 수 없었습니다. 강인한 대의와 원칙만이 그런 뒷걸음질과 투항을 재촉하는 허무주의의 유혹에 단호히 맞설 수 있습니다. 그동안 우리는 이와 같은 허무주의의 유혹에 맞서 이 공화국을 굳건한 덕성과 정의의 주춧돌로 지탱하고자 혁명의 대의와 원칙 속에서 줄곧 단결해왔습니다. 그리하여 여기까지 다다를 수 있었습니다. 하지만 안타까운 것은 이 인민의 대의기관이 최근 단결보다는 각각의 이해관계에 얽혀 여러 당파로 갈려 있는 것처럼 보인다는 사실입니다. 비록 일부에서 특정 이념 세력들 간의 대연합에 대한 제의가 아니냐는 오해를 사기도 했습니다만, 저는 일찍이 덕성과 정의의 지붕 아래에서라면 이 공회 안에 어떠한 당파도 바깥에 따로 있을 수 없다고 주장한 바 있습니다. 그렇습니다. 역사 허무주의와 가치 허무주의에 대항하자는 덕성과 정의의 마음가짐이라면 구태여 우리가 여러 당파로 갈려 대립할 하등의 이유가 없습니다. 그런데도 여전히 우리의 의회 안에는 이러한 덕성과 정의의 연합전선에 교묘히 균열을 내기 위해 온갖 정치 공작도 마다하지 않는 일부 당파들이 존속하고 있습니다. 그들은 공화정에 대한 충정과 애국심으로 위장해서 인민들에게 자기들의 음험한 허무주의를 전염시키기 위해 맹렬히 활동합니다. 지극히 간교한 모략꾼들에 지나지 않으면서도 때로는 그들의 열성과 충심이 참된 민주주의의 공복들보다도 더 신실해 보이기까지 할 정도입니다. 브리소는 언제나 말끝마다 '공화국이여, 영원하라!'라고 외쳐댔습니다. 끝내 적국 오스트리아로 도주해버린 공화국의 배신자 라파예트는 늘 '인민을 위해서라면 무슨 일이든……'이라는 말을 입에 달고 살다시피 했습니다. 그뿐 아니라 뒤무리에도 마찬가지였다는 사실을 여러분은 똑똑히 기억하고 있을 것입니다. 그들의 실체는 모두 영국이나 오스트리아에서 극비리에 침투시킨 반혁명의 스파이나 다름없었습니다. 하지만 현실은 어떠했습니까? 공화정의 역군이기를 자처한 그들의 연기력과 위장술에 감쪽같이 속아 넘어가고 말았습니다. 누구도 진정한 공화파 애국자들과 반혁명분자를 분간할 수 없었습니다. 왜냐하면 이런 모략꾼들이 취하는 전술은 우리 원칙과 강고히 맞부딪치는 게 아니라 원칙이 자체적으로 훼손되도록 교란하는 일이었기 때문입니다. 다시 말해 혁명을 직접적으로 모독하는 게 아니라, 혁명을 위해 일하는 척하면서 혁명의 대의와 원칙을 더럽히려들었다는 것입니다. 바로 그런 까닭에 선량한 공화국 시민들에서 반혁명분자들을 명확히 분간하고 색출해내는 일은 생각보다 어려울 수밖에 없습니다. 게다가 그들이 두르고 다니는 허무주의의 외피 또한 자유에 대한 갈망과 혼동되기 십상입니다. 왜냐하면 허무주의는 인민들의 마음에 구멍을 내서 공동체 의식과 연대에 대한 각성 대신 궁극적으로는 수구 반동 세력들에게 투항하고 말 개인의 자율적 의지와 독립적인 내향성을 자기암시처럼 북돋우려 하기 때문입니다. 허무주의가 불어넣고 적극적으로 북돋우려 하는 개인의 자율적 의지와 독립적인 내향성은 결국 공화국 시민들 각자의 고립에 가닿지 않을 수 없습니다. 그리고 개개인의 고립은 인민들이 부당한 정치권력의 행사에 궐기할 수 있는 저항 동력의 상실과 변혁의 욕망에 대한 포기로 귀착됩니다. 얼마 전 우리는 각기 다른 두 가지 형태의 허무주의가 발호하는 것을 경험한 바 있습니다. 다행히도 인민의 현명한 판단은 각기 다른 두 가지 형태의 허무주의를 완강하게 뿌리쳐 냉엄한 역사의 심판에 회부했습니다."

그때 좌중에서 이 말을 문제 삼는 듯한 목소리 하나가 튀어나온다.

"각기 다른 두 가지 형태의 허무주의란 무슨 의미이며 구체적으로 어떤 정파를 가리키는 말입니까? 그리고 인민들이 역사의 심판에 회부했다는 것은 이들을 혁명재판소에 보내 단죄했다는 말입니까, 아니면 그 사법적 판단을 역사의 몫으로 돌렸다는 말입니까?"

로베스피에르가 말한다.

"저는 이 자리에 어떤 대상이나 정파를 구체적으로 명시해서 고발하기 위해 나온 게 아닙니다. 자신과 연관 있는 정파가 거명되지나 않을지에 대해서만 촉각을 곤두세우지 말고 제 발언의 맥락과 요지를 살펴주셨으면 합니다. 그리고 역사의 심판에 회부했다는 표현은 허무주의를 조장한 정파의 허물이 이후로도 계속 단죄되어야 할 죄상으로 남아 사람들 사이에서 전해질 것이라는 의미였습니다."

그러자 좌중에서 투덜거리는 투로 여러 목소리가 웅성댄다.

"역사의 심판에 회부되었다는 표현을 저렇게 쓰다니, 역시 독선적인 사람이야."

"누구를 지목하는지 밝히지 않는 방식으로 공연히 여러 사람 눙치려 하는군."

"불특정 다수를 위협하기 위한 계산에서 저렇게 말하는 걸 거야. 제 발 저리게 하는 수법이라고나 할까."

"두 가지 형태의 허무주의를 어떤 정파가 조장하다 단죄되었다는 건지는 빤해 보이지만 이런 식의 눙치기는 위험해. 그와 연루되어 있지 않은 대의원들조차도 혹시 자신을 겨냥한 발언이 아닐까 노심초사하게 되거든. 그러다 보면 괜한 적들만 양산할 수 있지."

"그런 게 바로 장기적인 공포정치의 피로감이지. 이제 나도 지친 것 같아."

"쉿, 저 친구 앞에서 지쳤다는 말 함부로 하지 마. 괜히 권태감과 무기력증에 빠진 허무주의자로 몰려 언제 또 공안위원회의 초대장을 받게 될지도 모르니까 말이야."

"이런, 그런 말을 들으니 방금 전보다 피로감이 더 심하게 몰려오는 것 같군. 지쳤는데도 지치지 않은 척 혁명의 대의와 원칙을 머리 위에 이고 살아야 하니 말이야."

튀리오, 의사봉으로 단상을 두드리며 말한다.

"다들 조용하세요. 아직 로베스피에르 시민 동지의 연설이 끝나지 않았습니다. 연설이 마무리될 때까지 모두 정숙을 유지해주세요. 시민 동지, 계속하십시오."

로베스피에르가 말한다.

"그들은 폭군을 비난하는 척하면서 폭정을 위해 모의했고, 앞에서는 공화국에 헌신할 것처럼 필요 이상으로 과격한 언행을 서슴지 않다가도 정작 뒤돌아서서는 우리들의 결속을 허물어뜨리기 위한 이간질과 분열책동에 골몰해왔습니다. 시민 동지 여러분, 집정관직의 당선을 노린 카틸리나*가 선거 기간에만 빈민 운동가로 처신했다는 역사적 사실을 잊지 마시기 바랍니다. 키케로**에 의해 그 음모가 적발되지 않았다면 카틸리나는 수많은 빈민가 청년을 자기의 정치적 야심에 바쳐 무자비하게 희생시켰을 것입니다. 점점 더 교활해져가는 반혁명분자들은 이러한 카틸리나의 예에 견줄 수 있을 만큼 매우 위험하고 무모합니다. 이들의 공작이 공화국에 불신과 오인의 균열을 내는 데 성공한다면 혁명 이후 가까스로 성취한 공화정의 이념적 가치관들은 아마도 순식간에 뒤집히고 말 것입니다. 지금까지와는 반대로 인간 본연의 이성과 윤리의식에 근거한 혁명정신은 죄악으로 치부되어 왕정만도 못한 폭정의 오명을 뒤집어쓰지 않을 수 없을 것입니다. 그러면서 자꾸만 구체제의 왕정이 지금보다 좋은 시절이었다는 선전 선동이 득세할 수도 있습니다. 그 이후에는 간악한 정치 모리배들이 가치 전도와 허무주의의 양탄자 위에 자기들이 눌러앉아 있을 권부의 옥좌를 시민들로 하여금 대령하도록 하려들 게 틀림없습니다. 이들은

● B. C. 108~B. C. 62, 루키우스 세르기우스 카틸리나. 로마 공화정의 정치가. 여러 차례 집정관 선거에 나섰으나 매번 낙선하자 자신이 선거 운동에 매진해온 빈민가의 주민들을 규합하여 모반에 나섰다.
●● B. C. 106~B. C. 43, 마르쿠스 툴리우스 키케로. 로마 공화정 말기의 정치가이자 웅변가이며 철학자. 안토니우스 독재정치에 반대하고 공화정의 체제 회복을 주장하던 중 카이에타의 피신처에서 안토니우스가 보낸 자객에게 암살당했다.

지금도 체제 전복과 공화정의 찬탈을 위해 동분서주하고 있습니다. 그러고 보면 우리는 그동안 기대만큼 엄격하게 국정을 운영해오지 못한 셈입니다. 겉으로만 예리해 보인 공포정치의 비수는 번번이 이들을 정확히 겨냥하는 데 실패한 셈입니다. 그런데도 국내외의 반혁명 세력들과 내통해온 이들은 혁명정부의 대응 방식이 너무 가혹하고 조야하다며 입만 열면 공포정치의 완화를 주장하고 나섭니다. 하지만 가혹하고 조야하기는커녕 이들의 공작에 진저리 치는 공화국은 오히려 우리의 나약함을 원망하며 질책하고 있습니다. 공화정의 열사들을 절망의 도가니 속에 몰아넣고, 이 사회에 역사적 퇴행의 허무주의 풍조를 몰고 온 장본인이 바로 우리들이란 말입니까? 우리가 언제라도 이 공화정이 허탈하게 붕괴될지 모른다는 위기의식과 공포감을 조장했단 말입니까? 그것은 우리가 저지른 게 아니라 자기들의 야욕과 달리 혁명의 흐름이 달라진 데 앙심을 품고 우리에게 그 근본적인 책임이 있다며 틈만 나면 규탄해온 적들의 소행입니다. 그런데도 오늘날 이처럼 터무니없는 모략과 중상비방은 갈수록 사람들 사이에서 설득력 있는 비판으로 받아들여지고 있는 실정입니다. 맨 처음 이 모략과 중상비방의 화살이 겨눈 것은 공안위원회 전체였습니다. 그러다 보니 공안위원회와 그 위원들은 운신의 폭이 극도로 제한될 수밖에 없었습니다. 공안위원회가 기획하고 추진하는 과업마다 매번 어이없는 이유에서 저들에게 꼬투리를 잡혔기 때문입니다. 공안위원회 위원들은 위원들대로 저들이 칼끝처럼 번뜩이는 감시의 눈초리를 의식하지 않을 수 없었습니다. 세간에 알려진 바와는 달리 공안위원회는 혁명의 대의와 공화정을 보호하는 혁명정부의 감시기구가 아니라 거꾸로 저들의 요시찰 대상으로 감시당하는 역설적 상황에 처해 있었습니다. 공포정치로 다양한 민의에 재갈을 물린다며 사사건건 발목 잡히는 공안위원회가 이 나라의 공안 유지를 위한 통치기구로서의 본분에 충실할 수 있었겠습니까? 그러던 중 이제는 공안위원회를 무력화하려는 정치적 공세가 한 개인에게로 집중되기 시작합니다. 직설적으로 말씀드리겠습니다. 제가 로마 공화정의 독재관으로 향해 가는 길을 트려 했다니, 도대체 이런 망발이 제법 신빙성 있는 비판처럼 사람들 사이에서 설득력을 얻어가는 근거가 무엇인지 저는 도무지 이해할 수가 없습니다. 하지만 터무니없는 비난도 반복적으로 유포되다 보면 그 진상과 무관하게 돌이킬 수 없는 기정사실로 굳어지는 모양입니다. 참으로 답답하고 개탄스런 노릇이 아닐 수 없습니다. 그로 인해 국민공회의 대다수 동료 의원은 그동안 저에게 표해온 존경을 얼마 전부터 거둬들이고 말았습니다. 제게는 여전히 동료들에게서 받은 존경의 기억이 저의 이력에서 가장 뿌듯하고 행복한 영광의 포상으로 남아 있습니다. 하지만 아무 근거도 없는 모략과 중상비방이 이 모든 행복과 영광을 송두리째 앗아가기에 이르렀습니다. 이것은 한 인간에게 닥친 최악의 비운일지도 모릅니다. 겪어보지 못한 사람들은 도저히 상상할 수조차 없을 박탈감의 고통으로 지금도 제 마음이 여며지는 것만 같습니다. 사람을 이런 식으로 괴롭히는 것은 가장 악랄한 죄악의 하나일 것입니다. 무엇보다도 저는 이런 모략과 중상비방이 동원한 계책의 교활함에 치를 떨지 않을 수 없습니다. **독재**라는 단어에는 사람을 현혹시키는 마력이 있는 것처럼 보입니다. 이는 우리가 어렵게 쟁취한 자유에 오명을 씌웁니다. 그리고 사람들로 하여금 혁명정부를 집요한 의혹의 시선으로 바라보게 합니다. 이런 시선 속에서 공화국의 지반에는 서서히 균열의 실금이 생겨나기 시작합니다. 그러면서 일체의 혁명 조직이 오로지 한 사람만의 의사결정에 따라 조종되는 것처럼 선전해대는 것으로 그 가치를 비하합니다. 여기서 가치 허무주의가 싹틉니다. 공화국의 이념적 가치관이란 결국 어느 한 독재자의 야욕이 빚어낸 오물덩어리에 지나지 않는 것으로 보이도록 유도될 수밖에 없기 때문입니다. 저들의 궁극적 지향점은 바로 이러한 가치 허무주의입니다. 가치 허무주의에서는 모든 가치의 위계와 우열이 혼란스러워집니다. 그러면 이성에 따른 역사적 진보와 발전의 신념은 한낱 허무맹랑한 우스갯거리로 전락할 수밖에 없습니다. 뒷걸음질의 반동이 탄력을 띠는 것은 바로 그 시점부터일 것입니다. 저들이 덕성과 정의를 혐오하는 까닭은 자신들이 덕성과 정의에서 동떨어진 모리배 집단이기 때문이기도 하지만, 무엇보다 덕성과 정의가 이런 허무주의에 눈멀지 않도록 경각심을 불어넣는 열정의 원동력이라는 데 있을 수도 있습니다. 그리고 그런 열정은 영혼의 빛으로 꽃을 피우는 법입니다. 하지만 허무주의는 영혼을 부정합니다. 저들에게 영혼이 없기 때문일 수도 있습니다. 태어나면서부터 캄캄한 어둠에 휩싸여 있는 자들이 어찌 빛의 관념을 간직할 수 있겠습니까? 저들이 신의 죽음에 열광하는 것도, 영혼의 존재와 불멸에 신랄한 냉소로 대응하는 것도 어찌 보면 당연한 일이 아닐 수 없습니다. 누군가의 열정을 즐겨 조롱하는 허무주의는 역사적 지평에서 주변인으로만 맴돌려 하는 부르주아들의 권태와 방종을 둥지 삼고 있기 때문입니다. 저는 부르주아들이 득세하는 한 이후의 시대는 권태와 방종의 역사가 되리라고 예견합니다. 제가 이렇게 예견하며 허무주의에 반감을 표한다고 해서 저들은 저를 폭군으로 몰아갑니다. 그렇습니다. 제가 독재자 또는 폭군으로 몰린 이유는 바로 허무주의가 만연하는 데 적극적으로 반발했기 때문입니다. 저들은 공화국의 수호보다 허무주의로 이 나라를 물들이는 게 더 위중한 역사적 소임이라고 여기는 모양입니다. 공화국은 덕을 향한 정언명령과 인간의 이성이 빚어낸 최고의 기념비입니다. 하지만 그 공화국을 지키기 위해 발버둥 쳐온 저는 오늘날 독재자 또는 폭군으로 규탄받고 있습니다. 저들은 저의 순수한 열정에, 때가 되면 공화국을 찬탈할지도 모른다는 야욕의 낙인을 찍어놓고 경계의 눈초리로 제 일거수일투족까지 감시해왔습니다. 그러다 보니 어느 땐가부터 저는 기본적인 시민의 권리조차 제대로 누려본 적이 없습니다. 저야말로 이 세상에서 가장 불행하고 애달픈 사람입니다. 하지만 저는 심기일전한 끝에 이 자리에서 저들이 두려워할 만한 증거를 내놓기로 마음먹었습니다. 이제부터는 그와 관련된 증언을 늘어놓도록 하겠습니다. 저는 저들이 두려워하는 진실과 함께 죽음을 전하고자 합니다!"

그때 좌중에서 누군가가 로베스피에르에게 다시 묻는다.

"동지가 지목한 **저들**이란 구체적으로 누구를 가리키는 겁니까? 그게 누군지 명확히 해둘 필요가 있질 않겠습니까? 만일 그렇게 하지 않는다면……"

그 말에 다른 대의원들이 동조하며 로베스피에르에게 당장 **저들**이 누군지 명확히 밝히라고 아우성친다. 로베스피에르가 말한다.

"저들이 누군지…… 앗!"

로베스피에르는 한순간 연설을 멈추고 본회의장의 뒷문으로 슬그머니 등장한 누군가의 모습에 집중한다. 검은 우단 망토를 두른 자라스트로가 어둠 속에 자리한 대의원들 사이로 느릿느릿 걸어 다니고 있는 게 보인다. 하지만 대의원들은 아무도 자라스트로의 등장에 주의를 기울이지 않는다.

제3장

상자무대 바깥의 목소리.

"국민공회 소회의실. 공회 본회의를 마친 탈리앵, 프레롱, 르장드르, 부르동 드 루아즈, 캉봉 등이 모여 있다."

먼저 르장드르의 입이 달싹거린다.

"주사위는 던져졌어. 로베스피에르는 드디어 국민공회 대의원들 모두에 대한 겁박으로 내란 음모의 마각을 드러냈고 말았네."

부르동 드 루아즈가 말한다.

"카틸레나와 견주어질 무리는 따로 있지. 자기네 폭도들을 공회에 불러들이려 한 그들 일파야말로 카틸리나의 후예가 아니냐 말일세. 그런데도 우리를 카틸리나로 몰아붙이려 하다니 세상에 이런 적반하장이 어디 있나!"

프레롱이 말한다.

"그래, 그 불순하고 선동적인 연설문의 인쇄와 유포를 끝끝내 저지한 건 부르동 드 루아즈, 자네의 큰 공이야. 막판까지 완강하게 버틴 쿠통을 따돌리느라 진땀 빼긴 했네만, 여하튼 저지에 성공했으니 다행일세. 만일 공회에서 로베스피에르의 오늘 연설을 각 자치구와 코뮌에 배포할 문안으로 채택하는 불상사가 발생했더라면, 우리에게 골백번 불리했으면 불리했지 유리하지는 않았을 거야. 되도록 상퀼로트들은 로베스피에르가 요사이 무슨 생각을 품고 있는지 모르는 게 낫다네. 그래야 그들 사이의 연합전선이 느슨해질 테니까 말이야."

탈리앵이 말한다.

"부르동 동지가 로베스피에르의 연설문 배포에 저지한 건 분명 잘한 일이네만, 지금은 그렇게 소소한 성공 따위에 안도할 수 없는 비상 상황이야. 우리가 먼저 나서서 저쪽을 치지 않으면 꼼짝없이 당하게 생긴 형세란 말일세. 르장드르 동지, 당신의 주장이 옳았어. 그동안 로베스피에르가 벌여온 싸움은 늘 이런 식이었지. 자칫하다 한발만 늦으면 우리는 미처 전열을 가다듬을 겨를도 없이 혁명재판소의 뒤마와 마주하거나 콩시에르주*에서 사후 세계나 기약해야 할 사형수의 신세로 전락하고 말 걸세. 로베스피에르와의 약조에 따라 상퀼로트들이 공회로 몰려왔다는 사실만 보더라도 이미 생존의 사투가 시작되었음을 알 수 있지. 그러니 이제는 더 이상 로베스피에르가 독재자라는 명분조차 중요하지 않네. 지금은 무조건 그 일파가 제거되어야만 우리의 생존이 겨우 보장받을 수 있는 일촉즉발의 전황(戰況)으로 접어든 셈일세. 만약 그 폭도들이 공회 난입에 성공했다면 어땠을까? 폭도들의 끊임없는 야유와 난동으로 의사진행은 걷잡을 수 없는 난장판이 되고 말았겠지. 그러다 로베스피에르가 공화정의 적으로 지목한 정치인들의 이름이 하나씩 거명되면 모두 들고 일어나서 당장이라도 이 역도들을 체포하라고 한목소리로 고함쳐댔을 거야. 한마디로 모골이 송연한 장면이 아닐 수 없네. 하마터면 대의기관이고 혁명재판소

---

* 단두대로 압송되기 전까지 중죄인이 마지막으로 수감되어 있던 감옥. 공포정치에 희생된 대부분의 사형수들이 이곳을 거쳐 단두대로 끌려갔다.

고 뭐고 다 필요 없이 로베스피에르의 선동에 따라 그 자리가 곧장 공화정의 적들과 반혁명분자들을 가려내 사지로 내모는 즉결처분의 인민법정으로 둔갑할 뻔했단 말일세. 그러니 우리도 모르는 사이에 얼마나 아슬아슬한 고비를 넘긴 셈인가. 오늘 빗발치는 해명의 요구에도 아랑곳하지 않고 로베스피에르가 끝내 **저들**이 누군지에 관해 입을 봉한 까닭도 자기가 애초에 폭도들과 공모한 본회의장 내 인민 법정의 구성에 실패해서였을지도 모르지. 그 친구로서는 어쩔 수 없이 자신의 공격 계획을 다음으로 미룰 수밖에 없었을 거야. 오늘뿐 아니라 앞으로도 로베스피에르의 폭도들은 끊임없이 공회 난입을 시도하려들 게 틀림없어. 물론 오늘 미루어진 **다음**을 실현하기 위해서겠지. 그러니 우리로서는 앞으로 영원히 그들에게 **다음**이란 시간이 돌아가지 않도록 철저히 차단해야만 하네. 바로 그게 이번 승부와 생존을 판가름 내는 최고의 관건일 수밖에 없기 때문이지. 그러니 캉봉 동지, 당신은 오늘 로베스피에르에게 공화정에 해악을 끼치는 인물 가운데 하나로 직접 거명당하기까지 했으니 이 얼마나 다행한 일이오? 저의 예측에 따라 돌이켜보자면, 자못 소름 끼치는 위기 국면에 몰릴 뻔했질 않소이까?"

캉봉이 말한다.

"허허, 이것 참. 재무 관료의 한 사람으로서 작금의 억지스러운 경제 사정에 대해 다소 따끔한 비판을 좀 가했기로서니 그자가 그렇게 곧바로 나를 들이받을 줄은 짐작도 못했소. 역시 편협하고 독선적이기 그지없는 철부지가 아닐 수 없소. 그토록 대책 없는 철부지에게서 한시라도 빨리 모든 권력과 자격을 박탈해야만 이 공화정은 비로소 안정된 반석 위에 세워질 수 있을 거요. 당장이라도 로베스피에르, 그자뿐 아니라 아예 그 일파까지 모조리 끝장내버리면 가장 좋고. 로베스피에르는 오늘 연설에서 재무 관료로서의 내 명예와 자존심을 무참히 짓밟았소. 나는 내 명예와 자존심을 걸고 그자와 끝까지 대적하겠소. 혁명과 공화정은 누구 한 사람만의 독점적 전유물일 수 없소. 그런데도 그자는 시종일관 마치 그게 당연하다는 듯이 굴고 있소. 이를 두고 독재가 아니라고 한다면 도대체 무엇이 독재라는 말이오? 나는 오늘 로베스피에르가 우리에게 내보인 겁박과 위협의 송곳니가 전혀 두렵지 않소. 왜냐하면 내게는 대혁명의 명분과 공화정의 이념이 그자보다 훨씬 더 명확하게 정리되어 있기 때문이오. 로베스피에르는 부르주아와 상퀼로트, 시민과 인민, 자유주의와 민주주의 사이를 무시로 오가며 원래 우리가 피 흘려가며 이룬 혁명과 공화정의 좌표에서 너무 멀리 이탈하고 있소. 자신의 연설 전에도 인민주권론을 두고 그와 의장 튀리오 동지 사이에 약간의 설전이 있었소만, 극렬 좌익 세력인 에베르 일파를 숙청했을 정도로 사유재산의 유지에 완강한 그가 인민주권론을 옹호한다는 것은 누구라도 납득하기 어려운 자가당착일 수밖에 없소. 로베스피에르는 부르주아 출신에 지나지 않으면서도 부르주아들을 배척하는 체하는 것으로 자신의 입지 강화에만 몰두하는 분열과 모순의 그림자일 뿐이오. 내가 최근 자코뱅 클럽과 멀찍이 거리를 두기 시작한 이유도 그곳 당원들 대다수가 그런 분열과 모순의 도착적 징후들에서 헤어나지 못하고 있다는 데 있소. 혁명과 공화정의 명백한 정치적 주체가 부르주아요 혁명과 공화정의 유일한 목적이 봉건제의 완벽한 타파임을 인정하면서도 그들은 자꾸만 이상한 방향에서 어정거리려 하고 있소. 대혁명이 계몽주의 사상의 정신적 결실이라는 데 동의한다면 자코뱅과 로베스피에르의 방황은 한층 더 해괴하게만 보일 뿐이오. 시계 수리공 출신의 스위스 난민 루소를 제외하고는 계몽주의 사상가 중에서 누구도 민주주의는커녕 공화정에 대해서조차 선뜻 지지하고 나선 이가 없었다는 것은 전혀 놀랄 만한 일이 아니오. 또한 그들이 무지몽매한 인민의 단결을 매우 경계했다는 것도 잘 알려져 있는 바요. 그런데 하물며 인민주권론이겠소. 계몽주의 사상가들이 민주주의와 인민들의 단결을 반기지 않은 것은 놀라운 예지의 혜안으로 이 프랑스 공화정이 처한 오늘날의 난맥상을 미리 들여다볼 수 있었기 때문이 아닐까 싶소. 한 나라의 주권을 인민들에게 넘기는 순간, 그 공화정은 곧바로 빈민독재와 무정부주의의 아수라장 속으로 휘말려들고 말 거요. 사유재산의 철폐가 황당무계한 극렬 좌익 세력들의 몽상에 지나지 않듯이 인민주권론 또한 카토나 카틸리나처럼 기층 민중에게 아첨해서라도 자신들의 권력과 야심을 극대화하려는 몽상의 사산아(死産兒)일 뿐이오. 그러니 그들이 빈민독재의 시늉을 내려 하는 것은 어찌 보면 당연한 수순일 수도 있소. 그 수순의 첫 단계로 고안된 게 우스갯거리라고 하기에도 민망한 생-

쥐스트의 방토즈 특별법이었지. 물론 그들에게는 방토즈 특별법 같은 몽상을 실행시킬 의지도, 방법도 없을 테지만 말이오. 하지만 이렇게 철부지 같은 불장난과 몽상에 따라 세상을 뒤숭숭하게 어지럽힌다는 점만으로도 우리에게는 심각한 골칫거리가 아닐 수 없소. 그들의 손에 너무 위협적인 권력의 칼자루가 들려 있기 때문이오. 철부지 같은 그들의 불장난과 몽상은 부르주아들을 갈수록 위축시켜가고 있소. 부르주아들이 위축된다는 것은 결국 이 공화정의 경제적 기반이 취약해질 수밖에 없다는 뜻이오. 이런 강압적 상황이 지속되다 보면 그나마 명맥을 이어가고 있는 상업 자본 구조와 시장의 자유는 전면적으로 붕괴될 수밖에 없을 거요. 그러니 이런 위험을 피하자면 자유로운 자본주의의 모델로 삼아 영국의 경제 정책에서 많은 것을 배워와야 할 필요가 있는데, 로베스피에르 일파는 이런 구상을 반혁명적 움직임과 동일시하고 있으니 참으로 딱한 노릇이라 아니할 수가 없소."

이와 같은 캉봉의 주장에 탈리앵과 프레롱은 얼굴을 돌리며 헛기침으로 응대하는 반면, 르장드르와 부르동 드 루아즈는 적극적으로 고개를 주억거린다. 탈리앵이 나서려는 순간 프레롱이 끼어들며 이렇게 말한다.

"혁명정부가 유지하고 있는 경제 정책의 기조에 대해서는 다들 저마다의 견해가 미묘하게 엇갈릴 수 있을 겁니다. 하지만 그 정책의 뿌리가 로베스피에르 독재 체제라는 데는 아마도 이견이 없을 것으로 보입니다. 그러니 경제 정책의 방향에 대해서는 차후에 다시 논의해서 모두가 수긍할 수 있는 합의점을 서서히 찾아가기로 하고 지금 이 자리에서는 로베스피에르 독재 체제를 당장 끝장낼 수 있는 구체적 방안의 모의에만 집중하는 것이 현명하지 않을까 싶습니다. 이 자리가 공화정의 경제 방향에 대해 갑론을박하는 토론장으로 변질되기 시작하면 정작 우리의 모의는 한없이 표류하고 말 우려가 큽니다. 회의장에서 로베스피에르가 이 공화정의 적이라며 직접적으로 캉봉 동지를 거명한 것은 물론 경악할 만한 도발이었습니다. 캉봉 동지가 이만큼 격앙되지 않을 수 없다는 점도 충분히 이해가 갑니다. 그 충격이 크시겠지요. 그러니 방금 전 탈리앵 동지도 로베스피에르가 불러들이려 한 폭도들의 난입을 저지해서 그나마 천만다행이었다고 표현한 것일 테고요. 하지만 다시 모의의 초점을······"

하지만 캉봉은 프레롱의 말에 귀 기울이기보다 부르동 드 루아즈가 들고 있는 메모지에 더 열중하던 중 불현듯 입을 달싹거린다.

"흠, 부르동 동지가 작성한 메모 내용에 따르면, 로베스피에르는 도합 네 차례나 나와 재무위원회 위원들을 사기꾼이자 공화정의 진정한 적이라며 비난했소. **저들**이 누구냐는 대의원들의 직설에 의뭉스런 함구로 일관한 데 비추어보자면, 로베스피에르가 결국 **저들**로 암시하려 한 대상은 나를 포함한 재무위원회 위원들임에 틀림없소. 다음은 우리를 직접적으로 성토하면서 로베스피에르가 지껄였다는 헛소리요. **재무위원회의 목적은 투기를 자극하고, 플로레알 23일에 캉봉이 발의한 종신연금의 청산 법안으로 공공의 신용을 뒤흔들고, 부유한 채**

권자들을 우대하고, 빈민들을 파멸시켜 절망으로 몰아넣고, 불평분자들이 늘어나게 하고, 인민에게서 국유재산을 빼앗고, 혁명 발발 직후 몰수한 성직자와 망명귀족들의 재산에 대해 의당 적용되어야 할 공공성의 개념을 무력화시키겠다는 것입니다…… 이런 발언만 보더라도 로베스피에르가 얼마나 급진적이고 무모한 독재자인지 잘 드러나는 게 아닐까 싶소. 이런 실정임에도 항간에서는 로베스피에르 일파가 온건하고 유연해졌을 뿐 아니라 심지어 **우파 대연합**을 제의할 정도로 우경화되었다는 평판이 나돈다고 하니 참으로 억장이 무너질 노릇이오. 그건 그동안 자기를 적대시해온 상인들로까지 지지층의 외연을 확대해보겠다는 정치적 계략에 지나지 않소. 하지만 오늘 의회에서 로베스피에르는 이러한 연설의 한 대목으로 그동안 잠시 숨겨왔던 자신의 참모습을 다시금 분명하게 확인시켜준 셈이오. 정치적 계략에 따른 흥정거리의 하나로 들고 나온 우파 대연합 제의도 사실상 거둬들인 것 같소. 나는 애초부터 로베스피에르가 그렇게 나오리라 예견하고 있었소. 어떤 신문에서 **우파 대연합**이라는 용어를 써가며 떠들어대는 통에 실제로 그가 우파 대연합을 제안한 것처럼 오인되긴 했지만, 그건 우파들의 대연합을 겨냥한 제의가 아니라 덕성과 정의에 따라 대의원들을 아군과 적군으로 나눠서 처리하겠다는 겁박과 위협에 불과했소. 오늘 연설로 내 짐작이 옳았다는 게 밝혀진 셈이오. 우파 대연합은커녕 오히려 빈민층과 부르주아들의 대립 구도만 더욱 노골적으로 강조했질 않았소이까. 그래놓고 그 대립 구도에 근거해서 나와 재무위원회의 경제 기조를 마구 모독한 거요. 도대체 그 속셈이 무엇인지는 아직까지 헤아리지 못하겠소만 한 가지 사실만큼은 분명하오. 로베스피에르가 우리 부르주아들의 명백한 적이라는 사실. 그런데 부르주아의 적은 곧바로 이 공화정의 적일 수밖에 없소. 왜냐하면 공화정은 왕정과 귀족들의 전횡에 시달려온 부르주아들이 그 압제에서 벗어나 거둔 역사의 과실(果實)이기 때문이오. 그런데 지금 그 과실을 찬탈하려는 무리들이 공포정치와 혁명정부의 명분 밑에 숨어 포악한 준동을 서슴지 않고 있소. 이제는 우리가 나서서 이 준동을 엄히 다스려 잘못 흘러갈 수도 있을 역사의 물굽이를 바로잡아야 할 때요. 역사를 구체제로 퇴행시키려는 왕당파들과 마찬가지로 부르주아들의 손아귀에서 감히 그 과실을 찬탈하려는 작금의 무리들 또한 우리가 이 공화정 수호를 위해 극력 타도해야 할 불순 세력들에 지나지 않소. 방금 전 경제 정책의 기조에 대한 동지들의 입장이 저마다 다를 수 있다고 했는데, 그렇다면 이런 명제는 어떻소? **부르주아의 적은 곧바로 공화정의 적이다.**"

캉봉의 말이 떨어지기가 무섭게 르장드르와 부르동 드 루아즈, 둘 다 선서하듯 손을 번쩍 들어 올리면서 입을 모아 제창한다.

"부르주아의 적은 이 공화정의 적이다!"

그에 반해 탈리앵과 프레롱은 잠시 머뭇거린다. 하지만 나머지 세 명의 따가운 눈총에 밀렸다는 듯 그들도 선서하듯 들어 올린 한 손과 함께 입을 모아 제창한다.

"빌어먹을, 부르주아의 적은 이 공화정에게도 적이다!"

캉봉이 다시 자기의 말을 잇는다.

"그렇소이다. 부르주아의 이익에 반하는 인물과 집단은 무조건 이 공화정의 적으로 배척받아 마땅하오. 그런 의미에서 그동안 로베스피에르가 보여온 행태는 참으로 가소롭기 그지없었소. 그중에서도 최고의 걸작은 뭐니 뭐니 해도, 벨기에의 정복지에 대한 경제적 활용으로 국고의 재정 부담을 줄여나가자는 나의 안건에 그가 무작정 반대한 일이었소. 정말이지 처음에는 뭐, 이런 인간이 다 있나 싶을 지경이었지. 참 기가 막혔소. 내 안건에 반대하는 이유가 **박애**라는 공화국의 대의에 어긋나서라니, 세상에 이렇게 허무맹랑한 야료(惹鬧)가 또 있을 수 있겠소이까. 오늘 나에 대한 로베스피에르의 거명은 필시 이때의 충돌에서 생겨난 사감과 앙금 때문일 것이오. 지금까지 지속되어온 로베스피에르의 행태가 독선적인 철부지에 지나지 않으니 그럴 수 있다손 쳐도, **박애**라는 공화국의 대의에 어긋난다는 이유만으로 정복지의 경제적 활용 가치를 무시하자는 태도만큼은 절대로 묵과해줄 수 없는 망발이오. 왜냐하면 이 공화국에는 오로지 딱 한 가지의 대의만이 있을 수밖에 없기 때문이오. 그것은 부르주아들의 권익과 자유를 국가가 나서서 철저히 보호하고 북돋워줘야 한다는 점이오. 그것 이외에 이 공화국에는 다른 대의와 윤리가 있을 수 없으며 여타의 모든 가치도 오직 그런 대의와 윤리에 귀속될 뿐이오. 그런데도 로베스피에르, 이 친구는 엉뚱하고 터무니없는 이념 공세로 이런 공화정의 근간을 거스르려 한다는 말이오. 부르주아들의 권익과 자유에 위배되는 의사결정이야말로 공화정의 초석을 뒤흔드는 일이오. 방금 전 우리가 한데 입을 모아 제창한 대명제대로, 부르주아들의 적은 바로 이 공화정의 적이기 때문이오. 따라서 엉뚱하고 터무니없는 대의를 내세워 정복지 활용에 반대하는 것은 경우에 따라 국가반역죄로 엄단할 수도 있는 중대 사안이오. 비단 국고의 재원 확보뿐만 아니라 부르주아들에게 정복지의 경제적 활용 가치가 무궁무진하다는 것은 이미 영국의 실례에서 입증된 바 있소. 자, 지금까지 참을 만큼 참았소. 이제는 우리가 칼을 빼어들 차례요. 그리하여 제멋대로 날뛰고 있는 공화정의 찬탈자들에게 누구라도 결코 거스를 수 없는 역사의 흐름과 준엄한 심판의 섭리를 새삼 일깨워줘야 하오."

르장드르가 말한다.

"그래요. 저쪽에서 그토록 위협적인 최후통첩을 보내왔으니 우리도 더 이상 미룰 수만은 없습니다. 그럼 거사일은 내일로 결정 난 건가?"

다들 고개를 끄덕거린다. 르장드르가 말한다.

"거사 방식은 어떻게?"

탈리앵이 말한다.

"그에 관한 몇 가지 세부안을 떠올려보았지. 우선은 오늘 연설의 선동적인 내용과 롬바르 구 상퀼로트들의 공회 난입 시도를 묶어 오늘 밤 안으로 내란 음모의 혐의를 적용해서 체포하는 것. 보안위원회만 제대로 가동된다면 별다른 문제가 없을 거야. 내가 점심 때 만나고 온 아마르와의 협의는 아주 성공적이었네. 게다가 우리의 예측대로 로베스피에르는 오늘 연설에서 재무위원회 못지않게 보안위원회에 대해서도 날을 잔뜩 세우고 근본적인 혁파까지 주장했으니 아마 보안위원회 위원들의 심기도 캉봉 동지 이상으로 앙앙불락일 거야. 자기 무덤을 제 손으로 파 내려간 셈이지."

부르동 드 루아즈가 말한다.

"글쎄, 그래도 그건 너무 설득력이 떨어지는군. 아무리 보안위원회가 원활히 가동된다고 해도 롬바르 구의 상퀼로트들을 로베스피에르의 폭도들로 모는 게 생각만큼 쉽지만은 않은 일일 텐데 말이야. 게다가 그 부분과 로베스피에르의 오늘 연설을 어떻게 하나로 엮는다는 말인가? 그리고 억지로나마 엮는 데 성공한다손 쳐도 오늘처럼 로베스피에르를 지지하는 상퀼로트들이 절대로 수수방관하고 있지만은 않을 걸세. 괜한 화만 불러들이지 않을까 두렵군. 또한 보안위원회만으로 로베스피에르 같은 거물을 체포하기에는 역부족일 수도 있지."

프레롱이 말한다.

"당통도 거물이었지만 공안위원회 단독으로 체포를 의결해서 일사천리로 처리해버리지 않았나?"

부르동 드 루아즈가 말한다.

"이거 또 슬슬 남의 아픈 과거사를 들먹여서 우리들의 비위가 어떤지 한번 시험해볼 셈인가?"

프레롱이 말한다.

"남의 아픈 과거사를 들먹이자는 게 아니라 당통의 참화에 견줄 때 보안위원회가 적절히 개입할 수만 있다면 로베스피에르라고 해서 그런 식으로 처리하지 말란 법이 없지 않느냐는 말을 하고 싶었을 뿐이네. 제발 오해 좀 하지 말라고."

캉봉이 웅얼거린다.

"정신적 외상이 워낙 크다 보면 매사를 자기 상처에 투과시켜 바라보는 습성에서 온전히 빠져나오기가 어려운 법이지."

부르동 드 루아즈가 말한다.

"이것 봐. 그날 밤 공안위원회가 그렇게 단독 의결만으로 당통 동지의 체포에 나설 수 있었던 데는 다 그럴 만한 이유가 있었다고. 바로 공안위원회에 로베스피에르 같은 인물이 있었기 때문이지. 지금도 그렇겠지만 그때도 인민들은 로베스피에르가 결정한 일을 일단 옳다고 믿어주는 경향이 강했네. 그리고 당통 동지가 말년에 부르주아들과 친해져 보려는 노력을 전혀 기울이지 않은 것은 아니었네만, 부르주아들이 들고 일어나면서까지 당통 동지의 처형을 반대하기에는 자코뱅 산악파 출신으로 혁명재판소의 설립과 9월 학살*에 관여했다는 전과가 너무 커 보였겠지. 게다가 부르주아들이란 상퀼로트들과 그 생리부터가 다르네. 자기들의 수익과 직접적으로 관련이 없는 한 어떠한 문제에 대해서도 집단행동으로 대응하는 것은 무척 꺼리는 편이지. 그러니 가슴 아픈 얘기네만, 로베스피에르의 공안위원회가 단독 의결만으로도 당통 동지를 체포하는 것은 그다지 어려운 일이 아니었

● 1792년 9월 2일에서 6일까지 나흘 동안 파리의 여러 감옥에서 1,200명 이상의 왕당파 혐의자가 인민들에게 학살당한 사건. 당시 인민들은 정치범들이 반혁명 음모에 가담하기 위해 감옥에서 봉기를 일으킬 계획을 세우고 있다고 믿고 공격 및 살해를 감행하였다. 당시 당통은 법무장관으로 이 사건을 최소한 묵인하거나 심지어 극비리에 배후 조종했을지도 모른다는 이유로 지롱드파의 거센 비판에 시달린 바 있다.

을 거야. 하지만 지금은 달라. 우리 중에서 그리고 보안위원회 중에서 정확히 로베스피에르에 버금갈 만큼 인민들의 신뢰를 쌓은 인물이 단 한 사람이라도 있나?"

부르동 드 루아즈의 반문에 다들 침묵한다.

"거봐, 없질 않은가 말이야. 그러니 보안위원회 단독 의결만으로 로베스피에르를 체포하는 일은 상당한 무리수라는 거야. 공연히 우리가 나서서 상퀼로트들의 극렬한 봉기만 자초하는 형국으로 돌아갈 수도 있다는 말일세."

탈리앵이 말한다.

"그렇다면 거사 방법은 두 가지로 좁혀지는군. 군대를 동원해서 로베스피에르 일파를 무력으로 제압하거나 아니면 국민공회에서 그들의 체포를 가결하거나."

르장드르가 말한다.

"군대를 동원하는 데도 크나큰 위험부담이 따르지. 지금 국민방위대의 참모부는 로베스피에르 일파가 장악하고 있는 앙리오와 불랑제 등으로 짜여 있네. 자칫 군대에 우리의 모의와 거사 계획을 흘렸다가는 치명적인 역풍을 맞을 수도 있다는 말이지. 의회나 혁명정부의 정식 승인 없이 군대를 움직이려는 건 명백한 군사 반란이니만큼 우리가 저들에게 숙청의 명분을 헌납하는 상황으로 흐를 위험성이 다분하네. 한마디로 우리가 군대에 호소하겠다는 것은 너무나도 무모한 발상이야."

탈리앵이 말한다.

"말하자면 경우의 수가 그렇다며 한 말을 두고 참 야박하게도 일축하는군. 내가 그러리라는 것도 내다보지 못할 만큼 어리석어 보이나? ……그렇다면 역시 국민공회 안에서 패거리들을 모아 처리하는 방법 밖에는 별다른 묘수가 없겠는걸."

르장드르가 말한다.

"두 가지 경우를 따로 놓고 볼 게 아니라 하나의 경우로 합쳐놓고 순서만 조정한다면 우리가 군대를 동원하는 것도 전혀 불가능하는 일만은 아니지. 그러니까 다시 말해, 일단 의회에서 다수의 힘으로 밀어붙여 로베스피에르 일파의 체포를 가결한 후 군대의 개입에 호소할 수도 있다는 뜻일세. 그리만 되면 보안위원회 투입은 물론이려니와 국민공회에서 체포 명령이 내려진 셈이니 이들의 반발을 제압하는 데 필요한 정규군 병력도 얼마든지 합법적으로 동원하는 일이 가능해지네."

프레롱이 말한다.

"아하, 그러니까 우리로서는 국민공회의 체포 명령 가결에 승부수를 걸어야 한다는 말이로군. 일단 체포 명령만 떨어지면 바로 보안위원회가 개입해서 이들을 튈르리 궁의 유치장에 구금해놓고 나머지는 합법적인 군대 병력으로 돌파해나가야 한다, 이 말 아닌가! 그런데 과연 우리의 의중대로 공회에서 이들에 대한 체포 명령의 의결이 원활하게 이루어질 수 있을까?"

르장드르가 말한다.

"일단 하는 데까지 해봐야지. 여전히 사정은 호락호락하지 않네만, 지금 돌아가는 판세로 봐서는 그다지 나쁜 것만도 아닐세. 어쩌면 로베스피에르 본인의 오늘 연설이 자기를 내리치는 결정타였을 수도 있어. 이참에 남의 목을 치지 못하면 아예 자기 목을 내놓기로 작정한 후 연단에 올랐다는 사생결단의 인상마저 자아낼 정도였지. 그러고 보니 로베스피에르가 연설에 들어가기 전, 어차피 48시간 안에 모든 것이 결판나리라고 튀리오 의장에게 한 말도 단순한 겁박과 위협의 표현이 아니라 이미 죽음을 각오했다는 암시처럼 여겨지는군."

그러고는 부르동 드 루아즈의 메모를 잠시 들여다본 후 계속한다.

"물론 목숨을 내놓기로 각오하고 그 자리에 섰다는 글귀들이 몇 군데에서 의미심장하게 튀어나오긴 하네만, 처음에는 그저 자신의 비장한 심경을 대의원들에게 호소하려는 웅변술의 수사에 불과해 보였지. 그런데 이제 보니 그게 아니었던 것 같네. 자결하는 방향으로 성큼성큼 걸음을 내딛겠다는 의지의 표현이 아니었을까 싶다는 생각마저 드는군. 다시 말해, 대의원들의 손에 자신의 목숨을 내맡기겠노라고 선언한 것처럼 보인다는 얘길세. 장기간의 공포정치에 지친 대다수 대의원은 요한묵시록처럼 무시무시한 로베스피에르의 고발과 비판에 심히 전율할 수밖에 없었겠지. 언제라도 공포정치의 비수가 자기들의 목덜미를 내리찍을지 모르니 말이야. 그들이 이러한 공포심에서 자유로워지려면 오로지 방법은 단 하나, 로베스피에르를 쳐내는 수밖에 없어. 하지만 먼저 나서는 게 두려워 지금쯤 서로 눈치만 보고 있을 거야. 그러면서도 누가 로베스피에르 제거에 앞장서주기만을 바라고 들 있겠지. 그러니 누구 한 사람만 앞장서준다면 우르르 몰려들어서 그 일파의 제거에 힘을 보태려고 할 게 빤하네. 오늘 뇌성벽력과도 같이 날아온 로베스피에르의 선전포고로 인해 자기들의 목숨이 위태로워진 것처럼 보일 테니 어찌 그렇지 않겠나. 이제는 우리뿐 아니라 다른 대의원들 다수도 5월 31일의 내란과 연이은 숙청이 언제든 재현될지 모른다는 공포감으로 초조해하기 시작했네. 상황 정리는 여기까지. 우리가 로베스피에르의 목을 치려면 기회는 지금뿐이야. 물론 장소는 국민공회 본회의장."

캉봉이 말한다.

"그러자면 반대파들을 최대한 규합해서 내일 본회의 때 강력한 선공으로 로베스피에르 일파의 기선을 제압하는 게 순서일 텐데, 그 점에는 별다른 차질이 없겠소?"

르장드르가 말한다.

"공안위원회의 비요-바렌과 콜로 데르부아에게도 급전으로 접선을 시도해두었습니다. 워낙 로베스피에르를 사무치게 저주하는 코르들리에파의 잔존 세력들이라 곧 긍정적인 회답이 오리라고 예상합니다. 제 나름대로 접선을 시도할 만하다고 여겨 이번 모의에 가담토록 제의한 상대들이니 로베스피에르와 같은 공안위원회 소속이라고 해서 걱정하거나 지레 경계할 필요는 전혀 없습니다."

탈리앵이 말한다.

"저는 평원파에서 가장 영향력 있는 인사들, 부아시 당글라·뒤랑
드 마이얀·팔란 드 샹포 등과도 회동 약속을 잡아놓았습니다. 만나
면 우리의 거사에 협조해달라고 적극적으로 설득해볼 생각입니다. 이
들은 우리만큼 로베스피에르에게 딱히 반감이 심하지는 않지만, 공포
정치에 가장 비판적인 정파이니만큼 어느 정도 만족할 만한 대화의
성과를 얻어낼 수 있지 않을까 싶습니다."

부르동 드 루아즈가 말한다.

"내일 또다시 재발할지도 모를 상퀼로트들의 공회 난입 시도를 봉
쇄하는 것도 아무런 문제가 없겠지?"

탈리앵이 말한다.

"그것도 보안위원회 측과 철통같이 조율해놓았으니 아무 걱정 말게.
오늘은 위병들의 경계 근무에 그쳤지만 내일은 아예 총출동시킨 경비
대 병력들로 진지 방어에 임하듯 튈르리 궁의 정문 출입을 통제하게
될 테니까. 여차하면 보안위원회의 지휘를 받는 수도방위사령부 포병
대까지 동원할 수 있도록 미리 협의해놓았지."

그때 누군가가 문 밑으로 봉투 한 장을 밀어 넣고 후다닥 달아난다.
프레롱이 달려가서 황급히 그 봉투를 뜯어본다. 그러고는 말한다.

"비요-바렌과 콜로 데르부아에게서 온 전갈이군. 예상보다 더욱
강도 높은 결단의 공표일세. 로베스피에르의 파멸을 위해 우리와 기
꺼이 함께하겠다는 내용이야."

제4장

상자무대 바깥의 목소리.

"저녁나절의 자코뱅 클럽 공회당. 로베스피에르가 단상에 나와 국민공회에서 한 연설을 좌중의 당원들에게 다시 들려주는 중이다. 자리 맨 앞줄에는 공안위원회 위원 쿠통, 국민방위대 참모장 앙리오, 혁명재판소 재판관 코피날, 혁명재판소장 뒤마, 보안위원회 위원 필리프 르바, 그리고 로베스피에르의 동생이자 국민공회 의원 오귀스탱 등이 앉아 있다."

좌중의 당원들은 모두 기뇰, 앞줄의 쿠통부터 오귀스탱까지는 마리오네트이다. 다른 이들과 달리 쿠통은 휠체어를 타고 있다. 로베스피에르가 말한다.

"……이 공화정은 인간 이성의 위대한 기념비입니다. 이성에서 말미암은 보편적 윤리와 정언명령을 엄격히 준수할 때만이 여러분은 천부인권과 인간으로서의 자유를 보장받을 수 있습니다. 이성이 지배하지 않는 곳은 온갖 범죄와 모략으로 들끓게 마련입니다. 이성이 통하지 않는다면 전제정에 대한 우리의 승리도 단지 또 다른 압제의 예비요, 자유를 위협하는 야욕의 발판일 뿐입니다. 이성이 없다면 승리의 의미가 도대체 무엇이겠습니까? 그때 거둔 승리는 오히려 허무주의를 강화하고, 가치 체계를 무너뜨리며, 혁명의 수레바퀴를 후진시키려는 음모로 이 공화국에 자멸의 무덤을 팔 뿐입니다. 폭정으로 이끄는 악의 무리가, 허무주의에 오염된 정치 모리배들이 우리를 정복해 버린다면, 구체제를 허물고 왕정을 뒤엎은들 무슨 의미가 있겠습니까? 최근 들어 악에 저항하여 우리가 이루어낸 최고의 성과가 무엇입니까? 이 나라가 허무주의에 더 이상 물들지 않도록 올바른 대의와 원칙을 선포하여 인민들로 하여금 각자의 삶에서 의미 있는 정언명령을 수행하도록 떠받쳐준 일이 아닙니까?"

좌중에서 열렬한 박수갈채와 동의의 함성이 터져 나온다. 로베스피에르는 당원들의 박수갈채와 함성이 잦아들 때까지 잠시 기다린 후 계속한다.

"하지만 우리의 항거에도 굴하지 않고 저들은 아직 소탕되지 않았습니다. 지금도 저들의 집요한 공작으로 공화국의 밑동이 헐리고 있습니다. 우리가 무력하기 때문입니다. 이제는 온갖 악이 세상으로 기어 나와 설쳐대고 있습니다. 저들은 폭정의 첨병들입니다. 폭정의 첨병들은 공포정치의 안전망을 조롱하며 공화정이 자폭하고 말 때까지 다양한 교란책동에 헌신할 것입니다. 그리하여 역사가 퇴행하는 데 결정적으로 기여하려들 것입니다. 폭정의 첨병들이 원하는 것은 무력으로 이 공화정을 짓밟고 그 폐허 위에 강고한 힘의 제국을 건설하는 일입니다. 왜냐하면 모든 허무주의자는 강고한 힘만을 섬기기 때문입니다. 그리고 물리적인 힘의 판도와 무게중심만이 우리가 따라야 할 가치 체계를 좌우할 수 있다고 믿기 때문입니다. 저들의 가치 체계는 이성에서 연유한 보편적 윤리와 정언명령의 파생물이 아니라 힘이 정립해놓은 질서와 동일합니다. 그것은 이성과 거리가 먼 힘의 작용 원리에 지나지 않습니다. 이때의 힘은 총칼을 의미합니다. 그리고 총칼은 군부의 환유입니다. 허무주의에 빠진 부르주아들은 이성의 교화와 발현보다 총칼로 세워질 질서와 권위를 훨씬 더 애타게 갈망하는 법입니다. 그들에게 이성은 한낱 자기들의 가치 전도를 위한 정신적 도구에 불과합니다. 덕성이나 정의와 무관한 정신적 도구로서의 이성은 자기 계층의 이익을 극대화할 수 있는 지배 이념의 수립에만 복무할 뿐입니다. 그러니 잠시만이라도 혁명의 고삐를 늦춰보십시오. 그러면 여러분은 곧바로 군사독재가 혁명을 찬탈하고 간악한 당파들의 지도자가 인민들의 주권 체제를 뒤집어엎는 비극에 직면하고 말 것입니다. 그 결과, 후세 사람들은 이 나라에 한때 찬연한 인간 이성의 기념비로 민주주의 공화정이 세워졌다는 사실을 기억조차 하지 못할지도 모릅니다. 그것은 역사에 결코 씻어낼 수 없는 과오를 저지르는 일입니다. 저는 그런 과오를 저지르지 않기 위해 어떤 음해와 모략에도 아랑곳하지 않고 지금까지 발버둥 쳐왔습니다. 저들을 너그럽게 용서하는 일은 생각보다 어렵지 않습니다. 하지만 저들에게 베푼 자비는 곧 공화정에 무자비한 시련이 닥친다는 것을 의미할 뿐입니다. 아무리 우리가 가혹하고 냉엄하게 무장해도 공화정은 그 이상의 대응을 요구합니다. 적들에게 자비로워질수록 공화정에는 반동과 퇴행의 그늘만이 짙어져갈 수밖에 없기 때문입니다. 그러므로 이 공화정의 수호와 유지를 위해서는 무자비한 대응야말로 정녕 자비로운 은전일 것입니다. 그러니 저들이 저의 존재 자체를 자기들의 흥계에 대한 방해물로 보는 것은 퍽 당연한 노릇일 수도 있습니다. 하지만 저들의 소름 끼치는 영향력이 아직도 건재하다면, 저는 저들에게 기꺼이 저의 목숨을 내놓겠습니다.”

좌중에서 열렬한 박수갈채와 성원의 함성이 터져 나온다. 로베스피에르는 당원들의 박수갈채와 함성이 잦아들 때까지 잠시 기다린 후 계속한다.

“가난하고 성실한 인민들이여, 정의가 공화국의 절대 권력을 통해 군림하는 게 아니라면, 정의가 평등과 조국에 대한 사랑을 의미할 수 없다면, 그 순간부터 자유는 음험하고 교활한 권력의 간계에 불과해진다는 것을 명심하십시오. 그것은 우리가 지금껏 신뢰해온 자유가 아니라 탐욕과 부패의 자유임을 명심하십시오. 저들이 말하는 자유에 속지 마십시오. 저들의 자유는 전제정 이상으로 인민들을 박해하고 착취할 수 있는 권리의 확보에만 몰두하고 있기 때문입니다. 그것은 인민들의 호주머니에서 제멋대로 돈을 갈취할 수 있는 자유에 지나지 않습니다. 혁명정부가 자유의 독재 체제라고 선언한 제 말은 이런 자유를 가리킨 게 결코 아니었습니다. 그때의 자유는 전제정으로부터의 자유만을 의미했을 뿐입니다. 하지만 작금에 거론되기 시작한 자유의 의미는 전제정으로부터의 자유에서 다른 방향으로 넘어가고 있습니다. 그리고 그 방향은 역설적이게도 전면적인 자유를 내세워 전제정보다 더 냉혹하고 집요하게 인민들의 삶을 도탄에 빠뜨려 새로운 압제의 형태로 인민들의 머리 위에 군림할 가능성이 매우 높습니다. 그때 민주주의는 겉으로만 표방될 뿐 실제로는 왕과 귀족들의 세계를 특정 계층이 고스란히 물려받아 변형시킨 또 하나의 폭정에 지나지 않을 것입니다. 저들이 두려워하고 아첨하면서도 실제로는 경멸하고 있는 인민들이여, 이 나라 최고의 주권자이면서도 노예처럼 멸시당하는 인민들이여, 정의가 뿌리내리지 못한 곳에서는 정치인들의 권력욕이 군림한다는 것을, 당신들은 숙명이 아니라 단지 체제의 족쇄만을 바꿔 차게 될 뿐임을 명심하십시오. 저들이 인민들을 추상적인 집단으로서만 존중하려들 뿐 실제 현실에서의 개개인으로서는 배척하고 무시할 거라는 점도 명심하십시오. 폭정의 재건에 투신하려는 동맹의 무리들은 자기들의 야욕이 실현되자마자 곧바로 인민을 배반하려 할 것입니다. 이 공화정이 그런 나락으로 굴러떨어지는 것을 막기 위해서라도 저는 이 자리에서 다음과 같은 사실을 공표하지 않을 수 없습니다. 이 공화국의 대의에 반하는 음모가 현재 진행되는 중이라고 말입니다. 그러한 음모의 발원지는 국민공회 내부에서 권모술수를 짜내고 있는 어느 범죄 집단입니다. 보안위원회와 그 위원회의 일부 위원들이 장악하고 있는 소속 관청에는 범죄 집단의 공모자들이 도사리고 있습니다. 이들이 반공화정 세력으로 뭉쳐 보안위원회와 공안위원회로 하여금 극렬히 대립하도록 몰아가는 중입니다. 그리하여 결국에는 혁명정부를 두 쪽으로 나누려 하고 있습니다. 보안위원회 일부 위원들뿐 아니라 공안위원회 안에서도 이런 공작에 동참하려는 위원들이 있는 것 같습니다. 이런 반혁명적 정파 동맹의 목표는 애국 열사들의 희생과 공화국의 파괴입니다. 우리는 이와 같은 음모에 어떤 방법으로 대처해야만 하겠습니까? 우선 반역도당들을 색출해서 응징해야만 합니다. 그다음으로는 그들과 결탁해 있는 보안위원회 구성원들의 신속한 경질로 보안위원회를 정화해야 합니다. 그러고는 국민공회의 통제 밑에 놓이도록 모든 정부 조직을 통합한 후 이렇게 응집된 힘으로 모든 범죄 집단의 무리들을 짓밟아 그 잔해 위에 덕성과 정의의 위엄을 세워야 합니다. 이것이 우리가 따라야 할 원칙입니다. 세간의 오해가 두려워 이토록 기본적인 원칙조차 천명할 수 없다면, 이는 그만큼 공화정의 대의에 반하는 무리가 여기저기서 득세하고 있다는 의미로밖에 여겨질 수 없습니다. 하지만 그렇다고 해서 기본 원칙에 대해 침묵하는 것은 저들과의 싸움을 포기하겠다는 말이나 다름없을 것입니다. 그 누가 공화국에 목숨까지도 내놓겠다는 사람을 막을 수 있단 말입니까? 저는 범죄를 지배하기 위해 여기까지 다다른 게 아닙니다. 그것과 싸우려고 이 자리에 버티고 있을 뿐입니다. 안타깝게도 선량하고 양심적인 인사들이 아무런 중상과 음해에 시달리지 않고 공화국을 위해 활동할 수 있는 시기는 아직 도래하지 않았습니다. 범죄 집단의 무리가 여전히 여기저기서 득시글거리는 한, 혁명과 공화정의 수호자들은 머지않아 이 땅에서 추방되고 말 것입니다…… 친애하는 당원 동지 여러분, 감사합니다."

로베스피에르가 연설을 끝내고 단상에서 내려오지만, 정작 이번에는 아무도 박수갈채나 함성을 보내지 않는다. 그저 무거운 침묵만이 좌중을 뒤덮고 있을 뿐이다. 그때 좌중에서 몇몇 당원이 자리에서 벌떡 일어난다. 당원 1이 말한다.

"로베스피에르 시민 동지, 결코 외로워하지 마십시오. 저희 자코뱅 당원들이 끝까지 동지 곁에 남아 공화정의 수호를 위해 투쟁하겠습니다. 자코뱅으로 하나 되어 이 공화국을 수호하자, 수호하자, 수호하자!"

모두 구호를 따라 외친다. 당원 2가 말한다.

"로베스피에르 시민 동지, 우리가 찍어내야 할 폭정의 첨병들이 누구입니까? 구체적으로 말씀해주신다면 저희 자코뱅 당원들이 똘똘 뭉쳐 놈들을 당장이라도 혁명광장으로 끌어내겠습니다. 그리고 민의를 모아 동지께서 개혁의 대상으로 지목해주신 재무위원회와 보안위원회의 정화에 앞장서겠습니다. 오히려 혁명정부 안의 그런 권력기구들이 동지가 꿈꾸는 공화국 건설의 장애물이었다니, 정말이지 통탄할 노릇입니다. 혁명정부 정화하여 반역도당 일소하자, 일소하자, 일소하자!"

모두 구호를 따라 외친다. 당원 3이 말한다.

"혁명정부뿐만 아니라 온갖 정치 모리배들로 들끓는 국민공회도 정화의 대상에 포함시킵시다. 지금 국민공회 안에는 그간의 숙청에서 살아남은 몇몇 일파의 잔당들이 너무 많습니다. 우리 자코뱅을 적대시하는 그 잔당들이 공화정을 때려 엎을 폭정의 첨병들로 변하는 건 어쩌면 시간문제일지도 모릅니다. 말 나온 김에 그들을 잡아 없애자는 결의안이라도 이 자리에서 채택하는 게 좋겠다고 생각합니다. 그런 잔당들이야말로 지금 진행되고 있는 음모의 화근일 게 틀림없기 때문입니다. 그래야 이 공화정도 살리고, 우리의 자코뱅 클럽도 건재할 수 있을 것입니다. 국민공회 전면 해산, 반역도당 즉각 처단! 국민공회 전면 해산, 반역도당 즉각 처단!"

모두 구호를 따라 외친다. 당원들의 의사 발표와 구호 제창이 이어지는 동안, 휠체어 옆자리에 앉은 로베스피에르가 쿠통에게 말한다.

"당원 동지들이 지레 너무 과격해지는 것은 가히 바람직하지 않아. 저러다 정말로 공격적인 집단행동에 나서서 괜한 희생이라도 치르지 않을까 걱정스럽군."

쿠통이 말한다.

"자네가 그렇게 말하니 뜻밖인걸. 그러자고 한 연설이 아니었나? 이제는 또 한 번의 응전에 대비할 때가 온 게 아닌가 싶은데. 요는 그 시점이지. 자네 말대로 48시간 안에 결판날지 어떨지는 잘 모르겠네만, 여하튼 그런 상황이 무르익고 있다는 것쯤은 모두들 직감하고 있는 문제로 보이네. 오늘 우리가 여기 모인 데는 그 시점을 논의해보기 위한 목적도 있지. 언젠가부터 자네는 자네 혼자만의 존재가 아니라 이 공화정과 그 성패를 함께해야 할 공동운명체로 굳어진 것 같네. 그러니 자네를 지키는 것은 곧 공화정을 수호하는 일이 되는 셈이지.

그걸 두고 적들은 자네를 독재자로 몰아가고 있네만, 무슨 이유를 대든 저들의 속셈이야 부르주아들을 억누르고 있는 현 체제의 와해일세. 그러고 나서 누구의 방해도 받지 않고 완전무결한 부르주아들만의 세상을 열겠다는 심산일 테지. 그것도 모르고 자네를 향한 사감과 원한에만 눈이 멀어 있는 자코뱅 이탈자들과 일부 급진파들이 그 음해와 모략의 대열에 속속 합류하고 있으니, 참으로 측은한 일일세. 이런 말 불길해서 꺼내놓기 민망하네만, 만에 하나 자네가 적들의 손에 쓰러지는 변고라도 발생한다면 그러고 나서야 그들은 자기들이 무슨 짓을 저질렀는지, 어떤 식으로 공화정이 붕괴되고 말았는지 비로소 깨닫게 될 테니까 말이야……"

로베스피에르가 말한다.

"그건 그렇고, 어쩐 일인지 생-쥐스트가 이 자리에 안 보이는군. 혹시 무슨 소식 듣지 못했나?"

쿠통이 말한다.

"아직 공안위원회에 남아 내일 공회에서 발표할 보고서의 문안을 다듬는 중일 걸세. 내가 자코뱅 클럽에 함께 다녀와서 마저 하면 안 되겠느냐고 권했는데도 일단 보고서 작성부터 끝내놓겠다면서 고집을 부리더군. 왜, 혹시 서로 무슨 언쟁이라도 벌인 건 아니겠지?"

로베스피에르가 말한다.

"그럴 만한 일이 뭐 있겠나…… 그런 건 아니지만 문득 그 친구 생각이 나서 그냥 한번 물어본 거야. 긴박하고 초조해질 때 생-쥐스트 같은 친구가 바로 옆에 있어주면 힘이 나고 든든한 법이니까."

쿠통이 말한다.

"지금 상황이 긴박하고 초조하게 느껴지나?"

로베스피에르가 말한다.

"아니, 꼭 그런 건 아니지만 조금은 외로움을 타는 것 같기도 하네."

쿠통이 말한다.

"허허, 강철 같은 줄만 알았던 자네 입에서 그런 말도 다 나오고 참 별일이로군. 하지만 생-쥐스트만 자네의 유일한 친구로 여기는 것 같아 나로서는 이거 은근히 서운한 감이 드네."

로베스피에르가 말한다.

"긴장감을 해소해보려는 객담으로 받아들이겠네. 나 못지않게 진지하고 근엄한 자네 입에서 그런 객담도 다 나오고 이거야말로 참 별일이로군."

그때, 앙리오가 단상 앞으로 나가더니 좌중에 대고 입을 달싹거리기 시작한다.

"친애하는 자코뱅 당원 동지 여러분, 저는 국민방위대 임시 사령부 소속 참모장 프랑수아 앙리오입니다. 지금까지 여러분과 함께 로베스피에르 시민 동지의 감동적인 공회 연설을 잘 들었습니다. 그 연설을 듣고 있자니 한편으로는 공화정을 반드시 지켜내고야 말겠다는 동지의 충정과 열의에 가슴이 뭉클해지면서도, 다른 한편으로는 아직도 이 공화국에서 분쇄되지 않고 있는 반역도당들의 음모가 떠올라 착잡해지는 심경을 금할 수가 없었습니다. 시민 동지의 지적대로, 지금 이 공화국의 발밑에는 그 기저부터 갉아대고 있는 반혁명과 반공화정의 쥐 떼가 우글거리고 있는 실정입니다. 저들을 이대로 방치해둔다면 우리는 머지않아 저들의 의도대로 이 공화국이 내려앉는 참사와 마주할지도 모릅니다. 그것은 이전의 유례를 찾아보기 어려울 만큼 피비린내 나는 반동의 대재앙으로 이 역사에 내려앉고야 말 것입니다. 친애하는 자코뱅 당원 동지 여러분, 우리는 바스티유 함락 이후로 숱한 역경과 시련을 헤치고 여기까지 버텨왔습니다. 그리고 우리가 한 걸음 내디딜 때마다 역사는 우리와 발맞춰 한 단계씩 진전해왔습니다. 바스티유 함락이 물꼬를 튼 대혁명 발발 직후에는 과연 우리 앞에 이제부터 어떤 역사가 펼쳐질지 아무도 확언하거나 장담할 수 없었습니다. 미증유의 역사적 시공간 앞에서 이 나라의 모든 사람이 다 넋을 잃고 멈칫거리기만 할 뿐이었습니다. 하지만 어디로 향해 가야 할지 그 방향만큼은 모든 이에게 어렴풋이나마 잡혀 있었습니다. 그것은 **어찌 됐든 구체제의 방향으로 돌아가는 것만은 안 된다. 무조건 그 반대 방향으로 가야 한다**라는 다짐의 암묵적 합의였습니다. 그리고 그 원칙과 대의는 철저히 권력을 위에서 아래로 옮겨가야 한다는 데 맞춰져 있었습니다. 왕과 성직자들 그리고 귀족들에서 평민 신분에게로, 평민 신분 가운데서도 지금까지 가장 헐벗고 굶주려온 하층민이나 소작농에게로 말입니다. 그게 바로 혁명이 우리 앞에 제시해놓은 역사의 이정표였습니다. 일찍이 루소 선생께서 말씀하시기를,

전제정치는 인민의 행복을 위해 통치하는 게 아니라 통치하기 위해서 일부러 인민을 불행의 수렁 속으로 내모는 반면, 민주정치는 한 나라에서 행복해질 수 있는 주권을 최대 다수의 인민에게 위임한다고 했습니다. 우리가 가야 할 길은 정확히 전제정의 반대 방향이었습니다. 그렇다면 그 길은 오로지 민주공화정뿐이었습니다. 그래서 우리는 민주공화정을 향해 가는 길로 내닫기 시작했습니다. 하지만 대혁명이 막 발발한 시점에서는 고루한 사회질서를 붕괴시켰을망정 곧바로 왕정까지 뒤엎지는 못했습니다. 그래서 일단은 헌법을 제정해놓고 입헌군주제의 길목으로 접어들었습니다. 그러던 중 우리는 외세와 내통해서 반역을 도모한 끝에 자기 나라의 백성들까지 팔아넘기려 한 폭군 루이와 그의 얼빠진 왕비를 참수하기에 이릅니다. 민주공화정으로 향해 가야 할 길목에서 가장 거추장스러운 역사의 하물을 덜어낸 셈입니다. 그리고 마침내 1792년 8월 10일 결단코 역사의 수레바퀴가 퇴행할 수 없다며 궐기한 인민들의 손으로 구체제의 잔재들과 왕당파를 청산했습니다. 그리하여 이 나라에는 결국 왕정이 끝장나고 공화정의 정치 체제가 등장했습니다. 하지만 그것은 왕 한 사람만의 전제정이 사라졌다는 의미에서 공화정이긴 공화정이로되 온전한 의미의 민주공화정이 아니었습니다. 왜냐? 전제정의 토대를 이루는 귀족들의 자리에 새로운 특권층으로 올라서서 급속도의 신분 상승에 성공한 일부 유산자들이 대신 들어섰기 때문입니다. 그들이 우리의 가난하고 성실한 인민들에게 보여준 행태는 만인의 평등을 표방한 공화정의 이념에 결코 부합하는 모습이 아니었습니다. 이것은 우리가 그토록 다다르기를 소망해온 공화정의 중핵에 민주주의가 빠져 있는 형국이었습니다. 이때 집권한 지롱드파 정권은 왜 인민들이 무수한 희생을 감수하면서까지 역사의 변혁에 뛰어들었는지, 어째서 구체제를 무너뜨린 대혁명이 일어났는지 제대로 깨닫고 있지 못한 것 같았습니다. 그러다 보니 혁명의 과실을 오로지 부유층들과만 나누려 했을 뿐 아니라 역사의 수레바퀴를 되돌리려는 반혁명적 작태도 서슴지 않았습니다. 그들에게 혁명의 목적은 자기들의 무한한 이윤 추구와 소유권 확대에 개입해오는 봉건왕조 체제를 타파하는 데 국한되어 있었습니다. 또한 그들에게 혁명의 주체는 대다수 인민이 아니라 상업자본에 종사하는 부르주아들일 뿐이었습니다. 그리하여 부르주아의 자유와 권익을 보호하기 위해서라면 왕정의 잔재를 끌어들이고 왕당파 잔존 세력들과 손잡는 일도 마다하지 않았습니다. 우리의 반대를 무릅쓰고 일으킨 외세와의 전쟁도 실은 혁명의 수행보다 그 전리품과 정복지 수탈을 통해 생겨난 경제적 수익 따위로 부르주아들과 기름진 자본의 성찬을 즐겨보려는 게 애초의 목적이었습니다. 그것은 공화정이 아니라 차라리 또 하나의 폭정에 지나지 않았습니다. 이 집권 세력이 물러나야만 대혁명이 터놓은 역사의 장도를 이어갈 수 있을 것으로 보였습니다. 지롱드파 정권을 몰아내야만 혁명의 목적지에 가닿을 수 있으리라는 믿음이 널리 퍼졌습니다. 그래서 인민들이 다시 들고 일어났습니다. 이것이 1793년 5월 31일의 봉기였지요. 당시 저는 국민방위대 임시 사령관이라는 직책을 맡아 이 봉기에서 인민들과 함께했습니다. 당시 제게는 그 도정의 선두에 서서 인민들을 참된 민주 공화정의 길로 인솔하는 책임이 주어져 있었던 셈입니다. 이제야말로 진정한 민주공화정을 이룩해보자는 꿈이 저로 하여금 그런 중책을 자진해서 맡지 않으면 못 견디도록 압박했다고 해도 과언이 아닙니다. 5월 31일의 인민봉기에 이은 6월 2일은 결국 지롱드파 정권이 무참히 패망한 날이자 대혁명 발발 직후부터 예고되어 있던 민주공화정이 역사에 실질적으로 첫발을 내디딘 영광의 날이기도 합니다. 저는 그날의 감격을 절대로 잊을 수가 없습니다."

좌중에서 우레와 같은 박수갈채와 함성이 쏟아진다. 그때 슬며시 공회당 안으로 비요-바렌과 콜로 데르부아가 들어와 뒷자리에 앉는다. 앙리오가 계속한다.

"혁명의 행보가 우리와 정확히 발맞춰나가고 있음을 실감한 첫 순간이기도 했기 때문이지요. 기념비적인 혁명정부의 출범은 그 실감의 물증이라고 할 수 있습니다. 공포정치는 이 민주공화정의 방죽과도 같습니다. 혁명을 후퇴시키고 공화정을 전복하려는 반역도당들의 공작은 날이 갈수록 교묘하고 치밀해져가고 있습니다. 음모는 자코뱅 클럽의 안팎에도 넘쳐납니다. 그렇습니다. 이제는 우리 내부에 스며든 적들이 문제입니다. 그리고 이것은 6월 2일의 승리와 혁명정부의 출범 그리고 공포정치의 위력에도 우리가 아직 마음을 놓을 수 없는 이유입니다. 자코뱅의 영원한 동지처럼 위장해온 당통 일파와 우리보다 더욱 상퀼로트들과 밀착해 있던 에베르 일파를 성공적으로 쳐내고 여기까지 이르렀습니다만 우리는 여전히 내부의 적들에 둘러싸여 있습니다. 여기서 내부의 적들이란 로베스피에르 시민 동지가 방금 전 자신의 공회 연설에서 지목한 대상들과 동일합니다. 친애하는 당원 동지 여러분, 혁명의 행보가 우리와 발맞춰 진전하고 있다는 사실에서 뿌듯한 자긍심을 누리기 바랍니다. 우리의 발길이 가닿는 곳에 바로 혁명이 있습니다. 우리의 눈길이 머무는 곳에 바로 공화정이 있습니다. 이제는 오래전부터 고민해왔으나 로베스피에르 시민 동지의 연설을 들은 직후 결연히 굳어진 제 나름의 결론을 밝혀야 할 차례입니다. 이것은 국민방위대의 지휘관으로서 여러분께 드리는 충언이기도 합니다. 아시다시피 군인들은 정치인들보다 훨씬 덜 복잡하고 훨씬 더 직선적입니다. 이 점을 헤아려가며 제 결론을 들어주시면 감사하겠습니다. 한마디로 저는 지금이 이 혁명의 마지막 고비라고 파악하는 중입니다. 지금이 마지막 고비라는 것은 8월 10일과 5월 31일, 그리고 두 차례의 주요 숙청에 이어 다시 한 번 우리가 들고 일어나서 이 위기 국면을 타개해야 할 시점이라는 말입니다. 저는 이 마지막 고비만 잘 넘긴다면 우리의 공화정이 어느 누구의 공작과 교란책동에도 전혀 흔들리지 않을 것이라고 확신합니다. 이 위기 국면을 정면으로 돌파해서 공화국이 안정된 반석 위에 단단히 세워지면 로베스피에르 시민 동지의 구상대로 혁명정부를 평시정부의 형태로 전환한 후 세밀한 직제 개편에 착수해도 좋으리라고 봅니다. 영국에서 독립한 미국의 경우처럼 인민들의 보통선거에 의해 정부의 단독수반으로 대통령을 선출해도 무방하고, 로마 공화정의 예를 본받아 의회에서 추대한 과두정의 통치 체제로 가는 것도 그리 나쁘지 않을 것 같습니다. 하지만 이것은 우선 마지막 고비를 넘어선 이후의 청사진에 불과합니다. 그러기 위하여 지금 우리에게는, 지금 우리에게는…… 또 한 번의 5월 31일이 필요합니다. 지금으로서는 오로지 그 길만이 마지막 고비를 순탄하게 넘길 수 있는 최후의 방도가 아닐까 싶습니다. 방금 전 어느 당원의 주장대로, 국민공회를 전면 해산시킨 후 내부의 적들을 하나도 빠뜨리지 말고 모조리 소탕해야 합니다. 그리고 조금이라도 불순한 동태를 보이는 자들에게는 예외 없이 방토즈 특별법의 예비 조치를 적용해서 파산시켜야 합니다. 로베스피에르 시민 동지가 호소한 것처럼 요사이 공회 내의 움직임이 예사롭지 않습니다. 그러니 또 한 번의 5월 31일로 우리가 먼저 공화정의 적들을 제압해야 합니다. 단순히 보안위원회와 공안위원회를 교체하거나 경질하는 정화의 수위로는 아무것도 해결되지 않습니다. 그 위원들 일부만을 갈아봤자 아무런 대책도 세울 수 없습니다. 공포정치의 원칙에 따라 그들의 피로 이 공화정을 썻어낼 수 있어야 합니다. 모조리 반혁명 혐의자로 몰아 단죄해야 합니다. 그리고 현재의 헌정 질서를 단절시켜야만 하는 불상사가 빚어지더라도 가차 없이 국민공회부터 해산시켜야 합니다. 당장은 비극적인 사태일지 몰라도 그래야 공화정을 불순분자들의 음모와 흉계에서 구해낼 수가 있다고 보면 이 또한 우리가 혁명의 행보와 발맞춰 불가피하게 향해 가야 할 길일지도 모릅니다. 지금까지 우리는 혁명의 길을 열어왔고 앞으로도 그래야 할 것입니다. 그런데 지금은 환히 트인 공화정의 아크로폴리스에 다다르기 직전 마지막으로 험난하고 위태로운 협로를 가로질러가야 하는 최악의 상황입니다. 그러니 이것은 정말이지 어쩔 수 없는 파국입니다. 하지만 이런 파국이 있지 않고서는 제가 방금 말씀드린 청사진의 실현은 영원히 불가능해질지도 모릅니다. 친애하는 자코뱅 당원 동지 여러분, 제발 제 말을 믿어주십시오. 이토록 무시무시한 파국의 끝에는 희망찬 공화정의 미래가 우리를 기다리고 있을 거라는 믿음으로 굳게 뭉쳐주십시오. 이 자리에서 당원 동지 여러분의 합의와 제청만 이끌어낼 수 있다면, 저는 지금 당장이라도 국민방위대 사령부로 달려가서 감격스러운 5월 31일의 재현에 나설 병력들을 규합하겠습니다. 코뮌에 전갈을 보내 지원군도 요청하겠습니다. 그러고는 국민공회로 돌진하겠습니다. 다시 말씀 드립니다만, 이것은 마지막 고비입니다. 그리고 우리는 이 마지막 고비를 넘겨 공화정의 미래로 향해 가야 합니다. 저는 이야말로 역사가 우리에게 떠맡긴 혁명의 소명이리라고 생각합니다."

앙리오의 제안에 좌중이 크게 들썩거리기 시작한다. 어떤 당원들은 박수를 보내기도 하고 다른 당원들은 뭐라고 구호를 반복하는가 하면 또 다른 당원들은 그런 그들을 제지한다. 그때 뒷자리에서 비요-바렌이 벌떡 일어나 앙리오에게 격한 목소리로 소리친다.

"이보오, 앙리오 동지. 마치 피에 굶주린 저승사자 같소이다. 뭐, 공안위원회 위원들을 교체하는 선에서 끝낼 게 아니라 아예 반혁명 혐의자로 몰아 물고를 내놓자고? 허허, 내 살다 살다 이렇게 저열하고 원색적인 협잡질은 또 처음이오. 그리고 5월 31일의 인민봉기를 재현해서 국민공회부터 강제해산시키자니, 번지르르한 미사여구로 당원 동지들을 현혹하고 있소만, 당신의 언행이야말로 내란 선동을 위한 예비 음모와 반역 기도에 해당한다는 걸 모르시오? 지금 누가 누구를 공화정의 적이자 반역도당이라며 지탄하는 것이오? 공안위원회 위원의 직분에 의거하여 지금 바로 당신을 체포할 수도 있는 일이오만, 본의와는 달리 평소보다 과격한 정치적 언사를 쏟아낸 것으로 헤아려 같은 자코뱅 당원의 입장에서 이번만은 묵인하고 그냥 넘어가 주겠소. 또한 다른 당원 동지들의 이목도 의식되고 하니 말이오. 하지만 확고히 못박아두거니와 내가 자코뱅 당원으로서의 동지애를 발휘하는 것은 이번이 마지막일 테니 그리 아시오."

그러자 좌중의 당원은 비요-바렌에게 심한 야유를 보낸다. 이번에는 콜로 데르부아가 일어나서 좌중에 대고 소리친다.

"여러분의 정치적 식견이 겨우 이 정도에 불과하단 말입니까? 앙리오는 국민방위대 참모부에 속해 있는 만큼 언행을 더욱 조심해야 할 사람입니다. 그런데도 방금 그가 늘어놓은 말들은 어쩌면 당원 동지들을 내란의 사지로 내몰 수도 있을 원색적 선동이었습니다. 이는 그의 직책에 견주어볼 때 한층 더 그 위험성이 가중되는 발언일 수밖에 없습니다. 그런데도 당원 동지 여러분은 어찌하여 앙리오보다 그 언행의 위험성을 경고하고 질타한 비요-바렌 동지에게 더한 야유를 퍼부을 수 있단 말입니까? 여러분은 공정한 사리분별의 힘으로 맹목적인 파당 근성을 다스릴 줄 모릅니까? 그렇다면 기가 막힐 노릇입니다. 지금 저토록 광기 어린 선동에 집착하는 앙리오가 여러분의 눈에는 과연 제정신으로 보인단 말입니까? 앙리오 동지, 내일 오전까지 자신의 언행에 대한 석명의 글을 제출하시오. 만일 이를 어길 시에는 관련 법규에 따라 엄단할 수도 있소."

그러자 좌중에서는 비요-바렌과 콜로 데르부아에게 퍼붓는 야유의 함성이 더욱 고조된다. 맨 앞줄에서 뒤마의 입이 달싹거린다.

"자코뱅의 동지애를 들먹이면서도 앙리오 동지로 하여금 저런 발언을 쏟아내지 않을 수 없도록 한 충정에 대해서는 눈곱만큼도 헤아리지 않고 내란 선동이 어쩌고 해가며 대뜸 비난부터 해대니 당원들이 자네들을 곱게 볼 리가 있겠나?"

이어 코피날의 입도 달싹거린다.

"석명의 글은 무슨 놈의 얼어죽을 석명의 글이야! 형제와도 같은 당원 동지한테 공안위원이라면서 그런 식의 으름장을 놓을 요량이면 당장 자코뱅에서 나가라고. 그런 동지 따위는 필요 없으니까. 그렇지 않아도 요사이 자코뱅 클럽에서 쫓겨난 떨거지들이 많이 있으니 당신들, 그 작자들하고나 어울리면 딱 좋겠군."

이번에는 필리프 르바가 나선다.

"적반하장도 유만부동이지, 누가 누구에게 피에 굶주린 저승사자와 같다고 함부로 비난할 수 있단 말이오? 당신들은 공포정치에 대한 스스로의 행적부터 한번 되돌아보시오. 로베스피에르 시민 동지는 물론, 앙리오 장군의 만류를 뿌리치고 그동안 당신네의 손으로 거둬들인 목숨들이 도대체 얼마나 되는지 말이오. 혁명정부가 출범하고 공안위원회가 발족하자마자 비요-바렌과 콜로 데르부아, 당신들이야말로 그사이 누구보다 정적들에 대한 요격과 탄압을 견인해온 공포정치의 화신이 아니오이까! 그런데 이제 와서는 그렇게 요사스러운 언사들로 공포정치의 앙진(昻進)에서 몰염치하게 발뺌할 셈이오? 그 공만 자기 몫으로 챙기고 나머지 허물은 로베스피에르 시민 동지나 앙리오 장군에게 전가하겠다는 거요? 도대체 누가 피에 굶주린 저승사자라는 말이오? 그리고 당신들이 피에 굶주린 저승사자가 아니라면 과연 누가 그런 비난에 부합하는 인사일 수가 있단 말이오? 당신들은 일부 지방 파견위원들 또는 에베르 일당이 급진적인 혁명 정신의 수행을 빙자하여 망나니들이나 진배없는 폭력 남용과 과잉대응으로 이 공화정에 화근만 키웠다는 사실을 벌써 잊은 거요? 당신들은 에베르 일당과 어울려 그런 패악을 주도한 장본인들이었질 않소이까? 그때 불필요한 학살만큼은 피하자며, 지나치게 격앙된 진군 일변도의 파행을 제지하려 한 사람이 도대체 누구였소? 그러고 보니 어찌 보면 에베르 일당의 숙청에서 살아남은 당신들의 목숨 또한 그 덕을 톡톡히 본 셈이 아닐까 싶소이다. 하지만 조심하시오, 그런 식으로 이 어지러운 시기에 입을 제멋대로 놀려대면 우리가 베푸는 배려와 인내에도 한계가 올 수 있으니 말이오."

그 말에 비요-바렌이 격노한 목소리로 필리프 르바에게 소리친다.

"내가 로베스피에르 동지와 한 배를 타고 있는 공안위원회 위원 신분이거늘, 당장 정화되어야 할 보안위원회에 속해 있다는 네놈이 도대체 무슨 속셈에서 그따위 막말들로 나를 능욕하는 것이냐? 그런 말을 입에 담고도 온전할 거라 자신한다면 이는 네놈의 크나큰 오판일 것이다. 후환이 두렵거든 당장 지금 한 말을 내 앞에서 취소하고 사과하라."

거듭되는 자코뱅 당원들의 야유와 함께 필리프 르바도 지지 않고 비요-바렌에게 응수한다.

"네놈이라니, 말조심해! 아니나 다를까, 분기탱천하니 당신들의 야비하고 험한 본색을 고스란히 드러내는군. 이 와중에도 잊지 않고 공안위원회 위원 신분에 의지해서 보안위원회에 속해 있는 나와 로베스피에르 시민 동지 사이를 한번 이간질해보겠다는 건가? 참으로 가증스러운 말류(末流)의 극치로군. 이 자리에서 자기 발언을 취소하고 사과해야 할 사람은 내가 아니라 바로 당신들이야!"

그때 자리에서 벌떡 일어난 로베스피에르가 소리친다.

"양쪽 다 그만 자중하시오! 이런 말싸움이 지속되면 공연히 감정적인 대립만 극으로 치달을 뿐 이성에 준하는 토의를 도무지 할 수가 없소. 한 공당 안에서 우애하고 존중해야 할 동료 당원들끼리 격한 감정적 대립 속에서 입에 담지도 못할 비방을 서로 주고받는 것은 도저히 참을 수 없는 일이오."

그러자 뒤마가 말한다.

"앙리오 동지의 중차대한 제안을 넘겨받아 진지하게 논의해봐야 할 시점에서 먼저 터무니없는 시비로 딴죽을 걸고 나온 것은 바로 저들, 비요-바렌과 콜로 데르부아였소, 로베스피에르 시민 동지."

쿠통이 말한다.

"그러고 보니 이상하군. 충정 어린 앙리오 장군의 제안에 대해서는 당원들의 토의나 표결에 따라 그 찬반 여부가 가려질 일이지 이 자리에 있는 누구라도 그 발언 내용을 공안통치의 각도에서 문제 삼을 수는 없지 않으냐 이 말이야. 게다가 비요-바렌은 앙리오 장군을 즉각 체포할 수도 있다는 으름장까지 놓았어. 그렇다면 저들은 이런 토의 자체를 적대시하고 있음에 틀림없어."

자코뱅 당원들, 비요-바렌과 콜로 데르부아를 향해 한목소리로 외쳐대기 시작한다.

"해명하라! 해명하라! 해명하라!"

콜로 데르부아, 비요-바렌과 함께 뒤로 물러나며 좌중을 향해 말한다.

"공안위원회에 아직 마무리 짓지 못한 일거리들을 남겨두고 온지라 우리는 이만 물러가겠소. 아무쪼록 원활한 토의 끝에 여러분 사이에서 최선의 결론이 도출되기를 바랍니다. 다들 좋은 곳에서 곧 다시 만납시다."

뒤마가 그들에게 말한다.

"어쩐지 다음번에는 혁명재판소에서 자네들과 다시 만나야 할지도 모른다는 예감이 드는군. 혹여 마주치면 이번처럼 낯 붉히지 말고 서로 반갑게 인사나 나누십시다들. 그런 만남이 설령 앞으로 각자의 숙명을 비정하게 갈라놓는 순간에 이루어질지라도 말이요."

비요-바렌이 뒤마에게 말한다.

"어쩌면 그리될 수도 있겠지…… 아니, 꼭 그렇게 되어야만 하겠지. 그때까지 잘 지내시오, 혁명재판소 뒤마 소장!"

콜로 데르부아는 필리프 르바에게 말한다.

"필리프 르바 동지, 당신은 다음번에 우리를 보안위원회에서 보았으면 싶겠지?"

필리프 르바, 그들을 등지고 앉아 아무 대답도 하지 않는다. 그러자 콜로 데르부아, 혼자 대답한다.

"아마 조만간 그렇게 될 거요. 그때까지 너무 조바심치지 말고 차분히 기다려보시오, 필리프 르바 위원 동지."

그러고는 비요-바렌과 콜로 데르부아, 황급히 공회당을 빠져나간다. 그들이 퇴장하자마자 오귀스탱이 말한다.

"아무래도 오늘 저녁 저들의 낌새가 왠지 예사롭지 않아 보이는군요. 이참에 일단 자코뱅에서 출당 조치시켜놓고 그 동태를 예의 주시해야 할 필요가 있지 않나 싶습니다."

로베스피에르가 말한다.

"비요-바렌과 콜로 데르부아는 오래전부터 나와 줄곧 티격태격해 온 앙숙지간이었어. 오늘 저녁에 그 친구들이 부린 까탈도 이런 관점에서 보자면 과히 수상쩍어할 만한 게 아닐 텐데."

오귀스탱이 말한다.

"형님, 이건 단순히 저들이 까탈을 부린 데 그친 게 아니라 자코뱅 당원들의 토론과 결의를 모욕한 사태였습니다. 최근의 푸셰나 뒤부아 크랑세와 마찬가지로 비요-바렌과 콜로 데르부아도 자코뱅에서 축출해야 합니다. 방금 이 자리에서 보인 언동만으로도 두 작자를 출당해야 할 사유가 되기에 충분합니다."

로베스피에르가 말한다.

"오귀스탱, 그 두 사람이 공안위원회 위원이라는 걸 염두에 둬야해! 만약 그들을 출당하면 우리 자코뱅은 두 사람의 공안위원회 위원들을 적으로 돌려세우는 셈이야. 그렇게 쉽사리 결정할 수 있는 문제가 아니라고! 우리는 지금까지 수많은 옛 동지를 출당 조치로 내친 나머지 그들의 사감과 원한에 빙 둘러싸여 있어. 이제 국민공회는 자코뱅 클럽의 지뢰밭으로 변하고 말았어."

오귀스탱이 묻는다.

"후회하십니까, 형님? 그리고 혹시 두려우신 겁니까?"

로베스피에르가 어깨를 곧게 펴며 의연한 목소리로 답한다.

"아니, 그런 건 아니야. 공화정의 대의를 지켜나가야 할 마당에 개인적인 회한 따위는 들어설 여지가 없어. 게다가 나는 이미 죽은 목숨이니 새삼스럽게 뭔가를 두려워하고 말고 할 수도 없어."

그러는 사이 단상 앞으로 나온 코피날이 당원들의 의사를 타진한다.

"친애하는 당원 동지 여러분, 저는 혁명재판소 재판관 피에르-앙드레 코피날입니다. 지금 이 자리에는 두 가지 안건이 당원 동지 여러분의 합의와 결정을 기다리고 있습니다. 우선, 방금 전 이 자리에서 방약무인한 언동을 보인 공안위원회 위원 비요-바렌과 콜로 데르부아의 출당 여부입니다. 그리고 그다음으로 처리해야 할 사안은 앙리오 동지의 제안에 대한 결의의 가부를 정하는 일입니다."

당원 1이 자리에서 일어나 말한다.

"비요-바렌과 콜로 데르부아의 망발은 당 차원에서 용납될 수 없습니다. 그러니 이들의 출당 조치를 요구합니다. 저는 개인적으로 이들에 대한 필리프 르바 동지의 비판을 적극적으로 지지합니다. 오늘 저녁 사태로 코르들리에파 출신의 비요-바렌과 콜로 데르부아는 더 이상 우리와 함께할 수 없는 상대들이라는 게 확연해진 것 같습니다. 하지만 존경하는 앙리오 장군의 제안에 대해서는 다소 유보적인 입장입니다. 1793년 5월 31일과 요즘은 상황이 아주 많이 다릅니다. 그 당시처럼 인민들이 우리들의 호소에 적극적으로 부응하려 할지 어떨지는 전혀 미지수입니다. 당시와 비교해보면 명분도 약한 편입니다. 당시 인민들로서는 왕당파와 내통하고 유산자들에게만 봉사해온 지롱드파 정권을 축출해야 할 명분이 확고했습니다. 하지만 지금의 혁명정부와 국민공회는 여하튼 인민의 편이라는 우리 자코뱅이 장악하고 있습니다. 이를 또다시 뒤집어엎자고 호소한다면 인민들의 눈에는 당내의 탐욕스런 권력분규로밖에 비치지 않을지도 모릅니다. 인민들은 이미 당통 일파의 숙청 때도 시큰둥한 태도를 보인 바 있습니다. 만일 우리가 우려한 바와 같이 당통이 먼저 자신을 지지하는 자치구들에 호소하여 봉기를 일으키려 했어도 인민들의 반응은 그다지 호의적이지 않았을 가능성이 큽니다. 정치적인 대의명분도 약해 보일 뿐 아니라 자기들의 기초 생계와 직결된 실익도 모호했기 때문입니다. 이번에도 저간의 사정은 마찬가지입니다. 저는 섣불리 5월 31일의 재현을 꿈꾸기에 앞서 민심을 조금 더 유심히 살펴야 할 필요가 있겠다고 생각합니다."

당원 2가 말한다.

"저는 비요-바렌과 콜로 데르부아의 출당에 반대합니다. 물론 그들이 오늘 보인 행태는 무척 괘씸합니다. 하지만 그렇다고 해서 출당해버리면 우리 자코뱅의 적수들이 너무 많아지지 않을까 우려스럽습니다. 게다가 그들은 권력의 심장부에서 활동하고 있는 공안위원회 위원들입니다. 우리에게는 로베스피에르, 쿠통, 생-쥐스트 동지 등과 같은 공안위원회의 트로이카가 있습니다만 이들의 힘만으로도 충분히 공화정의 적들을 제압할 수 있다고 과신하기에는 아직 시기상조일 것으로 보입니다. 지금은 공안위원회에서 우리의 트로이카가 제 뜻대로 움직일 수 있도록 보완해줄 만한 저변의 확대가 긴요할 때입니다. 그래도 모자랄 판에 오히려 공안위원회 위원들을 내쫓으려 하다니요. 그들을 잘 다독거려서 5월 31일의 재현 가능성에 적극적인 지원 세력으로 포섭해야 할 필요가 있습니다. 그러니만큼 앙리오 장군의 제안에 대한 제 견해에는 반반씩의 찬반론이 병존하는 셈입니다. 앙리오 장군이 제안한 것처럼 지금 당장이라도 국민방위대를 앞세워 마지막 고비의 해소에 나서는 것은 현실적으로 무리라고 보지만, 그 취지에 대해서만큼은 극구 동의한다는 말입니다. 정말이지 이대로는 안 됩니다. 마지막으로 한 번만 더 적들의 숨통을 끊어놓아야 합니다. 그래야 공화정을 살리고, 부르주아들에 의해 잠식당하고 있는 민주주의도 복원할 수가 있습니다. 로베스피에르 시민 동지의 연설 내용을 열렬히 지지하는 바입니다."

당원 3이 말한다.

"저는 비요-바렌과 콜로 데르부아의 출당에도 동의하고, 지금 당장 또 한 번의 5월 31일을 실현하자는 앙리오 장군의 제안에도 찬동하는 입장입니다. 특히 비요-바렌과 콜로 데르부아 같은 기회주의자들은 요주의 인물로 점찍어놓고 관헌을 붙여 끊임없이 사찰해야 할 필요가 있다고도 생각합니다. 왜냐하면 저들이 배후에서 어떤 불순분자들과 손을 맞잡고 어떤 분열책동에 몰두해 있을지 알 수 없기 때문입니다. 이런 자들에 대해서 관용을 베풀다 보면 자칫 우리도 모르는 사이에 공화정의 뿌리가 썩어 들어갈 수도 있습니다. 로베스피에르 시민 동지도 지적하지 않으셨습니까. 어떤 시기에는 가장 사소한 관용조차도 공화국의 건강에 치명적인 독소로 퍼져나갈 위험부담이 커진다고 말입니다. 비단 비요-바렌과 콜로 데르부아뿐만 아니라 얼마 전 출당된 푸셰와 뒤부아크랑세 등 자코뱅 이탈자들에 대해서는 모조리 내밀한 감시 활동으로 이들의 암약을 철저히 예방하고 적발해내야만 합니다. 그래야 공화국의 보안을 튼튼히 다질 수가 있습니다. 간악한 배신자들에게 공포정치의 철퇴를 휘두르는 일은 당연한 우리의 권리이자 의무입니다. 이에 관해 두려워하거나 멈칫거리는 것은 곧 반역 모의의 방조에 해당합니다. 그런 의미에서라도 5월 31일의 재현 시도는 곧장 실행으로 옮겨져야 마땅합니다. 로베스피에르 시민 동지의 말씀대로, 어떠한 이유에서건 혁명의 고삐를 늦춰서는 안 될 일입니다. 우리는 중단 없이 전진해야만 합니다. 우리의 발길이 닿는 곳에서부터 새 길이 열린다는 확신 속에서 자코뱅의 모든 당원 동지는 결속해야만 합니다."

로베스피에르가 다시 단상으로 뛰쳐나와 좌중을 향해 말한다.

"친애하는 당원 동지 여러분, 지금 이 자리에서는 국민공회 대의원이자 공안위원회 위원으로서가 아니라 일개 자코뱅 평당원의 신분으로 당원 동지 여러분께 간곡히 말씀드리고자 합니다. 코피날 동지가 상정한 두 가지 안건에 대하여 제시해주신 당원 동지 여러분의 의견은 무슨 뜻인지 잘 알겠습니다. 하지만 저는 이 두 가지 안건 모두에 분명한 반대 의사를 표하고자 합니다. 제가 파악하고 있는 지금은 공회 안에서의 합법적 투쟁에 총력을 응집해야 할 시점입니다. 더 이상 무모한 도박을 벌여서는 안 됩니다. 저는 국민공회 대의원이나 공안위원회 위원이 아니라 그저 자코뱅 클럽 평당원의 신분으로 내일 다시 공회에 싸우러 갈 작정입니다. 그래서 많은 대의원과 오늘 저의 호소에 관한 담판을 짓고 오도록 하겠습니다……"

이와 같은 로베스피에르의 선언에 다시금 자코뱅 클럽의 공회당 내부가 크게 들썩거리기 시작한다.

제5장

무대 바깥의 목소리.

"공안위원회 회의실. 생-쥐스트, 혼자 남아 공안위원회 활동 보고서를 작성하고 있다."

생-쥐스트, 문안 작성에 몰두하다 말고 문득 혼잣말을 한다.

"나에 대한 동지의 평가가 그 정도로 형편없을 줄은 정말 몰랐어. 내가 공포정치의 학살을 부추겨서 오늘날 이 지경에 이른 거라니, 지금까지 함께해온 나한테 어떻게 그런 폭언을 퍼부을 수 있느냐 말이야. 동지의 눈에는 내가 그런 부류로밖에 보이지 않았단 말인가. 오늘 오전의 발언으로만 봐서는 내게 품은 동지의 의심이 꽤 깊고 오래된 것 같았어. 이제는 돌이킬 수 없을 만큼 그런 불신이 심하게 도져 있는 것 같았어. 내가 공포정치로 영구적인 독재 체제를 획책하고 있다고? 믿을 수가 없어. 다른 사람은 몰라도 동지만큼은 밝은 눈으로 내 충심을 살펴주리라 믿고 있었어. 혹자들은 나를 살육에 광분한 빈민 독재의 전도사쯤으로 비난해도 동지만큼은 나의 정치적 선택과 포부를 속속들이 헤아리고 있을 줄 알았어. 누군가는 공포정치의 선동으로 내가 사사로운 야욕을 충족하려든다고 음해해도 동지만큼은 나의 행보가 자코뱅 또는 상퀼로트들의 이상과 맞닿으려는 몸부림이라고 이해해줄 줄 알았어. 그런데 그런 믿음이 이토록 허망하게 짓밟히

다니, 불과 얼마 전까지만 해도 내가 로베스피에르 동지에 대하여 이런 배신감을 곱씹어야 하는 순간이 오리라고는 상상도 할 수 없었지. 이제는 동지와 결별할 때가 온 게 아닐까? 마음 깊이 존경하는 로베스피에르 동지와 정치적으로 갈라서야 할지도 모른다고 생각하면 턱하고 숨이 다 막힐 지경이지만, 내가 떠나는 것으로 동지의 심경이 평안해질 수 있다면, 동지의 앞길이 보다 탄탄해질 수 있다면 기꺼이 그렇게 해야겠지. 나는 이런 종류의 결별을 고민해보는 게 처음 있는 일이지만, 그러고 보면 동지는 한때 같은 길로 함께 걸어온 여러 정치적 동반자와 갈라서서 대립하기를 그동안 반복해왔어. 지금 당장 꼽아볼 수 있는 이름만 해도, 당통·카미유 데물랭·에로 드 세셸·바레르·뷔조·브리소·페티옹·아나카르시스 클로츠…… 이중에서 바레르만 빼면 모두들 그와 맞선 형벌로 목숨을 내주고 사라져야 했지. 내 앞길에도 결국 이들 가운데 한 명으로 등재되어야 할 숙명이 기다리고 있을까? 그 상상만으로도 정녕 가혹한 숙명이 아닐 수 없군. 누군가에게 목숨만큼 소중한 존경과 신의를 바친 보답으로 이런 고난이 주어질 수밖에 없다면 말이야. 이런, 내 상상이 현실을 너무 앞질러 가네. 지금 내가 무슨 생각을 하는 거야? 아무리 오늘 오전 내게 심한 말을 퍼부었다 해도 로베스피에르 동지는 내게 그럴 리가 없질 않은가. 그건 아마도 이 보고서를 검토해보다 일시적으로 생겨난 불신과 의심에 불과할 거야. 하지만 내가 왜 비요-바렌과 콜로 데르부아에게 그런 양보를 해야 했는지, 그리고 또 국민방위대의 포병중대를 파리 외곽으로 철수시키라는 카르노의 제의를 수용해야 했는지 동지는 그 이유도 곰곰이 따져보지 않고 무작정 나를 몰아세우기만 했지. 그러니 야속해질 수밖에. 그 모든 게 오로지 로베스피에르 동지가 취할 수 있는 운신의 폭을 넓혀주기 위해서였을 뿐인데, 동지는 그런 내 우정과 진심을 의혹의 시선 속에서 묵살하고 말았어. 설령 결별할 수밖에 없다 해도 그건 내가 동지를 버린 게 아니야. 까닭모를 오해와 불신으로 그가 나를 내치고 만 거지. 로베스피에르 시민 동지와 갈라서게 된다면, 나는 더 이상 정치권에 머물러 있지 않겠어. 그의 공격이 두려워서가 아니야. 하긴 로베스피에르 동지가 나를 공격하기로 결심하기만 한다면, 내가 정치권에 머물러 있든 아니든 아무 상관도 없을 거야. 이런 예상만으로도 너무 쓸쓸해지는군. 여하튼 그와의 결별이 확실해진 순간 내가 정치권에서 물러난다면 그것은 내게서 더 이상 정치를 해야 할 하등의 이유가 없어졌기 때문이겠지……"

그때 나폴레옹이 문득 자리에서 일어나더니 생-쥐스트 역을 맡은 상자무대 안의 마리오네트에게 말한다.

"시연이 끝날 때까지 자중하려 했지만 이 대목에서 도저히 한마디 안 하고 그냥 넘어갈 수가 없군. 이보시오, 생-쥐스트 동지. 오전의 충돌로 인해 시민 로베스피에르와의 결별을 고민하기에 앞서서, 혹시 그가 동지와 자신의 고독을 나누려들고 있다는 생각은 해보지 못하셨소이까? 그리고 공고한 단합을 호소하고 있지는 않은가 그 심중에 대해 더욱 깊이 헤아려볼 수는 없소이까? 생-쥐스트 동지, 당신은 지금 나와 같은 나이요만, 너무 자기 안에만 갇혀 요사이 삐걱거리기 시작한 로베스피에르 시민 동지와의 관계를 바라보는 것 같기에 드리는 말씀이오. 아무리 새파랗고 혈기 방장한 나이라 할지라도, 그렇게 자기 안에만 갇혀 상대방의 태도에 반응하다 보면 자칫 소아병적인 상황 이해의 테두리에서 벗어나기 어려울 수도 있소. 범부도 그러하거늘 하물며 과도기의 공화정을 안정된 반석 위에 올려놓아야 할 혁명가라면 두말할 나위조차 없는 일일 거요. 지금 로베스피에르 시민 동지는 공연한 불신과 의심에 사로잡혀 당신을 질책하는 게 아니라 흉금을 터놓고 지내는 단 한 사람의 상대방에게 자신의 사무친 고독과 불안을 하소연하는 게 아닐까 싶소. 그 단 한 사람의 상대방이 생-쥐스트 동지, 당신이라는 것은 구태여 부연할 필요도 없는 사실이오. 그런데도 이 와중에 자신이 내쳐질까 봐 두려워 그와 결별하는 방향으로 행보의 가닥을 잡으려 하다니, 당신의 유약함이 너무 딱해 보여 내 이렇게 결례를 무릅쓸 수밖에 없었소이다."

그러자 생-쥐스트 역의 마리오네트, 잠시 이리저리 두리번거리더니 입을 달싹거린다.

"내 혼잣말이 과해 환청으로까지 메아리치는 건가? 이건 도대체 어디서 들려온 말소리지? 내 안에서 울려 퍼진 이성과 양심의 음성인가?"

그 말에 나폴레옹이 대꾸한다.

"환청이나 그런 내면의 음성이 아니라 나, 수도방위 사령관이자 특무대 대장 나폴레옹 보나파르트가 직위와 상관없이 한 사람의 성숙한 시민으로서 당신을 딱하게 여겨 무대 바깥에서 던진 말이었소. 하긴 이 말을 이성과 양심의 음성으로 받아들일 수도 있을 거요. 당신이 그렇게만 여겨준다면야 나로서는 고마운 일이지."

생-쥐스트 역의 마리오네트, 또다시 이리저리 두리번거리고는 입을 달싹거린다.

"아, 이건 또 어디서 들려오는 소리지? 내 혼잣말이 과해 환청으로 계속 메아리치는 중인가? 내 안에서 울려 퍼진 이성과 양심의 음성이 나를 다그치려는 건가? 그 말이 옳긴 하구나. 지금 나는 너무 나 혼자만의 고민에만 빠져 있었던 것 같아. 그러느라 로베스피에르 시민 동지의 고통과 외로움은 미처 염두에 두지 못한 것 같아. 그래, 로베스피에르 동지는 한동안 두문불출하며 공안위원회나 국민공회 회의에도 계속 불참할 만큼 정치적 활동의 의욕을 잃고 몹시 낙담해 있었지. 하지만 나는 나 혼자만의 생각에만 갇혀 결과적으로 동지의 고통과 외로움을 수수방관하기만 한 셈이었어. 아, 내가 역시 어리석었던 거야……"

나폴레옹이 다시 생-쥐스트 역의 마리오네트에게 소리친다.

"이보시오, 생-쥐스트 동지! 지금 이 말소리는 환청이나 내면의 음성이 아니라니까 자꾸 그러네! 그렇게 맥없는 혼잣말로만 이 상황을 얼버무리려들지 말고 어서 나를 향해 똑바로 답해보란 말이오! 지금 당신의 대화 상대는 허공이 아니라 나, 수도방위 사령관 겸 보안 위원회 부속 특무대 대장 나폴레옹 보나파르트란 말이외다! 그런데 도 이처럼 대화 상대를 허깨비로 취급하는 것은 지나칠 정도로 무례 한 처사가 아닐 수 없소!"

나폴레옹의 근엄한 호통에 생-쥐스트 역의 마리오네트, 어찌할 바 모 르겠다는 듯이 두 팔을 허우적거린다. 그러자 카페 주인이 상체를 잔 뜩 수그린 자세로 나폴레옹에게 다가가서 귀엣말을 하려 한다. 하지만 나폴레옹, 이번에는 카페 주인의 귀엣말을 뿌리치며 그에게 말한다.

"아무리 인형극의 시연 과정이라지만 이건 엄연히 역사의 현장에 입회하는 일이오. 그러니 나한테 상자무대 안의 인형들은 단순히 실 제 인물의 배역을 맡아 연기하는 꼭두각시들이기만 한 게 아니오. 지 금 이 순간 내게는 역사와 대화해야 할 의무가 있고 그 상대는 불가 불 상자무대 안의 꼭두각시들일 수밖에 없소. 그렇다면 저 꼭두각시 들은 역사적인 실제 인물들의 현현이나 매한가지일 거요. 더욱이 이 성의 무한한 진보와 발전을 믿는 역사의 흐름은 저런 인형들이 또 하 나의 생명체로 활성화될 수 있을 가능성에 매달려오고 있소. 계속해 서 철학자들과 과학자들에 의해 개발되고 있는 자동인형이 그 증거 요. 그런데도 주인장은 매번 나의 자중을 촉구하니, 자꾸만 꼭두각시 들과 대화하려는 나의 시도를 어리석다 여기면서 암암리에 이성의 진 보와 발전을 부정하려는 게 아니겠소? 또한 내게 더할 나위 없이 중 요한 역사와의 대화도 가로막고 넘어가자는 저의가 아니겠소? 상자무대 안의 생-쥐스트는 저따위로 한심하고 무례한데, 왜 나한테만 자꾸 뭐라고 하는 거요?"

그러자 카페 주인이 말한다.

"이미 죽은 사람에게 제가 뭐라고 해본들 무슨 답이 나오겠습니까, 장군님. 여기서 아직 살아 있는 사람은 오로지 장군님밖에 없으니까요."

사이.

잠시 후 나폴레옹이 맥없이 자리에 주저앉으며 카페 주인에게 한결 누그러진 어조로 말한다.

"내가 너무 흥분한 나머지 잠시 이성을 잃고 실수한 것 같소. 방금 내가 한 막말에 대해 사과하고 싶소, 주인장. 용서해주시오. 이제부터는 정말 자중하도록 하겠소. 무대 상황에 너무 몰입하다 보니 나도 모르게 그만…… 나도 모르게 그만, 역사를 다른 행로로 되돌려놓고 싶다는 의분이 불쑥불쑥 치미는지라……"

생-쥐스트가 다시 문안 작성으로 돌아가려는 순간, 비요-바렌과 콜로 데르부아가 입장한다. 콜로 데르부아가 생-쥐스트에게 묻는다.

"자네는 오늘 자코뱅 클럽의 저녁 모임에 참석하지 않았나?"

생-쥐스트가 말한다.

"참석하려고 했지만 보고서 작성이 워낙 다급하다 보니 부득이하게 빠질 수밖에 없었소. 내일 공회에서 발표해야 하니만큼 마무리를 서둘러야 해서 말이오. 어떻게, 두 분은 거기 다녀오는 길이오?"

비요-바렌이 다소 비아냥거리는 어투로 말한다.

"그렇다면 유감이로군. 오늘 저녁의 모임은 아주 감동적인 진경(珍景)이었으니 말이야. 오랜만에 당원 동지들 사이에 이루어진 우애의 연대와 결속으로 피가 끓어오를 만큼 뜨거운 자리였지. 그런데 아쉽게도 그깟 정치 활동 보고서를 작성하느라 불참할 수밖에 없었다니, 같은 자코뱅 당원 동지의 입장에서 참으로 안타까운 노릇이라 아니할 수 없네. 그렇지 않았나, 콜로?"

콜로 데르부아도 비아냥거리는 어투로 비요-바렌의 말을 받는다.

"아무렴, 그랬지. 그랬고말고, 비요. 만약 그 자리에 있었다면 자네 또한 로베스피에르를 추종하는 몇몇 무리와 합세해서 가히 눈부신 활약상으로 공회당의 좌중을 휘저어놓았을 텐데 그런 모습을 볼 수 없어 어찌나 아쉽던지 말이야. 하지만 이 말만 듣고 지레 너무 염려하지는 말게. 이번에 가보니 자네의 빈자리를 너끈히 메워주고도 남을 새 인물들이 아주 많아 보이더군. 덕분에 가뜩이나 로베스피에르의 공회 연설을 듣고 흥분한 좌중이 더욱 후끈 달아올랐지 뭔가. 모처럼 아주 화끈한 자코뱅 클럽만의 열기였어."

생-쥐스트가 말한다.

"이보시오, 두 분 동지. 내가 자코뱅의 충실한 당원임에는 틀림없는 사실이나, 나를 로베스피에르 동지의 추종자쯤으로밖에 간주하지 않겠다는 투의 언사는 삼가주시오. 심히 불쾌하오."

비요-바렌과 콜로 데르부아, 한데 입을 모아 생-쥐스트에게 말한다.

"불쾌했다면 미안한 일이네만, 그럼 뭔가?"

생-쥐스트가 말한다.

"같은 자코뱅 당원으로 혁명정부의 같은 기구에서 근무하는 동료 사이지, 그럼 뭐긴 뭐겠소? 설마 몰라서 묻는 거요?"

비요-바렌이 말한다.

"아하, 이런 걸 두고 동료 사이라고 하는 거 구나. 나는 그게 그런 줄 오늘 처음 알았네 그래. 몰라 봬서 미안하이. 그런데도 내가 로베스피에르의 추종자 운운했으니 심히 자존심이 상했겠구먼. 아니, 농담이 아니라 나는 실제로 그런 줄만 알았거든."

콜로 데르부아가 말한다.

"그러게 말일세, 비요. 친애하는 로베스피에르 시민 동지의 동료를 앞에 두고 진작 말조심 좀 할 걸 그랬네. 그런데 이를 어쩐담? 우리만 자네와 로베스피에르의 관계를 그런 식으로 파악하는 게 아니니 말일세. 국민공회나 관가에서는 모두들 그렇게만 알고 있다네. 생-쥐스트는 로베스피에르의 추종자라고 말이야. 그런데 이거, 돌아다니면서 사람들한테 생-쥐스트 동지는 로베스피에르의 추종자가 아니라 동료 사이라고 일일이 해명하며 다닐 수도 없고, 어허, 이 일을 어찌한담. 이토록 파다한 헛소문을 어떻게 가라앉힌담?"

생-쥐스트가 말한다.

"두 분, 오늘따라 왜 이러시오? 자코뱅 모임에 가서 무슨 안 좋은 일이라도 겪은 거요? 이 시간에 갑자기 불쑥 나타나서는 도대체 나한테 왜 이러느냐 말이오?"

비요-바렌이 말한다.

"우리가 갑자기 불쑥 나타난 게 아니라 자네가 이 시간까지 여기 남아 있었던 거지. 그래, 보고서는 마저 다 썼나? 우리한테 한번 보여줄 수 있겠나?"

생-쥐스트가 말한다.

"아직은 다 마무리 짓지 못했소. 내용의 초안은 잡았지만 문안을 수정하고 가다듬는 일이 남았소. 하지만 내일 오전 중으로는 마무리 지을 수 있을 거요. 그러면 위원회의 합의제 원칙에 따라 그때 보여주도록 할 테니 그리 아시오."

콜로 데르부아가 말한다.

"초안은 다 잡았는데 문안을 손질하느라 내일 오전까지 시간을 끈다? 하긴 누가 작가 출신 아니랄까 봐…… 이보게, 자네가 한때 작가로 활동한 적이 있다는 건 누구나 다 알고 있는 사실이니 그냥 대충 쓰도록 하게. 어떤 사람이 자네의 문장력으로 보고서의 정확성을 평가한다고 문안 손질 따위에 그다지도 공을 들인단 말인가? 그럼 연극쟁이 출신인 나한테 공안위원회 활동 보고서를 작성하는 차례가 돌아오면, 보고서에 연극적인 착상이 적극적으로 반영되도록 문안 작성을 코르네유의 희곡처럼 해야 하나? 자치구의 감시 활동으로 일부 계층의 특권을 박탈한다는 내용도 「르 시드」에 나오는 시멘의 대사를 본떠 **우리는 실편백 그늘 아래서 그들의 월계수를 꺾어놓고 말겠노라.**
뭐, 이런 식으로 써야 하느냐 말이야?"

콜로 데르부아의 농지거리에 비요-바렌, 통렬하다는 듯이 한바탕 너
털웃음을 터뜨린 후 생-쥐스트에게 묻는다.

"그나저나 우리가 요구한 대로 이성의 최고 존재니 불멸의 영혼이
니 하는 따위의 종교적 내용은 일절 이번 보고서에 포함되지 않았겠
지?"

생-쥐스트, 그 물음에 잠시 대답을 머뭇거린다.

"그게 그러니까 저기⋯⋯"

비요-바렌이 말한다.

"왜 바로 대답을 하지 못하고 우물거리나? 이건 자네가 우리의 요
구에 응하기로 굳게 합의한 내용이 아닌가? 그사이에 로베스피에르
의 압박이라도 받은 건가? 아, 어서 말을 해보게, 말을."

생-쥐스트, 여전히 답을 하지 못하고 계속 머뭇거리기만 한다.

"그러니까 그게⋯⋯"

콜로 데르부아가 말한다.

"이래도 자네는 로베스피에르의 추종자가 아니라고? 이래놓고도
자네가 우리한테 그렇게 우길 자격이 있다고 보나? 우리와의 합의를
깨고 로베스피에르의 조종대로 살아가려거든 우선 약속 파기의 책임
부터 지고⋯⋯"

생-쥐스트가 말한다.

"아니오, 그럴 거 없소. 당신들과의 합의를 철저히 준수하겠단 말이오. 그건 내일 오전에 내가 작성해온 보고서의 내용을 확인해보면 알 일이오. 그리하여 내가 로베스피에르의 추종자니 뭐니 하는 말들이야말로 이 세상에서 가장 비열하고 터무니없는 모욕이었음을 당신들한테 일깨워주고 말 거요."

비요-바렌이 말한다.

"글쎄, 그리만 된다면 우리야 약속이 지켜져 좋지만, 자네도 로베스피에르의 눈치를 살펴야 할 텐데 그게 과연 가능한 일일지……"

생-쥐스트가 말한다.

"자꾸 누가 누구의 눈치를 살핀다는 거요? 내가 눈치를 봐야 할 사람은 아무도 없소. 나는 공화정의 대의에만 충실할 뿐이오. 내가 눈치를 살펴야 할 상대는 오직 이 공화정밖에 없단 말이오."

콜로 데르부아가 말한다.

"알았어, 알겠다고. 그럼 일단 자네를 믿지. 로베스피에르의 추종자라는 말이 자네의 자존심을 이리도 심하게 거스를 줄은 정말 몰랐네. 사람들 사이에서는 그리 여기는 게 당연한 일로 받아들여지고 있으니 말이야. 그 말이 자네 귀에 그렇게까지 모욕적으로 들렸다면 취소하지. 우리가 사과함세…… 그렇다면 이참에 보고서 내용을 통해서뿐만 아니라 자네가 결코 로베스피에르의 추종자로 분류될 수 없다는 사실을 실제 현실에서 공표해 보이면 어떻겠나?"

생-쥐스트가 말한다.

"어떻게 말이오? 그럴 만한 방도가 있겠소이까?"

비요-바렌이 말한다.

"곧 이리로 몇몇 사람이 몰려올 걸세. 자네를 로베스피에르의 추종자로 굳게 여기고 있는 사람들이니만큼 오히려 그자들 앞에서 자네가 로베스피에르의 추종자일 수 없다는 것을 분명히 해두기에도 좋은 기회가 아닐까 싶네. 어떤가, 그 자리에 함께하겠나?"

콜로 데르부아가 말한다.

"자네의 모욕당한 자존심을 회복하기에도 썩 좋은 자리일 것 같네. 차차 우리와 함께 논의해보세."

생-쥐스트가 묻는다.

"여기는 공안위원회 회의실이오. 이곳이 아무나 함부로 드나들 수 없는 장소라는 점은 당신들도 잘 알고 있을 거 아니요? 도대체 어떤 사람들이 이곳으로 몰려올 거란 말이오?"

비요-바렌이 말한다.

"다 여기 올 만한 사람들이네. 그렇지 않다면 우리가 아무나 함부로 이 방에 불러들일 성싶은가?"

그때 문밖에서 노크 소리가 들린다.

콜로 데르부아가 말한다.

"아마도 벌써 온 모양이군. 들어들 오시게."

그러자 바디에와 아마르 그리고 불랑 등이 입장한다. 그러다 생-쥐스트와 마주치고는 순간적으로 걸음을 멈칫한다.

비요-바렌이 생-쥐스트에게 말한다.

"실은 이곳에서 오늘 밤 공안위원회와 보안위원회의 비상 합동회의를 소집했네. 급히 잡힌 일정이라 전갈을 돌린다고 돌렸네만 연락 닿은 인원들이 얼마 되지 않았지. 그래서 일부러 자코뱅 클럽에도 다녀온 길이었네. 하지만 로베스피에르 동지는 여전히 참석할 의향이 없어 보였고, 몸이 불편한 쿠통 동지와는 가까이 마주하기조차 여의치 않았어. 그런데 자네가 여기 남아 있는 것을 보니 마침 잘되었다 싶더군."

생-쥐스트가 말한다.

"그런 일이 있었다면 왜 진작 말하지 않았소? 그리고 보안위원회와의 급작스런 비상 합동회의 소집이라니, 어떤 안건을 처리하기 위해서요?"

콜로 데르부아가 말한다.

"지금까지 다른 얘기에 얽매여 있다 보니 미처 털어놓을 기회가 없었을 뿐이야. 무슨 화젯거리에 열중하느라 우리의 용건이 미루어질 수밖에 없었는가는 여기 보안위원회 위원들의 이목도 있고 하니 자네의 명예를 위해 더 이상 언급하지 않도록 하겠네. 그리고 보안위원회와의 비상 합동회의 소집을 통해 처리해야 할 안건이란…… 지금까지 쌓인 부서 간의 오해와 불화를 씻어내고 양대 위원회가 긴밀히 협력하여 다져야 할 공화국의 안보 문제일세. 오늘 로베스피에르 시민 동지의 공회 연설도 아주 감명 깊었고 해서 그에 대한 화답으로 이제는 우리가 더욱 적극적으로 이 문제에 대처해나가야 할 때가 온 것 같다고 판단한 걸세. 이제 됐나?"

그러자 불랑이 나서서 생-쥐스트에게 말한다.

"그렇습니다. 양대 위원회 모두 공화정에 충성해야 할 혁명정부의 핵심기구인데 계속되는 부서 간의 알력과 암투 속에서 원활한 국정 운영에 먹구름을 몰고 다닐 수는 없는 노릇 아니겠습니까? 콜로 위원의 말씀대로, 이참에 양대 위원회의 해묵은 오해와 불화를 씻어내고 오늘 로베스피에르 시민 동지가 호소하신 공화국의 안보 문제를 주요 안건으로 채택하여 긴밀한 협력 방안을 논의해보고자 연락 닿은 인원만이라도 이 자리에 모이자고 약조한 겁니다. 비록 미리 전갈은 못 드렸습니다만 지금이라도 동참해주시겠습니까, 생-쥐스트 위원 동지?"

그들 사이에 묘한 긴장감이 흐른다. 이윽고 생-쥐스트의 입이 달싹거린다.

"그랬군요. 무슨 말씀인지 알겠소. 하지만 일단 나는 내일 공회에서 발표할 이 보고서 문안부터 속히 마무리 지어야만 하오. 다행히 거의 다 해가니만큼, 혹시 결례가 되지 않는다면 다른 방에 가서 서둘러 마무리 지은 후 다시 이 자리로 돌아오도록 하겠소. 그러면 내일 오전까지 기다릴 필요도 없이 바로 이 자리에서 공안위원회 위원 두 분의 재가를 받을 수도 있을 것 같소."

콜로 데르부아가 말한다.

"결례랄 게 뭐 있겠나? 자네. 좋을 대로 하게. 우리는 여기서 합동 회의나 진행하며 자네가 돌아오길 기다리고 있겠네."

생-쥐스트, 고개를 끄덕여 보인 후 곧바로 퇴장한다.

"생-쥐스트는 로베스피에르와 가까이 지내는 측근 중에서도 최측 근에 속하는 강성 인물인데, 녀석을 끌어들이려 해도 괜찮겠소?"

생-쥐스트가 나가자마자 아마르가 비요-바렌에게 묻는다. 비요-바 렌이 말한다.

"자코뱅 모임에서 당한 모욕을 녀석한테 앙갚음하느라 엉겁결에 우 리와 같이 하자는 제안이 나온 셈이지만, 아무려나 상관없소. 우리 모의에 끌어들여서 녀석으로 하여금 보기 좋게 로베스피에르를 배신 하도록 해도 좋고, 이 길로 나가서 돌아오지 않아도 무방하고 말이 오. 저 애송이 녀석을 잘만 구슬리면 우리 쪽으로 끌어들이는 게 불 가능한 일만은 아니라는 생각이 듭디다."

바디에가 묻는다.

"그래, 자코뱅 모임에서는 무슨 일이 있었던 거요?"

콜로 데르부아가 말한다.

"휴, 말도 마십시오. 이제부터는 정말로 전쟁입니다. 자코뱅 클럽 의 분위기가 심상치 않아요. 로베스피에르가 공회에서 한 연설을 들 려주자 모두 당장이라도 그 호소에 발맞춰 들고 일어날 기세더군요. 그중에서도 국민방위대의 앙리오라는 시민군 장교가 5월 31일을 재 현하자는 안건 발의로 당원들을 들쑤셔놓았을 때가 압권이었습니다.

저와 비요 동지가 그 발언의 선동적 불순함을 비판하자 모두들 한목
소리로 우리만 공격해대는 통에 부랴부랴 거기서 빠져나올 수밖에 없
었지요."

아마르가 놀란 목소리로 되묻는다.

"뭐라고? 그게 사실이오? 우리들의 관측이 아니라, 자코뱅 클럽
내부에서 드디어 5월 31일을 재현하자는 얘기가 공식적으로 튀어나
왔다고?"

불랑이 말한다.

"허어, 그렇다면 이거 사태가 예상보다 훨씬 더 시급하고 긴박하게
돌아가게 생겼는걸."

바디에가 말한다.

"로베스피에르의 폭도들이 공회로 몰려왔다는 소식을 듣고 짐작하
긴 했소만, 자코뱅 클럽 내부에서까지 공공연하게 그런 얘기가 당원
들의 토의 안건으로 다루어졌다는 사실은 정말 예사롭지 않소. 앙리
오? 당원들을 상대로 그런 선동이나 해대고, 거, 아주 몹쓸 작자로구
먼. 우리가 거사에 성공하면 핵심 요인들을 제외하고는 가장 먼저 추
포해야 할 위험인물이 아닐까 싶소."

비요-바렌이 말한다.

"어디, 앙리오뿐이겠습니까? 뒤마 같은 놈도 혁명재판소 소장이랍
시고 수시로 거들먹거리는 꼴이 도저히 눈뜨고 봐주기 어려울 정도
죠. 우리가 자코뱅 클럽에서 퇴장하려는 순간 다음에는 법정에서 봐

야 할지도 모르겠다며 잔뜩 으름장까지 놓더군요. 그 머리통 위에 침이라도 뱉어주고 나올까 하다 간신히 참았습니다. 또한 여러분과 같은 보안위원회 소속 필리프 르바라는 친구도 아주 만만치 않아요. 경위야 어찌 됐든, 필리프 르바는 보안위원회를 견제하기 위해 로베스피에르가 내부 첩자처럼 심어놓은 그의 측근이죠. 그래서인지 역겨우리만치 로베스피에르에 대한 충성도가 대단해 보이더군요."

콜로 데르부아가 말한다.

"다행히 아직 당 차원에서 5월 31일의 재현을 결의하는 선까지 이르지는 못할 것처럼 보입니다. 공격받고 뛰쳐나오는 바람에 이후의 토의 과정을 더 이상 지켜보지는 못했지만, 당원들도 앙리오의 제의에 무척 당혹스러워하는 눈치였으니까요. 국민공회 해산과 양대 위원회 혁파, 반혁명분자 색출 및 처단, 자유경제론 탄압, 혁명정부의 직제 개편 등 거의 그 수위가 막장에 이른 유혈 쿠데타의 구상 앞에서 아무리 화적 떼 같은 자코뱅 당원들이라 해도 멈칫거리지 않을 수 없었겠지요."

비요-바렌이 말한다.

"하지만 그런 얘기들이 공공연히 자코뱅 클럽 내부의 토의 안건으로 올라왔다는 사실에 비춰볼 때 유혈 쿠데타의 구상은 언제라도 그들에 의해 실행될 수 있는 잠재력을 띠고 있음에 틀림없다고 봐야 합니다. 1793년 5월 31일의 인민정변이 재현될지도 모른다니, 로베스피에르 일파의 바깥에 서 있는 우리들한테는 실로 무시무시한 일이 아닐 수 없지요."

바디에가 말한다.

"그렇다면 결론은 한 가지뿐이오. 48시간 안에 결판이 날 거라는 로베스피에르의 예견을 우리가 먼저 실현시켜주는 일뿐이지."

아마르가 말한다.

"그렇습니다. 이제는 정말로 더 이상 한가하게 주저리주저리 모의나 이어가야 할 시간이 없습니다. 그리고 더 이상 거사의 이행을 망설일 이유도 없고요."

불랑이 말한다.

"그래요. 결론은 그뿐입니다. 이제는 로베스피에르 일파의 피를 봐야 할 때가 왔어요."

바디에가 말한다.

"혹시라도 방금 나간 생-쥐스트가 시민군이나 관헌들을 이끌고 먼저 우리를 덮치러 오는 일은 없겠지?"

비요-바렌이 말한다.

"아직은 우리한테도 그럴 명분이 희박합니다만 저들한테도 우리를 먼저 습격할 명분이 없긴 마찬가지니까 너무 걱정하지 않으셔도 됩니다."

콜로 데르부아가 말한다.

"우리 쪽 명분은 벌써 충분해진 셈 아닌가?"

아마르가 말한다.

"그렇소이다. 상퀼로트들의 공회 난입 시도와 5월 31일을 재현하자고 한 자코뱅 클럽의 토의 안건, 이 두 가지만으로도 우리가 저들을 칠 수 있는 명분은 이미 확보한 셈이오. 이 두 가지 사실은 로베스피에르 일파가 내란을 기도하고 있다는 결정적 정황 증거로 충분하오. 하지만 그렇다고 해서 보안위원회나 공안위원회의 의결만으로 저들을 체포하려드는 것은 경솔하고 무모한 도박일 수밖에 없을 거요. 다소 조바심이 나더라도 내일 개회 때까지만 기다리십시다."

그러고는 바디에게 말한다.

"혹시라도 있을지도 모를 도발에 대비해서 제가 경비대 요원들을 이 주변에 배치해두었으니 안심하셔도 됩니다. 만에 하나 선배께서 우려하시는 대로 생-쥐스트가 시민군이나 관헌들과 함께 우리를 체포하러 오는 날에는 내일로 예정된 싸움이 부득불 몇 시간 앞당겨져 시작되는 셈 쳐야 할 수도 있습니다. 그 순간부터 곧바로 전면전에 돌입해야 할 테니까요. 하지만 저들한테는 아직 우리를 습격할 만한 합법적 명분이 취약해 보입니다. 그러니 자꾸만 불법적인 인민봉기에 호소하고자 하는 거지요. 그런데 저한테 들어온 정보에 따르면, 이제는 로베스피에르의 선동에 호응하는 인민봉기가 일어날 가능성도 그다지 높아 보이지 않습니다. 그를 따르는 상퀼로트들의 민심이 예전만 못하기 때문입니다."

아마르의 말에 다른 사람들이 일제히 술렁거린다. 비요-바렌이 아마르에게 말한다.

"듣던 중 반가운 소식이오만, 그 부분은 아직 예측불허로 알고 있소. 우리는 만일의 사태에 대비해서 정규군 병력까지 동원할 각오를 해야 할 판이오. 한데도 그렇게 단언하다니 혹시 무슨 근거라도 있는 거요?"

아마르가 자신만만하게 대답한다.

"일단 내일까지 기다려보면 자연히 그 물음의 답이 무엇인지 밝혀지겠지요."

그때 탈리앵과 프레롱이 황급히 뛰어 들어온다. 아마르가 탈리앵에게 묻는다.

"그래, 어떻게 되었나?"

탈리앵이 말한다.

"기쁜 소식일세! 부아시 당글라와 뒤랑 드 마이얀 같은 평원파 수뇌부가 결국 이번 거사에 동참하기로 나와 약조했네! 처음에는 시큰둥해하더니 내가 끈질기게 설득하자 결국 조건부로 이를 수락하더군. 그들도 오늘 로베스피에르의 연설 내용에 경악을 금치 못한 눈치였어. 정말 지긋지긋해하는 것 같더라니까."

탈리앵의 말에 일동의 입에서 숨죽인 환성이 새어 나온다. 아마르가 묻는다.

"그래, 그들의 조건이 뭐라던가?"

프레롱이 말한다.

"별거 아닐세. 우리들의 복안과 대동소이한 내용이었지. 혁명정부의 평시정부 전환, 평시정부에서의 지분 보장, 공포정치 종식, 강압적인 통제 경제 철폐, 상거래 행위의 안전 보장과 인민들의 약탈금지법 강화 등과 같이 모두 우리가 충분히 수용할 수도 있을 사회적 조치들뿐이더군. 내가 그러마고 확실히 약속하니 이들도 선선히 고개를 주억거렸어. 이로써 평원파와의 협상이 말끔히 타결된 셈이었지! 내일 적지 않은 수의 평원파 대의원이 우리들의 작전 수행에 아주 큰 힘을 보태줄 걸세!"

비요-바렌이 말한다.

"탈리앵과 프레롱 동지, 정말 수고하셨소. 평원파가 우리 쪽으로 넘어왔으니 천군만마를 얻은 기분이오. 이제 공회 장악은 거의 확실해진 게 아닐까 싶군."

불랑이 말한다.

"속단하기에는 아직 이르지만 정말 그렇게 되어가고 있는 것 같습니다. 승리를 눈앞에 둔 기분이 드는군요."

그 순간 르장드르, 부르동 드 루아즈, 그리고 낯선 또 하나의 마리오네트가 입장한다. 그 마리오네트의 손에는 술병이 들려 있다.

르장드르, 안으로 들어서자마자 비요-바렌과 콜로 데르부아에게 말한다.

"이렇게 두 분 동지가 제 급전에 화답해주셔서 저희가 얼마나 큰 힘을 얻었는지 모릅니다. 다시 한 번 감사의 마음을 전합니다. 그래서인지 일이 더욱 술술 풀려가는 것만 같습니다. 방금 전 튀리오 의장한테도 그 의중을 떠보았는데 우리의 뜻에 분명히 동조한다는 기색이었습니다. 또 하나의 수확은 혁명재판소 공공검사 푸키에-탱빌의 협조적인 방침을 확인했다는 점입니다. 아무리 우리가 로베스피에르 일파의 체포를 통과시킨다 해도 공공검사가 기소와 피의자 취조에 미온적으로 나오면 자칫 일이 복잡해질 뻔했는데, 여하튼 천만다행입니다. 푸키에-탱빌도 로베스피에르의 월권과 독선에 대해 상당한 악감정을 쌓아두고 있는 것처럼 보이더군요. 우리가 체포 결의안만 처리해서 넘겨주면 프레리알 22일의 법령에 따라 일사천리로 송사(訟事)의 절차를 밟아나갈 게 틀림없습니다…… 그리고 의회 내 이런저런 비(非)자코뱅 정파들도 내일 거사에 협력하겠다는 의사 표시를 해왔습니다."

르장드르의 말에 모두들 다시 한 번 숨죽인 환성을 터뜨린다.

탈리앵이 낯선 마리오네트를 향해 말한다.

"오, 이게 누구야? 푸셰 동지가 아니신가! 반갑소이다. 이게 정녕 얼마 만이오. 이 자리에 왕림해주신 걸 진심으로 환영하는 바입니다…… 그런데, 가만있어보자, 그건 어인 술병이오?"

푸셰의 입이 달싹거린다.

"탈리앵 동지, 나도 반갑소이다. 로베스피에르 일당의 타도에 이 한 몸 바칠 각오로 여기 왔소..그런데 모처럼 이렇게 좋은 자리를 함께하는 마당에 맨손으로 그냥 올 수가 있어야 말이지. 그래서 20년 이상 숙성시킨 부르고뉴산 와인 한 병을 준비해보았소. 다들 한 모금씩 돌려 마시는 것으로 우리의 결의를 다지고 내일 거사의 성공을 기원하는 것도 그리 나쁘지 않겠다는 생각이 들어서 말이오."

프레롱이 말한다.

"오, 그거 아주 좋은 생각이로군. 아닌 게 아니라 나도 여기서 회동 마치고 에마뉘엘 쿠르부아지에라고 요사이 새롭게 각광받는 화주를 한 순배씩 나눠 마시면 어떨까 하던 참이었소."

르장드르가 말한다.

"그럼, 이것도 마시고 그것도 마시러 가지요, 뭐."

부르동 드 루아즈가 말한다.

"큰일을 앞두고 과음은 금물일 테지만, 까짓것 한 모금쯤이야 긴장해소에도 도움이 되고 서로 간의 단합을 도모하는 데도 썩 유익할 테니 그러면 그렇게 하십시다들."

콜로 데르부아가 말한다.

"그런데 술이 들어가면 아무래도 여자 생각이 간절해질 텐데 비요 동지와 나야 상관없지만 당신들이 어떨지 그게 걱정이군."

푸셰가 말한다.

"그게 상관없다는 말은 낮 동안 벌써 즐길 만큼 즐기고 왔다는 뜻? 클리시나 팔레루아얄에 가서 실컷 회포를 풀고 왔다는 뜻?"

비요-바렌이 말한다.

"으흠, 불문에 부치겠소."

그 말에 다들 키득거린다. 잠시 후 바디에가 말한다.

"동지들의 주장대로, 20년 넘은 부르고뉴산 와인에 이어 에마뉘엘 쿠르부아지에라는 화주까지야 얼마든지 괜찮겠지만 거사 전날 밤을 여색의 향락 속에서 지새우려드는 것은 아무래도 우리가 너무 앞질러 가는 게 아닐까 싶소이다. 그러니 하룻밤만 참았다 내일 거사를 성공 리에 마쳐놓고 자축하는 의미에서 즐기러 가는 게 어떻겠소? 듣자 하 니, 요사이 팔레루아얄에 새로 피어난 꽃들이 무척 탐스럽고 싱그럽 다고들 하던데, 한동안 그쪽으로 걸음을 내딛지 않았더니 그게 사실 인지 아닌지 영……"

아마르가 말한다.

"허허, 술이 한 순배씩 돌고 나면 여자 생각이 난다고만 했지 우리 중에 아무도 오늘 밤 당장 즐기러 가자고 이끈 사람은 없었습니다. 그런데도 그런 말씀을 하시는 걸 보니 정작 선배야말로 여색을 향한 욕정이 동하시나 봅니다."

바디에가 말한다.

"아니, 나는 그런 뜻으로 한 얘기가 아니라…… 그나저나 생-쥐스 트에 대해서는 마음을 놓아도 괜찮을지 모르겠소. 지금까지 아무런 기별도 없다는 게 오히려 찜찜해서 말이오."

콜로 데르부아가 말한다.

"왜 하필 이 순간에 생-쥐스트 문제로 화제를 돌리시는 겁니까? 말씀드렸다시피, 녀석이 오든 안 오든 저희와는 별 상관도 없습니다. 그리고 설령 녀석이 제멋대로 무슨 일을 벌이려 든다 해도 그래봐야 아마르 동지의 말처럼 우리의 거사 계획이 몇 시간 일찍 앞당겨지는 결과만을 초래할 뿐입니다. 너무 괘념치 마십시오."

푸셰가 말한다.

"이제 누가 더 오기로 한 거지?"

르장드르가 말한다.

"캉봉, 카르노, 바레르 동지 등도 곧 이쪽으로 합류할 걸세."

그때 문틈으로 누군가가 비요-바렌에게 뭔가를 전해주고 사라진다. 비요-바렌, 겉봉을 급히 뜯어본 후 사람들에게 외친다.

"생-쥐스트에게서 온 급전이로군!"

그러고는 큰 소리로 그 내용을 읽는다.

"불의가 나의 마음을 닫았소. 가소로운 협잡일랑 그만 집어치우시오. 내일 국민공회에서 이리도 매섭게 닫힌 마음을 활짝 열어 보일 것이오. 부디 오늘 밤 좋은 꿈들 꾸길 바라겠소."

일동 침묵. 사이. 그러다 마침내 콜로 데르부아의 입이 무겁게 달싹거린다.

"그러고 보니 국민공회에서 생-쥐스트의 공안위원회 활동 보고서가 치명적인 무기로 활용될 수도 있겠군. 공안위원회의 활동 보고서에 체포되어야 할 혐의자들의 명단이 올라와 있는 경우, 누구라도 무시하지 못할 법적 효력을 띠는 게 공포정치 시기 동안의 불문율이었니까 말이야."

불랑이 혼잣말하듯 웅얼거린다.

"오늘이 테르미도르 8일이니까 내일은 테르미도르 9일이군. 테르미도르 9일은 혁명이 발발한 이후로 아마도 가장 긴 하루가 되지 않을까 싶네. 혁명 직후부터 지금까지 모든 나날이 참으로 긴긴 하루하루로 이어져오긴 했지만, 그 긴긴 하루하루들 중에서도 가장 긴 하루가 될 것만 같다는 예감이야."

노악사, 앞으로 나와서 무겁고 비장한 음악을 연주하기 시작한다. 갑자기 어두워진 극중의 분위기 속에서 상자무대의 막이 서서히 닫힌다.

제6장

카페 주인이 나폴레옹에게 말한다.

"두번째 막이 끝났습니다, 장군님. 어떻게, 막간을 이용해서 뭐라
도 한 잔 더 드시겠습니까? 저희 집에 20년 넘은 부르고뉴산 와인이
있는데 그거라도 한 잔……"

나폴레옹이 카페 주인에게 말한다.

"이보시오, 주인장. 나는 푸셰가 아니오. 그리고 아까 말했질 않소,
특무대 근무 중이니만큼 주류는 일절 입에 대지 않겠다고 말이오."

카페 주인이 말한다.

"부르고뉴산 와인이 내키지 않으시면, 에마뉘엘 쿠르부아지에라고
요사이 새롭게 각광받고 있는 화주도 한 병 있는뎁쇼. 그럼 그걸로
내올까요?"

나폴레옹이 말한다.

"어허, 이 양반 도대체 왜 나한테 자꾸 술을 먹이려고 하나? 내가
테르미도르 반동을 작당한 주모자의 한 사람인가? 내가 프레롱 같은
작자인가? 내가 누구지? 그리고 지금 여기서 뭘 하고 있는 중이지?
인형극 카페에서 늦봄의 저녁나절을 즐기러 온 동네 한량인가?"

카페 주인이 말한다.

"아닙니다, 장군님. 장군님은 이 프랑스 공화정의 수도방위를 책임

진 최고사령관이자 보안위원회 부속 특무대 대장이십니다. 그리고 지금은 로베스피에르의 사망 경위에 관한 특무대 내사 활동 중이십니다."

나폴레옹이 말한다.

"그렇게 잘 알고 있는 양반이 이 순간에 자꾸 왜 나한테 술을······ 가서 커피나 한 잔 더 타오시오."

카페 주인, 고개를 꾸벅해 보인 후 물러나려 한다. 순간, 나폴레옹이 다시 카페 주인을 불러 세우고는 이렇게 말한다.

"혹시나 해서 당부해두는 바이오만, 내가 마실 커피에는 알코올을 섞지 마시오. 브랜디 단 한 방울도. 아까 마신 커피들에서는 약간의 알코올 성분이 느껴지는 것 같아 하는 말이오."

카페 주인이 말한다.

"지금까지 내온 커피들에는 우리 카페만의 풍미를 돋우기 위해 아주 소량의 브랜디를 타 넣곤 했습니다만, 장군님께서 그리 분부하시니 여부가 있겠습니까? 알코올 성분을 빼고 대령하겠습니다."

그렇게 말하고는 카페 주인이 물러가자 나폴레옹, 혼잣말을 웅얼거린다.

"극소량의 브랜디도 명철한 판단력을 불사를 수 있는 취기의 불씨를 남기게 되지. 취기의 불씨가 시뻘겋게 번지기 시작하면 중추신경을 둔화시켜 무슨 일이 벌어져도 민첩하게 대응하기가 어려워질 수밖에 없지······ 이런, 이런, 특무대 임무를 수행하다 보니 요사이 부쩍 의심이 는 것 같아. 누군가나 어떤 상황에 대해 의심하기 시작하면 한도, 끝도 없는 것을. 특무대 임무가 공화정의 보안 유지를 떠안은 요직이긴 하지만 한 사람의 정신 건강에는 미상불 해로울 수밖에 없겠다는 생각이 드네. 역시 나한테는 야전 생활이 더 걸맞지 않나 싶군. 전선에 복귀하기 전후로 아무래도 특무대 보직에서 그만 물러나는 게 좋을 것 같아. 하지만 그렇다고 해서 아무에게나 이 자리를 물려주기도 어렵지. 특무대 임무란 게 워낙 비밀스런 보안 업무를 취급하다 보니 조금이라도 이상한 행적이 드러났다 싶으면 아무나 찍어놓고 물어버릴 수 있으니까 말이야. 이탈리아 북부전선으로 떠나기 전까지 이 임무와 직책을 정리했으면 좋겠는데, 누가 좋을까? 그래, 일단은 르네 사바리가 어떨지 검토해봐야겠어. 이번 임무를 수행하는 동안 그 친구의 능력과 나에 대한 충성도가 자연스럽게 드러나겠지. 여하튼 현재로서는 르네가 적임자일 수 있겠다는 생각이 드네. 하지만 권력은 그리 호락호락한 게 아니야. 결국 그런 결정을 내리면 나는 르네에 대해 견제할 만한 인물들로 그 주변을 둘러싸야만 해. 그렇게 해서 자기들끼리 치열한 충성 경쟁과 패권 다툼을 벌이지 않으면 안 되도록 유도해야 하지. 향후의 정치적 행보에 대비해서 어차피 나는 내 수하들과 주변 인물들을 이런 식으로 관리하고 육성해야 할 필요가 있어. 그러면서도 대장 직책의 퇴임 여부와 상관없이 나는 특무대 조직을 확실히 장악하고 있어야 해. 왜냐하면 특무대는 더 큰 권력으로 향해 가는 길을 여는 데 반드시 필요한 정보기구니까. 아무렴, 문제는 역시 정보정치의 완성이지! ……시연은 어느덧 로베스피에르 시민 동지의 허망한 자결 과정에 직접 입회하는 일만 남겨놓고 있군. 다시 한 번 말하지만, 그는 고독과 불안을 견디지 못해 결국 자결한 게 틀림없어. 자기 혼자만의 힘으로는 역사의 궤도를 뒤바꿀 수 없을 거라는 절망감이 그를 자결로 몰고 간 셈이야. 그래, 로베스피에르 시민 동지로 하여금 스스로 자진토록 한 것은 무엇보다 역사의 전망에 대한 절망이었어. 하지만 이상하군, 로베스피에르처럼 맹렬하게 허무주의 풍조와 맞서 싸우려 한 인물이 역사의 전망에 대한 절망을 견디지 못하고 스스로 목숨을 끊다니 말이야. 역사의 전망에 대한 절망이란 결국 허무주의의 다른 표현 아닌가? 그걸 감추고자 그는 자기가 자결했다는 사실에 대해 그토록 완강히 부인하고 있는 걸까? 하지만 로베스피에르는 자결했어만 할 인물이야. 이런 경우에 사실 여부는 중요치 않아. 오직 중요한 것은 눈먼 믿음뿐이지. 믿음이 사실을 빚어내는 힘이니까……"

그때, 카페 주인이 미처 말릴 틈도 없이 카페 안으로 달려 들어온 병사 한 명이 나폴레옹에게 위임장을 내보인 후 말한다.

"나폴레옹 사령관 각하, 저는 르네 사바리 반장의 전령 레옹 마르티니입니다. 르네 사바리 반장의 지시에 따라 각하께 상황 보고를 드리려고 왔습니다."

나폴레옹이 전령의 위임장을 들여다보며 말한다.

"자네 성을 보아 하니 이탈리아계인가 보군. 나도 이탈리아 쪽에 가까운 외국계이지. 그래, 무슨 일인지 어서 말해보게."

전령이 말한다.

"탐색 대상의 소재지는 공교롭게도 거리상 이 카페에서 얼마 떨어져 있지 않은 르노도 가 15번지에서 20번지 사이로 추정되고 있습니다. 또한 증인의 당시 신분은 국민방위대 시민군 사병이거나 코뮌의 경비요원이었다는 것 같습니다. 현재, 르네 사바리 반장의 진상조사반 요원들은 이 카페 근방에 흩어져 정확한 소재지를 파악하는 데 주력 중입니다. 일단 찾아내서 심문해봐야 정확한 사실관계를 확인할 수 있을 것 같습니다만, 특무대 진상조사반이 찾고 있는 이 인물은 테르미도르 10일 새벽 2시경 시청 2층 청사에서 로베스피에르의 자결을 직접 목격한 증인이 확실해 보인다고 합니다. 증인의 신병을 확보하는 대로 곧장 심문에 들어갈 수 있도록 사령관 각하께서는 즉각적인 출동에 대비해서 용무를 마치시더라도 되도록 이 카페에 계속 머물러 계시는 것이 좋겠다고 르네 사바리 반장이 전해드리랍니다. 이상입니다."

나폴레옹이 전령에게 말한다.

"증인이 국민방위대 시민군 사병이거나 코뮌의 경비요원이었을지도 모른다? 그래, 경위야 어찌 됐든 당시 그 시각의 사건 현장에는 그런 사람들이 가장 가까운 거리에서 로베스피에르 시민 동지를 지키려고 했을 테니 그랬을 수밖에 없었겠군. 여하튼 증인만 찾아내면 모든 게 다 확연히 밝혀질 수 있겠지. 아주 기대가 크네. 르네 사바리의

요청대로 여기 계속 남아 있을 테니 무슨 변동사항이 생길 경우 조금
도 지체하지 말고 나에게 즉시 보고하도록. 이상."
전령, 나폴레옹에게 깍듯이 거수경례를 올려붙인 후 곧바로 퇴장한
다. 잠시 후 노악사와 남자 가수가 다시 무대로 나와 노래 부를 준비
를 한다.

3 막

아, 섬세하고 다정다감한 목자여
그가 마을에 나타난 첫 순간부터
사람들은 그의 존재에 감사했어
그러고는 그를 더더욱 아끼고 좋아했지

그는 내 친구야
그를 내게로 되돌려주오
그는 나를 사랑하고
나는 그에게 믿음을 주네

가냘프고 애처로운 음성으로

그는 우리들의 숲가에 아름다운 메아리를 불러와
그가 부는 뿔피리 선율이
우리들의 숲가를 고즈넉한 목가로 물들여

오. 그는 정녕 내 친구야……

아무 말 건네지 않을 때조차도
그의 그윽한 눈길은 우리를 다독여주지
누구를 전혀 골려먹지 않고도
그의 활달한 말씨는 언제나 우리를 미소 짓게 해

여전히 그는 내 친구야
부디 그를 내게로 되돌려주오
그는 나를 사랑하고
나는 그에게 믿음을 주네
……

　무대 위에 상자무대. 그 위로 빛이 집중된다. 제각기 누군가의 모
습을 빼닮은 여러 기뇰과 마리오네트가 상자무대 안팎으로 떠돌아다
닌다. 나폴레옹은 마치 칼레이도스코프 앞에서 넋이 나간 소년처럼
입을 헤벌쭉 벌리고 있다.

테르미도르 9일 오전부터.

제1장

상자무대 바깥의 목소리.

"생토노레 가에 있는 로베스피에르의 하숙방."

로베스피에르, 외출 준비를 하고 있다. 잠시 후 노크 소리가 나더니 실비가 쟁반에 음식을 받쳐 들고 안으로 들어온다.

로베스피에르가 실비에게 엄한 목소리로 말한다.

"내가 아침마다 이럴 필요 없다고 어제 분명히 말했지 않소, 시민 아가씨! 이래봤자 입에도 대지 않을 테니 그 다과상, 썩 물리시오!"

실비가 말한다.

"이건 다과상이 아니라 조반상인데요. 그리고 이 뒤플레 댁에 들어와서 일하고 있는 제 입장도 좀 고려해주셔야죠, 시민 로베스피에르. 어제 그런 말을 들었다고 해서, 뒤플레 부인의 성화도 있고 한데, 제가 마음대로 이 방의 아침 준비를 등한히 할 수는 없으니까요."

로베스피에르가 말한다.

"음, 내가 미처 거기까지 고려하지는 못했군. 알겠어요, 그럼 내가 뒤플레 부인한테 직접 말하지…… 그리고 불과 하루 만에 구체제의 하녀에서 어엿한 공화국 여성 동지로 거듭난 것 같아 무척 반갑네요, 시민 실비. 앞으로 나뿐 아니라 누구 앞에서도 그런 태도를 계속 유지하도록 해요."

실비가 말한다.

"저도 제 나름의 적응기가 필요했으니까요, 시민 로베스피에르. 하지만 주인어른과 뒤플레 부인한테는 계속 상전 대하듯 극존칭을 써야지 그러지 않으면 아마 크게 혼찌검이 나거나 어쩌면 아예 이 집에서 쫓겨날지도 몰라요. 주인어른이 말씀하시기를, 하녀는 시대가 바뀌어도 그저 하녀일 뿐이라고 하셨는 걸요."

로베스피에르가 말한다.

"시민 뒤플레가 실언한 걸 거예요. 다시 한 번 분명히 말해두는 바이지만, 시민 뒤플레나 아가씨나 평등한 상퀼로트들이 있을 뿐 공화국에는 따로 하녀란 신분이 있을 수 없어요. 구체제에서처럼 상퀼로트는 특권층한테 천대받는 계층이 아니라 명실상부한 이 공화정의 주인이지요. 이 나라의 권력은 오직 상퀼로트 같은 인민들에게서만 나올 뿐 의회의 대리인들조차 그 주권을 함부로 양도해서 사용할 수 없다고 공화국 헌법에 단호히 명시되어 있으니까요. 그런 헌법 조문에 따르면, 구체제 시절의 하녀는 공화국에서도 하녀가 아니라 오히려 이 나라의 주인이지요…… 그렇지 않아도 요사이 부쩍 프티부르주아처럼 변한 시민 뒤플레의 언행이 마뜩치 않았는데, 아가씨한테 그런 말까지 했다니 심히 유감스럽군요. 내가 대신 사과하겠어요."

실비가 말한다.

"무슨 말씀이세요, 대신 사과를 하시다니? ……그럼 저한테 사과하시는 뜻으로 이 조반상을 말끔히 비우시는 건 어떨까요? 그리고 혹여나 주인어른한테는 저와 이런 얘기가 오갔다는 것을 일절 입 밖에 내지 말아주시고요. 주인어른은 같은 상퀼로트라고 해도 수하의 직인들과 함께 겸상하는 것조차 용납하지 않는 분이라고 들었으니까요."

로베스피에르가 말한다.

"알겠어요, 시민 실비. 아가씨한테 해를 끼칠 만한 일은 피하도록 조심할 테니까 마음 놓아도 괜찮을 거예요. 그래도 언젠가는 이런 문제들에 관해 시민 뒤플레와 진지하게 상의해봐야 할지도 모르겠다는 생각이 드는군요. 그리고 조반상은 그냥 내가도록 해요. 차려온 조반상을 말끔히 비우는 것으로 사과를 대신할 수 있다면 물론 나도 기쁘겠지만, 지금은 뭘 먹는 게 도무지 내키지 않아서 그래요. 미안합니다."

실비가 말한다.

"사과는 괜찮고요, 그래도 뭘 좀 드시고 나가시는 게 좋을 텐데……뒤플레 부인께서 조반상만큼은 반드시 챙겨드리라고 신신당부하셨거든요."

로베스피에르가 말한다.

"아니요. 수고는 고맙지만 괜찮아요. 정말 아무 생각이 없어요."

실비가 묻는다.

"혹시 무슨 걱정거리라도 있으신가요?"

로베스피에르가 돌연 퉁명스러워진 어투로 그 물음을 받는다.

"간밤에 잠을 좀 설쳤을 뿐 별다른 걱정거리는 없소, 시민 실비.

그리고 아가씨가 나에 대해 그런 데까지 신경 쓸 필요도 없고."

실비, 아무 말 없이 조반상을 도로 내간다. 그러다 불현듯 문간 앞에서 돌아서더니 로베스피에르에게 한 통의 서찰을 내밀며 이렇게 말한다.

"아 참, 하마터면 깜빡할 뻔했네. 뒤플레 부인이 아침에 일하러 나가시면서 이걸 좀 전해달라고 하셨어요."

그러고는 실비, 퇴장한다. 로베스피에르, 책상에 앉아 뒤플레 부인의 서찰을 들여다본다. 상자무대 바깥에서 여자 목소리가 들려온다.

"존경하는 막심 동지. 요사이 몹시 바쁘신 것 같아 귀하께 공연한 폐를 끼치지 않기 위해 직접 만나뵙기보다 이렇게 몇 자의 글월로 대신 제 소견을 전해 올립니다. 그렇지 않아도 가뜩이나 어지러운 나랏일 때문에 심신이 고단하실 텐데 아녀자들의 용무로 귀하에게 누가 되지 않기를 바라 마지않는 저의 조심성에 대해 부디 너그럽게 헤아려주시기 바랍니다. 하지만 저희 가족으로서도 더 이상 미룰 수만은 없어 귀하의 생각이 어떠하신지 간략한 답이라도 들으려고 이런 무례를 범하게 되었습니다. 저희 가족이 귀하께 대답을 듣고 싶어 하는 문제는 다름이 아니라 귀하와 엘레오노르 사이의 혼사 일정입니다. 귀하와 엘레오노르가 서로 가약을 맺기로 약조한 지도 어느덧 꽤 오랜 시간이 지났는데 그 이후로는 두 사람의 혼사 문제에 별다른 진전이 없어 그동안 저희 가족으로서는 내심 답답함을 금치 못하고 있었습니다. 물론 귀하를 못 미더워해서는 결코 아니었습니다. 저희 가족은 이 프랑스 공화정에 귀하만큼 심지가 올바르고 믿음직스러운 인물도 없다는 것을 잘 알고 있습니다. 타락하고 부패한 정치인들의 군상 속에서도 유독 귀하만큼은 매사에 청렴하고 공명정대한 품행으로 오래전부터 우리 인민들 사이에서 **결코 부패할 수 없는 자**라는 평판이 자자하다는 것도 잘 알고 있습니다. 나이 든 상퀼로트의 아녀자가 무엇을 알겠습니까마는, 그래도 살아온 세월과 여러 경험이 헛되지 않아서인지 사람을 판별할 줄 아는 눈과 귀는 누구 못지않다고 자신합니다. 저희 가족은 귀하 같은 분이 정치 초년생 시절부터 지금까지 저희 집 하숙인으로 줄곧 남아 있을 뿐 아니라 (남들 같으면 정치적인 성공 가도를 달리기 시작하자마자 보다 화려하고 윤택한 곳으로 자신의 거처부터 옮기려들었을 텐데요) 끝내 우리 장녀 엘레오노르와 약혼하기에 이른 것을 얼마나 뿌듯해하고 있는지 아마 상상도 못 하실 겁니다. 귀하를 이 뒤플레 집안이 맞이할 수 있었던 일은 저희 가족의 크나큰 기쁨이자 행복입니다. 심지어는 비단 저희 가족뿐 아니라 이 프랑스 공화정도 두 번 다시 귀하 같은 인물을 맞아들일 수는 없으리라는 생각까지 들 정도입니다. 귀하는 우리 인민들과 프랑스 공화정의 참된 축복이라고 감히 말씀드리고 싶습니다. 그러니 이 공화정에 자신의 개인 생활을 송두리째 희생하다시피 하시는 것도 저희 가족이 전혀 이해 못 하는 바는 아닙니다. 귀하께는 인민을 위한 공화정의 건설이 자기 목숨만큼이나 소중히 지켜야 할 책무로 여겨지실 테니까요. 하지만 그런 이유에서라도 더더욱 혼사를 조속히 매듭지어야 하지 않을까 싶습니다. 엘레오노르가 정숙하고 지혜로운 아내로서 공화정에 대한 시민 로베스피에르의 헌신을 충실히 내조하다 보면 가정을 꾸리기 시작한 귀하의 안정감과 책임감이 공화국 전체에 반영될 수도 있을 테니까요. 부득불 제가 이런 말씀을 드릴 수밖에 없는 까닭은 공화국과 귀하를 한 몸으로 여기는 사람들이 꽤 많기 때문이기도 합니다. 게다가 귀하와 엘레오노르는 이미 오래전 혼기를 놓친 나이에 이르고 말았습니다. 남성이나 여성이나 어쩌다 혼기를 놓쳐 결혼이 늦어지면 몸과 마음의 건강에 아주 해로운 법이랍니다. 특히 귀하처럼 강인한 정신적 활동에 오래도록 매달려야만 하는 사람들이 아늑한 가정의 안식조차 구할 수 없다면 몸이 축나기 십상입니다. 어려울 때일수록 가정의 안식에라도 의지할 수 있어야 자기를 추슬러 다시 일어설 수 있는 힘이 생기지 않을까요? 혹시라도 저희 가족이 어떤 조바심 때문에 귀하께 혼사를 채근하는 거라고 여기지는 말아주세요. 슬하에 딸자식을 둔 부모의 마음이야 다 마찬가지겠지만, 저희 가족은 귀하와 엘레오노르 사이의 혼사에 대해서라면 털끝만큼도 조바심을 치고 있지 않습니다. 귀하는 언제나 저희 가족이 조바심 내지 않도록 세심하게 배려해주고 있기 때문이지요. 어차피 한 식구가 될 사람이니 받지 않겠다며 한사코 마다하는데도 매달 꼬박꼬박 한 푼도 에누리하지 않은 하숙비를 저희에게 납부하는 귀하의 엄격함이 어쩔 때는 서운해지는 게 사실이랍니다. 하지만 장미꽃 몇 송이와 함께 이 하숙비를 뺀 봉급 액수의 대부분을 예비 신부 엘레오노르에게 부쳐주시는 것은 저희 가족에 대한 귀하의 배려라 여기면서 기분 좋게 받아들이고 있습니다. 물론 엘레오노르는 귀하에게서 받은 돈을 전혀 쓰지 않고 저금해두는 중이지요. 그러면서도 한편으로는 자신의 봉급을 저희 딸에게 다 보내고 나면 귀하가 도대체 무슨 돈으로 생활하실지 걱정스러워지기도 합니다. 그러니까 저희 가족은 귀하에 대해 떠올릴 때면 조바심보다도 걱정을 앞세우는 셈이지요. 저는 몇 주 전 귀하가 혼자 하숙방에 우두커니 앉아 있는 모습을 우연히 보고 이런 걱정이 터무니없는 것만은 아니라는 사실을 깨달았답니다. 그 순간, 귀하는 몹시 외롭고 우울해 보이더군요. 작금의 프랑스 공화정을 움직이고 있는 귀하에게 그토록 외롭고 우울한 뒷모습이 감춰져 있을 줄은 정말 몰랐습니다. 그 모습을 보는 것만으로도 마음이 너무 아려와서 저도 모르게 그만 눈시울을 붉혔을 지경이었으니까요. 당시는 무슨 이유에서인지 귀하가 외출도 자제하고 혼자 하숙방에만 틀어박혀 원고 같은 것을 쓰는 일에만 몰두하고 있을 무렵이었지요. 시간이 흘러도 그토록 외롭고 우울한 귀하의 뒷모습은 제 눈가에서 계속 아른거리더군요. 이런 글월로 엘레오노르와의 혼사를 조속히 매듭짓자고 귀하게 섣불리 재촉해야 할지 말아야 할지에 관한 고민은 바로 그 순간에서 말미암았다고 해도 과언이 아니랍니다. 저희 주인양반한테 이런 고민을 의논하자 그 양반은 시국이 어수선하니만큼 당분간 귀하와의 혼담을 미루자며 저를 말렸지만, 제 생각은 달랐습니다. 이럴 때일수록 우리가 이 혼사에 적극적으로 나서서 무조건 귀하와 엘레오노르 사이의 결혼을 성사시켜야 한다는 생각만 들더군요. 엘레오노르도 귀하와의 결혼이 하루빨리 앞당겨지기를 간절히 바라고 있지요. 저희 가족은 아무쪼록 이 혼사로 귀하와 엘레오노르의 앞길이 밝고 희망찬 전망 속에서 활짝 트일 수 있으면 하고 바랄 뿐입니다. 귀하가 건강하고 안정되어야 이 공화정도 건강하고 안정될 수 있다는 사실을 늘 기억해두세요. 그럼 긍정적인 회신 기대하겠습니다. 추신: 동생 엘리자베스와 그녀의 남편 필리프 르바도 이 혼례가 어서 치러질 수 있기만을 목이 빠지도록 기다리고 있답니다. 시민 필리프 르바도 막심 동지를 진심으로 존경하고 있는 것 같더군요. 공화력 제2년 테르미도르 9일 아침, 뒤플레 가족을 대표하여."

로베스피에르, 혼잣말로 웅얼거린다.

"나와 함께해서 불행해진 엘레오노르 양의 얼굴이 눈앞에 선하군. 그러고 보니 내 봉급을 꼬박꼬박 가져다 바친 일 말고는 엘레오노르한테 그동안 너무 마음 써주지 못한 것 같네. 내 봉급을 부쳐줄 때마다 매번 함께 보낸 장미꽃 몇 송이로는 아마도 그녀의 허전함을 과히 덜어줄 수 없었을 거야. 그러니 뒤플레 부인이 이런 서찰을 내게 보내온 것도 무리는 아니지. 같은 집에 살면서 구태여 이런 서찰로 자신의 뜻을 전달한다는 게 의아해 보이기도 하지만, 함께 집에 머물러 있는 시간이 드문 데다 무엇보다도 뒤플레 부인은 나와 마주 앉아 편히 담소를 나누는 데 익숙지 않으니 어쩔 수 없었겠지. 앞으로는 나의 약혼녀한테 보다 마음을 더 써줘야겠어 ……하지만, 하지만 지금 내가 엘레오노르와의 결혼으로 행복한 미래를 기약할 수 있는 상황인가?"

거기서 잠시 말을 끊고 펜을 집어든 후 다시 웅얼거린다.

"그래, 이번 고비만 잘 넘기고 나면 나도 다른 사람들처럼 결혼이라는 것을 한번 고려해볼 수 있을지도 모르지. 그리하여 내 조국뿐아니라 내 삶에도 일대 변혁을 몰고 올 수 있을 거야. 한 개인으로서는 약혼녀와 새 가족과 가정을 이뤄야 하는 일도 혁명 과업과 공화정의 완성만큼이나 소중한 의무일 수밖에 없을 테니까. 그래, 이번 고비만 잘 넘기고 나면 말이야…… 나는 이미 죽은 목숨, 이런 식으로나를 속여야만 하다니."

그때 나폴레옹이 자리에서 일어나 로베스피에르 역의 마리오네트에게 묻는다.

"지금 당신이 바라보고 있는 것은 삶의 횃불입니까, 아니면 죽음의암흑입니까?"

로베스피에르가 나폴레옹에게 말한다.

"지금 내가 바라보고 있는 것은 삶의 암흑이요, 죽음의 횃불이오. 하지만 죽음의 횃불 속에서 삶의 암흑은 더 이상 보이지 않는 것 같소."

나폴레옹이 다시 말한다.

"단도직입적으로 묻겠습니다. 당신은 언제 자결하게 됩니까? 저는존경하는 당신한테 자결을 결심하고 행하도록 강요하고 싶지는 않습니다."

로베스피에르가 말한다.

"자결을 강요하든 않든 그거야 장군의 마음이오만, 나는 자결하지 않았소. 결코 자결한 적이 없소. 오래전 자결을 결심한 적도 있었지만 행하지는 못했소. 결국 자결을 행하긴 했지만 미수에 그치고 말았소. 그런 의미에서 나는 자결의 실패자요. 그러고 보면 내가 어디 자결의 실패자이기만 하겠소? 나는 혁명의 낙오자이요, 나는 공화정 건설의 패잔병이요, 나는 인민의 죄수요, 나는 약혼녀의 배신자요, 나는 공포정치의 방화범이요, 나는 역사의 저주받은 악귀요, 나는 대인관계에 미숙한 자폐아요. 한마디로 나는 역사에 등장하지 말았어야 할 인물이오. 역사는 오랫동안 나를 공포정치와 등치시켜 불명예스러운 이름으로만 기억하고 비난하려들 거요."

나폴레옹이 묻는다.

"공포정치에 앞장서 오신 것을 후회하십니까?"

로베스피에르가 말한다.

"절대로 ……후회하지 않소. 후회할 수도 없고, 후회해서도 아니되오. 앞으로 어떤 흔적을 남기든 그것은 내게 주어진 저주의 몫이었기 때문이오. 덕성 없는 공포는 사악하고 공포 없는 덕성은 무력한 법이지. 인류의 압제자를 냉엄하게 응징하는 것, 그것이 바로 자비요. 하지만 그들을 자비와 화합의 이름으로 용서하는 순간, 자비와 화합의 덕성은 야합과 협잡으로 변질되고 말 뿐이오. 폭정의 가혹함은 오로지 그 가혹함만이 유일한 행동 원리에 불과하지만, 공화정의 가혹함은 미덕을 지반으로 딛고 있소. 그러니 내가 다시 태어나 이와 같은 역사의 길목과 마주한다 해도 나는 불가불 공포정치를 택할 수밖에 없을 거요."

그 말에 나폴레옹, 자리에 털썩 주저앉으며 힘없이 웅얼거린다.

"그렇다면 제발 그런 자학으로 당신에 대한 나의 존경심을 모독하지 말아줘……"

사이. 로베스피에르, 뭔가를 쓰기 시작한다. 상자무대 바깥에서 그의 목소리가 들려온다.

"뒤플레 부인, 정성스럽게 써 보내신 부인의 서찰은 잘 받아보았습니다. 서찰 말미에 긍정적인 회신을 부탁하셨습니다만, 현재로서는 이 혼사에 관해 제가 지금 당장 어떠한 일정도 구체적으로 확정 지을 수 있는 형편이 아니라는 점부터 일단 말씀드리고자 합니다. 부인의 기대에 어긋나는 회답을 드릴 수밖에 없어 매우 송구스럽습니다. 요사이 몹시 위중하고 긴박한 과업 하나가 추진되고 있는 탓에 도무지 저의 혼사 문제에 주의를 할애할 수 있는 마음의 여유가 생겨나질 않습니다. 다만 이 시기가 폭풍우처럼 지나가고 나면 그때쯤에는 엘레오노르와의 혼사 일정을 부인과 의논할 수 있을 것 같기도 합니다. 부인의 정중하고 따뜻한 서찰에 기껏해야 이런 답신밖에 드리지 못하는 제 심경도 몹시 착잡하기만 합니다. 저로서는 다시금 부인의 넓은 양해와 용서만을 구할 뿐입니다. 하지만 이 시기가 지나가고 나면 곧

바로 엘레오노르와의 혼사 일정을 의논하겠다는 약조만큼은 철석같
이 지키도록 할 테니 저를 너무 야속하게 여기지는 말아주셨으면 합
니다. 뒤플레 댁에 저의 무한한 사랑과 축복을 전합니다. 여러분의
막심으로부터."

답장의 작성을 마친 로베스피에르, 책상 위에 엎드려 두 손으로 머리
를 감싸 쥔다.

"시민 로베스피에르, 방금 전 시민 생-쥐스트에게서 급전이 왔어
요. 그리고 혹시 뒤플레 부인의 서찰에 대한 회답을 지금 바로 받아
둘 수 있을까요? 부인이 저한테 되도록 그렇게 하라고 분부하셔서요.
오늘은 아침부터 꽤 바쁘신 날이네요……"

그렇게 말하며 실비가 문간으로 다가온다. 하지만 침울해하는 로베스
피에르의 모습에 놀라 황급히 뒤로 물러난다.

제2장

상자무대 바깥의 목소리.

"롬바르 구 구민협회 공회당. 바뵈프, 알베르, 콜레농, 파트리스
등이 모여 있다."

파트리스가 말한다.

"어제 튈르리 궁 앞에서 결의한 대로라면 오늘은 또 한 번 이 공화
정의 운명을 시험해봐야 할 날이 되겠군. 드디어 그날이 밝았어. 이
제 어쩔 셈인가? 롬바르 구의 전투적인 인민들을 총집결시켜 어제처
럼 로베스피에르의 자택 앞으로 향할 셈인가, 아니면 국민공회나 공
안위원회로 직접 쳐들어갈 셈인가? 이러든 저러든 오늘로 로베스피
에르는 이제 끝장이다!"

알베르, 파트리스의 말을 받아주는 대신 콜레농에게 말한다.

"레옹은 어제 그 길로 달아나더니 결국 우리와 함께하지 않겠다는
건가? 이후로 그 친구와 만나보기는 했나?"

콜레농이 말한다.

"휴, 말도 말게. 만나러 갔다가 문전박대만 당했어. 문 앞에서 우
리를 내다보지도 않고 외치기를, 우리가 로베스피에르를 칠 요량이라
면 자기는 더 이상 우리와 같이 갈 수 없다고 못 박아 말하더군. 끝까
지 로베스피에르와 함께할 거라면서 말이야. 우리와 달리 그 친구는

아직도 로베스피에르에 대한 환상에서 헤어나질 못하고 있는 거지. 참으로 답답한 친구일세그려."

바뵈프가 말한다.

"레옹의 태도가 전혀 이해 못 할 노릇은 아니야. 처음 등장했을 때 로베스피에르는 그동안 특권층의 핍박과 착취에 시달려온 인민들 사이에서 가히 정의의 구세주처럼 떠받들렸으니까. 로베스피에르가 무슨 짓을 벌이든 상퀼로트들 가운데서 일부는 지금도 당시의 열광과 애착을 잊지 못하는 거지. 그러면서 인민들을 억누르고 있는 그 일파의 전횡과 만행이 밝혀져도 곧이 믿으려들지 않고 다른 세력들의 농간으로 인해 그들이 제 뜻을 펴지 못하고 있는 것으로만 여기고 있네. 말하자면 그들은 냉혹한 현실보다 자기들의 희망과 기대를 투사할 수 있는 영웅의 환상에 기대려 하는 셈일세. 어서 그 환상을 깨뜨리는 것도 우리가 감당해야 할 계몽의 역할일 수 있지."

파트리스가 말한다.

"이보게들, 지금 레옹 같은 배신자나 화제로 입에 올려 귀한 시간을 허비할 때인가? 이제 집단행동에 돌입하려거든 빨리들 무슨 대책이라도 세워야 할 것 아닌가?"

콜레뇽이 말한다.

"잠자코 있어보게. 실은 자네가 잠시 자리를 비운 사이에 누가 다녀갔네. 곧 혁명정부의 한 인사가 이쪽으로 극비리에 내방할 거라는 전갈일세."

파트리스가 말한다.

"혁명정부의 한 인사가 우리 구민협회에? 도대체 무슨 목적으로?"

알베르가 말한다.

"그거야 아직 다녀가지 않았으니 우린들 알 수가 있나. 다만 그 전령이 이르기를, 혁명정부의 인사가 우리의 행동 목표와 일치하는 협상안을 들고 찾아오는 거라더군. 그러면서 우리에게 그전까지 섣불리 움직이지 말아달라는 당부도 덧붙였네. 그래서 지금은 일단 그자가 오기만을 기다리는 중이지. 집단행동의 돌입 여부야 그자의 얘기를 들어보고 결정해도 그리 늦지 않을 테니까 말이야."

파트리스가 말한다.

"허어, 그것 참 요상한 일이로구먼. 혁명정부 측의 어떤 인사가 우리와 무슨 내용으로 협상을 벌이겠다는 것인지, 이거 정말 알다가도 모를 노릇일세."

바뵈프가 말한다.

"내가 혁명정부의 어떤 부서냐고 막무가내로 캐묻자 그 전령은 마지못해 보안위원회라고 답했지. 보안위원회에서 누군가 나올 거라는 말만으로 나는 대충 감을 잡았다네."

모두 입을 모아 한목소리로 묻는다.

"아니, 어떻게?"

파트리스가 말한다.

"보안위원회라면 어제 우리의 공회 입장을 극력 저지하도록 지시했다는 곳 아닌가?"

콜레뇽이 말한다.

"어디 저지하기만 했나? 급기야는 경비대 병력의 출동으로 우리를 때려잡으려고까지 했지. 하마터면 그 자리에서 엄청난 참변을 겪을 뻔했지 뭔가."

알베르가 말한다.

"그런 보안위원회 인사가 여기까지 찾아오겠다니, 협상하겠다는 것은 속임수에 불과하고 혹시 우리를 해코지할 무슨 꿍꿍이속이 있는 것은 아닌가? 본래부터 보안위원회란 곳은 어제처럼 주로 혁명의 완결에 매진하는 상퀼로트들을 때려잡는 곳이니 말이야."

바뵈프가 말한다.

"이런, 그런 걱정들 말고 일단 잠자코 기다려보세. 내 짐작으로는, 적어도 우리의 행동 목표와 관련해서라면 결코 우리한테 해가 될 만한 저의에서 내방하려는 것은 아닐 테니까 말이야. 요사이 혁명정부 내의 기류가 예전과 많이 달라졌지. 자네들 말대로, 보안위원회는 애먼 상퀼로트들을 주로 때려잡는 곳이 맞네. 하지만 그와 동시에 현재 로베스피에르 일파와 가장 첨예하게 대립하고 있는 권력기구이기도 하지. 로베스피에르한테는 그의 목을 노리는 적들이 아주 많네. 흥미로운 것은 우리와 마찬가지로 보안위원회도 그중 하나에 속할 거라는 점일세. 그렇다면 우리 구민협회와 보안위원회의 표적이 서로 맞아떨어지는 셈이 아닌가. 우리의 행동 목표와 일치하는 협상안을 들고 보안위원회 인사가 찾아올 거라는 말은 분명히 그 뜻일 테니 맞는지 어디 한번 두고 보세. 어제 같은 경우만 해도 보안위원회에서는 우리가 로베스피에르와의 약조에 따라 공회로 들어가려고 한다니까 경비대대까지 출동시켜가며 무작정 제지하려든 걸 거야. 만약의 사태에 대비해서 말일세. 하지만 우리가 뒤로 물러서자마자 이상할 정도로 그들도 서둘러 철수했다는 것을 눈치 채지 못했나들? 경비대대가 출동했다면 끝까지 추적해서 시위 집단의 우두머리를 검거하는 게 상례였지 않은가? 그런데도 더 이상 우리를 뒤쫓지 않고 순순히 물러났단 말씀이야. 그게 다 로베스피에르 때문이었다네. 우리가 한데 뭉쳐 뜻밖에도 로베스피에르에 대한 타도 구호를 외쳐대니 보안위원회 측으로서는 당장 우리를 때려잡기보다 오히려 살살 구슬리면서 이용하는 게 낫겠다는 생각이 들었겠지. 지금 시점에서 저들을 가장 위협하는 것은 예전처럼 로베스피에르의 호소에 발맞춰 일치단결한 상퀼로트들이 집단행동에 나서는 일일 테니까. 하지만 그런 식으로 로베스피에르를 지지하는 인민봉기가 이제 더 이상 가능하지 않다는 사실까지는 아직 아무도 모르고 있는 눈치일세. 이 얘긴 그만큼 저들이 상퀼로트들의 민심 동향에 대해 한심할 정도로 무지하다는 뜻이지. 자고로 권력층이라는 것들은 지롱드파니 자코뱅 클럽이니 가릴 것 없이 모두 다 기층 민중의 생리에 철저히 무관심하다네. 그러니 지롱드파보다 자코뱅의 정파가 외관상 우리들에게 더 친화적인 태도를 보여왔다고 해서 그들이 우리의 친구일지도 모른다는 생각은 그저 속절없는 환상에 불과하지. 정치의 토대는 출신성분이야. 다시 말해 어느 정파의 출신성분을 살펴보면 정치적 사술에 가려지지 않은 그들 정파의 진심이 드러날 수밖에 없다는 의미일세. 아무리 혁명적이니 급진적이니 하는 수식의 딱지를 붙이고 다닌다 한들 자코뱅의 출신성분이 부르주아라는 것은 누구도 부정할 수 없는 사실 아닌가. 그런 그들이 결국 누구를 위한 정치에 전념하겠나? 수단과 방법이 다를 뿐 그들의 속내는 근본적으로 지롱드파와 다를 게 없네. 한동안 상퀼로트들과 밀착해 있던 자코뱅이 당내의 권력 분규가 본격화되자마자 곧바로 본색을 드러내고 인민들의 삶이야 어찌 되든 말든 오로지 사생결단의 패권 다툼에만 몰입해온 것은 기실 그들이 집권했을 때부터 이미 예정되어 있는 행로였네. 그러니 상퀼로트들의 민심이 어떻게 돌아가고 있는지 알 게 뭔가…… 하지만 그들의 그런 무지가 우리에게는 더할 나위 없이 좋은 협상의 이점으로 활용될 수도 있을 거야. 상퀼로트들의 민심 동향에 그토록 어두운 만큼 우리가 어떻게 움직일지 매순간 극도의 긴장감에 에워싸여 잔뜩 핏발 선 눈으로 지켜볼 수밖에 없을 테니까 말이야. 우리의 사소한 움직임 하나도 그들한테는 예민하게 촉각을 곤두세워야 할 근거로 여겨질 수 있다는 뜻일세."

알베르가 말한다.

"그렇다면 그런 협상의 이점을 활용해서 우리가 그들한테서 얻어낼 수 있는 것으로 무엇이 있으려나?"

바뵈프가 말한다.

"단기적으로야 상퀼로트들을 위한 민생 대책이요 현재 시행되다 말다 하는 통제 경제의 강화겠지. 국가는 한도 끝도 없는 장사치들의 욕심에 제동을 걸어야 할 책임이 있네. 그렇지 않으면 이 세상은 온통 자본과 재물의 살벌한 각축장으로 변하고 말 테니까. 그런 장사치들의 자유로운 활개를 저지할 수 있는 것은 오직 인민들이 권력을 수임해준 국가기구밖에 없어. 그렇지 못하면 나중에 가서는 아시냐가 인민을 먹어치우는 참상과 마주할 수도 있네. 적어도 이곳이 공화정이고 인민주권을 실현하려는 민주주의 국가라면 그런 참상만큼은 막아야 하지 않겠나. 아시냐가 인민을 먹어치우는 순간, 그곳은 이미 공화정도 민주주의 국가도 아니야. 그저 돈의 자유만이 득세하는 장사치들의 전제정이겠지. 그러니 우선, 최근 들어 급격하게 완화되기 시작한 통제 경제의 강도를 지난해 이맘때 자코뱅이 처음 집권해서 시행한 수준만큼이라도 회복시켜놓아야만 하네."

파트리스가 웅얼거린다.

"아시냐가 인민을 먹어치우다니, 되뇌어볼수록 참으로 끔찍한 비유로군. 그리고 장사치들의 전제정이라면 사실상 돈의 자유가 나라를 독재와 폭정으로 이끈다는 말 아닌가. 그런 세상에서 사람들이, 인민들이 하루라도 숨 쉬고 사는 게 과연 가능하기나 할까? 하긴 뭐, 구체제의 왕정 같은 지옥도 경험해봤는데……"

바뵈프가 계속한다.

"그리고 장기적으로는 상퀼로트들에게 지속적으로 계급투쟁의 필요성과 올바른 공동체에 대해 일깨워줄 인민의 언로를 여는 일일세. 이건 내가 언론인 출신이라서 하는 말이 아니야. 시간이 흐를수록 언론의 중요성은 그만큼 확장될 게 틀림없어. 지금까지 여러 언론기관이 있어왔지만 정작 상퀼로트들만의 기관지는 단 한 번도 탄생한 적조차 없네. 만약 그런 기관지가 있었더라면 장-폴이 자기 작업장의 운영이 먼저라며 우리의 전선에서 이탈하는 일도 없었을 것이고, 레옹이 로베스피에르의 미혹에 빠져 지금처럼 허우적거리는 경우도 발생하지 않았을 거야. 그러니 우리만의 계급 신문을 발행하는 것은 아주 절박한 과제가 아닐까 싶네. 그런 언론기관과 신문이 세상에 존재한다면 상퀼로트들의 투쟁 대오는 한층 단단해지고 그 전선도 훨씬 더 또렷해질 게 확실해. 장사치 또는 사업가들의 힘이 나날이 증대할수록 계급투쟁의 중요성은 더욱 절실히 도드라질 수밖에 없어. 그런데 되도록 많은 인민을 계급투쟁의 전선에 동참시키자면 이런 흐름을 장기적인 관점에서 설파하고 주장할 수 있는 언론 매체의 지원이 필요하지."

콜레뇽이 말한다.

"계급투쟁이라니 생소한 용어로군. 그런데 그들이 과연 우리들과의 협상 과정에서 그런 언론 매체의 설립을 약속해줄까? 나는 좀 회의적으로 보는 편인데 왜냐하면……"

바뵈프가 말한다.

"그런 약조를 확실히 받아내는 데까지 이르지는 못하더라도 일단 설립자금의 일부라도 뜯어내는 일은 과히 어렵지 않을 거야. 그 대신 우리는 그들의 요구 조건을 다 들어주면 되니까. 아, 지레 걱정 말게. 어차피 표적이 같으니 우리에게 부담이 될 만한 요구 조건이라고 해봐야 별다른 게 나올 리 없을 테니까."

그때 아마르가 공회당 안으로 불쑥 들어서더니 아무 말 없이 거기 모여 있는 사람들을 둘러본다. 파트리스가 콜레뇽에게 속닥거린다.

"바로 이자인가 보군, 오늘 온다고 한 혁명정부의 인사가 말이야."

그 말을 받아 콜레뇽도 파트리스에게 속닥거린다.

"아마도 그런 것 같네. 정말이지 우리와는 풍모부터가 다르군. 어제 마주한 로베스피에르와도 또 다른 인상인걸."

아마르가 말한다.

"상퀼로트 동지들, 이렇게 만나서 무척 반갑소이다. 나는 보안위원회 위원 장—바티스트—앙드레 아마르라고 하오. 지금은 비록 보안위원회에서 근무하고 있소만, 나 또한 한때는 상퀼로트들과 동고동락하면서 완전한 공화정의 실현을 위해 치열하게 투쟁한 시절이 있었소. 너무 극렬하게 투쟁하다 보니 로베스피에르의 견제와 미움을 사서 한동안 괜한 고초도 겪었지만 말이오. 그런 의미에서 나는 에베르 동지와 그 친구들의 불행에 깊이 분노하고 있소. 에베르 동지야말로 로베스피에르 따위와는 비교도 되지 않을 만큼 올곧고 참된 상퀼로트들의 벗이었으니까."

알베르가 바뵈프에게 속닥거린다.

"초면에 대뜸 **상퀼로트 동지들**이라니, 역시 닳고닳은 정치꾼들은 첫 순간의 품새부터가 남다르군. 저 말대로라면, 왕년에 상퀼로트들하고 동고동락해보지 않은 혁명정부의 인사들은 아마도 손가락으로 헤아릴 수 있을 만큼 극소수에 불과할 거야."

바뵈프가 알베르에게 속닥거린다.

"쉿. 공연히 나쁜 선입견으로만 대하려들 게 아니라 이자가 무슨 말을 꺼내놓는지부터 우선 찬찬히 들어보자고."

콜레뇽이 아마르에게 말한다.

"한때나마 상퀼로트들을 위해 투쟁한 전력이 있으시다니 저희도 무척 반갑습니다만, 앞으로도 계속 그래주신다면 그 반가움이 더욱 커질 것 같습니다. 그래, 무슨 용무로 저희들을 보러 여기까지 오셨는지요?"

아마르가 말한다.

"에둘러 말하지 않고 단도직입적으로 털어놓겠소. 어제 실은 내가 튈르리 궁 앞에서 경비대대에 쫓겨 달아나던 여러분의 구호 소리를 들었소. 처음에 나는 여러분이 로베스피에르를 지지하기 위해 국민공회 앞에서 집결한 줄로만 알고 아주 강경하게 대응할 방침이었소. 현재 로베스피에르는 이 공화정에서 가장 유해하고 위험한 인물이기 때문이오. 그런데 그 구호 소리를 듣는 순간 그게 아니었다는 사실을 깨달았소. 그뿐 아니라 로베스피에르에 대한 여러분의 분노와 배신감이 극에 달했다는 것도 알아차릴 수 있었소. 내가 파악해보니, 여러분은 오늘 중으로 로베스피에르 일파를 실각시키기 위한 무력시위에 나설 계획까지 세워두었다는 같소. 나는 로베스피에르 일파의 횡포에 맞서 분연히 들고 일어나려는 여러분의 구국 충정을 진심으로 지지하며 치하해드리고 싶소. 이것은 신성한 공화정이 어느 한 독재자의 야욕으로 더럽힐 위기의 순간에 이르자 비로소 대오각성한 상퀼로트들이 잠재된 민중의 저력을 한껏 발휘하려는 움직임으로 칭송받아 마땅한 일이오."

아마르, 그쯤에서 잠시 말을 끊고 마치 이러한 자기의 진심이 전해졌으면 싶다는 듯 각각의 대화 상대와 일일이 눈을 맞추려 한다. 알베르가 혼잣말로 웅얼거린다.

"이런 눈짓과 행간의 침묵을 통해 우리로 하여금 자기 말의 여운을 깊이 되새겨보도록 하시겠다? ……보안위원회 위원 아마르, 정말 뼛속까지 정치인 특유의 흥정 기질이 흘러넘치는 작자로다."

아마르가 계속한다.

"찬연한 인민봉기의 전례를 거울삼아 여러분이 직접 작금의 비상시국을 바로잡고자 나서겠다는 결기야 누구라도 나무랄 수 없는 애국심의 극치일 거요. 하지만 과욕은 금물이오. 지금 여러분이 나서면 자칫 애초의 목표 지점에서 동떨어진 가외(加外)의 결과만을 야기할 수도 있소. 상퀼로트들의 봉기는 또 다른 상퀼로트들의 집단 움직임을 불러들일 게 틀림없기 때문이오. 아시다시피 로베스피에르 일파는 코뮌의 시민군 사령부와 국민방위대 참모부를 장악하고 있소. 이런 상황에서 로베스피에르를 타도하겠다는 상퀼로트들의 봉기가 발생한다면 오히려 그들에게 더할 나위없는 내란의 빌미만 내주는 셈이 될 거요. 그렇지 않아도 로베스피에르는 어제의 공회 연설로 자신의 반대파들에게 겁박과 위협의 최후통첩을 보내왔소. 그런 마당에 자기를 반대하는 상퀼로트들의 봉기가 돌출한다는 것은 그에게 이를 적절히 역이용할 수 있는 정치적 호재로 여겨질 수밖에 없을 거요. 우리는 그동안 로베스피에르가 얼마나 난폭하고 무모한 악인인지 몸서리나도록 경험해오지 않았소이까. 그럴진대 뜻하지 않은 여러분의 직접적 공세는 로베스피에르로 하여금 난폭하고 무모한 성정의 극한을 노출하도록 부추기는 꼴이 될 뿐이오. 그리되면 공화정은 곧바로 끔찍한 내전과 보복의 도탄에 빠져 좌초하지 않을 수 없을 것이고, 그 과정에서 무고한 인명 피해만 한없이 늘어나겠지……"

바뵈프가 아마르에게 말한다.

"한때나마 상퀼로트들과 동고동락했다고 내세우시더니 상퀼로트들의 결집만큼은 꽤나 두려워하시는 모양입니다. 하기야 서로 굳게 뭉치면 무시무시해지는 집단이 바로 우리 상퀼로트들이긴 하지요……여하튼 그래서 요점이 뭡니까? 우리가 어떻게 하면 좋겠다고 생각하시는 겁니까?"

아마르가 말한다.

"그렇지 않아도 바로 여러분의 모의에 대한 내 협상안을 제시할 참이었소. 이와 같은 전후 사정에 따라 여러분은 오늘 예정된 항거를 유보하는 게 어떨까 싶소. 이것은 예상 가능한 로베스피에르 일파의 요격(邀擊)이 두려워서 그들에 대한 탄핵과 응징을 이대로 단념하자는 제안이 아니오. 로베스피에르 일파의 타도라는 하나의 목표 지점에 보다 확실히 근접할 수 있도록 그저 그 방도만 달리해서 서로 협력해 보자는 뜻이오. 우리에게도 로베스피에르 이상으로 여러분 같은 상퀼로트들의 지지와 협조가 절실하기 때문이오."

바뵈프가 말한다.

"로베스피에르 일파의 전횡과 폭거에 반대하신다면서도 우리더러 오늘 예정된 항거를 유보하라니, 비겁하고 나약한 뒷걸음질로밖에 보이지 않는군요. 우리가 나서지 않는다면 무슨 다른 대안이라도 있다는 겁니까?"

파트리스가 콜레농에게 속닥거린다.

"보안위원회와의 흥정을 성사시켜야 할 판에 그라쿠스 동지가 이거 너무 세게 나가는 거 아니야?"

콜레농이 파트리스에게 속닥거린다.

"쉿! 아무것도 모르겠으면 그냥 잠자코 있으라고. 저게 다 협상을 우리한테 유리하게 이끌기 위해 택한 그라쿠스 동지의 계책일 테니까. 아, 우리가 오연하게 나가야 상퀼로트들의 지지와 협조를 얻지 못해 안달 나 하는 쪽에서 하나라도 뭔가를 더 내놓을 게 아닌가. 눈치가 이렇게 둔해서야……"

아마르가 말한다.

"물론, 다른 대안도 염두에 두지 않은 상황에서 무턱대고 여러분에게 성급한 집단행동에만 나서지 말아달라고 만류할 수는 없는 일이오. 지금 내가 여기 와 있는 까닭도 실은 롬바르 구 구민협회의 항거보다 더 효과적으로 로베스피에르 일파의 파멸을 앞당길 모의가 무르익었기에 여러분한테 그것을 알리기 위해서요. 한마디로, 로베스피에르와 그 일파는 국민공회에서 우리가 해치우기로 결의했소. 여기서 우리란 비단 보안위원회만을 가리키는 게 아니요. 국민공회 대의원들의 태반이 그들을 겨냥한 탄핵소추와 체포 결의안에 동참할 예정이오. 그러니 로베스피에르 일파의 실각과 몰락은 이미 결정 난 거나 다름없소. 이런 사실들로 지금까지 공포정치의 서슬에 눌려 내색만 꺼려왔을 뿐 여러분만큼이나 국민공회에서 국정을 이끌어온 인민의 대표 대다수도 그동안 흉포한 로베스피에르 독재에 치를 떨어왔다는 사실이 명백해진 셈이오……"

바뵈프파가 불현듯 아마르의 말에 끼어든다.

"방금 **인민의 대표**라고 하셨나요?"

아마르가 말한다.

"아, 미안하오. 공회에서 습관적으로 잘못된 어휘를 사용하다 보니 나도 모르게 그만 그런 실수가 튀어나온 것 같소. 그 말은 **인민의 공복** 또는 **인민의 대리인**으로 정정하겠소. 말이야 바른 말이지, 국민공회 대의원은 인민 위에 군림하거나 인민을 대표하는 것으로 자임할 수 있는 특권의 신분이 아니라 인민의 일반의지를 반영하는 데 불과

한 심부름꾼일 뿐이오."

바뵈프가 아마르에게 말한다.

"다행히 **인민의 일반의지**라는 표현 하나로 앞의 말실수를 상쇄하고도 남겠습니다. 일반의지를 운위한다는 것은 귀하가 루소의 독자라는 증거로 간주될 수 있을 테니까요. 그리고 루소의 독자가 인민에 반하는 학정(虐政)을 펼 리 없겠지요. 배운 대로 행해야 한다는 것은 일반의지의 기본 원칙 가운데서도 중핵에 해당하는 일일 겁니다."

콜레농이 알베르에게 속닥거린다.

"아주 호되게 길들이는군."

알베르도 콜레농에게 속닥거린다.

"이런 기회가 아니고서야 우리 같은 상퀼로트들이 언제 한번 보안위원회의 고위직 관리를 저토록 마음 내키는 대로 다뤄볼 수 있겠나? 나는 그라쿠스 동지가 아주 잘하고 있는 거라 보네…… 그런데 국민공회에서 대다수 의원의 묵계와 공모에 따라 로베스피에르 일파를 처결할 예정이라고? 어째, 이야기가 이상하게 돌아간다 싶은걸. 인민의 손으로 직접 독재자를 끌어내리는 것하고, 공통된 이해타산 속에서 똘똘 뭉친 의회의 반대파들이 자기들의 정적을 격추시키는 것하고는 차원이 전혀 다른 얘기일 텐데…… 그리되면 이 공화정은 더욱 상퀼로트들과 멀어지면서 각각의 여러 정파로 얽혀 있는 의회 내 엘리트 권력의 수중에 떨어질 수도…… 그런 걱정이 들긴 하네만, 뭐 그런다 한들 지금으로서는 달리 어쩔 방도도 없지."

아마르가 계속한다.

"……여하튼 로베스피에르 일파는 국민공회 대의원들의 손으로 처리할 예정이니만큼 여러분은 오늘 계획해둔 집단행동을 유보하도록 다시 한 번 당부드리는 바이오. 공회에서의 거사에 아랑곳하지 않고 여러분이 나설 경우, 방금 내다본 바와 같은 역공의 위험성에 직면하지 않을까 심히 걱정스러워져서요. 그러면 자칫 만사가 수포로 돌아갈 공산이 있소. 로베스피에르 일파의 제거는 고사하고 오히려 우리 모두가 그들의 역공과 반격에 맥없이 희생될지도 모른다는 말이오. 상대는 로베스피에르요. 이 점을 잊지 마시오. 자, 그 이후에는 역사가 어떻게 이어질 것 같소? 역사는 반복되는 법이오. 숱한 독재자의 야욕으로 얼룩진 고대 로마 공화정의 역사를 기억하시오. 아무도 로마 공화정의 독재관으로 등극하려는 로베스피에르의 야욕을 저지할 수 없을 거요. 그러기는커녕 카이사르의 입성을 맞이한 원로원처럼 그 독재의 야욕을 의회에서 합법적으로 추인해줘야 하는 절차만 남겨두게 될 것이 틀림없소. 로베스피에르 개인으로서는 누군가 자신을 카이사르에 견주는 것이 흔감할지 몰라도 공화국 시민들에게는 한낱 치욕일 뿐이오. 여하튼 그러고 나면 이 프랑스 공화정은 하루아침에 막을 내리고 대신 무시무시한 로베스피에르 일파의 전제정이 출범하지 않을 수 없을 거요. 말하자면 로베스피에르가 그 일파와 짜고 대혁명과 공화정의 월계관을 찬탈할 거라는 말이오. 그러고 나면 지금까지의 공포정치와는 비교도 되지 않을 만큼 비정하고 혹독한 철권통치가 펼쳐질 것은 명약관화한 일이오. 합법적인 독재권력을 틀어쥐지 못한 작금의 정국에서도 로베스피에르는 피에 굶주린 단두대의 염마(閻魔)로 행세해왔거늘 하물며 전제정의 옥좌에 등극한 이후겠소. 공화정의 미래가 이런 나락으로 곤두박질치는 것은 우리만큼이나 여러분도 바라지 않는 바일 거요. 어쩌면 지금 이 시점은 그 갈림목일지도 모르겠소. 여러분이 어떤 선택을 하느냐에 따라서 말이오. 그러니 우리가 알아서 로베스피에르 일파를 쓸어내겠다는데도 만약 이 구민협회에서 무장봉기에 돌입하겠다면 그것은 결과적으로 로베스피에르의 타도를 위한 봉기가 아니라 다 죽어가는 그 일파의 부활에 기여하는 희생이 될 수도 있다는 사실을 반드시 명심해주셨으면 좋겠소."

바뵈프가 말한다.

"그러면 우리더러 당신들의 쿠데타를 소극적으로 묵인해주는 선에서 적당히 뒷전에 물러나 앉아 있기만 하라는 말씀입니까? 글쎄요, 그러기는 어렵겠는데요. 고작 그 따위가 우리들을 설득하기 위한 귀하의 협상안에 불과하다면 우리로서는 결코 받아들일 수가 없습니다. 그런 제안은 이 역사의 갈림길에서 상퀼로트에게 돌아갈 선택의 몫을 최소화하려는 의회권력의 책략으로밖에 보이지 않으니까요."

아마르가 말한다.

"물론 그렇지 않소. 보아 하니 여기 모인 상퀼로트 동지들은 정치에 대한 불신이 꽤 깊은 것 같소. 이게 다 로베스피에르 때문이지. 상퀼로트들을 실컷 이용해서 현재의 위상에 이르러놓고도 결국에는 상퀼로트들이 바라는 바와 무관한 권력투쟁에만 골몰해왔으니 말이오. 이 과정에서 코르들리에파의 시민 에베르와 그 동지들이 그 일파의 간악한 습격에 덧없이 희생당한 것 아니겠소. 그러니 정치 현실에 대한 여러분의 불신이 깊을 수밖에 없다는 저간의 정황은 충분히 납득할 수 있소. 하지만 그런 불신으로 인해 우리와의 협상마저 결렬시키려든다면 이는 몹시 애석하고 개탄스러운 노릇일 수밖에 없소. 미래로 열린 거사의 대의 앞에서 불우한 과거사에만 얽매여 일을 그르치는 것은 결코 옳지 못한 태도일 것이기 때문이오. 지금의 협상 과정으로 이 공화정의 미래와 새 역사를 함께 열어가리라는 믿음 속에서 부디 우리에게 마음을 열어주시면 기쁘겠소이다. 이번 공회의 거사에 가담할 무리들 중에서는 그 누구도 로베스피에르 일파처럼 여러분을 자기 야욕의 소모품쯤으로만 이용하려들지는 않을 거요. 내가 맹세하겠소."

바뵈프가 말한다.

"우리는 이미 정치인들의 맹세가 헛되다는 데 익숙해졌습니다. 그동안 혁명적 부르주아들은 자기들의 권력과 재산을 유지하기 위해서만 상퀼로트들에게 숱한 공약과 맹세를 남발해왔습니다만, 이제 사람들은 그런 말들에 건 기대와 믿음이 허망한 배신감으로 되돌아올 뿐임을 잘 알고 있습니다. 당신들의 맹세는 믿지 않겠습니다. 대신 저의 부정적인 견해를 반박할 만한 협상안의 내용이 무엇인지나 어서 말씀해보시지요."

아마르가 말한다.

"좋소. 우리가 국민공회에서 로베스피에르 일파의 제거에 성공하면, 여러분은 곧바로 혁명광장에 나와 이번의 거사에 대한 지지 시위를 벌여주시오. 요컨대, 여러분의 무장봉기를 유보하는 대신 로베스피에르의 실각과 몰락을 적극 환영한다는 상퀼로트들의 의사표현에 앞장서달라는 말이오. 우리는 여러분이 뒷전으로 물러나 앉아 강 건너 불구경하듯 이제 곧 발생할 정변에 대해 좌시하기만을 바라지 않소. 우리에게는 당연히 상퀼로트들의 집단행동이 필요하오. 하지만 문제는 그 순서와 방식이오. 우리의 거사가 발생하기도 전에 여러분이 들고 일어나는 것은 위험하고 무모하오. 하지만 우리의 거사가 발생한 직후 여러분이 이런 사태를 기다려왔다는 듯이 들고 일어나는 것은 로베스피에르의 실각과 몰락에 마침표를 찍는 일이 될 수 있소. 다음으로는 방식의 문제. 여러분이 벌일 지지 시위의 방식은 절대적으로 평화로워야 할 필요가 있소. 그렇지 않고 시위가 삼지창이나 총칼까지 끌어들여 과격한 양상으로 치닫다 보면 그에 대응하려는 상대편의 폭력성을 자극할 우려가 있소. 여러분은 그저 평화롭고 원만한 시위 행렬로 상퀼로트들의 민의만 대표해 보이면 되는 거요. 그리하여 로베스피에르 일파를 지지하는 여타 자치구와 다른 상퀼로트 진영의 맥을 빼놓아야 할 필요가 있소. 말하자면, 우리는 안에서 로베스피에르를 처치할 테니 여러분은 바깥에서 로베스피에르를 지지하는 동료 상퀼로트들의 준동에 효과적으로 대처해달라는 뜻이오. 그렇소.

시인하겠소. 우리는 솔직히 상퀼로트들이 무섭소. 로베스피에르의 호소에 발맞춰 지롱드파 정권을 쓸어낸 5월 31일의 인민봉기가 재현될까 두려워 숫제 밤잠을 설칠 지경이오. 이런 상황에서 여러분처럼 올바른 애국심으로 무장한 상퀼로트들이 로베스피에르 일파를 타도해야만 이 공화정이 되살아날 수 있겠다는 우리들의 충정에 가세해준다면 이는 억만금에도 비할 수 없는 조력의 지분으로 인정받아 마땅한 일이 아닐까 싶소이다. 그렇다면 우리들이 금수가 아니고서야 어찌 여러분의 지분을 모른 척할 수 있겠소이까? 그런 지분의 확보를 통해 여러분은 이 공화정의 참된 주인으로 올라설 수 있을 거요. 헌법 조문 따위에 박제되어 있는 추상적 표현이나 정치적인 수사법 등이 가리키는 의미에서가 아니라 실제로 이 공화정의 참된 주인이 된다는 말이오. 그 길로 가기 위해 여러분한테 당부해야 할 사항이 한 가지 더 있소."

파트리스가 콜레뇽에게 속닥거린다.

"우리들의 평화적인 지지 시위로 다른 상퀼로트들의 반대 여론을 잠재울 수 있을 거라고? 저 말을 다 믿어도 괜찮을까?"

콜레뇽이 파트리스에게 속닥거린다.

"우리뿐만 아니라 다른 구의 상퀼로트들도 이미 오래전에 로베스피에르에게서 자기들의 민심을 거둬들였다는 사실은 자네도 잘 알고 있지 않나? 우리를 내세워서라도 다른 상퀼로트들이 이번 사태에 동요하지 않도록 예방하고 싶다는 뜻일 거야. 적어도 내겐 충분히 그럴

듯한 얘기로 들리는군. 어쩌면 우리가 그러는 게 무턱대고 무장봉기
에 나서는 것보다 훨씬 더 현명한 대응일지도 모르고 말이야."

파트리스가 다시 속닥거린다.

"글쎄, 로베스피에르 일파를 몰아내려다 혹시 더 무서운 덫에 걸리
는 거나 아닌지 모르겠네. 공회에서 저들이 로베스피에르를 끝장내겠
다고 공언할 때부터 나는 어쩐지 찜찜했어. 자네도 내가 로베스피에
르를 얼마나 증오했는지 알지? 그런데도……"

알베르가 웅얼거린다.

"이제 결국 로베스피에르의 몰락이 현실로 점점 더 가까이 다가오
는구나. 그리고 보니 우리가 오늘 들고 일어나자고 했을 때만 해도
그런 현실감은 우리의 결기에 비해 그다지 크지 않았던 것 같네. 하
지만 이제 로베스피에르의 몰락은 우리 앞에 돌이킬 수 없는 현실로
떠오르고 있어. 그 현실을 굳히기 위해 우리는 로베스피에르에 반대
하는 또 하나의 혁명적 부르주아들과 결탁해야만 하네. 불과 몇 시간
전까지 혁명적 부르주아들만큼 믿지 못할 족속도 없을 거라고 저주를
퍼부어놓고도 우리는 내내 이러고 있어. 이게 우리의 현실이야. 어쩌
면 우리는 언제까지라도 주체적인 역량으로 독립하지 못하고 다양한
정체성의 혁명적 부르주아들에게 계속 이끌려 다녀야 할지도 모르지.
아, 언제쯤 이 악몽에서 벗어날 수 있을까?"

아마르가 말한다.

"설령 여러분이 우리들의 거사에 대한 지지 시위를 벌인다 해도 로

베스피에르의 체포 소식이 코뮌과 각 자치구에 전해지면 이에 승복하지 않으려는 무리의 저항이 뒤따를 수도 있소. 물론 우리는 공연한 희생자들이 속출하지 않도록 이런 사태가 발생하지 않기만을 바랄 뿐이오. 하지만 불행히도 공회의 명에 따르지 않겠다는 반란의 조짐이 보인다면 불가피하게 진압군을 동원할 수밖에 없소. 그런데 여러분 같은 상퀼로트들이 그 진압 과정에 동참해주면 그 상징적인 선전효과가 더욱 크지 않을까 싶소. 그러니 유사시에는 로베스피에르 일파의 반란을 토벌하는 데 여러분이 앞장서주길 바라겠소. 우리가 국민공회에서 로베스피에르 일파에 대한 체포 명령을 가결하고 여러분이 그 바깥에서 지지 시위로 호응해온다 해도, 만일 코뮌과 몇몇 자치구에서 합세하여 일으킬지도 모를 국가 변란 기도에 강력히 대처하지 못한다면, 공공의 적 로베스피에르를 타도하기 위한 우리의 공조는 한낱 물거품으로 변해버릴 수도 있소. 다시 한 번 말하지만, 상대는 로베스피에르요. 우리로서는 끝까지 전혀 마음을 놓을 수 없는 상대라는 말이오. 예상보다 훨씬 더 강도 높은 저항과 마주칠 수도 있소. 하지만 의심 많은 여러분, 안심하시오. 진압 과정에서 여러분의 안전만큼은 어떤 형태로든 보장해드리겠노라고 보안위원회의 위원직을 걸고 약조할 테니 말이오. 국민공회 쪽에서는 여러분이 로베스피에르 일파의 반란을 진압하는 데 우리와 함께했다는 상징성이 긴요할 뿐이오. 절대로 여러분을 최전선의 총알받이로 활용하는 일 따위는 생겨나지 않을 거요. 그러니 부디 믿고들 따라주시오. 그 고비만 넘기면 여러분에게는 로베스피에르 일파와 그 추종 세력들의 내란 음모에서 공화정을 구해낸 시민의 영예가 평생토록 후광처럼 따라다닐 거요."

바뵈프가 말한다.

"그런 문제에 대해서라면 귀하께 어떤 답을 드리는 게 좋을지 잠시 우리끼리 모여 숙의해보는 시간이 필요할 듯싶군요. 그럼 실례 좀 하겠습니다."

그러고는 아마르만 제외한 네 사람, 한 곳에 둘러서서 서로 머리를 맞댄다. 먼저 알베르의 입이 달싹거린다.

"예상치 못한 제안이군. 우리한테 진압군에 동참하라니. 혹시 함정이 아닐까? 이런 제안에까지 응해야 하나?"

콜레농이 말한다.

"글쎄, 그런 사태까지 벌어질까? 나는 아니라고 보는데. 아까 그라쿠스 동지가 말한 대로, 이 친구들은 상퀼로트의 민심을 전혀 파악하지 못하고 있어. 이른바 **불우한 과거사**, 즉 5월 31일의 공포에 얽매여 있는 것은 우리가 아니라 바로 이 사람들이야. 그 공포가 워낙 극심한 나머지 발생 가능성이 희박한 최악의 사태를 자꾸만 상정하는 거라고. 로베스피에르의 체포에 맞서 여러 구의 상퀼로트들이 자발적으로 들고 일어난다? 예전 같았으면 모르지만 지금은 아니야. 다들 우리처럼 그에 대한 불만과 배신감이 폭발 일보 직전일 텐데 상퀼로트들의 자발적 항거라니, 가당키나 한 소린가. 코뮌과 일부 자치구들에서 로베스피에르의 체포령을 거역하려는 조짐들이 산발적으로 나타날지는 몰라도 그래봐야 그 여파가 별로 확산되지는 못할 거야. 나는 상퀼로트들의 민심이 이미 로베스피에르에게서 떠나갔다고 보거든."

바뵈프가 말한다.

"나도 콜레농과 같은 생각일세. 그러니 저자의 협상안에 선선히 응해주고 우리가 원하는 것을 약속받는 게 어떨까 싶네. 그렇게 해도 우리한테 해가 될 만한 일은 벌어지지 않을 것 같으니까 말이야. 로베스피에르 일파가 국민방위대 참모부와 코뮌의 시민군 사령부를 장악하고 있다 한들 국민공회와 겨룰 만한 대규모 병력을 결집하려면 어차피 동원령이 필요하네. 그런데 이 동원령은 인민들의 자발적 의사에 따라야만 하지. 즉, 인민들이 국민방위대나 코뮌의 동원령을 묵살해버리면 그만이라는 말일세. 나도 콜레농처럼 민심은 이미 그쪽으로 기울었다고 보네. 그러니 알베르 동지의 우려와는 달리 우리가 응해도 별로 손해 보지 않을 제안이라고 할 수 있지."

알베르가 말한다.

"그라쿠스 동지, 오해하지 말고 듣게. 자네, 저들의 호주머니에서 나올 신문사의 설립자금이 그리도 탐나나? 평소의 자네답지 않게 오늘따라 유난히 권력층에 협조적으로 나오는 것 같아 하는 말일세."

바뵈프가 말한다.

"자네 눈에는 내가 지금 신문사의 설립자금이나 뜯어내자고 이러는 것으로밖에는 보이지 않나? 그 돈으로 내 사리사욕만 채우려 한다는 건가? 나를 그런 눈으로 보다니 실망이로군. 좋아. 그럼 나는 협상이 타결된 대가로 아마르, 저자에게서 돈이 들어와도 일절 그 돈을 관리하는 일에 간여하지 않을 테니 자네들 마음대로 하게. 상퀼로트들만의 계급 언론을 꾸려야 더 나은 세상에 대해 꿈꿀 수 있을 거라는 나의 구상은 역시나 시기상조일지도 모르겠다는 생각이 드는군. 이토록 터무니없는 몰이해에 부딪혀보니 말일세."

파트리스가 말한다.

"어허, 이거 큰일을 앞두고 다들 왜 이러나? 게다가 저쪽과의 본격적인 협상은 아직 시작되지도 않았는데 벌써부터 무슨 신문사의 설립자금을 들먹이고 난리람. 알베르, 자네 말이 지나쳤어. 그라쿠스 동지를 그런 쪽으로 몰다니 그게 어디 할 소리인가? 내가 보기에도 이 협상안은 우리한테 결코 불리할 게 없는 내용 같아. 게다가 저 사람은 우리의 협력과 가담이 억만금과도 견줄 수 없다며 그에 부응하는 지분을 약조했지 않았나. 우리는 그 약조를 지키도록 보안위원회 위원의 직인이나 인장이 찍힌 각서만 받아놓으면 될 일이라고. 그러니 지금은 신문사의 설립자금이 탐나서 누가 협상에 적극적이니 뭐니 하는 얘기 따위를 늘어놓을 계제가 아니지."

알베르가 바뵈프에게 말한다.

"어쩌다 보니 말이 지나쳤네. 내가 사과하지. 하지만 저런 자들이 우리의 협상 대상이라는 데 순간적으로 울화가 치밀어 오르더군. 어디 로베스피에르만 배신자인가? 로베스피에르 독재에 반대한다며 결속한 공회 의원들 상당수 또한 한때 상퀼로트들의 벗이었다는 이력을 팔아먹고 다니는 배신자들에 불과하네. 당장 쳐 죽여도 시원치 않을 배신자들의 무리와 협상을 벌이고 앉아 있는 우리 신세가 하도 딱해서 순간적으로 신경이 곤두섰던 것 같네. 또 한 번 로베스피에르가 원망스러워지는군. 이게 다 로베스피에르 때문에 빚어진 역설적 상황이니 말일세."

바뵈프가 말한다.

"실은 나도 적의 적을 협상의 상대로 맞아들여야만 하는 정치 논리가 곤혹스럽고 마뜩지 않기는 마찬가지일세. 하지만 이제 와서 어쩌겠나. 일단 급한 불부터 끄고 봐야지. 그 얘기는 차차 나눠보기로 하세. 그러다 보면 나중에라도 좋은 해결 방안이 나올 거야. 우선은 그렇게 믿고 이 순간을 넘기도록 하자고. 지금은 로베스피에르 독재를 타도하는 문제에만 집중하세…… 그럼 자네도 저쪽의 협상안을 받아들이자는 다수의 견해에 동의하겠나?"

알베르, 마지못한 듯 한숨을 푹 내쉰 후 천천히 고개를 끄덕여 보인다. 그러자 바뵈프가 아마르에게 말한다.

"좋습니다. 귀하의 협상안을 받아들이도록 하겠습니다. 그럼 이제는 우리가 귀측에 요구조건을 말해야 할 차례인가요?"

아마르, 안주머니에서 뭔가가 가득 든 자루 하나를 꺼내 책상 위에 올려놓은 후 말한다.

"참으로 고맙고 반갑소이다. 이로써 여러분과의 일차적인 협상이 타결된 셈이오. 이것은 그에 대한 사례의 하나요. 아시냐나 리브르 따위가 아니라 루이 금화로만 가득 채웠으니 언뜻 보기보다 그 액수가 상당할 거요…… 자, 그럼 이제부터는 여러분의 요구조건을 들어보도록 하겠소. 무엇이든 좋으니 허심탄회하게 말씀들 해보시오."

제3장

상자무대 바깥의 목소리.

"국민공회 본회의장. 이제 막 회의가 시작되려는 참이다. 회의장의 분위기는 평소보다 훨씬 더 적막하고 숙연하다."

연단 바로 아래 앞자리에 로베피에르와 생-쥐스트가 나란히 앉아 있다. 로베스피에르가 어색한 침묵을 깨고 다소 쭈뼛거리는 목소리로 생-쥐스트에게 묻는다.

"……그래, 보고서 작성은 잘 마무리했나? 이번 보고서 작성은 유독 힘들었을 것 같은데."

생-쥐스트도 다소 쭈뼛거리는 목소리로 말한다.

"오늘까지는 그래도 발표를 해야 하니 어쩔 수 없었지요. 밤새워 그럭저럭 마무리했습니다, 막심 동지."

그 말에 로베스피에르가 생-쥐스트의 얼굴을 돌아보며 말한다.

"**막심 동지**라는 호칭이 오늘따라 유난히 정겹게 들리는군…… 자네가 오전 중에 보내준 급전도 잘 받았네. 그런 뜻을 전해주니 나로서는 그저 고마울 뿐이야."

생-쥐스트가 말한다.

"고맙긴요 뭐. 서로 무슨 일을 겪든 동지에 대한 제 마음이 달라질 수 있겠습니까? 어제 저를 호되게 나무라긴 하셨지만 저에 대한 동지의 믿음이 여전하시다는 것을 저는 잘 알고 있습니다."

로베스피에르가 말한다.

"나무라다니, 누가 누구를 나무란다는 말인가. 피를 나눈 형제보다
도 더한 자코뱅 동지 사이에 그런 표현은 온당치 않네. 어제는 신경이
날카로워져서 내가 자네한테 그저 무례를 범했을 뿐이지. 아무쪼록
어제의 무례를 용서해주게, 생-쥐스트 동지."

생-쥐스트가 말한다.

"아닙니다, 막심 동지. 무례라뇨. 동지께서는 한 번도 저를 무례하
게 대하신 적이 없습니다. 이 세상에 동지만큼 아랫사람이나 후배한
테 정중하고 깍듯한 예를 갖춰 대하시는 분도 드물 겁니다. 그러니
그런 말씀 거두어주십시오."

로베스피에르가 말한다.

"자네가 그렇게 말해주니 몸 둘 바를 모르겠군. 하지만 공화정에
아랫사람이나 후배가 따로 있겠나? 그저 상호간에 동등한 시민 동지
들이 있을 뿐이지. 만일 그런 생각에 동의하지 않는 자가 있다면 그
런 위인은 이 공화정을 떠나야 한다고 보네. 공화국 안에는 오로지
공화국의 시민 동지들만이 존재하는 게 합당하니까."

생-쥐스트가 말한다.

"지당한 말씀입니다. 그런 의지에 따라 동지와 저를 비롯한 자코뱅
의 일원들은 지금 이 자리까지 대혁명이 다다르도록 숨 가쁘게 이끌
어왔다고 자부합니다. 숱한 고비를 넘겨가면서 말입니다. 이제는 마

지막 고비가 저희를 기다리고 있습니다. 이 고비만 무사히 넘기면 이 공화정은 안정된 반석 위에 올라설 수 있을 것 같습니다. 그래서 동지의 오해와 의심까지 무릅써가며 저는 저들과 어느 한도에서의 타협과 의견 조율을 시도해보고자 한 셈이었지요. 왜냐하면 저들도 공화국 시민으로서의 일반의지와 이성적 사리분별을 우리와 나눠 가진 자코뱅의 형제들임에 틀림없으니까요. 아무리 저들에 대한 분노가 마음을 뒤흔들어놓을 때일지라도 저는 왕당파나 지롱드의 역적들과는 달리 저들의 기본 상식을 신뢰해보려고 노력해왔습니다. 그런 까닭에 곧 발표할 제 보고서에서도 비록 혁명의 대의와 통제 경제의 원칙을 조금씩 뒤로 물리려는 일부 퇴행주의자들에 대해 동지만큼이나 혹독한 비판을 퍼부은 게 사실입니다만, 그런 경우에도 공안위원회 위원에게 부여된 탄핵소추권의 적용만큼은 자제하고자 했습니다. 저 연단에 올라 누군가를 공화정의 적으로 지목하고 고발해서 찍어내긴 쉬운 일이지만, 그러다 보면 아무래도 그 후유증과 역효과가 만만치 않을 테니까요."

생-쥐스트가 말을 맺었는데도 한동안 묵묵히 닫혀 있던 로베스피에르의 입이 이윽고 달싹거린다.

"……자넨 화해의 가능성을 믿나? 현시점에서 그런 가능성이 조금이라도 남아 있다고 보느냐는 말일세."

생-쥐스트가 말한다.

"글쎄요, 화해의 가능성을 믿는다기보다는 지금으로서는 오직 그

길밖에 없는 것처럼 보인다고 하는 게 더 정확하겠네요. 하지만 설령 우리가 막다른 골목에 몰려 있다 해도 저는 끝까지 동지와 그 길을 함께할 테니 아무 걱정하지 마십시오, 막심 동지."

로베스피에르가 힘없이 웅얼거리는 듯 말한다.

"지금 내게는 그 말이 더 절망적으로 들리는군. 타협과 화해란 파멸의 수렁으로 내몰리기 전 내키지 않아도 어쩔 수 없이 우리가 택할 수밖에 없는 마지막 보루처럼만 여겨지니 말이야……"

잠시 후 국민공회 의장 튀리오, 의장석에서 일어나 좌중을 향해 말한다.

"그럼 첫 순서로 루이 앙투안 드 생-쥐스트 위원이 공안위원회 활동 보고서를 발표하겠습니다. 생-쥐스트 위원은 연단 앞으로 나와주시기 바랍니다."

생-쥐스트, 자리에서 일어나 연단으로 나온다. 그러자 좌중에서 푸셰가 탈리앵과 비요-바렌에게 속닥거린다.

"어젯밤 술자리에서 추첨으로 정한 순서에 따라 자네들이 가장 먼저 총대를 메야 한다는 것, 잊지 않았겠지? 마음의 준비는 다 끝났나? 시작이 중요해. 기회는 한 번뿐이야. 실수 없이 해치우도록 하세."

탈리앵이 말한다.

"취중이라 기억도 가물거리는구먼…… 어쩌다 제비를 이 따위로 뽑았을꼬…… 난 술만 마셨다 하면 너무 나대서 탈이란 말이야. 보나 마나 내가 다 해치우겠다고 나대니까 그나마 덜 취한 패거리들이

제비도 뽑지 않고 나를 첫번째로 밀어 넣은 게지."

비요-바렌이 말한다.

"아니야. 내가 기억하는데, 분명히 추첨을 하긴 했어. 그런데 탈리
앵, 자네와 내가 재수 없게도 첫번째에 걸린 거지. 어차피 누군가는
선봉에 서야 하니 도리 없네. 기왕 이렇게 된 거, 구국의 전위를 떠맡
은 셈 치세."

르장드르가 웅얼거린다.

"역시 극렬 좌익분자답게 화통하군. 나중에 목이 달아나더라도 일
단 덤벼들고 보자는 게 이치들의 속성이지. 하지만 과연 이 거사의
열매가 어느 쪽에 돌아갈까? 상퀼로트들이 두려워 일으킨 부르주아
정치 세력들의 쿠데타에서 아무리 그 활약상이 크다 한들 누구도 상
퀼로트들과 밀착해 있는 정파의 몫으로 그 공을 넘기려들 리 없다는
건 자명한 사실인데…… 참으로 어리석다 못해 측은하기까지 한 족
속들이야. 하긴 이런 과격분자들을 행동대원으로 활용해서 원하는 목
표 지점에 가까이 다가가는 것은 당통 동지 생전의 전략전술이었지.
괜히 거친 몸싸움에 말려들 필요 없어. 한쪽으로 비켜나서 잔뜩 몸을
사리고 있다 결정적인 순간에나 나서야겠다."

콜로 데르부아가 말한다.

"자, 구국의 전위에 선 영광의 히어로들이여, 드디어 막이 활짝 열
렸다네. 이제 곧 무대로 달려나가야 할 차례야. 아무쪼록 코르네유의
사극과도 같이 비장한 열연을 보여주게."

부르동 드 루아즈가 웅얼거린다.

"코르네유의 사극처럼 비장한 열연? 놀고들 있네. 병신 새끼들……
상퀼로트의 밑이나 빨아대던 천것들 주제에…… 하기야 머지않아 자
기들이 벌인 짓을 피눈물로 자책하게 될 테니 이자들로 하여금 지금
실컷 즐기도록 띄워주는 것도 나쁘지 않겠지. 난 참 복 받을 거야."
그러고는 콜로 데르부아에게 말한다. "허어, 이 긴장된 순간에도 어
디서 그처럼 윤기 있는 언변이 쏟아져 나온단 말이오. 역시 희곡 창
작에 전념해온 예술가의 풍모가 아닐 수 없소이다. 코르네유의 사극
과도 같이 비장한 열연이라니, 그 여유와 배포에 실로 찬탄을 금치
못하겠소."

연단 위에서 생-쥐스트가 좌중에 대고 말한다.

"공안위원회 위원 루이 앙투안 드 생-쥐스트, 존경하는 국민공회
대의원 여러분께 공안위원회 활동에 대한 정기 보고를 올리도록 하겠
습니다. 미리 말씀드리는 바입니다만, 현재 우리의 공화정이 심각한
위기 상황을 맞고 있다는 사실에 대해서는 대의원 여러분께서도 다들
동의하시리라 믿습니다. 저는 이 위기 상황의 실체가 무엇인지 사실
대로 보고드린 후 그것을 슬기롭게 극복할 수 있는 방안이 무엇일지
에 관해 모색해보고 제의하는 방식으로 이번의 정치 보고를 이어갈까
합니다. 저는 간밤에 제가 속한 공안위원회의 몇몇 동료에게서 다시
는 떠올리기 싫을 정도로 혹독한 모욕과 조롱을 당했습니다. 그 모욕
과 조롱의 내용이 구체적으로 무엇이었는지는 이 자리에서 굳이 밝히

지 않겠습니다. 그들의 언동이 입에 담기에도 민망하기 때문입니다. 이런 모욕과 조롱을 겪고 나면 사람은 누구나 머리끝까지 치밀어 오르는 분노와 적의 앞에서 눈이 멀기 십상입니다. 여러분은 루소 선생 같은 인류의 사표(師表)조차도 마지막 저서 『고독한 산보객의 몽상』을 통하여 주변의 시정잡배들에게서 받은 모욕과 조롱으로 자신이 얼마나 괴로웠는지 토로하고 있음을 기억하실 겁니다. 이게 인지상정입니다. 누군가의 모욕과 조롱에 상처를 입는 일은 인류의 사표라고 해서 예외가 아니었던 셈입니다. 하물며 저처럼 혈기 방장한 성향의 범부일까요. 네, 사실대로 말씀드리겠습니다. 저는 속으로 피눈물을 흘리며 그 자리에서 뛰쳐나올 수밖에 없었습니다. 하지만 우선적으로 제 마음을 헤집어놓은 것은 이처럼 들끓는 분노와 적의가 아니었지요. 그것은 걱정과 연민이었습니다. 그들의 행태에서 제가 가장 먼저 느낀 것은 이 공화정의 국론이 심하게 분열되어 있다는 걱정이었습니다. 그다음으로는 불현듯 누군가를 향한 연민이 차오르는 게 느껴졌습니다. 그 누군가가 누군지에 대해서는 다들 짐작하시는 대로……"

그때 탈리앵이 연단을 향하여 돌진해오면서 외친다.

"저자는 지금 로베스피에르 일당의 규합을 호소하려 하고 있다! 이들이 꾀하려는 것은 내란이다!"

탈리앵의 고함을 신호로 좌중의 대의원이 모두 자리에서 일어난다. 장내가 걷잡을 수 없이 소란스러워지기 시작한다. 비요-바렌이 탈리앵을 뒤따라 나서며 외친다.

"내란 음모를 저지하자! 이 공회에서 범죄 집단을 몰아내자! 독재의 야욕을 분쇄하자!"

연단 위로 올라간 탈리앵, 생-쥐스트를 거칠게 밀쳐내고 그 자리에 선다. 생-쥐스트가 응수하려 하자 비요-바렌이 뒤에서 그를 제압하여 연단 아래로 끌어내린다. 바닥에 쓰러진 생-쥐스트 역의 마리오네트 위로 여러 기뇰이 달려든다.

생-쥐스트의 순서를 대신 차지한 탈리앵의 입이 다급하게 달싹거린다.

"국민공회 대의원 여러분, 그동안 우리는 로베스피에르 일당의 압제 밑에 억눌려 살아왔습니다. 적들의 흉계에서 공화정을 수호하는 과업의 수행으로 대혁명을 완성시켜야 한다는 명분에 한때나마 동조한 나머지 이들이 무슨 짓을 벌이든 공화정과 인민들을 위한 선의로 받아들여왔기 때문이었습니다. 말하자면 이 도당의 그럴 듯한 술수에 속아 천인공노할 독재의 만행을 모두가 묵인해온 셈입니다. 하지만 이것은 지워지지 않을 치욕이자 범죄의 공모입니다. 지금이라도 이러한 공모를 깨고 나날이 쌓여가는 치욕의 굴레에서 벗어나야만 합니다. 로베스피에르란 자의 정체는 공화정의 수호자가 아니라 그렇게 위장한 범죄 집단의 수괴임이 확연해져가고 있기 때문입니다."

좌중에서 열렬한 박수갈채와 동조의 환성이 터져 나온다. 자리에서 벌떡 일어난 로베스피에르가 튀리오를 향해 외친다.

"튀리오 의장, 당신은 탈리앵의 야만적인 돌출행동을 제지하지 않고 도대체 무얼 하는 겁니까? 이건 명백한 의사진행 방해입니다. 이런 작태가 지속되면 헌정 문란책동으로 간주될 수도 있습니다. 당장 저 자를 연단에서 끌어내도록 명하세요. 그리고 헌병대에 즉시 인계 하도록 하세요. 생-쥐스트가 공안위원회 활동 보고를 하고 있던 중 이질 않았습니까!"

튀리오가 말한다.

"글쎄올시다, 오죽했으면 저럴까도 싶으니 무슨 말을 할지 일단 들 어나 봅시다…… 그리고 말이 나왔으니 하는 말인데, 헌병대에 인계 되어야 할 사람은 탈리앵 같은 우국지사가 아니라 누군가 따로 있을 지도 모르지."

필리프 르바가 웅얼거린다.

"뭐라? 저런 무뢰한이 우국지사라고? 다들 미쳤구나. 그러고 보니 처음 여기 모였을 때부터 분위기가 심상치 않았어. 우리만 빼고 무슨 음모를 꾸미기 위해 모두 작당한 것만 같았지. 튀리오 의장도 한통속 이로구나. 안 되겠다, 나라도 헌병대를 불러와야지. 이중에서 누가 무슨 꿍꿍이로 작당에 가담했든 헌병들이라면 나 같은 보안위원회 위 원의 명을 거역할 수 없을 테니까."

그러고는 뒤돌아서서 출구를 향하려 한다. 하지만 불랑과 몇몇 대의 원이 그의 앞길을 위협적으로 막아선다. 필리프 르바, 멈칫한다.

불랑이 필리프 르바에게 말한다.

"왜, 이제 곧 동서가 될 사람을 그냥 사지에 놔둔 채 혼자서만 내빼 시려고? 아니면 헌병대라도 부르러 가실 참이었나? 괜히 보안위원회

욕보이지 말고 잠자코 있어! 당신이 정녕 보안위원회 위원이라면 헛짓거리하지 말고 무슨 일이 일어나나 가만히 보고만 있는 게 우리 위원회를 살리는 길이야! 그런데도 계속 허튼수작 부리면 정말 더러운 꼴이 뭔지 알게 될 테니까 그리 알라고!"

필리프 르바가 말한다.

"불랑 동지, 같은 보안위원회 위원으로서 지금 그게 나한테 할 소리요? 하루아침에 다들 정신이 이상해진 것 아니요?"

불랑이 말한다.

"애초부터 정신이 이상한 쪽은 보안위원회 위원이라면서도 로베스피에르 일당의 뒤꽁무니나 쫓아다닌 당신이었지. 그런 의미에서 나는 당신을 한 번도 같은 보안위원회 소속이라고 여겨본 적이 없어. 무슨 말인지 알아듣겠나?"

그 말에 필리프 르바가 격분한 어투로 소리친다.

"오라, 네놈들이 제멋대로 이 공화국을 찬탈할 셈이구나. 그런다고 내가 가만있을 것 같으냐! 어디 마음대로 해봐라, 이놈들아! 네 놈들이 더럽힌 공화정에서 사느니 나는 차라리 로베스피에르와 함께 사지로 향하겠다."

그러면서 출구로 돌진하려 하자 불랑과 대의원들이 그를 사납게 에워싼다. 다른 한쪽에서는 쿠통이 휠체어를 굴려 앞으로 나오면서 이렇게 외친다.

"지금 이 공회 안에 제정신으로 버티고 있는 자가 아무도 없단 말인가! 튀리오 의장, 나는 당신을 직무유기로 고발하겠소. 그리고 동료 위원의 활동 보고 중 무뢰한 탈리앵과 함께 연단으로 뛰어나간 비요-바렌의 보직 해임과 취조를 요청하는 바요. 이는 개인 자격으로서가 아니라 나 또한 공안위원회 위원의 한 사람으로……"

콜로 데르부아가 쿠통의 휠체어 뒤에 달라붙더니 손수건으로 그의 입을 틀어막으며 말한다.

"당신은 공안위원회의 위세와 권력이 하늘 높을 줄 모르고 치솟을 거라고만 믿는 게 큰 단점이야. 얼마 안 있으면 그 따위 자리놀음도 끝장날 텐데 이제 작작 좀 해두시지. 아주 지겨워 죽겠어 그냥. 자기만 혼자 공안위원회 위원인 줄 아는 모양이야. 비요-바렌을 보직 해임하다니, 누구 마음대로?"

탈리앵이 계속한다.

"여러분, 저런 악당들이 제멋대로 공화정을 농단하고 있는데도 가만히 좌시하고만 있으렵니까? 우리를 벼랑 끝으로 내몰고 있는데도 이대로 방관하고만 있어야 한단 말입니까? 그리하여 궁극적으로는 헌정을 중단시키고 자기들만의 독재 체제를 수립하려고 드는데도 무기력하게 이끌려 다니기만 할 셈입니까?"

대의원들은 다같이 입을 모아 "아니오!"라고 호응해온다. 로베스피에르, 튀리오에게 소리친다.

"의장, 탈리앵의 주장에 대한 반론을 청구하겠소. 내게 발언권을 주시오. 저 작자는 지금 특정 인물과 일부 정파를 아무 근거도 없이 모함하기 위해 불법적으로 의사진행 방해에 나선 거란 말이오. 어서 탈리앵을 퇴장시키시오. 그리고 내게 발언권을 넘겨주시오."

그러자 여기저기에서 야유가 쏟아져 나온다. 튀리오가 말한다.

"동료 의원들의 드센 야유 소리를 듣자 하니, 글쎄, 아무 근거도 없는 모함인지 아닌지는 더 들어봐야 알겠는걸."

그러고는 탈리앵과 함께 연단에 나와 있는 비요-바렌에게 발언권을 넘겨주는 것으로 로베스피에르의 요청을 묵살한다.

"자, 비요-바렌 위원도 탈리앵 의원만큼이나 몹시 할 말을 쌓아두고 있는 듯하니 어서 해보시오."

오귀스탱이 연단에 대고 소리친다.

"이건 음모다! 의장은 불법적인 연단 점령에 나선 저자들을 엄히 제재하기는커녕 어찌하여 로베스피에르 시민 동지에 대한 저들의 모욕과 음해가 계속될 수 있도록 방조한단 말인가! 어찌하여 연단 점령의 추태를 부리고 있는 작자들로 하여금 발언권마저 독점하도록 내버려둔단 말인가! 이건 음모다! 튀리오 의장은 당장 발언권을 로베스피에르 시민 동지에게 넘겨 그가 정당한 반론을 펼 수 있도록 하라!"

그러자 대의원들이 몰려와서 순식간에 그를 넘어뜨린다. 비요-바렌이 연단의 중앙으로 나와 입을 달싹거리기 시작한다.

"존경하는 국민공회 대의원 여러분. 로베스피에르와 그 일당에 대한 탈리앵 동지의 비판은 아무 근거도 없는 모함이 결코 아닙니다. 우리는 어제 본회의 때 다른 곳도 아닌 바로 이 튈르리 궁의 국민공회 회의장에서 이미 충격적인 사실을 경험한 바 있습니다. 그것은 바로 저들이 어떤 구의 상퀼로트들을 이 신성한 공회에 함부로 난입시키고자 시도한 일이었습니다. 말이 상퀼로트들이지 그들의 정체는 로베스피에르의 조종에 따라 움직이는 폭도들이나 다름없었습니다. 만일 그 폭도들의 무리가 저들의 계획대로 우리 공회에 난입할 수 있었다고 상상해보십시오. 그리고 그런 상상을 어제 로베스피에르가 이 자리에서 여러분께 마구 늘어놓은 으름장의 언사들과 결부 지어보십시오. 어제 우리의 신성한 국민공회는 로베스피에르가 불러들이려 한 폭도들의 난동과 행패로 하마터면 풍비박산이 날 뻔했습니다. 폭도들은 어제 연설에서 로베스피에르가 암시했거나 구체적으로 거론한 인물들을 당장이라도 잡아들이라고 아우성쳐댔을 것이며, 몇몇 정부기구의 혁파와 소속 위원들의 교체를 들먹인 로베스피에르의 선동에 대해서도 목청 높여 호응하려들었을 게 틀림없습니다. 하지만 선동과 횡포가 과연 그런 선에만 머물렀을까요? 아닙니다. 로베스피에르의 호소에 발맞춰 폭도들은 국민공회를 직접적으로 장악하려들었을 것입니다. 그러고는 그의 살생부에 올라 있는 대의원들을 그 자리에서 처결하려들었을지도 모릅니다. 그뿐 아니라 공안위원회와 보안위원회의 소속 위원들에게 일괄 사퇴하라는 압력을 가했을 수도 있습니다. 다행히 경비대대의 조속한 초기 대응으로 이 폭도들의 공회 난입을 막는 데는 성공했지만 언제 또다시 폭도들의 난입 시도가 재발할지는 아무도 알 수가 없으며 누구도 그런 일이 반복되지 않으리라고 장담할 수 없다는 점에 문제의 심각성이 있다고 할 수 있습니다. 어제는 인원수가 그리 많지 않아 공회 경비대대의 병력만으로 난입을 저지하는 데 성공했지만 앞으로는 얼마나 많은 폭도가 이리로 몰려올지도 전혀 예측할 수 없는 실정입니다. 이 프랑스 공화정의 대의기관이라는 국민공회가 이러한 폭도들의 위협 앞에서 언제 전복될지 모른다는 불안과 공포에 떨어야 한다는 것은 실로 기가 막힐 노릇이 아닐 수 없습니다. 하지만 어쩌면 바로 그 대목이야말로 저 로베스피에르 일당이 겨냥하고 있는 노림수가 아닐까 싶기도 합니다. 로베스피에르 일당이 권력의 중심에 자리한 이후로 그 권좌를 유지하고 강화해온 희대의 사술은 언제나 인민들에게 불안과 공포를 조성하는 일이었기 때문입니다. 불안과 공포의 조성을 통하여 저들은 지금까지 자기들만의 편협한 통치 이념으로 국정을 들쑤셔왔습니다. 그리고 거기에 따르지 않으려는 무리는 설령 한때 교분이 도타웠던 옛 동지들이라 할지라도 가차 없이 숙청함으로써 자기들이 조성해온 불안과 공포의 제단 위에 바쳤습니다. 그런 방식으로 저들은 인민들의 입에 재갈을 물렸습니다. 이와 같은 정치적 행보가 향해 갈 곳은 결국 독재밖에 없습니다. 그러니 탈리앵 동지가 로베스피에르를 향해 범죄 단체의 수괴임이 확연해져가고 있다고 한 말은 결코 과언이 아닙니다. 과언이기는커녕 오히려 정곡을 찌른 비판입니다. 존경하는 국민공회 대의원 여러분, 폭도들의 동원에 따른 불안과 공포의 조성으로 국민공회에 대한 전복을 획책하려들지도 모른다는 말에서 가까운 과거의 역사적 사실 한 가지가 떠오르지 않으십니까? 그렇습니다. 그것은 바로 1793년 5월 31일 인민봉기에 의해 지롱드파 정권과 의회가 무참히 붕괴된 사건입니다. 물론 5월 31일은 이처럼 부정적인 맥락에서 언급되는 게 과히 적절치 않은 우리 공화정의 역사적 승전비일 것입니다. 5월 31일로 인해 자코뱅 정권과 혁명정부가 출범하고 각 자치구를 통한 인민들의 정치 참여도 대폭 늘어날 수 있었으니까요. 어쩌면 우리의 대혁명은 이 5월 31일을 맞이하기 위해 기다려왔던 것 같기까지 합니다. 하지만 다른 한편으로 5월 31일은 한 야심가의 선동과 호소에 인민들이 동요할 때 얼마나 무시무시하고 폭력적인 결과를 야기할 수 있는지를 보여준 파국의 선례로 남은 것도 사실입니다. 동료 의원 여러분, 그렇습니다. 로베스피에르 일당이 염원하는 것은 바로 이러한 파국의 선례를 오늘날에 고스란히 재현하는 일입니다. 저들은 지금 새로운 5월 31일을 준비하면서 꿈꾸고 있다는 말입니다. 어제 로베스피에르가 자기의 폭도들을 공회에 끌어들이려 한 게 명백한 증거입니다. 이 얼마나 비열하고도 위험천만한 음모입니까. 저런 자와 그 일당을 그냥 놔둔다면 이 공화정은 풍전등화의 위기 속에서 가물거리다 영원히 좌초하고 말지도 모를 일입니다, 여러분!"

대의원들, 비요-바렌의 주장에 우레와도 같은 동조의 환성으로 화답해온다. 로베스피에르가 고함을 지른다.

"할 말이 있소! 나도 할 말이 있다질 않소! 제발 내게도 반론의 기회를 주시오!"

그러자 대의원들이 무리 지어 한목소리로 응수한다.

"내란 음모 저지하여 독재 야욕 분쇄하자! 독재 야욕 분쇄하여 범죄 집단 몰아내자!"

비요-바렌이 계속한다.

"제가 이렇게만 말씀드리면 혹시 우연한 정황 증거만으로 한 사람을 음해하는 것일지도 모른다고 의심하는 동료들이 있을 수도 있습니다. 하지만 저들이 또 하나의 5월 31일을 모의하고 있다는 증거는 이밖에도 많습니다. 그 가운데 가장 최근의 예로 어젯밤 열린 자코뱅 클럽의 당원 모임을 들 수 있습니다. 우리는 모두 공화정의 피를 나눈 자코뱅 형제들입니다. 그러니 이 자리에서 제가 자코뱅 클럽 자체를 공격하려 한다고 여기지는 말아주시기 바랍니다. 문제는 자코뱅 클럽과 선량하고 건전한 대부분의 당원 동지가 아니라 당원들을 불순한 사상으로 물들이려는 로베스피에르 일당일 뿐이지요. 그 일당 중에서도 가장 과격한 핵심요인들 가운데 하나인 국민방위대 참모장 앙리오가 어제 노골적으로 5월 31일의 재현을 제안하고 나섰습니다. 다른 사람도 아닌 국민방위대 전임 사령관이자 현 참모장의 입에서 그런 제의가 나왔다는 것은 이런 내란의 모의가 어느 정도 무르익어가고 있음을 반증하는 일례라고 볼 수도 있습니다. 그리고 다른 누군가가 그런 말을 한 것보다 그 실행 가능성의 파괴력이 훨씬 높다고 할 수도 있습니다. 로베스피에르에게도 그 파괴력이 어느 정도 의식되지 않을 수 없었을 테지요. 그러니 그 자리에서는 앙리오의 제의를 받아들일 수 없다는 투로 나오더군요. 하지만 차라리 손바닥으로 하늘을 가리라고 하십시오. 앙리오의 도발적인 제안이 로베스피에르의 사주에 따라 이루어졌다는 것을 눈치채지 못할 사람은 아마 이 공화정에 아무도 없을 겁니다. 그러니 혹시라도 건전하고 선량한 당원들의 반격에 앙리오의 제안이 눌릴까 봐 부랴부랴 그 자리에 참석한 앙리오의 참모부 사람들과 코피날, 뒤마 같은 혁명재판소의 거물들이 측면 지원에 나서지 않을 수 없었던 것일 테지요. 물론, 로베스피에르의 혈족 오귀스탱과 필리프 르바의 발악도 빼놓을 수 없겠습니다. 그 모습은 배후의 독재자를 위해서라면 어떤 오욕도 감수하겠다는 각료들의 충절을 연상시킬 정도였지요. 보기에 안쓰럽기까지 하더군요. 그러니 로베스피에르를 위해서라면 딱한 일일 테지만, 공화정을 위해서라면 매우 당연하고도 자연스런 고발 정신의 발로로써 저는 내란음모의 혐의에 따라 우선 앙리오와 불랑제·뒤프레스·라발레트 같은 국민방위대 참모부 인사뿐 아니라 혁명재판소 소장 르네 프랑수아 뒤마의 즉각적인 체포를 요구하는 바입니다. 뒤마, 이 작자는 다음번에는 혁명재판소 법정에서 보자며 저와 콜로 동지를 협박하기까지 했지요. 공안위원회 위원에 대한 공갈협박만으로도 이자에게는 내란음모의 죄목을 적용하는 게 충분히 가능하리라고 봅니다."

로베스피에르, 다시 목청 높여 외친다.

"저건 모두 황당무계한 음해이자 치졸한 모함일 뿐이오. 비요-바렌, 화해하는 척하더니 네놈이 결국 내 등 뒤에 비수를 꽂는구나! 내

진작 이럴 줄 알고 널 경계해왔다만, 그 음해와 모함의 언설이 너무나
도 사악하고 야비하구나…… 의장 동지, 내게도 발언권을 주시오. 할
말이 있소. 할 말이 있다질 않았소. 죽을 때 죽더라도 꼭 반론을 하고
가야겠소."
그러고는 사람들의 막을 피해 연단으로 올라가려 한다. 하지만 단상
의 계단에서 대의원들의 장벽에 막혀 옴짝달싹도 하기 어려워진다.
대의원들, 한목소리로 외쳐대기 시작한다.
 "독재자를 타도하라! 타도하라! 타도하라! 로베스피에르 물러가
라! 물러가라! 물러가라!"
로베스피에르, 대의원들의 틈에 끼어 계속 소리친다.
 "할 말이 있소. 할 말이 있으니 제발 내게도 발언할 기회를 주시오."
하지만 그의 외침은 계속되는 대의원들의 구호 소리에 파묻혀 이내
먹먹해지고 만다. 튀리오가 말한다.
 "로베스피에르 동지, 동료 의원들의 의사진행 발언이 아직 끝나지
않은 것 같소. 당신의 발언 기회는 그 이후에나 돌아갈 테니 그때까
지 기다리시오. 여태까지 그래왔듯이 설마 이 와중에도 당신 혼자서
만 발언권을 독점할 수 있다고 믿는 것은 아니겠지. 몸에 좋은 약은
입에 쓴 법이니 그렇게 악쓰지만 말고 이런 비난을 진득이 견디는 법
도 좀 배우시오."
그러고는 대의원들에게 묻는다.
 "내란 음모 혐의로 그 밖에 더 체포를 요구할 사람들이 있습니까?

거수 표결을 통하여 한꺼번에 일괄 처리할 예정이니 이 기회에 다 말해보시오들."

그 말이 끝나기가 무섭게 본회의장 안으로 쏟아져 들어온 중대 규모의 헌병대 병력이 장내를 에워싼다. 헌병들은 모두 푸른색 제복을 입은 기놀이다. 대의원들의 입에서 로베스피에르 일파에 속한 인사들의 이름이 경쟁적으로 튀어나온다.

"루이 앙투안 드 생-쥐스트요! 그러고 보니 이자가 입안한 방토즈 법령은 5월 31일의 재현을 위한 법적 정비에 불과했어. 게다가 그동안 공포정치로 많은 동지를 희생시켜온 원흉이기도 하지. 오늘도 공안위원회 활동 보고를 빙자하여 또 한 번의 학살극에 앞장설 참이었던 게 틀림없소. 앙리오의 죄질 따위에 비할 바가 아니오. 그러니 당장 생-쥐스트를 잡아들여야 하오!"

르장드르가 외친다.

"제청이오!"

"조르주 쿠통이오! 당연히 이 작자도 빼놓을 수 없지. 쿠통이야말로 피에 굶주린 악한 중의 악한이었소. 어쩌면 자기의 신체적 불구를 동료들의 거듭된 희생과 파멸로 보상받고자 했는지도 모르지. 그러니 불구자는 의회에서 추방해야 마땅합니다. 어서 쿠통을 체포하시오!"

콜로 데르부아가 외친다.

"제청이오!"

"오귀스탱 로베스피에르요! 내란 음모의 수괴와 한 핏줄일 뿐만 아니라 그동안 자코뱅 클럽이 필요 이상으로 과격해지도록 공회의 안 팎에서 열심히 설쳐댄 인물이오. 어제만 해도 앙리오의 불순한 제의 에 가장 극렬히 동조하는 것을 내 눈으로 똑똑히 목도했소이다. 마치 5월 31일의 재현에 관한 자신의 복안을 앙리오가 대신해서 입 밖으로 내뱉은 게 아닌가 싶을 지경이었소. 어차피 이들이야 한통속이니 그 러고도 남을 일이지. 거기다 현역 장교들까지 산악파에 강제로 가입 시킨 파견위원 출신˙이니만큼 이중에서 가장 위험한 인물이라 해도 지나치지 않소. 절대로 오귀스탱 로베스피에르를 놓치지 마시오!"
부르동 드 루아즈가 외친다.

"제청이오!"
그러자 필리프 르바가 그 무리에 대고 이렇게 부르짖는다.

"다들 나 또한 이 명단에 포함되어야 한다는 것을 알면서도 내가 보안위원회 소속이라는 이유만으로 그냥 넘어가려는 모양이지? 그럴 거 없다. 나는 오늘 이 시간부로 보안위원회에서 물러날 것을 선언한 다. 날강도들이 점거한 국민공회와 보안위원회에 더 이상 아무 미련 도 없기 때문이다. 여기서 내 목숨만 보전하려든다면 그런 선택이야 말로 평생 씻을 수 없는 치욕으로밖에 남지 않을 것이다. 내 입장도 오귀스탱과 같다. 그러니 대혁명의 기생충들이요 공화정의 날강도들 아, 저들을 결박할 포승줄에 나도 함께 엮도록 하라!"
필리프 르바의 일갈에 기다렸다는 듯 불랑이 소리친다.

"여기 필리프 르바도 추가요! 방금 스스로 본인의 죄상을 낱낱이

˙ 오귀스탱 로베스피에르는 1793년 7월 남부 파견 근무 중에 발생한 툴롱 포위전에서 나폴레옹 보나파르 트를 발굴한 바 있다. 나폴레옹은 현역 장교 신분임에도 오귀스탱과의 인연에 따라 열렬한 자코뱅 당원 으로 활동하기 시작한다.

자복했소. 보안위원회에서도 사임한다고 선언했으니 더 이상 봐줄 이유가 없소. 필리프 르바도 체포자 명단에 포함시키시오!"

바디에가 말한다.

"코뮌에 득시글거리는 로베스피에르의 추종자들도 결코 빠뜨려서는 안 될 말이오. 특히 파리 시장 레스코플뢰리오나 코뮌의 검찰을 지휘하는 파양 같은 인물은 앙리오 이상으로 경계해야 할 초강경파요. 로베스피에르를 지지하는 일부 자치구들이 이들과 긴밀한 동맹관계를 유지하고 있기 때문이오. 레스코플뢰리오나 파양의 말 한마디에 이런 자치구들이 크게 동요할 가능성도 배제할 수가 없소. 그렇다면 이들을 제거하지 않는 한 우리의 거사는 완벽한 성공을 장담할 수 없다고 봐야 하오. 또한 육군성 관리들 중에는 드물게도 로베스피에르와 두터운 친분을 쌓은 도비니도 이참에 잡아들여야 할 필요가 있소. 그동안 보안위원회에서는 이와 관련하여 도비니를 줄곧 사찰해온 결과 도저히 그냥 내버려둘 수 없는 위험인물로 간주할 수밖에 없었소."

탈리앵이 외친다.

"제청이오!"

그때 푸셰의 입이 달싹거린다.

"어째서 기껏해야 깃털들만 신이 나서 뽑아댈 뿐 정작 그 몸통을 거명하는 일은 머뭇거리는 거요? 아직도 공식석상에서는 로베스피에르의 이름을 입에 담는 게 두렵소? 여전히 그의 이름 앞에만 이르면

울렁증이라도 도지는 거요? 이미 대세가 기울었으니 이제는 그럴 때
도 지나지 않았소이까? 그렇다면 내가 직접 거명하리다. 공안위원회
위원 막시밀리앙 로베스피에르를 범죄 단체 및 내란 음모 수괴의 혐
의로 고발합니다. 아울러 본 의회에서 이자에 대한 체포 명령을 지금
즉시 의결하도록 요청하는 바입니다."

튀리오가 푸셰에게 묻는다.

"미안하지만, 방금 누구라고 했습니까? 장내가 너무 소란스러워서
동지의 말이 잘 들리지 않았습니다."

푸셰가 한껏 목청 높여 다시 말한다.

"제가 체포할 것을 요구한 인물은 막시밀리앙 로베스피에르입니다,
막시밀리앙 로베스피에르!"

한순간 정적. 사이. 로베스피에르, 그 틈을 노려 대의원들의 장막 사
이로 비집고 들어가서 연단에 선다. 하지만 그가 입을 달싹거리려는
순간, 더욱 거세진 대의원들의 구호 소리가 장내를 뒤덮는다.

"독재자를 타도하자! 타도하자! 타도하자! 로베스피에르 몰아내
자! 몰아내자! 몰아내자!"

로베스피에르, 그들의 구호에 눌려 아무 말도 꺼내지 못한다. 더 이
상 말하려고 시도할 수 있는 기력마저 쇠진한 듯 그는 연단의 단상에
겨우 매달려 있을 뿐이다. 그러는 사이 르장드르가 연단 밑으로 재빨
리 자리를 옮겨 대의원들에게 말한다.

"자, 이제는 결판을 내야 할 순간에 이른 것 같습니다. 아시다시피

우리 공화정의 인민들은 불행히도 로베스피에르·생-쥐스트·쿠통의 독재적인 과두정 체제에 짓눌려 살아왔습니다. 이제는 그 질곡의 사슬을 과감히 끊어야 할 때입니다. 이들의 마수에서 공화정을 구해내야 할 때입니다. 이 이상 얼마나 더 많은 동료의 목숨을 이들이 무단으로 점령하고 있는 독재의 권좌에 내줘야 합니까? 이 세 명의 흡혈마는 그것으로도 모자라 내란 음모를 통한 합법적 독재까지 넘보고 있습니다. 그 과정에서 이루 헤아릴 수 없을 인명 피해가 발생하리라는 것은 빤한 이치일 것입니다. 그렇다면 우리는 피와 잿더미로 얼룩진 로마 공화정 말기의 전철을 밟을 수밖에 없을 것입니다. 우리의 공화정이 그렇게 내몰리는 일만큼은 결사적으로 막아야 하지 않겠습니까, 여러분!"

그 말에 대의원들이 일제히 동조의 함성을 내지른다. 로베스피에르, 힘없이 입을 달싹거린다.

"거짓말…… 거짓말이야…… 음해…… 모략…… 도적 떼…… 차라리 이 자리에서 그냥 날 죽여다오……"

부르동 드 루아즈가 르장드르의 말끝을 이어받는다.

"그러니만큼 모두들 로베스피에르 일당의 체포 결의안에 대한 거수 표결에서 올바른 판단력을 발휘해주시기 바랍니다. 물론, 이 공화정이 기로에 서 있다는 위기의식 속에서 인민의 대표라는 직분에 합당한 역사적 사명감도 함께 말입니다."

그러고는 튀리오에게 말한다.

"친애하는 의장 동지, 준비가 다 된 것 같습니다. 바로 표결 처리에 들어가시지요."

로베스피에르가 발언할 의욕을 잃고 아예 단상 위에 엎드려 있는 사이, 모의 가담자들이 한 사람씩 돌아가며 연단에 나온다.

콜로 데르부아가 말한다.

"로베스피에르, 당신은 악마야!"

프레롱이 말한다.

"로베스피에르, 당신은 흡혈귀야!"

푸셰가 말한다.

"로베스피에르, 당신은 미치광이야!"

바디에가 말한다.

"로베스피에르, 당신은 광신도야!"

불랑이 말한다.

"로베스피에르, 당신은 폭군이야!"

부르동 드 루아즈가 말한다.

"로베스피에르, 당신은 위선자야!"

르장드르가 말한다.

"로베스피에르, 당신은 호로 자식이야!"

탈리앵이 말한다.

"로베스피에르, 당신은 개새끼야!"

캉봉이 말한다.

"로베스피에르, 당신은 철부지야!"

아마르가 말한다.

"로베스피에르, 당신은 독재자야!"

모든 대의원이 입을 모아 다 같이 외친다.

"로베스피에르, 당신은 독재자다! 로베스피에르, 당신은 독재자다!"

그러자 로베스피에르, 겨우 고개를 들고 잔뜩 쉰 목소리로 이렇게 말한다.

"그래, 내가 왕위를 차지하려고 했다, 내가 말이다!"

튀리오가 의사봉을 두드리며 말한다.

"이로써 막시밀리앙 로베스피에르·루이 앙투안 드 생-쥐스트·조르주 쿠퉁·오귀스탱 로베스피에르·필리프 르바 등에 대한 체포 결의안이 인민의 이름으로 가결되었음을 선포합니다! 이 밖에 뒤마·앙리오·코피날 등과 같은 로베스피에르 일당의 나머지 혐의자들에 대한 체포 명령은 공안위원회에 일임토록 하겠습니다. 그리고 보안위원회 바디에 동지의 고발에 따라 추가로 파리 시장 레스코플뢰리오·코뮌의 공공검사 파양·육군성 관리 도비니 등에 대해서도 체포할 것을 검토해보도록 요청하는 바입니다."

대의원들, 잠시 환성을 올린 후 한목소리로 또 다른 구호를 외쳐댄다.

"독재자는 법정으로! 독재자는 법정으로! 내란 재판 즉각 개정! 내란 재판 즉각 개정!"

콜로 데르부아가 바닥에 쓰러져 있는 생-쥐스트에게 다가가더니 이렇게 말한다.

"어디 그 잘난 공안위원회 활동 보고서에 뭐라고 씌어 있는지 마지막으로 한번 볼까?"

생-쥐스트, 아무 말 없이 손에 쥐고 있던 문건을 무기력한 동작으로 그에게 내민다. 콜로 데르부아, 잠시 그것을 훑어본 후 사정없이 찢어발긴다. 그러자 돌연 일사불란하게 움직이기 시작한 헌병들이 몰려와 생-쥐스트를 연행해간다. 그 밖에도 헌병들은 다른 로베스피에르 일파의 일원들을 거칠게 포박해서 바깥으로 끌어낸다. 그러고는 아직 연단에 엎드려 있는 로베스피에르에게 다가간다. 하지만 소대원들을 이끌고 호기롭게 그의 옆자리까지 다가간 헌병 장교는 다른 체포 대상들과 달리 함부로 달려들지 못하고 제자리에서 잠시 멈칫거린다. 이윽고 헌병 장교가 로베스피에르에게 말을 건넨다.

"저…… 시민 동지, 이제 그만 가보셔야 할 때가 왔습니다. 저희는 공회 수비대 소속 헌병중대원들이라 그저 명을 집행하는 수밖에 별다른 도리가 없습니다. 그동안 정말 고생 많이 하셨습니다……"

그때 로베스피에르가 상체를 벌떡 일으켜 세우더니 허공에 대고 문득 이렇게 외친다.

"날강도들이 승리했다! 공화국은 끝장났다!"

그러고는 힘없이 웅얼거린다.

"날강도들의 손아귀에서 끝끝내 공화정을 지켜내지 못한 나의 죄가 너무 크구나…… 용서를 구하기에는 나의 죄가 너무나도 크다……"

제4장

상자무대 바깥의 목소리.

"코뮌 총평의회장. 등장인물은 파리 시장 레스코플뢰리오와 코뮌의 공공검사 파양이다."

새로 등장한 레스코플뢰리오와 파양은 둘 다 마리오네트이다. 레스코 플뢰리오의 입이 달싹거린다.

"우리 산악파는 이대로 몰락할 수도 없고 몰락해서도 아니 되며 몰락해야 할 이유도 없소. 대혁명을 완결 짓고 공화정의 초석을 다지기 위해 아직은 수행해야 할 책무들이 우리에게 많이 남아 있기 때문이오. 그러고 보면 어젯밤 앙리오 동지가 불쑥 들고 나온 제안이 옳았던 것 같소. 그 자리에서 당장 앙리오 동지의 제안을 이행하기로 의결하지 않고 토론에 부쳐 계류(繫留)되도록 놔둔 게 우리의 치명적인 실수였소. 오랜 기간 국민방위대를 이끌어오면서 벼려진 작전 지휘관으로서의 안목과 예지를 전적으로 신임했어야 했소. 하지만 어제 자리를 함께한 당원 동지들 중에서 심지어 앙리오 동지의 제안에 적극 찬동한 강경파조차도 국민공회의 반역도당들이 이렇게까지 전격적으로 움직이리라고는 미처 내다볼 수 없었을 거요. 그만큼 모두들 아직까지는 늑장을 부릴 만한 여유가 있다고 믿었던 걸 거요. 그런 여유와 자만이 결국 이와 같은 화를 초래하고 말았소. 존경하는 로베스피에르 시민 동지가, 다른 곳도 아닌 국민공회 본회의장 안에서 공회 수비대 헌병들에게 연행되다니, 정녕 이 공화정에 망조가 들지 않고서야 어떻게 이런 사태가 벌어질 수 있단 말이오! 나라도 나섰어야 했는데, 우리가 너무 어리석고 소극적이었소…… 하지만 지금 와서 자탄해본들 무슨 소용이 있겠소. 이제는 이런 회한을 털어버리고 오로지 결사항전에만 우리의 모든 역량을 응집해야 할 때요. 그리하여 기필코 국민공회의 반역도당들을 섬멸해서 어떻게 해서든 이 공화정이 반동과 퇴행의 덫에 걸리지 않도록 결집해야만 하오. 오늘 공회에서의 사태는 역도들이 로베스피에르 시민 동지의 몰락을 밟고 올라서서 인민들에게 선포하려 한 반동과 퇴행의 쿠데타였소. 로베스피에르 시민 동지가 이대로 몰락하도록 좌시할 수는 없는 일이오. 왜냐하면 그분은 우리뿐 아니라 이 공화정의 향배와도 생사를 같이할 수밖에 없는 공동운명체이기 때문이오. 이런 반동과 퇴행의 쿠데타가 몰고 올 후폭풍은 필경 인민들의 삶부터 파탄 내고 말 게 틀림없소. 공회의 역도들은 늘 공포정치에 비판의 화살을 겨누어왔지. 하지만 놈들이 정작 겨냥하려든 것은 공포정치의 잔혹성이 아니라 공포정치를 통하여 비로소 시행 가능해진 경제적 통제였소. 안타깝게도 대다수 인민은 공포정치의 강력한 엄호 속에서만 이루어질 수 있는 경제적 통제가 그나마 자기들을 먹여 살려왔다는 막후의 사정에 과히 밝지 못한 편이오. 그러다 보니 로베스피에르 시민 동지가 공포정치로 독재의 가도를 트려 한다는 놈들의 선전이 인민들에게도 엄청난 악영향을 미치고 있소. 하지만 당장 공포정치를 철폐한다고 가정해봅시다. 이후에는 어쩔 수 없이 혁명정부의 경제적 통제도 잇따라 대폭 완화되거나, 아니면 아예 무력해지지 않을 수 없을 거요. 왜냐하면 공화정의 자유와 사유재산권을 방패막이 삼아 돈의 자유에 한껏 탐닉하려할 게 빤한 유산자 계층의 횡포를 국가 차원에서 감시하고 견제하기가 실질적으로 불가능해지기 때문이오. 구체제 전후였다면 모를까, 작금의 공화정 안에서 자유를 부르짖는 자들만큼 의심스러운 공모 집단도 따로 없소. 그들의 자유가 비수를 겨누고 있는 것은 공포정치와 통제 경제의 유기적 연동관계이기 때문이오. 그 연동관계를 파기해서둘 다 말살하자는 게 그들의 저의요. 역도들이 주장해온 대로 공포정치 대신 관용의 시대정신이 팡파르처럼 이 공화정에 울려 퍼지면 가장 먼저 자유로워질 것은 놀랍게도 인민이 아니라 돈일 거요. 그리고 그다음으로는 숱한 부정부패 연루자와 독직을 밥 먹듯 일삼아온 배임의 간흉들일 거요. 말하자면 지롱드파와 당통의 망령들이 피 맺힌 원혼으로 되돌아와 이 시대에 보복의 불길을 지필 거란 뜻이오. 그럴 때 우리 산악파가 밀어붙여온 공포정치의 잔혹성이란 그저 부르주아들이 음해하기 좋은 악의적 선전거리일 뿐 앞으로 불어닥칠 광풍의 잔혹성과 견주면 한낱 우스갯거리에 지나지 않을 거요…… 파양 동지, 미안하오. 상황이 상황이니만큼 내 토로가 불가불 암울한 전망속으로 곤두박질치고 만 것 같소. 하지만 실은 그렇지 않소. 오히려내게는 우리의 반격과 역습으로 공회의 역도들을 처단하여 공화정에

새 길을 낼 수 있을 거라는 희망이 불타오르고 있소. 모두 들고 일어
나야 하오. 그래야 암울한 전망에 굴복하라는 역도들의 회유와 압박
을 단호히 뿌리칠 수 있을 거요. 인권선언의 조문대로, 권력기관이
인민의 권리를 침해할 때 봉기는 인민에게 가장 신성하고 필요불가결
한 의무요. 그러니 우선은 튈르리 궁에서 동지들을 구출해내는 일이
시급하오. 그래야 이번 사태를 원점으로 되돌려놓고 앙리오 동지가
주장한 5월 31일의 재현에 나설 수가 있을 테니까 말이요. 공회의 역
도들과 싸우다 죽을지언정 나는 존경하는 로베스피에르 시민 동지와
끝까지 생사고락을 같이하겠소."

파양의 입이 달싹거린다.

"옳은 말씀입니다, 시장 동지. 우리가 한 발 늦긴 했습니다만 아직
희망을 버리기에는 이릅니다. 우리의 등 뒤에는 수십만의 상퀼로트가
버티고 있으니까요. 우리 산악파와 상퀼로트들은 갈라서려고 해야 결
코 갈라설 수 없는 동맹전선으로 굳게 결속되어 있습니다. 때가 되면
필시 그들은 우리의 천군만마로 나서줄 겁니다. 이미 비상 신호와 경
종을 울리고 각 자치구에 돌린 급전으로 비상 소집령을 내려 보냈으
니 아마도 어마어마한 수의 상퀼로트 자원 병력이 곧 공회의 역도들
을 처단하고자 시청 앞 그레브 광장으로 구름 떼처럼 몰려들 게 틀림
없습니다. 로베스피에르와 생-쥐스트 등을 비롯한 우리의 동지들이
공회 안에서 체포된 후 보안위원회 유치장에 갇혔다는 소식을 처음
들었을 때는 가슴이 덜컥 내려앉을 정도로 놀라고 격분했습니다만,

지금은 오히려 잘된 일인지도 모르겠다는 생각까지 듭니다. 이참에 우리의 반대파 연합전선을 철저히 궤멸해버릴 명분이 주어졌으니까요. 앙리오 동지의 제안대로 우리가 선제공격에 나섰다면 오늘처럼 경악할 만한 반동 쿠데타를 미연에 방지할 수는 있었을지 몰라도 그 역풍과 후유증 또한 만만치 않았을 가능성이 높습니다. 어쩌면 선제공격의 역풍과 후유증을 다스리는 데만 자못 오랜 시간과 공력이 소진되어야 할 수도 있는 일입니다. 시장 동지의 우려대로 우리 산악파는 독재의 가도를 트려 한다는 세간의 불신과 의혹에 둘러싸여 있으니까요. 그런 마당에 우리가 역도들을 선제공격해봐야 민심은 그런 불신과 의혹이 사실로 드러나고 있는 것으로만 바라보았을 겁니다. 그러면 우리의 절대적 우군이었던 상퀼로트들조차 결정적으로 산악파와 로베스피에르 시민 동지에 대해 등을 돌릴 공산이 큽니다. 그리고 그 틈을 노려 또 다른 음모가 우리의 발목을 낚아챌 수도 있습니다. 그런데 마침 저들이 먼저 선공에 나섰으니 제 손으로 자기들의 무덤을 파내려간 셈이지요. 이제는 우리의 정당방위와 합법적인 반격만 남았다고 할 수 있습니다. 우리가 아무리 저들을 가혹하게 짓뭉갠다 한들 아무도 이에 대해 섣불리 독재의 폭거라고 비난하려들 수는 없을 겁니다. 상퀼로트들은 이미 공회에서 로베스피에르 시민 동지가 체포되었다는 소식만으로도 지금쯤 극렬한 앙분과 진노를 금치 못하고 있지 않을까 싶습니다. 물론 우리에 대한 상퀼로트들의 동조와 호응이 예전만 못할지도 모릅니다. 시장 동지가 예리하게 파악하고 있는 것처럼, 공포정치에 대한 반대파 연합전선의 악의적 선전책동이 인민들에게 좋지 않은 영향을 미친 데다 결정적으로는 최근 이어진 통제 경제의 완화 조치들, 그중에서도 특히 최고 임금 상한제를 강화한다는 시책 때문입니다. 하지만 이것은 결코 우리 산악파가 주도한 경제 시책이라고 볼 수 없질 않겠습니까. 오히려 우리는 그런 경제적 퇴조에 거듭 반대해왔지요. 물론…… 중앙집권 정책의 효율과 상거래 행위의 활성화에 의한 경기 부양 효과 등을 끝까지 외면할 수는 없었지만요. 그런데도 인민들은 혁명정부의 모든 시책이 로베스피에르와 산악파에게서만 나오는 줄 알고 모든 책임을 우리에게 전가하는 데 익숙해져 있습니다. 오죽 답답했으면 로베스피에르 시민 동지가 어제 연설에서 재무위원회의 부르주아 관료들을 일일이 거명해가며 직접적으로 공격했겠나 싶기까지 합니다. 그러니 우리의 입장은 이런 통제 경제의 퇴조에 있지 않다는 것을 속히 상퀼로트들에게 알려야 합니다. 그리고 최고 임금 상한제는 결단코 우리의 작품이 아니라는 사실에 대해 적극적으로 선전해야 합니다. 그래서 우리에 대한 그들의 민의를 예전 수준으로 다시 끌어올려야만 합니다. 제가 알기로 최고 임금 상한제를 강력히 주장해서 통과시킨 장본인은 바레르와 캉봉입니다. 누가 최고 임금 상한제의 시책에 열렬히 앞장서왔는지 분명히 해두기 위해서라도 이들의 이름을 대담하게 폭로해야 합니다. 그래야 상퀼로트들의 오해가 풀릴 수 있습니다. 로베스피에르 시민 동지와 우리 산악파에 대한 상퀼로트들의 오해가 풀리는 순간, 즉 이 절박한 상황에 상호간의 화해가 극적으로 이루어지는 순간이야말로 공회의 역도들이 처참하게 궤멸되고 공화정이 맑아지는 시점과 정확히 일치하리라고 생각됩니다. 지금 당장이라도 각 구의 구민협회와 감시위원회에 최고 임금 상한제의 책임이 누구에게 있는지 밝히는 급전을 돌리기로 하지요…… 그리고 역전의 용사 앙리오 장군이 보안위원회 유치장에 구금당한 동지들을 구하러 떠났으니 일단 좋은 소식이 들려오기만을 기다려볼 수밖에요. 앙리오 장군은 한번 한다고 하면 해내는 성미니까요."

레스코플뢰리오가 말한다.

"나는 평소 그렇게 조급하고 저돌적이기만 한 앙리오 동지의 성미를 늘 탐탁지 않게 여겨왔소. 한 사람의 장수로서 그런 품성이 미덕일 수도 있겠소만 때론 신중하고 조심스러운 대처가 절실히 요구되기도 하는 법이니 말이오. 동지들을 유치장에서 구해내자면 더욱 적절한 대비책이 필요하다고 내가 그토록 말렸거늘 그는 결국 얼마 되지 않는 경비병들만 거느린 채 험난한 출정을 감행하고 말았소. 국민방위대의 비상경보를 발령한 만큼 곧 원군과 지원 병력이 도착할 텐데도 그사이를 못 참고 서둘러 뛰쳐나간 거요. 사태의 심각성을 고려할 때 아무래도 너무 경솔한 움직임이라 아니할 수 없을 듯싶소. 별로 예감이 좋질 않아요. 게다가 그는 로베스피에르의 체포 소식이 전해지자 도저히 그 분을 삭일 수 없어 코냑까지 벌컥벌컥 들이켰다고 했소. 여기 왔을 때는 이미 거나하게 취한 기색이 또렷해 보였소. 그동안 아무리 인민들의 무장봉기를 영명하게 통솔해온 역전의 용사라지만 취기 오른 장수가 동료들의 구출 작전을 과연 성공적으로 수행해낼 수 있을지 참으로 걱정스럽소. 어떻게든 말리는 게 바람직했을 텐데 이거, 공연한 화만 더 키우는 거나 아닌지 모르겠단 말이오. 휘하에 병력들을 얼마 거느리지도 못한 장수가 잔뜩 취해 있기까지 한데도, 그리고 그 장수와 맞서 싸울 상대가 이 공화정에서 최정예부대의하나에 속한다고 할 수 있을 공회 경비대대나 수비대 헌병들인데도내 예감이 좋다면 오히려 그게 이상한 일 아니겠소? 국민방위대 병력들이 어느 정도 집결하기만 하면 곧장 튈르리 궁에 지원군으로 투입할 예정이긴 하오만 아무래도 그 전에 상황이 종료될 것 같아 그게참 걱정이오. 지금 가장 시급한 사안은 파양 동지가 제의한 급전의배포와 함께 한시바삐 동지들을 유치장에서 빼내는 일일 텐데, 만일앙리오 동지가 잘못되는 경우 이제는 다시 누구를 그곳으로 보내야 할지…… 아무래도 그런 일이 한번 발생하고 나면 그쪽의 경비가 더욱삼엄해지든가, 아니면 놈들이 동지들을 뤽상부르 감옥 같은 데로 아예 이감시켜버릴 수도 있을 텐데 말이오……"

파양이 말한다.

"듣고 보니 시장 동지가 충분히 걱정하실 만한 상황이로군요. 앙리오 장군이 설마 그 정도일 줄은 저도 까맣게 모르고 있었습니다……마침 저한테 생각나는 지휘관이 한 사람 있습니다. 혹시라도 나쁜 소식이 들려올 경우, 나폴레옹 보나파르트라는 약관의 포병 장교를 동지들의 구출 작전에 투입해보면 어떻겠습니까?"

레스코플뢰리오가 되묻는다.

"나폴레오네 보나파르테? 처음 듣는 이름이로군. 보아 하니 식민지 태생 같은데, 맞소?"

파양이 말한다.

"나폴레오네 보나파르테가 아니고 나폴레옹 보나파르트입니다, 시민 동지. 식민지 태생의 장교들 앞에서는 그들의 이름을 발음할 때 특히 유의하셔야 합니다. 그들은 자존심이 강하고 몹시 예민해서 프랑스 본토인들이 자기들의 이름을 잘못 발음하면 이를 조롱으로 오해하여 자칫 결투까지 신청해올 수도 있으니까요. 아무튼 식민지 태생 맞습니다. 코르시카 출신이지요. 오귀스탱 동지가 발굴한 포병 장교인데 현역 군인 신분임에도 자코뱅의 열성 당원으로 알려져 있습니다. 누구보다 지략과 책모(策謀)가 탁월하다더군요. 게다가 술도 멀리하는 편이랍니다."

레스코플뢰리오가 말한다.

"흠, 여러모로 앙리오 동지와 대비될 만한 군인이로군. 그런 장교가 자코뱅의 열성 당원이라니 천만다행이오. 그런데 관군에 속해 있는 사람을 우리가 임의대로 이런 구출 작전에 기용할 수 있는지 없는지 선뜻 판단이 서질 않소. 그가 아무리 열성적인 자코뱅 당원이라 할지라도 자칫 잘못하면 아주 민감해질 수도 있는 사안인지라……"

그때 코피날이 급히 안으로 뛰어 들어오더니 그들에게 말한다.

"동지들, 나쁜 소식과 좋은 소식이 각각 두 가지씩 있습니다. 지금 상황이 긴박합니다. 그러니 우선 나쁜 소식부터 전하도록 하겠습니다. 그 첫번째는 동지들을 구출하러 튈르리 궁으로 돌격한 앙리오 동지가 오히려 공회 수비대에게 생포되고 말았다는 소식입니다. 병력들도 제대로 규합하지 않고 서둘러 동지들을 구해내겠다는 의욕만 앞세운 게 역시 무리였나 봅니다……"

레스코플뢰리오가 혀를 끌끌거리며 웅얼거린다.

"아니나 다를까……"

파양이 코피날에게 말한다.

"그렇다면 큰일 아닙니까? 역도들이 이제 우리의 항거에 본격적으로 대비하려들 테니 말입니다. 그들이 전열을 갖추기 전에 우리가 효과적으로 응수하지 못하면 상황은 더 이상 돌이킬 수 없어질지도 모릅니다. 어쩌면 놈들은 이 코뮌도 소탕하기 위해 헌병대에서 정예요원들만 뽑아 이미 체포조를 결성했을 수도 있습니다. 그들의 접근을 차단해야 합니다."

코피날이 말한다.

"다행히도 그런 조짐까지 보이는 것 같지는 않습니다. 공회의 역도들은 아직 전열을 가다듬지 못한 상태에서 우리의 동지들을 어떻게 처리할지 몰라 우왕좌왕하고 있는 모양이오. 그리고 로베스피에르 시민 동지의 체포 소식이 바깥으로 새어 나간 이후 상퀼로트들의 동향에 대해서도 잔뜩 촉각을 곤두세우고 있는 눈치요. 그럴 수밖에 없을 테지. 역도들로서는 상퀼로트들의 동향에 따라 이번 정변의 성패 여부가 판가름 나리라고 생각될 테니 말이오. 여하튼 혹 떼러 갔다가 혹 붙인 격이라 답답하지만, 이제 집결할 국민방위대 병력의 지휘를 위해서라도 저들의 마수에서 앙리오 동지를 빼내오는 게 시급하오. 이는 공회의 역도들이 전열을 정비하기 전에 최우선적으로 서둘러야 할 일이오."

레스코플뢰리오가 다시금 혀를 끌끌거리며 말한다.

"참으로 답답한 노릇이로세. 공회에서 체포당한 동지들을 구출해내는 일만 해도 벅찬데 이젠 동지들을 구출해내겠다고 나선 사람마저 덤으로 구출해내야 하는 짐까지 떠안아야 할 판이니, 이거야 원…… 그래, 그다음으로 나쁜 소식이란 대체 뭡니까? 빨리 나쁜 소식을 끝내고 좋은 소식으로 넘어가고 싶구먼."

코피날이 말한다.

"그다음으로 나쁜 소식은 앙리오의 구출 작전이 실패한 여파로 역도들이 동지들의 이감을 결정했다는 것입니다. 장소는 예상대로 뤽상부르 감옥입니다……"

파양이 웅얼거린다.

"결국 최악의 상황이 닥친 게로군. 뤽상부르 감옥으로의 이감이면 더 이상의 구출 작전은 무의미해졌다고 봐야지. 대혁명 때처럼 인민들이 바스티유 감옥을 습격하여 함락시키지 않는 한……"

코피날이 파양에게 말한다.

"아직 내 얘기가 끝나지 않았소. 마저 다 듣고 판단해도 늦지 않을 거요…… 이번에는 두 가지 희망적인 소식으로 넘어가보겠습니다. 그 첫번째는 역도들에 의해 우리의 동지들이 뤽상부르 감옥으로 옮겨졌지만 감옥의 간수들이 동지들의 수감을 대담하게 거부했다는 소식입니다. 간수들은 공회 측 호송관이 체포 영장과 보안위원회 직인까지 디밀어 보이면서 잔뜩 으름장을 놓았다는데도 끝끝내 거기에 굴하지 않았다고 합니다. 심지어 어떤 간수는 로베스피에르 시민 동지의 발치에 꿇어앉아 이게 무슨 변고냐면서 눈물을 쏟기도 했다는군요. 그런 소식을 전해 듣는데 저도 모르게 어찌나 콧등이 시큰거리던지……"

레스코플뢰리오가 울먹한 목소리로 말한다.

"오…… 그래서, 그래서 어찌 되었다고 합니까?"

코피날 또한 울먹거림으로 흐트러지려는 목소리를 근근이 추슬러가며 말한다.

"……흠흠, 간수들이 집단으로 항명하니 역도들로서도 어쩔 수 없었겠지요. 결국 뤽상부르 감옥으로의 이감 결정은 취소되었습니다! 대신 오페브르 부둣가에 있는 구청 청사에 수감하기로 했답니다. 하지만 그곳은 우리 코뮌의 자치 경찰들이 활동하는 관할구역입니다. 그러니 구출 작전은 이제 아주 쉬워진 셈입니다. 그곳의 자치 관헌들은 코뮌에 절대적으로 충성하는 조직 집단이니까요! 역도들이 우왕좌왕하고 있다는 게 바로 이런 면에서도 여실히 드러난 셈입니다!"

그 말에 레스코플뢰리오와 파양, 자리에서 벌떡 일어나 감격스러워하는 태도로 이렇게 외친다.

"인민민주주의 만세! 로베스피에르 시민 동지 만세!"

코피날이 계속한다.

"우리한테 희망적인 소식은 한 가지 더 있습니다. 현재 시청 앞 그레브 광장에 속속 모여들고 있는 상퀼로트 자원 병력의 수가 거의 2천명에 육박하는 중이랍니다."

그러자 파양이 실망했다는 목소리로 되묻는다.

"겨우 2천? 2만이 아니고?"

레스코플뢰리오도 실망스럽다는 어조로 말한다.

"각각의 자치구에 비상 소집령과 동원령이 떨어진 지가 언젠데 아직 자원 병력의 수가 2천 명에도 이르지 못했단 말인가…… 재판관 동지는 그걸 지금 희망적인 소식이라며 우리한테 가져온 거요?"

코피날이 말한다.

"물론 기대에 미치지 못하는 수치일 수는 있습니다. 하지만 병력 수가 늘어가는 추세로 볼 때 꽤 많은 상퀼로트가 그레브 광장으로 몰려들 게 틀림없어 보이는데요. 어쩌면 아직 우리가 각 구에 띄운 급전이 제대로 하달되지 않아 상퀼로트들이 로베스피에르 시민 동지의 체포 소식에 깜깜할 수도 있습니다. 하지만 지금 들려오는 소식에 따르면 각 구의 감시위원회는 코뮌의 급전을 받자마자 병력 조달과 물자 징발에 적극적으로 나서기 시작했다고 합니다. 2천 명의 인원수가 실망스러우시다면 상퀼로트들이 지배하고 있는 여러 자치구의 감시위원회가 코뮌의 지체처럼 활동하고 있다는 소식에서 위안을 찾을 수도 있는 일 아니겠습니까? 그들이 병력 조달을 위해 애쓰고 있다니까 금세 그 성과가 나타나리라고 봅니다만."

레스코플뢰리오가 말한다.

"그래도 지금까지 겨우 2천 명에도 이르지 못했다니 솔직히 실망스러움을 감추지 못하겠소. 파양 동지는 최대한 빨리 각 구에 배포될 수 있도록 아까 말한 내용으로 서둘러 급전을 작성하시는 게 좋을 것 같소. 그래야 로베스피에르 시민 동지의 체포 소식이 상퀼로트들에게 더욱 확실한 반향을 일으키지 않을까 싶소."

파양, 그러겠다고 한 후 서둘러 퇴장한다. 레스코플뢰리오, 계속한다.

"그리고 나는 지금 즉시 코뮌의 자치 관헌들에 연락해서 오페브르 구청 청사에 수감되어 있는 우리 동지들을 석방시킨 후 시청으로 호송해오도록 지시할 테니 코피날 동지는 튈르리 궁에 잡혀 있다는 앙리오 장군의 구출을 맡아주시오. 그레브 광장에 모여 있는 자원 병력들을 이끌고 가서 말이오. 필요하다 싶으면 추가 병력도 지원해드리리다. 그리고 혹시라도 그 과정에서 역도들과 마주치면 닥치는 대로 사살해버려도 좋소. 설령 나중에라도 이런 결정이 문제로 불거지면 그 책임은 내가 알아서 지도록 할 테니 동지는 무조건 그렇게 하시오. 살려두고 혁명재판에 회부할 가치조차 없는 작자들이니 말이오. 아니, 앙리오 장군의 구출과 동시에 힘닿는 대로 모의에 앞장서온 주동자의 무리들을 색출한 후 아예 그 자리에서 처단해버리도록 당부하고 싶소. 이번 사태를 조속히 끝장내자면 차라리 그러는 게 훨씬 더 시간을 절약하는 데 도움이 될 것 같소…… 내 말 무슨 뜻인지 이해하시겠소이까?"

코피날, 알겠다고 한 후 서둘러 퇴장한다. 잠시 후 레스코플뢰리오, 바깥에 대고 외친다.

"밖에 대기 중인 전령 있으면 잠시 안으로 들어오게."

그러자마자 전령 역할의 기뇰이 곧장 안으로 들어온다. 레스코플뢰리오, 전령에게 미리 작성되어 있던 위임장을 전해주며 말한다.

"지금 즉시 오페브르 부둣가의 관할지서로 출발해서 그곳의 자치 관헌들에게 이 위임장을 보여주고 시민 로베스피에르를 비롯하여 구청 청사에 구금되어 있는 산악파 동지들을 전원 석방시킨 후 파리 시청으로 호송해오도록 전하게. 촌각을 다퉈야 할 만큼 긴급하고 중대한 사안일세."

전령, 알겠다고 한 후 곧바로 퇴장한다. 레스코플뢰리오, 혼잣말로 웅얼거린다.

"설마 상퀼로트들에 대한 우리의 기대가 어긋나는 것은 아니겠지? 만일 그렇다면 큰 낭패인데…… 지금까지 2천 명도 채 모이질 않았다니 이게 도무지 말이 되는 얘기냔 말이야. 그동안 우리를 지지해온 자치구들의 수많은 상퀼로트는 다 어디로 가고 동원령이 떨어진 지 두 시간이 넘도록 고작 2천 명…… 상퀼로트들이 우리 편에 힘을 보태주지 않으면 아무리 내가 코뮌의 자치 관헌들로 하여금 지금 붙잡혀 있는 동지들을 석방토록 해서 한데 불러 모은다 한들, 전열을 가다듬은 저들이 국민공회에 대한 반란을 진압하겠다며 이쪽으로 쳐들어온다면……"

그때, 새로운 마리오네트 하나가 안으로 들어온다. 레스코플뢰리오, 그에게 말한다.

"아 도비니 동지, 역시 와주었군요. 반갑소이다. 육군성 관리로서 마음을 정하기가 쉽지 않았을 터인데 이번 사태에서 결국 우리와 함께하기로 결정하셨나 보구려. 그렇다면 참으로 힘든 결정하셨소."

도비니가 말한다.

"그게 무슨 섭섭한 말씀이십니까, 시장 동지. 우리는 무슨 일이 벌어지더라도 끝까지 생사의 전선을 같이 지켜야 할 산악파의 형제들이니 당연한 결심이지요. 저 또한 로베스피에르 시민 동지를 위해 마지막까지 함께 싸울 각오로 여기 왔습니다. 튈르리 궁에 좀더 남아 군부의 동향도 면밀히 파악하고 로베스피에르 시민 동지에 대한 새 소식도 입수한 후 나중에 합류할 참이었습니다만 여의치 않았습니다. 워낙 제가 육군성 관리로서는 특이하게도 로베스피에르 시민 동지와 도타운 친분을 쌓은 사이로 알려져 있다 보니 말이지요. 돌아가는 판세로 보아 하니 금세라도 험한 꼴을 보게 생겼더군요. 공안위원회에서 이번 쿠데타의 주모자들끼리 저에 대한 체포를 거론하고 있다는 것 같았습니다. 비단, 저뿐만 아니라 시장 동지와 파양 검사를 비롯한 코뮌 수뇌부에 대해서도 곧 체포 영장이 발부될 거라고들 합니다.

비록 육군성에 몸담고 있다고는 해도 저는 뿌리까지 산악파의 사람입니다. 게다가 로베스피에르 시민 동지 앞에서 다른 선택의 여지 따위는 염두에 둘 수조차 없습니다. 하지만 거기 계속 머물러 있다가는 제대로 싸워보지도 못하고 그들의 손에 능욕당하기만 할 것 같아 부랴부랴 이리로 달려왔습니다."

레스코플뢰리오가 말한다.

"여하튼 잘하셨소. 공안위원 트로이카의 체포 결의안이 상정되었을 때부터 벌써 저들의 칼날은 코뮌을 향하고 있었을 거요. 그러니 우리들에 대한 체포 영장이 발부된다 해도 별로 새삼스러울 게 없는 일이오. 이제는 반역의 무리를 타도하기 위한 결사항전만이 남았을 뿐이오. 이 싸움에서 이기는 쪽이 공화정의 미래를 수중에 거머쥐지 않겠나 싶소. 물론 마땅히 우리가 이겨야만 하오. 그래야 공화정이 인민을 배반하거나 뒷걸음질 치지 않을 테니까 말이오…… 그래, 군부의 동향은 지금 어떻습니까?"

도비니가 말한다.

"음, 지금으로서는 상황이 그다지…… 녹록해 보이지 않습니다. 파리 일대에 주둔하고 있는 관군 부대로 가장 병력 규모가 큰 수도방위사령부와 제1포병군단의 경우만 해도 국민공회에서의 쿠데타 소식이 전해지자 즉시 공회에 대한 충성을 맹세하고 나왔습니다. 그동안 왕당파 장교 집단을 집요하게 내사해서 색출해왔는데도 여전히 관군 조직 내에는 현 체제에 반대하는 무리가 득시글거리고 있었나 봅니다. 예기치 않게 이런 사태가 벌어지자 로베스피에르에 반대하는 반혁명의 본색을 거리낌 없이 드러내고 있는 셈입니다. 이런 추세대로라면 공회에 대한 충성을 다짐하는 관군의 지도부들이 속출하면서 어쩌면 봉기나 반란의 진압에 뛰어들겠다고 선언할 가능성도 배제할 수 없는 형국입니다. 그러니까 관군 지도부 측은 국민공회의 정통성에 맹종한다는 명목 속에서 군부 엘리트들의 반동적 성향과 산악파에 대한 거부 의사 따위를 공격적으로 결집하려는 것일 수도 있습니다. 군부가 오로지 국민공회의 정통성만 인정하고 존중하겠다는 투로 나오는 데는 아무래도 이 기회에 로베스피에르 일파를 확실히 내치겠다는 저의가 깔려 있다고 봐야 합니다. 그런 게 아니라면 국민공회의 결정에 따르고 충성하겠다는 군부의 성명이 이토록 신속하게 발표된 사실을 설명할 길이 묘연합니다. 그러니 이제 선택의 몫은 국민공회 측으로 넘어간 셈입니다. 공회의 역도들이 어떤 선택을 하느냐에 따라 최악의 경우 국민방위대와 관군 사이에 어마어마한 전면전이 일어날 수도 있습니다. 지금 우리 프랑스 공화정은 외세 열강들과 신성한 혁명 전쟁을 수행 중인데, 이런 대규모 내전이 발발하면 외세들과의 혁명 전쟁에도 부담을 줄 우려가 큽니다. 판세에 따라서는 전황이 아주 불리해질 수도 있지요. 이런 경우에 어떤 야전 지휘관들은 국내 상황부터 바로잡아야 한다는 명분을 내세워 내전에 개입해올 수도 있습니다. 이른바 군사 쿠데타의 형태로 말이지요. 국민공회 측은 이와 같은 군사 쿠데타의 위험성을 경계해서라도 관군 지도부가 아무리 공회에 대한 충성을 다짐해왔다 한들 섣불리 그들에게 소요 상황의 진압을 요청하기는 어려울 수도 있습니다. 꼭 내전이 벌어지지 않는다 해도 관군 지도부에 진압을 위임한다는 것은 어디로 향할지 모를 그들의 총칼에 자기들의 운명도 함께 내맡기는 모험처럼 여겨질 수밖에 없을 테니까요. 우리는 이미 라파예트나 뒤무리에같이 패역무도한 장수들에게서 그런 악례(惡例)를 본 적이 있습니다. 로마 공화정의 술라가 독재관에 오른 것도 자기 휘하에 대군을 이끌고 출정하던 중 갑자기 로마로 말머리를 틀면서부터 아니었습니까. 카이사르와 함께 로마 공화정이 루비콘 강을 건너 다시는 되돌아오지 못할 외길로 빠져들고 만 것도 내내 그와 유사한 양상이었습니다. 즉 독재의 야욕과 맞닿기 쉬운 군부의 모험심은 지금 같은 정치적 혼란기에서는 시한폭탄이나 다름없다는 말입니다. 어쩌면 어느 사특한 군부의 야심가는 오늘 발생한 반동 쿠데타 이후 시국이 흘러갈 만한 판세의 청사진을 이미 그려보고 있는 중일지도 모릅니다. 그러고는 자신이 전면에 등장해도 좋을 시점이 언제쯤일지 손꼽아 헤아려보았을 수도 있지요. 그러니 현재 상황에서는 관군 지도부의 엘리트 장교들이야말로 가장 그 폭발력이 잠재되어 있는 뇌관이라고 하지 않을 수 없습니다. 오늘 쿠데타의 주모자들도 바보가 아닌 이상 그 점을 모를 리 없을 겁니다. 그러니만큼 군부의 아첨에 쉽사리 말려들지는 않을 텐데 문제는……"

도비니의 말허리를 자르며 레스코플뢰리오의 입이 달싹거린다.

"관군 지도부의 엘리트 장교라고 하니 방금 전 누구에게서 전해 들은 이름이 하나 불현듯 떠올라서 물어보는 바이오만, 혹시 나폴레오네 보나파르테라는 약관의 포병 장교를 알고 있소? 코르시카 출신이라던데."

도비니가 말한다.

"나폴레오네 보나파르테? 약관의 코르시카 출신? ……아 누구 말씀하시는지 알겠습니다. 그 친구 이름은 나폴레오니 보나파르타가 아니라 나폴레옹 보나파르트입니다. 시장 동지, 그 상대가 프랑스 본토 출신이라면 아무려나 상관없지만 식민지 출신의 장교에 대해 거명할 때는 각별히 그 발음에 유의하셔야만 합니다. 그렇지 않으면……"

레스코플뢰리오가 도비니의 지적에 끼어들며 말한다.

"아아, 그 얘기라면 더 이상 늘어놓지 않아도 잘 알고 있소. 결투를 신청해올지도 모른다는 거. 여하튼 뭐 나폴레옹 보나파르트, 그래 어떤 군인이오?"

도비니가 말한다.

"영특하고 총기 넘치는 장교지요. 게다가 자코뱅의 열성 당원이기도 하고요. 그러니 제 말 때문에 무슨 의심이 생기셔서 그러는 거라면 적어도 이 코르시카 청년에 대해서만큼은 굳이 경계하지 않으셔도 무방하다는 말씀을 드리고 싶습니다. 장차 이 공화정의 국방과 안보를 튼튼히 다져놓을 거라고 장담해도 좋을 정도로 출중한 동량의 재목이니까요. 더욱이 정치 같은 데는 전혀 관심도 없어 보이더군요.

제가 알기로는 그 친구가 자코뱅 당원으로 열심히 활동하는 까닭도 정치에 관심이 있어서라기보다 로베스피에르 형제분들에 대한 개인적 감화에서 연유했다는 것 같았습니다. 그러니만큼 이번 사태에 대하여 다른 군부 엘리트들 다수와도 그 견해차로 인해 마찰을 빚을 소지가 높은 친굽니다."

레스코플뢰리오가 말한다.

"허어, 성향이 그러하다면 혹시……"

순간, 전령이 안으로 황급히 뛰어 들어온다. 레스코플뢰리오가 전령에게 말한다.

"임무 수행 과정에서 무슨 문제라도 생긴 건가? 도대체 무슨 일이지?"

전령의 입이 달싹거린다.

"그런 건 아닙니다. 시장님의 뜻은 오페브르 관할구역의 자치 관헌들에게 정확히 전달했습니다. 그리고 구청 청사로 출동한 자치 관헌들도 그곳에 구금되어 있던 산악파 동지들을 모조리 석방시키는 데 성공했다고 들었습니다. 그런데 그 과정에서 한 가지 석연치 않은 일이 발생했습니다……"

레스코플뢰리오가 말한다.

"뭐?! 그게 뭔가? 어서 말해보게."

전령이 계속한다.

"다른 산악파 동지들은 자치 관헌들의 구출과 호송에 선선히 응해왔다고 합니다. 하지만 유독 로베스피에르 시민 동지만은 완강하게 석방을 거부했답니다. 그러고는 5월 31일은 이제 다시는 재현될 수도 없고 재현되어서도 안 된다고 했다는데, 저로서는 이게 도무지 무슨 말인지 전혀……"

레스코플뢰리오가 말한다.

"잔말 집어치우고 이번에는 자네가 동지에게 직접 찾아가서 전하게. 당신이 이리로 오지 않으면 다른 산악파 동지들은 결국 역도들의 손에 무참히 몰살당할 처지를 면치 못할 거라고 말이야. 아니지, 이렇게 아니라 내가 서찰을 한 장 써줄 테니 차라리 그 글을 전하는 편이 낫겠어. 거기 문밖에서 잠시만 대기하고 있게.".

전령, 알겠다고 한 후 퇴장한다. 도비니가 레스코플리뢰오에게 묻는다.

"이 판국에 그렇게 말했다니, 도대체 로베스피에르 시민 동지는 지금 무슨 생각을 하는 걸까요?"

제5장

상자무대 바깥의 목소리.

"파리 시청 회의실. 야심한 시각. 로베스피에르·생-쥐스트·쿠통·오귀스탱·필리프 르바·레스코플뢰리오·앙리오·코피날·도비니 등이 모여 있다."

레스코플뢰리오가 다소 가라앉은 목소리로 입을 달싹거린다.

"지금쯤이면 모든 구에서 반혁명적 쿠데타로 인해 로베스피에르 시민 동지가 위험에 처해 있다는 것을 알았을 텐데도 상퀼로트들 사이에서는 별다른 소요의 움직임이 나타나지 않고 있는 것 같소. 지금 그레브 광장에 집결해 있는 병력의 수도 겨우 3천 5백여 명에 불과하다고 하오. 한마디로 매우 실망스러운 결과요. 우리들에 대한 민심의 이반이 이 지경이었다는 사실을 지금 같은 극한 상황에 이르러서야 깨닫다니 참으로 침통한 마음을 금할 수 없소. 코뮌 집행위에서 최고 임금 상한제의 강화나 최고 가격 고정제의 철폐를 이끈 주역들에 대해 해명하는 담화문을 급히 돌렸지만 상퀼로트들의 오해를 풀고 냉담해진 민의를 만회하기에는 이미 때가 너무 늦은 모양이오…… 그렇다고 해서 우리가 먼저 역도들을 치기도 어려워졌소. 벌써 전열을 정비한 놈들은 지금쯤 현재 상황의 수습대책에 골몰하고 있을 거요. 민심의 이반이 확인된 마당에 이제 와서 우리가 선수를 친다 한들 흐름이 뒤집히리라는 보장도 없소. 또한 역도들의 배후에서 버티고 있는 왕당파 관군 지도부는 우리가 먼저 나서주기만을 기다리고 있을 수도 있소. 그래야 이번 사태에 군사적으로 개입할 수 있는 명분이 생길 테니까 말이오. 그레브 광장에 모인 병력들만으로는 도저히 관군의 화력을 감당할 수 없을 거요. 더욱 참담한 것은 우리가 역도들의 관군과 장렬히 맞서 싸우다 역부족으로 밀린다 해도 상퀼로트들이 우리에게 성원과 조력의 손길을 전혀 내밀지 않을 것 같다는 점이오. 나는 무엇보다 우리에 대하여 냉랭해진 상퀼로트들의 표정을 직시하기가 가장 두렵소. 그동안 우리가 상퀼로트들에게 바쳐온 충정의 보답으로 이토록 냉기 어린 외면과 반역의 방조만을 되돌려 받는다는 게 너무 서글프고 괴로워서 도무지 견딜 수 없을 지경이오. 상퀼로트들은 우리를 지롱드파나 다름없는 무리들로 보고 있는 것만 같소이다 ……"
코피날이 말한다.

"시장 동지, 왜 그리 나약하고 비관적인 말씀만 계속하십니까? 수많은 상퀼로트가 그레브 광장으로 모여들지 못한 데는 아마도 다른 이유들이 많이 있을 겁니다. 예컨대, 공안위원회에서 오늘 체포 결의안이 통과된 다섯 동지와 코뮌 수뇌부 그리고 국민방위대 참모부는 물론이려니와 국민공회의 결정을 무시하고 코뮌 측에 가담하려는 자들 또한 그게 누구든 무조건 반도(叛徒)로 다스리겠노라고 협박한 일도 상퀼로트들로 하여금 들고 일어나지 못하도록 위축시키는 심리적 효과를 자아냈을 수 있습니다. 하지만 이는 일시적인 현상에 지나지 않을지도 모릅니다. 사람은 누구나 어이없는 공갈협박과 마주하면 순간적으로 당황해서 멈칫거리지 않을 수 없으니까요. 그렇다고는 해도 이런 효과가 오래갈 리 없습니다. 우리를 지지하는 각 구의 상퀼로트들은 곧 냉정을 되찾아 누가 진짜 반도들인지 심판하기 위해서라도 이리로 몰려들 수밖에 없을 겁니다. 그리고 우리도 공안위원회의 협박에 대한 대응책으로 쿠데타 주동자들의 명단을 발표해서 각 구의 감시위원회들로 하여금 그들을 서둘러 체포하도록 명하면 되지 않겠습니까? 우선 아마르·바디에·불랑 같은 보안위원회 위원들 몇 명하고 르장드르나 부르동 드 루아즈 같은 당통의 잔당 그리고 푸셰·탈리앵·프레롱·뒤부아크랑세 같은 자코뱅의 배신자들……"

앙리오가 말한다.

"오늘 공회에서 가장 그 활약이 두드려졌다던 비요-바렌과 콜로 데르부아는 왜 쏙 빼놓았소? 감시위원회에서 체포해야 할 쿠데타 주동자들의 명단을 작성토록 할 요량이라면 그자들의 이름을 가장 첫머리에 명시해놓고 이놈들에 한해서는 체포가 아니라 아예 사살해버리라고 부연해도 시원치 않을 것을."

코피날이 말한다.

"이들은 상퀼로트들과 친근한 코르들리에파의 잔존 세력이라는 점을 고려하지 않을 수 없소. 지금은 절대적으로 상퀼로트들의 비위를 거슬러서는 안 될 최악의 위기 상황이오. 감시위원회에서 이들의 이름이 포함된 체포 대상자 명단을 접수한다고 가정해보시오. 이들의 이름은 감시위원회 상퀼로트들에게 에베르 일파가 쓸려나간 당시의 기억을 떠올려줄지도 모를 일이오. 그러면 상퀼로트들은 지난번에 이어 이번에도 로베스피에르의 산악파가 코르들리에파를 표적 삼자는 게 아니냐며 자극받을 게 틀림없소. 체포자 명단에 이들의 이름을 넣는 것은 공연히 상황만 더욱 악화시킬 뿐이오. 이게 무슨 말인지 아시겠소이까? ……앙리오 동지는 역전의 용사라는 세칭에 걸맞도록 지금보다 훨씬 더 명민해질 필요가 있을 것 같소. 그러니 호기롭게 동지들을 구하고 오겠다며 큰소리 치더니 오히려 자신이 튈르리 궁의 졸개 녀석들에게 나포(拿捕)되는 치욕 따위나 겪는 것 아니겠소? 내가 구출해오지 않았더라면 그래 어쩔 뻔하셨소?"

앙리오가 말한다.

"재판관 동지는 지금 죽느냐 사느냐 하는 판국에 그런 말이 입에서 나옵니까? 너무 격분한 나머지 그놈의 코냑만 들이켜지 않았어도 내가 그런 식으로 튈르리 궁의 조무래기들한테 어이없는 봉변을 당하지는 않았을 거요. 본인의 기분이 그렇다 하더라도 상황이 상황이니만큼 말씀을 좀 가려서 하시오."

레스코플뢰리오가 말한다.

"상퀼로트들에 대한 공안위원회의 위협이 현재까지 먹히고 있다는 사실부터가 우리에겐 이미 글러먹은 조짐이오. 상퀼로트들에 대한 희망의 끈을 놓지 않는 것도 좋지만 이제는 어느 정도 현실을 직시할 때가 된 것 같소. 상퀼로트들은 우리를 버린 거요. 물론, 사태가 이

지경으로 어그러진 까닭은 어느 땐가부터 상퀼로트들 또한 우리에게서 버림받았다는 배신감을 느껴왔기 때문일 수 있소. 그러니 현재로서는 상퀼로트들과의 연대나 동맹이 무망해졌다고 할 수 있소. 상황이 이렇게 흐를 줄도 모르고 사태를 지나치게 낙관한 우리가 어리석었소. 나는 그레브 광장에 어느 정도의 병력들이 집결하면 이 병력들을 이끌고 우리가 먼저 튈르리 궁으로 쳐들어가자고 제안할 작정이었소. 우리의 선제공격에서 생겨난 파문이 여러 자치구로 넓게 퍼져나가리라는 기대감도 컸소. 그런 파문은 벌판을 휩쓰는 들불처럼 삽시간에 파리의 모든 구역으로 확산될 거라는 생각이 들었소. 상퀼로트의 가슴에 뭉쳐 있는 불씨들이 모이고 또 모이면 거대한 화마로 타올라 이 공화정의 수도를 순식간에 뒤덮을 수 있을 거라 여겼소. 생탕투안포부르와 생마르소포부르처럼 가난하고 성실한 인민들의 밀집 구역에서 수많은 상퀼로트가 노도와도 같이 거리로 쏟아져 나와 우리와 합세할 줄 알았소. 그리하여 국민공회의 역도들을 인민들 앞에 무릎 꿇리고 그들로 하여금 사죄토록 하는 일은 시간문제일 거라고만 믿어왔소. 뤽상부르 감옥의 간수들이 로베스피에르 시민 동지의 투옥을 거부했을 뿐만 아니라 어떤 자는 동지의 발치에 꿇어앉아 눈물까지 쏟았다는 소식을 들었을 때만 해도 이런 믿음이 확실해 보였소. 구역의 자치 관헌들이 코뮌의 지시에 따라 동지들을 석방시키고 안전하게 호송해온 일도 나의 믿음을 사실로 확인시켜주는 것만 같았소…… 하지만 이제 와 돌이켜보니 그건 나의 미몽이자 오판에 불과했소. 우리가 이러한 사지에서 헤어날 수 있으려면 진작 움직였어야 했소. 우리는 이미 때를 놓친 셈이오. 방금 전 재판관 동지가 앙리오 장군을 명민하지 못하다며 구박했소만 나도 재판관 동지의 대응에 대해 그 이상으로 안타까움을 억누를 수가 없소. 곰곰이 따져 보니 재판관 동지가 앙리오 장군을 구출하기 위해 튈르리 궁으로 들이닥친 순간은 우리가 전세를 역전시킬 수 있는 마지막 기회였을지도 모른다는 생각이 듭니다. 그때 재판관 동지가 앙리오 장군만 구해올 게 아니라 저의 당부대로 역도들의 처단에 더욱 적극적으로 나섰더라면 아마도 지금쯤 판세는 많이 달라졌을 수도 있는 일이었소. 자치 관헌들로부터 상황 보고를 받아보니 그 시간대에 튈르리 궁을 지킨 병력과 화력은 예상보다 미미한 수준이었고, 의회 반역의 주모자들은 대부분 궁 안에 삼삼오오 흩어져 있었다 들었소. 그때 재판관 동지가 놈들을 도륙한 후 이끌고 간 국민방위대 병력들로 튈르리 궁을 장악했더라면……"

그때까지 침묵만 지키고 있던 로베스피에르의 입이 순간 무겁게 달싹거린다.

"그래봐야 무고한 희생자만 더 늘어날 뿐 달라진 건 아무것도 없었을 겁니다. 누가 뭐라 해도 이제 피는 그만 흘려야 하지 않겠습니까?"

레스코플뢰리오가 로베스피에르에게 말한다.

"네, 맞습니다. 실은 저도 그렇게 생각합니다. 역도들을 몇 놈 더 죽인다고 해봐야 정작 달라지는 건 아무것도 없었을 겁니다. 어차피 상퀼로트들이 우리에게서 등을 돌린 마당에 이러나 저러나 무슨 소용이겠습니까? 재판관 동지가 그 순간에 주모자들을 처치했다손 쳐도 이 공화정은 이미 역도들에 의해 되돌아올 수 없는 길로 접어든 것만 같다는 예감이 드니 말입니다."

코피날이 변명을 늘어놓듯이 말한다.

"시장 동지한테서 그런 당부를 들은 기억이 나긴 했지만, 막상 그 상황에 닥치고 보니 놈들을 처치해야겠다는 생각까지 할 여유는 없었습니다. 어찌 됐든 앙리오 장군만 구해내면 된다는 일념뿐이었으니까요. 게다가 언제 공회 측의 지원 병력이 도착할지 몰라 조급했지요. 그러다 보니 역도의 무리들을 소탕하는 건 무리였습니다. 더욱이 비록 우리가 역도라고 지칭하기는 해도 놈들은 여전히 합법적인 인민의 대표들입니다. 그런 자들을 함부로 그 자리에서 처치한다는 것은 상황을 걷잡을 수 없는 방향으로 몰아가는 일일 수 있겠다는 두려움이 더럭 났던 것도 사실이었지요. 그 이유야 어찌 됐든 우리에게 인민의 대표들을 무단으로 학살한 반란자들의 낙인이 찍힐까 두려워졌던 것 같습니다. 시장 동지의 지적이 옳습니다. 그러느라 실기하고 말았지요. 저의 과실을 인정합니다…… 하, 너무나도 소극적이고 안이한 대응이었습니다……"

앙리오가 말한다.

"지금이 이런 패배주의적인 자탄에나 빠져 있을 때요? 진작 내 제안을 받아들여 공회에서 쿠데타가 발발하기 전에 우리가 먼저 놈들을 쳤더라면 이런 곤경이 없었을 거 아니요? 그래봐야 어차피 상황은 달라지지 않았을 거라는 둥, 공화정이 이미 우리의 손길에서 벗어난 것 같다는 둥의 탄식으로 자신들의 비겁함을 변명하려들지 마시오. 이제보니 참으로 답답한 양반들이오. 이런 식으로 후회하고 자탄해본들 그거야말로 지금 와서 무슨 소용이 있겠소이까? 어쩌면 놈들은 곧 이리로 몰려올지도 모르오. 아직까지 이토록 잠잠하다는 게 오히려 불안하고 수상쩍은 일이오. 아마도 전열을 가다듬느라 그런 것 같소. 전열의 정비가 끝나기만 하면 그 즉시 놈들은 시청으로 쳐들어와서 우리의 항거를 제압하려들 게 틀림없소. 그런데 어쩌면 일부러 늑장을 부리고 있는 게 아닐까 싶다는 생각도 듭디다. 그레브 광장에 집결해 있는 자원 병력들은 시간이 흐를수록 슬슬 지치고 따분해하기 시작할 거요. 그러다 보면 하나 둘씩 대오에서 이탈하는 병사들이 늘어갈 수밖에 없을 거요. 그들로 하여금 자리를 지키도록 강제할 수 있는 권한이 법적으로 우리에게는 없소. 그저 동원령에 응해 여기까지 와준 것만 해도 고마워해야 할 일이거늘…… 생각하면 서글픈 일이지. 하지만 지금은 서글프니 뭐니 하는 감상에나 빠져 있을 때가 아니오. 이럴 때일수록 더욱 결사항전을 다짐해야 할 때란 말이오. 잠시만 기다리시오. 내 금방 다녀오리다."

그러고는 앙리오, 바깥으로 퇴장한다.

도비니가 말한다.

"현재 상황이 국민방위대나 상퀼로트들의 자원 병력에 의지하기가 이려워진 만큼 우리도 관군을 동원할 수 있는 최후의 방법까지 염두에 두지 않으면 안 될 것 같습니다."

레스코플뢰리오가 말한다.

"관군? 관군이라면 죄다 국민공회의 입장을 지지하고 나선 게 아니었소? 도대체 어떤 관군을 가리키는 거요?"

도비니가 말한다.

"사블롱 기지의 기마부대장 라브르테슈 사령관이라면 혹시 우리를 도와줄지도 모릅니다. 그 양반 역시 산악파에 충직한 자코뱅 동지의 한 사람이지요."

오귀스탱이 말한다.

"라브르테슈 사령관이라면 저도 잘 압니다. 제가 프랑슈콩테 전투 때 발탁한 장군이니까요."

필리프 르바가 말한다.

"오귀스탱 동지에게서 소개받아 저도 라브르테슈 사령관과 친한 친구나 다름없이 지내는 사이지요. 꽤 유능하고 믿음직한 장수입니다."

레스코플뢰리오가 말한다.

"오, 그렇다면 왜 진작 라브르테슈의 카드를 꺼내 보이지 않았소?"

도비니가 말한다.

"반역도당들이 관군의 동원에 부담감을 느낄지도 모른다는 것과 같은 이유에서였습니다. 우리가 관군을 동원하면 역도들의 의지와 상관없이 국민공회 측을 지지하는 관군들도 자동적으로 이번 사태에 개입하려들 겁니다. 그렇게 이 사태를 정규군들 사이의 전장으로 내주고 나면 이후 전개될 형국은 어떻게 요동칠지 도무지 예측할 수 없는 내전의 악몽으로 이어질지도 모릅니다. 저들도 마찬가지겠지만 우리로서도 도저히 통제하기가 불가능한 현실과 맞닥뜨릴 수도 있기 때문입니다. ……하지만 이제는 어쩔 수 없습니다. 저들의 반동 쿠데타에 무력하게 굴복하느니 차라리 위험할 수도 있을 마지막 보루에 의탁해서라도 현재의 위기를 일단 타개하는 게 낫겠다는 생각이 드는군요. 지금은 앞뒤를 따지고 분간할 여유조차 없는 비상 상황이기 때문입니다."

레스코플뢰리오가 말한다.

"듣고 보니 망설여지긴 하오만…… 그럼 지푸라기라도 잡는 심정으로 라브르테슈 사령관에게 출정을 호소해보십시다."

필리프 르바가 말한다.

"보안위원회의 지방 시찰 활동과 관련해서 저는 최근 얼마 전까지 라브르테슈 동지와 자주 만났습니다. 최근 들어서는 저와 가장 가깝게 지낸 듯하니 그에게 보낼 급전은 제가 작성해보겠습니다."

로베스피에르가 말한다.

"이보게 필리프 동지, 제발 그만두게! 시장 동지, 그만 자중하세요! 우리의 역사적 소임은 이미 다했습니다. 이제는 그런 미련을 버려야 할 때입니다. 그래 봐야 이 공화정을 덧없는 피로만 물들일 뿐입니다. 나는 더 이상 싸우고 싶지 않습니다. 다들 5월 31일 우리가 거둔 투쟁의 성과와 영광이 재현될지도 모른다는 미망에서 이제 그만 헤어나시오. 우리가 애처롭게 몸부림칠수록 공화정은 무덤으로 향해 가는 발걸음만 재촉할 뿐이오. 그런다고 공화정은 되살아나지 않습니다. 차라리 공화정의 등에 엎혀 우리도 함께 무덤으로 향해 가는 길을 택하기로 합시다."

일동, 아무 말 없이 로베스피에르에게 시선을 집중한다. 사이. 잠시 후 레스코플뢰리오의 입이 무겁게 달싹거린다.

"우리가…… 우리가 어떻게 여기까지 왔는데, 존경하는 시민 동지께서 그런 말씀을 하실 수 있습니까? 당신뿐 아니라 우리 모두와 공화정이 공동운명체라는 사실을 까맣게 잊으신 겁니까? 아무리 상퀼로트들에 대한 배신감이 크다 해도, 공회의 역도들과 제대로 맞서보지도 않고 차라리 순교의 길을 결심하려 하시다니요! 그건 안 될 말씀입니다! 우리가 피 흘려가며 쌓아올린 공화정의 운명에 관해서는 더 이상 아랑곳하지 않겠다는 겁니까? 안 됩니다. 그럴 수는 없는 노릇입니다. 필리프 르바 동지, 뭘 꾸물거리고 있는 거요? 어서 라브르테슈 사령관에게 보낼 급전을 작성토록 하시오! 시간이 없소!"

필리프 르바, 펜을 든 자세로 어찌해야 좋을지를 몰라 우물쭈물한다. 그러자 로베스피에르가 아예 필리프 르바의 손에서 펜을 빼앗아 바닥에 내동댕이쳐버린다. 그러고는 단호한 어조로 말한다.

"5월 31일의 항쟁은 우리가 어쩌다 꾼 단꿈의 승전비에 지나지 않습니다. 단꿈은 허망한 법입니다. 그리고 바로 그 자리에 죽음의 그림자만을 드리울 뿐입니다. 이제 곧 우리를 뒤덮을 죽음의 그림자가 두려운 자들은 지금이라도 이 청사에서 벗어나 저들에게 투항하십시오. 설령 그런다손 쳐도 산악파의 단꿈을 배신했다며 결코 힐난하지 않겠다고 약속합니다. 저 혼자서라도 단꿈의 뒤끝에서 찾아온 죽음과 의연히 마주하겠습니다."

그때까지 잠자코 있던 생-쥐스트의 입이 이윽고 달싹거린다.

"저도 로베스피에르 시민 동지와 같은 생각입니다. 정작 우리를 버린 것은 상퀼로트들이 아닙니다. 피해갈 수 없는 공화정의 행로가 우리를 버린 것입니다. 그러니 애초에 저의 주장에 응하지 않고 로베스피에르 시민 동지가 공연한 살육만큼은 피하자며 살려둔 반도의 잔당들이 지금 우리를 사지로 몰아가고 있다며 탓하는 것은 부질없는 일일 뿐입니다. 저는 로베스피에르 시민 동지를 원망하고 싶지 않습니다. 그저 동지와 마지막까지 남아 저들에 맞서겠습니다. 끝까지 같은 길을 걷겠습니다. 하지만 우리가 죽고 나서 혹여 저들에 의해 공화정의 명목이 유지된다고 해도 그 공화정은 더 이상 우리가 이루고자 염원해온 공화정이 아닐 것입니다. 로베스피에르 시민 동지의 말씀대로, 공화정에서는 오로지 공화정의 이념과 신조에 부합하는 시민들만이 존재해야 합니다. 공화정을 거부하는 자들은 추방되어야 마땅합니다. 나는 우리가 염원해오지 않은 반동과 퇴행의 공화정에서 살기를 원치 않습니다. 저들이 원하는 공화정의 이념과 신조에 부합하기도 바라지 않습니다. 그런 세계에서 내가 유일하게 원하고 바라는 것은 자발적인 추방과 유형뿐입니다."

이어 휠체어를 굴려 앞으로 나오며 쿠통도 말문을 연다.

"나 또한 이 두 시민 동지와 생각이 같습니다. 반도의 잔당들에게 온정을 베푼 것은 그야말로 돌이킬 수 없는 실수였습니다. 직설적으로 표현해서 그때 다 죽여 없앴어야 했습니다. 생-쥐스트 동지의 방토즈 법령과 재판 절차의 축소에 관한 저의 프레리알 입법은 그 보완책이나 마찬가지였습니다. 공회에서의 합법적인 대응만이 공포정치에 대하여 서서히 들끓기 시작한 의혹과 비난의 여론을 피해갈 수 있다고 보았으니까요. 하지만 당시에 우리가 그 법적 장치들로 무엇을 어쩔 수 있었다 한들 현재 상황이 크게 달라졌으리라는 생각 또한 들지 않는군요. 우리도 모르는 사이에 때를 놓치고 말았기 때문입니다. 어떤 결행의 적기가 언제쯤인지 알기는 참으로 어려운 일인가 봅니다. 설령 그 적기를 알았다 해도 우리만의 힘으로 도대체 무엇을 할 수 있었을까 되짚어보는 일은 정녕 고통스럽습니다. 그러니 가슴이 미어지는 회오로 남을지라도 차라리 그런 미련을 버립시다. 이승의 생에 대한 미련에서 그만 벗어납시다. 이제 우리의 앞길에는 죽음의 축복만이 기다리고 있을 뿐입니다. 그 권세로 나는 생에 대한 맹목적 긍정을 극복하고 싶습니다. 오로지 죽음만이 가장 질기고 도저한 항거의 몸짓일 수 있기 때문입니다. 그리고 오로지 죽음을 통해서만이 가장 굳건한 결속의 신의에 이를 수 있기 때문입니다……"

쿠통이 말을 맺기도 전에 자리에서 벌떡 일어난 코피날이 격하게 소리친다.

"정말 다들 왜 이러시오! 누구보다 강경하고 급진적인 혁명 노선에 앞장서온 동지들이 이제 와서 그런 패배주의와 허무주의의 언사들로 우리를 현혹할 셈이오? 지금은 대혁명 발발 이후 가장 극렬하고 필사적인 투쟁을 다짐해야 할 때이지 그런 죽음의 안식 따위에나 투항해야 할 시점이 아니란 말이오! 로베스피에르 시민 동지, 이 자리는 절대로 우리 산악파와 공화정의 무덤일 수 없소이다. 공화정의 수호를 위해 저 그레브 광장에 집결해 있는 3천 5백여 명의 애국 인민은 우리와 속절없는 죽음으로 뭉치기 위하여 목숨을 바쳐야 한단 말입니까? 제발 정신을 추스르시오. 공회의 역도들에 대한 투쟁전선에서 확고하게 중심을 잡고 동지들을 이끌어가야 할 당신마저 이토록 뿌리째 뒤흔들리면 우리는 어쩌란 말입니까! 생-쥐스트 동지, 쿠통 동지, 공안위원회의 엄포가 두려워 이 자리에 함께하지 못했을 대다수 상퀼로트와 자코뱅 동지를 생각하시오!"

그때 앙리오가 뭔가 가득 든 것처럼 보이는 포대 하나를 끌며 제자리로 돌아온다. 도비니가 앙리오에게 묻는다.

"그게 뭡니까?"

앙리오가 말한다.

"동지들한테 한 자루씩 나눠주려고 시민군들에게서 거둬들인 권총이오. 다들 결사항전의 각오로 이 권총을 가슴에 품고 역도들의 엄습에 대비합시다."

그러면서 각자에게 권총 한 자루씩을 나눠준다. 그러고는 로베스피에르의 옆자리로 가서 이렇게 속닥거린다.

"로베스피에르 시민 동지, 방금 전 나갔다 오는 길에 사람들한테서 안 좋은 소식을 들었습니다. 동지가 하숙을 하고 있는 시민 모리스 뒤플레 댁이 역도들의 손에 의해 발칵 뒤집혔나 보더군요. 갑자기 집 안으로 들이닥친 헌병들이 동지의 하숙방을 샅샅이 수색했을 뿐 아니라 그 일가족을 죄수처럼 포박해서 튈르리 궁으로 전원 연행해갔다고 합니다. 아마도 우리가 순순히 체포에 응하지 않고 저항할 기세로 나오니 그 집안 식구에게 대신 지독한 보복을 가하기로 한 모양입니다. 정말 비열하고 악랄한 놈들이 아닐 수 없군요. 그런데 더욱 안타까운 소식은 그 가족 중에서 누군가가 음독자살을 시도했다는 얘기였습니다. 그게 누군지, 그래서 지금 어떻게 되었는지까지는 아직 확실치 않습니다만…… 시민 동지, 이럴 때일수록 마음을 더욱 결연히 먹고 최후의 한순간까지 놈들을 무찌르기 위한 투쟁에 집중해야 합니다. 시민군에게서 헌납받은 이 권총들이 참된 공화정의 가호 속에서 이리로 난입해오는 역도들의 숨줄을 모조리 끊어놓을 테니 어디 두고 보십시오."

로베스피에르, 자신의 손에 들린 권총과 필리프 르바를 번갈아본 후 앙리오에게 말한다.

"나뿐만 아니라 필리프 르바 동지도 뒤플레 집안과 혈족의 연으로 맺어져 있습니다. 그에게는 이 소식을 전하지 말고 우선 함구해주십시오, 앙리오 동지. 그런데 그렇게 나쁜 소식과 함께 동지가 이 권총을 내 손에 건네주니 나에게 더 이상 비루한 목숨에 연연해하지 말고 이만 삶을 마감하도록 권유하는 것처럼만 느껴지는군요."

앙리오가 말한다.

"로베스피에르 시민 동지, 가장 강고해져야 할 이 순간에 왜 그리 나약한 말씀을 하십니까? 제가 하필 권총과 함께 그런 소식을 전해드린 이유는 공회에서 헌병들에게 연행된 이후부터 줄곧 침체되고 무기력해 보인 동지의 심지를 결사항전의 투쟁 의지로 북돋우기 위해서였습니다. 동지가 오페브르에서 그곳 자치 관헌들에 의한 석방도 마다하고 거기 혼자 남겠다며 버텼다는 말을 전해 들으니 정말이지 억장이 무너져 내리는 것만 같더군요…… 그런데 자진의 권유라니, 당치도 않습니다. 동지에게는 스스로 목숨을 끊어야 할 하등의 이유가 없습니다. 역도들이 유린한 하숙집 주인댁의 행복을 생각해서라도 기필코 살아남아 놈들에게 응분의 죗값을 물어야지요. 도대체 뒤플레 일가에게 무슨 죄가 있다고 그런 짓까지 저질렀는지 모르겠습니다."

필리프 르바가 옆으로 지나가던 중 무심결에 그들의 대화를 살짝 엿듣고는 앙리오에게 묻는다.

"왜, 모리스 뒤플레 댁에 무슨 문제라도 생겼답니까?"

앙리오가 당황한 말투로 필리프 르바에게 말한다.

"아, 아무것도 아니오. 모리스 뒤플레가 아니고 아마도 다른 뒤플레 얘기였을 거요. 뒤플레 퐁주라고 내 친구 얘기거나 뭐 그런……"

그에 관해 필리프 르바가 앙리오에게 더 따져 물으려 하는 순간, 난데없이 바깥에서 다음과 같은 사람들의 외침 소리가 들려온다.

"지금 공회의 종대들이 시청을 향해 몰려오고 있다!"

"이런, 지금 그레브 광장에는 대오를 지키고 있는 병력들이 거의 없다!"

"공회의 종대를 이끌고 온 자들은 폴 바라스와 레오나르 부르동이 확실하다!"

"그레브 광장을 사수하라!"

"하지만 사수하고 싶어도 함께 사수할 병력들이 없다!"

"공회의 역도 폴 바라스와 베르나르 부르동을 참살하라!"

"이 두 역도 놈의 종대에 가담한 시민군들은 상퀼로트 형제들이 아니라 그라빌리에 구의 부르주아지들이다! 부르주아지들이 여기 얼마 남지 않은 상퀼로트들을 학살하러 그레브 광장으로 몰려오고 있다!" 레스코플뢰리오가 외친다.

"뭐라고? 폴 바라스와 베르나르 부르동이 이끄는 공회의 종대가 이쪽으로 쳐들어오는 중이라고? 그라빌리에 구의 시민들이 거기에 가세했다고? 오, 이런!"

다들 바깥으로 우르르 몰려나간다. 잠시 후 실내에는 로베스피에르만 혼자 남는다. 로베스피에르, 손에 들려 있는 권총을 물끄러미 내려다본다.

나폴레옹이 다시금 자리에서 벌떡 일어나 로베스피에르를 향해 말한다.

　"자, 드디어 마지막 순간에 다다른 것 같습니다, 로베스피에르 시민 동지. 당신으로서는 이제 더 이상 물러날 곳이 없습니다. 바깥에서 들려온 말들은 모두 사실입니다. 순전히 당신으로 인하여 건실한 뒤플레 일가는 하루아침에 날벼락을 맞고 말았습니다. 식솔들은 물론, 심지어 그 집에서 일하는 하녀까지 모조리 뤽상부르 감옥으로 끌려갔습니다. 그중에서 누군가는 음독자살을 기도하기도 한 모양입니다. 그게 과연 누구였을까요? 그리고 당신이 공화국의 초석으로 섬겨온 상퀼로트들은 보시다시피 이날의 공회 쿠데타에서 비롯된 로베스피에르 일파의 위기와 불행을 철저히 외면하고 있습니다. 당신을 위하여 그레브 광장에 집결한 자원 병력의 수가 겨우 3천 5백여 명에 불과하다니, 절망적인 수치이지요. 게다가 당신의 체포 소식이 일찌감치 파리 시내의 구석구석까지 전해졌을 텐데 어떤 구에서도 이에 저항하기 위한 소요의 움직임을 보이지 않고 있나 봅니다. 평소나 다름없이 모두가 너무도 잠잠하기만 합니다. 현재까지는 아무도 당신의 몰락을 비통해하지 않는 것처럼 보입니다. 그러기는커녕 당신의 정책에 반대해온 일부 자치구들에서는 이번 정변을 환영하고 로베스피에르의 실각을 축하하는 지지 시위까지 대대적으로 벌일 모양이더군요. 지금 그레브 광장을 향해 돌진해오고 있는 폴 바라스와 레오나르 부르동의 종대에서 그 머릿수가 가장 두드러진 것은 쿠데타 주모자들과 연대한 그라빌리에 구의 시민들이랍니다. 그라빌리에 구가 지금은 산 악파와 혁명정부에 적대적인 반동의 부촌처럼 여겨지고 있지만 한때 는 자크 루 신부의 지역구였습니다. 로베스피에르 시민 동지, 자크 루 신부가 누군지 생생히 기억하실 테지요? 마라나 에베르 이상으로 급진적이고 과격한 성직자 출신의 혁명가. 하지만 매점매석을 일삼는 재산가들과 전리품을 챙기는 데 급급한 일부 특권층의 행태를 근절하 지 못했다고 혁명정부에 대해 준열히 비판하자 당신은 그를 외국 첩 자요 반혁명분자로 몰아 파멸시키기에 이르렀지요. 당신의 치명적인 정치 보복으로 인하여 코뮌과 코르들리에파 동지들에게서마저 버림 받고 투옥된 자크 루 신부가 급기야 자결을 택할 수밖에 없었던 것은 아무도 혁명에 대한 자신의 신념과 충심을 믿어주지 않아서였을 것입 니다. 그런 세상에 극도로 절망했기 때문일 것입니다. 그라빌리에 구 의 시민들이 다수로 가담한 공회 측 진압군이 당신을 치기 위해 지금 몰려오고 있다는 소식은 저에게 서글픈 감회를 불러일으키는군요. 당 신에게도 자기가 겪은 절망감을 똑같이 안겨주기 위해 자크 루의 망 령이 그라빌리에 구의 부르주아들로 하여금 당신을 파멸시키는 데 앞 장서도록 이끈 게 아닌가 싶어서 말입니다. 그라빌리에 구의 부르주 아들, 부촌의 상공업자들이 하필 자크 루처럼 과격하고 급진적인 망 령에게 이끌리고 있을지도 모른다는 저만의 상상은 신부에 대한 당신 의 폭거와 이 복수극이 해괴한 역설과 역설로 엇물려 있음에 틀림없 다는 심증의 소산일 것입니다. 이로써 자크 루 신부는 자신에게 정치

적으로 보복하기 위해 우파 자유주의 무리의 입각점과 결탁한 당신의
역설을 똑같은 역설로 맞받아치는 데 성공한 셈입니다. 자크 루 신부
의 지역구였던 그라빌리에 구의 시민들이 당신의 몰락과 파멸을 앞당
기기 위해 공회 진압군의 종대에 적극적으로 가세했다고 하니, 적어
도 제 눈에는 그렇게밖에 보이지 않는군요. 너무나도 스산하고 씁쓸
한 역설의 반복이 아닐 수 없습니다, 로베스피에르 시민 동지. 이젠
더 이상 어쩔 도리가 없어졌습니다. 그레브 광장에 모여 있던 자원
병력들도 어느새 뿔뿔이 흩어지고 만 것 같습니다. 모두들 새벽 2시
가 넘어가도록 공회 측에서 아무런 도발도 해오지 않자 이 밤만큼은
무사히 넘어갈 줄 알았거나 마냥 대기만 하고 있다 지친 거겠지요.
이젠 당신을 지켜줄 사람이 이 주위에는 아무도 없습니다. 그렇다고
해서 달리 구원을 요청할 만한 상대들이 있는 것도 아닙니다. 당신은
그동안 당신이 믿고 의지해온 상퀼로트들에게조차 버림받은 신세니
까요. 여러 차례 전갈을 보내보았지만 수많은 자코뱅 당원 동지도 결
국 이곳으로 몰려오지 않았습니다. 끝까지 당신과 함께하겠다는 어제
클럽에서의 다짐과 결의가 무색해지도록 말이지요. 설령 필리프 르바
가 서찰을 보냈다 한들 사블롱 기지의 라브르테슈 사령관에게서도 아
무런 회답을 받지 못했을 게 뻔합니다. 당신의 동지들은 아무도 대세
가 현격히 기울었다는 것을 전혀 깨닫지 못하고 있거나 인정하고 싶
어 하지 않는 것처럼 보이더군요. 오로지 당신만 상황이 어떻다는 것
을 아는 것 같았습니다. 그러니 도비니와 필리프 르바의 마지막 제의

를 완강하게 만류할 수밖에 없었겠지요. 왜냐하면 자신의 몰락을 앞둔 순간 누군가에게 구원해달라며 내민 손길이 싸늘히 거부당하는 경우만큼 가슴에 피멍이 맺히는 일도 달리 없을 테니까요. 죽는 그 순간까지 비참한 고독의 냉기를 떠안고 갈 수밖에 없을 테니까요. 그 피멍과 냉기가 영원히 떨어버리지 못할 회한의 아픔으로 변해 골수에 깊이 사무칠 테니까요. 그러니 최후의 한순간까지 배신감과 고독감에 몸서리치고 싶지 않았을 당신은 그 누군가에게 절박한 애원의 손길을 내미느니 차라리 음산한 사망의 골짜기로 향해 가는 게 낫겠다고 여겼을 것입니다. 그래요, 당신의 주변에는 이제 아무도 없습니다. 당신만큼이나 외로운 죽음의 동지들만이 이 길을 함께할 뿐입니다. 죽음으로 뒤덮인 이 역설의 반복을 누구보다 속히 마무리 짓고 싶어 할 사람은 바로 자크 루 신부일 것입니다. 그는 옥중에서 의연한 자결로 이 윤무의 첫발을 내디뎠습니다. 그러므로 이제는 당신 차례입니다. 도대체 무엇을 망설이십니까, 시민 로베스피에르? 지금 이 순간, 당신이 스스로의 생에서 취할 수 있는 몫은 오로지 자결밖에 남아 있질 있습니다. 당신이 오페브르의 구청 청사에서 다른 동지들과 함께 파리 시청으로 피신하기를 거부한 것도 자발적인 죽음의 의지와 맞닿아 있는 몸짓이 아니었던가요? 정작 파멸의 순간이 시시각각 다가오자 오히려 죽음 앞에서 멈칫거리는 당신의 태도를 저는 납득할 수가 없습니다. 다시금 저한테 자신이 이미 죽은 목숨이니만큼 스스로 목숨을 끊는 게 부질없다는 식의 궤변 따위는 늘어놓으려 하지 마세요.

그런 당신의 궤변이야말로 지금 이 순간에 가장 부질없는 객담일 테니까요. 당신의 숭고한 자결을 말릴 사람은 아무도 없습니다. 자결하기 좋도록 권총도 손에 들려 있습니다. 당신의 마지막 공회 연설문은 남은 사람들에게 암묵적인 유서로 받아들여질 것입니다. 당신은 그 글에서도 죽음을 원한다고 분명히 썼습니다. 비록 다른 핑계를 대긴 했지만 앙리오도 당신의 의중을 알아채고 일부러 시민군들에게서 거둬들인 권총을 각자의 손에 넘겨준 것처럼만 보였습니다. 상황이 절망적이니 자살할 사람은 자살하라는 무언의 권유였겠지요. 그런데도 무엇을 망설이시는 겁니까, 로베스피에르 시민 동지? 당신은 바로 지금 그 권총으로 자결해야만 합니다. 그래서 이 죽음의 진상에 관해 조사 중인 우리들로 하여금 당신의 죽음이 실은 자살이었다고 결론 내릴 수 있도록 해야만 합니다. 당신은 스스로 목숨을 끊은 대혁명과 공화정의 순교자여야 합니다. 그래야……"

로베스피에르, 손에 든 권총으로 턱밑을 겨누려다 말고 이렇게 말한다.

"장군, 공화국에서는 어떠한 순교자도 있을 수 없소. 자크 루 신부뿐만 아니라 당통도, 에베르도 순교자일 수 없소. 나는 장군이 나에 대해 순교자로 추앙해주길 원치 않소. 또한 자결은 오랜 기간 지속되어온 나의 죽음을 결정적으로 부정하는 선택일 수밖에 없을 거요. 나는 나의 죽음을 자결 따위와 맞바꾸고 싶지 않소. 나는 자결하지 않겠다는 결심으로 나의 죽음을 영원토록 간직하겠소."

그러자 나폴레옹, 허탈한 표정으로 자리에 다시 털썩 주저앉는다. 그러고는 카페 주인에게 소리친다.

"믿을 수 없군. 저게 진짜 로베스피에르인가? 로베스피에르의 마지막 모습이 실제로 이랬다는 말이냐고!"

카페 주인, 나폴레옹에게 말한다.

"아닙니다, 장군님. 저건 진짜 로베스피에르가 아니라 그저 로베스피에르 역을 맡고 있는 마리오네트에 불과하지요. 진짜 로베스피에르는 단두대에서 목이 잘려 죽은 지 벌써 오래되질 않았습니까? …… 아닌가?"

나폴레옹, 카페 주인에게 말한다.

"주인장, 가서 커피 한 잔만 더 타다 주시오. 이번에는 브랜디를 몇 방울 섞어도 좋소이다."

바깥에서 돌연 소란스런 총포의 굉음과 사람들의 함성이 뒤섞여 들려온다. 그때 슬며시 자라스트로가 안으로 들어선다. 그러자마자 노악사도 바르바리에 오르간 앞으로 나와 연주할 준비를 한다. 로베스피에르, 놀라워하는 목소리로 자라스트로에게 말한다.

"오, 당신은 자라스트로 지부장이 아닙니까? 여긴 난데없이 어인 일로……"

로베스피에르의 말이 미처 끝나기도 전에 노악사의 반주가 흘러나온다. 자라스트로는 로베스피에르에게 아무 대답도 해주지 않고 검은 우단 자락을 넓게 펼쳐 보인 후 노악사의 반주 가락에 맞춰 굵직한 저음으로 노래하기 시작한다.

이시스와 오시리스 신들의 충복들이여!
정결한 마음으로 여러분께 밝히노니
오늘 모임은 우리 시대에서 가장 중요한 한순간이오.
왕자 타미노가 이 사원의 북문으로 들어와
어둠의 장막을 벗겨
성전의 신성한 빛과 마주 서려 하고 있소.
덕망 있는 그를 지켜보는 것
그에게 우애의 손길을 내미는 것
이것이 오늘 우리가 해야 할 일이오.

……

자라스트로는 인류의 이름으로 여러분을 축성하오.
신들은 상냥하고 정숙한 파미나를
이 젊은이와 맺어주기로 했소.
그리하여 그녀를 어미의 품에서 빼앗아왔소.
파미나의 어미란 여인은 스스로 위대하다 여기며
요술과 미신으로 백성을 미혹하여
거룩한 이 평화의 성전을 파괴하려 하고 있소.

결코 그리되도록 놔둬서는 안 될 말이오.

타미노가 여러분과 함께 이 성전을 지킬 거요.*

노래를 마친 자라스트로, 로베스피에르에게로 돌아서서 입을 연다.

"시민 엘레우시스……"

하지만 그 이상 더 뒷말을 잇지 못하고 우두커니 제자리에 머물러 있기만 한다.

● 모차르트 오페라 「마술피리」의 제2막 서두에 나오는 자라스트로의 아리아. 이 아리아의 노랫말 속에 등장하는 타미노와 파미나는 오페라의 남녀 주인공이며 파미나의 모친은 밤의 여왕으로 자라스트로와 적대적인 관계이다. 오페라의 제1막에서는 밤의 여왕에게서 딸 파미나를 유괴한 것으로 얘기되면서도 전혀 그 모습을 무대에 드러내지 않는 자라스트로가 악한처럼만 암시되지만, 막상 제2막에 이르면 그 상황과 캐릭터가 뒤바뀌어 자라스트로는 평화와 화해의 대제사장으로, 밤의 여왕은 이 세계를 암흑 속에 가둬두려 하는 복수욕의 화신으로 등장한다. 이 둘의 관계는 빛과 어둠 사이에 대한 상징적 비유로 파악될 수 있다. 또한 프리메이슨의 이념에 이성을 초월한 신비주의 사상이 합쳐진 것으로 해석되기도 한다.

제6장

상자무대 바깥의 목소리.

"남아 있는 병력의 수가 얼마 되지 않는 심야의 그레브 광장. 희뿌연 어둠 속에서, 코뮌의 동원령에 응해 시민군의 대오를 외로이 지키고 있는 레옹의 모습이 보인다."

레옹, 혼잣말로 웅얼거린다.

"이렇게 다들 가버리면 어쩌자는 거야. 이러다 공회의 역도 놈들이 불쑥 쳐들어오면 어떡하려고. 이렇게들 의리가 없어서야 시민군에 자원해서 여기까지 달려온 보람도 없네. 우리라도 로베스피에르 시민 동지를 지켜줘야지 안 그러면 앞으로 우리 상퀼로트들은 누구를 바라보면서 살아가라고. 공회의 역도 놈들이 그를 몰아내고 벌일 짓거리들이야 빤한데 말이지. 어, 어, 어럽쇼, 저기 포병대도 그만 철수하려나 보네. 저런 걸 보면 적어도 오늘 밤까지는 별일이 없으려나? 진짜 그런지 안 그런지 누구한테 물어보기도 뭐하고…… 나도 그냥 갈까? 여기서 이렇게 죽치고 있어봐야 당장 집에 가져다줄 빵 쪼가리가 생기는 것도 아닌데. 가족이 당장 굶어죽을 판인데 빵 쪼가리 하나 구해오지 못하면서 밤늦도록 엉뚱한 짓이나 하며 돌아다닌다고 나를 구박할 마누라 얼굴이 생생하네. 상드린이 처녀 시절에는 참 온순하고 착했는데, 사는 게 어려워서인지 갈수록 성질머리도 험악해지고 있어. 그래도 성문 앞에 나가 있겠다는 식의 협박 같은 건 자기 서방한테 할 소리가 아니지…… 안 되겠다. 날이 밝는 대로 장-폴한테라도 가서 날 좀 써달라고 부탁해봐야겠어. 같은 상퀼로트요 구민협회 동지끼리니 아무래도 다른 곳보다야 품삯도 후하게 쳐줄 거야. 그 친구라면 설마 최고 임금 상한제인가 뭔가를 들먹여가면서 너무 야박하게 나오지는 않겠지. 그래도 우리 식구가 최소한 산 입에 거미줄은 치지 않도록 신경 써주겠지. 아무렴, 상퀼로트 동지 사이인데 설마 하니 그러기야 하겠어. 부르주아지들보다 오히려 상퀼로트 출신의 작업장 주인이 상퀼로트 일꾼을 부릴 때 더 가혹하게 굴더라는 말도 있긴 하지만 장-폴만큼은 다를 거야. 내가 그 친구한테 신문도 읽어주고, 작업장 공고문 같은 것도 대신 써주고 그랬으니까……"

그때 주위에서 사람들의 다급한 외침 소리가 들린다.

"아, 드디어 공회의 역도들이 이쪽으로 몰려온다!"

여기저기서 사람들이 겁먹은 목소리로 수군거린다.

"결국 올 것이 왔구나! 그런데 병력이 없으니 이를 어쩐다…… 차라리 저들한테 투항해서 목숨이라도 구걸해보자!"

"그런다고 놈들이 우리를 살려줄 성싶으냐? 여기 와 있다는 이유만으로도 놈들을 우리를 국민공회에 저항하려 한 반역의 무리라고 볼거다. 단두대로 끌려가고 싶지 않으면 그냥 줄행랑치는 게 상책이야. 그러고는 나라가 잠잠해질 때까지 당분간 숨어 살아야지."

"쥐새끼들처럼 숨기는 어디로 숨는단 말이냐! 이제 우리는 아무 데

로도 숨을 곳이 없다. 애초부터 여기 모인 인원수가 얼마 되지도 않았는데 어떤 구에서 누구누구가 코뮌의 동원령에 응했는지 저놈들이 못 밝혀낼 것 같으냐? 어리석은 것들. 비겁 떨지 말고 대오에서 이탈하지도 마라! 저놈들은 역도라는 것을 잊지 마라! 이 공화정과 인민에게 헌신해온 로베스피에르 시민 동지를 이제 와서 배신하지 마라!"

"말이야 바른 말이지만, 로베스피에르가 우리를 위해서 해준 게 뭐 있는데?! 그저 자기 정적들의 목이나 댕강댕강 쳐내고 사업자들의 이익만 보호하려들었지, 곰곰이 따져보면 정작 본인한테 변함없이 충성해온 상퀼로트들을 위해서는 아무것도 한 게 없다. 그놈의 옛정 때문에 내 발로 여기까지 오긴 왔다만, 요새만 보면 로베스피에르를 위해 목숨까지 바칠 마음은 손톱만큼도 들지 않는다. 거기다 알고 보니 코뮌의 동원령이라는 게 법적인 강제력도 전혀 없는 거였다며? 그런 줄도 모르고 내가 속았다. 너희들끼리 어디 한번 잘해봐라. 나는 간다."

그렇게 우왕좌왕하고 있는 그레브 광장의 군중 앞으로 국민공회에서 보낸 진압군 종대가 천천히 다가온다. 그런데 종대를 이룬 기놀들 사이로 알베르와 콜레농 그리고 파트리스의 모습이 보인다. 잠시 후 말에 올라 종대를 그레브 광장의 언저리까지 이끌고 온 마리오네트의 입이 달싹거린다.

"친애하는 국민방위대 인민 여러분, 그리고 상퀼로트 동지 여러분, 각자의 손에 들려 있는 총칼과 삼지창을 이제 그만 내려놓으시오. 본인은 국민공회 대의원 폴 바라스라고 하오. 다시 말해 군인이 아니란 거요. 여러분을 대신해서 나랏일에 종사하고 있는 인민의 대표 가운데 한 사람이란 말이오. 이런 사람한테 총칼을 겨누는 게 얼마나 무서운 중죄에 해당하는지 알 만한 이들은 다들 알 거요. 게다가 우리는 의회에서 가결한 명령안의 정당한 집행을 위해 여기까지 왔소. 지금 여러분은 로베스피에르 일당에게 속아 이용만 당하고 있을 뿐이오. 간악하고 흉포하기 이를 데 없는 로베스피에르 일당은 국가 변란을 도모하고자 했소. 공회 내의 애국 동지들이 합심해서 이토록 천인공노할 모의를 적발해냈기에 망정이지 하마터면 이 공화국의 숙명이 이 일당의 무모한 야망으로 한순간에 위태로워질 뻔했소. 여러분이 건전한 공화국의 시민들이라면 이중에서는 아무도 독재자의 압제 밑에서 살아갈 수 있는 사람이 없을 거요. 그런데도 로베스피에르는 언젠가부터 줄곧 독재의 야욕에만 사로잡혀 무고한 동료들을 파리 목숨처럼 아무렇지도 않게 희생시켜왔다는 말이오. 로베스피에르 일당의 죄악상은 이제 더 이상 누구에게라도 용서받지 못할 지경에 이르렀소. 우리에게는 이들을 모조리 잡아들여 준열하게 단죄해야 할 책임이 있소. 그러니 다들 그레브 광장에서 물러나 순순히 우리에게 길을 여시오. 이것은 국민공회를 대표해서 진압군 종대의 사령관으로 위임된 본인의 최후통첩이오. 평화적인 권고는 이번뿐이오. 본인의 권고에 따르는 자들에게는 절대로 죄를 묻지 않겠다고 약속하겠소. 하지만 이에 불응하려는 자들에 대해서는 가차 없이 반역죄로 엄단할 방침이오. 공화국 시민에 상응하는 예우를 단념하고 로베스피에르의 폭도로 낙인찍혀 살아갈지 아닐지는 지금 이 순간 여러분 개개인의 결정에 달려 있소……"

그때 레옹과 알베르 일행, 각자의 대오에서 서로를 알아본다. 그러고는 대오를 이탈하여 서로에게 다가간다. 알베르가 레옹에게 말한다.

"로베스피에르에 대한 네 우정과 충심은 가히 놀랍기까지 하군. 설마, 설마 했는데 이 새벽 시간에 여기서 네 녀석과 마주치다니 말이야. 잘 지내고 있나 궁금했는데 참 반갑네."

레옹이 말한다.

"역시나 자네들은 결국 로베스피에르 시민 동지의 반대편에 동참했구먼. 하지만 그런 걸 다 떠나 예기치 않은 장소에서 이렇게 자네들의 얼굴과 맞닥뜨리니 나도 반갑기 그지없네."

콜레뇽이 레옹에게 말한다.

"비록 로베스피에르에 반대해오긴 했지만 우리야 동참하고 싶어서 동참한 게 아니야. 전혀 내키지는 않았지만 다 그럴 만한 사정이 있었지…… 자, 그런 얘긴 차차 나누기로 하고 어떻게, 여기 계속 남아 있을 생각인가? 자칫 잘못하면 서로 나쁜 꼴을 보게 될 것 같은데 말이야."

파트리스가 말한다.

"애초부터 진압군 종대 따위에 끌려 나오는 게 아니었어. 이게 다 정치하는 놈들의 술수가 아니면 대체 무엇이겠나. 난 원래 저쪽에서 그런 협상안을 내놓았을 때부터 정말 마뜩치 않았어. 그런데 이렇게 레옹, 너와 마주치는 일까지 생기고 보니 이 자리에 더 남아 있고 싶다는 생각이 아예 싹 가시는구먼."

레옹이 묻는다.

"저쪽에서 그런 협상안을 내놓다니, 그게 무슨 말인가?"

알베르가 말한다.

"아무것도 아닐세, 아무것도 아니야. 그런 거 굳이 알아둬야 할 필요도 없고. 그래도 정히 궁금하다면 나중에 다 얘기해주지."

레옹이 말한다.

"근데 그라쿠스 동지는 어디로 가고? 설마 그사이에 변심해서 자네들을 버리고 로베스피에르 진영으로 넘어간 건 아니겠지?"

파트리스가 말한다.

"하하, 그럴 리가 있겠나? 로베스피에르에 대한 그라쿠스 동지의 반감은 워낙 그 심지가 깊어서 어떠한 변고가 일어난다 해도 쉽사리 흔들리지 않을 거야. 오죽하면 그 일당을 치기 위해 적의 적들과 손잡는 일까지 마다하지 않았으려고."

레옹이 말한다.

"그건 또 무슨 소린지……?"

콜레뇽이 말한다.

"아, 아무것도 아닐세, 아무것도 아니야. 그라쿠스 동지는 지금쯤 구민협회 공회당에서 시위 계획안을 짜느라 여념이 없을걸. 하지만 곧 이 근처에서 우리와 합류하기로 했네. 그라쿠스 동지는 이런 일에 자기만 쏙 빠질 위인이 아니지."

레옹이 말한다.

"그래? 그럼 잘하면 오랜만에 그라쿠스 동지와도 볼 수 있겠네그래. 그거 잘됐군. 그렇지 않아도 그런 식으로 그라쿠스 동지와도 갈라서는 바람에 내 마음이 영 개운치 않았는데 말이야."

알베르가 말한다.

"여기서 이럴 게 아니라 우리, 자리를 옮겨 오랜만에 회포나 좀 푸세. 보아 하니 여기에 꼭 남아 있어야 할 마음도 별로 없어 보이는데 말이야. 실은 우리도 적당한 기회를 보아 이 대오에서 이탈할까 싶던 참이었어."

알베르의 말에 레옹, 시청 청사 쪽으로 힐끗 눈길을 주며 어떻게 해야 좋을지 모르겠다는 듯 잠시 머뭇거린다. 그러자 콜레뇽이 말한다.

"아, 여기 계속 남아 서로 싸우자고 할 셈이야? 로베스피에르에 대한 충심과 우정도 좋지만 그건 네 본심이 아니잖아? 로베스피에르만 친구이고 어렸을 때부터 한동네에서 내내 붙어 지내다시피 해온 우리는 친구도 아니란 말인가?"

알베르가 이어 말한다.

"정히 로베스피에르가 마음에 걸리면 우리끼리 다른 길을 한번 모색해보자고. 쉽지는 않겠지만 같은 상퀼로트들끼리 해결하지 못할 갈등이 뭐가 있겠나? 그러다 보면 무슨 묘안 같은 게 떠오를 거야. 그라쿠스 동지도 도움을 줄 테고 말이야. 그러니 일단 이 자리를 벗어나서 그동안 밀린 얘기나 좀 나눠보자니까."

파트리스가 말한다.

"그래, 여기 있지 말고 우리와 함께 가자. 상퀼로트들끼리 싸움질을 벌이려 하다니, 정말 이건 못할 짓이지 않은가." 그러면서 레옹의 소매를 잡아끈다.

잠시 후 레옹이 말한다.

"그래, 그럼 일단 이 아수라장을 빠져나가자고. 나도 그런 일이 있고 나서 자네들의 얼굴을 보니 너무 반가워서 말이야."

네 사람, 다 같이 그레브 광장의 반대쪽으로 발길을 돌린다.

그 순간, 카페 안의 조명이 한꺼번에 모두 꺼지면서 실내가 한 치 앞도 분간할 수 없는 암흑 속에 파묻힌다. 잠시 후 상자무대 쪽에서 이런 말소리가 들려온다.

"종대에서 이탈한 자들은 그게 누구든 무조건 삼엄한 군율의 적용을 받는다. 너희들은 종대 대오를 무단이탈했다. 그것은 로베스피에르 일당의 폭도들임을 자인하는 바와 같다. 지금 같은 비상시국에서 도저히 용납될 수 없는 군율의 위반이다. 그 죄질이 상당히 심각하다. 공회 수비대 헌병소대장, 어디 있나? 이놈들을 모두 포박해서 곧장 뤽상부르로 압송 조치토록!"

제7장

여전히 카페 실내는 불씨 한 점 없는 암흑으로 뒤덮여 있다. 상자무대 쪽에서는 더 이상 아무 소리도 들려오지 않는다. 나폴레옹이 상자무대를 향해 외친다.

"이렇게 오랜 전체 암전도 시연 내용의 일부인가? 극의 진행에 필요해서 일부러 불을 다 끈 거냐 말이야. 설령 그렇다손 쳐도 무대에서는 왜 아무런 말소리도 나지 않는 거지? 대오에서 이탈한 상퀼로트들의 체포 장면과 함께 시연의 종막이 내린 건가? 그렇다면 아무리 인형극 시연이라 해도 간략한 커튼콜쯤은 있어야 할 게 아닌가? ……이보시오, 주인장! 어디 있소? 대답 좀 해보시오. 정말 시연이 다 끝난 거요? 왜 아무 대답도 없소?"

그러고는 혼잣말로 웅얼거린다.

"뭐지, 이 불길한 침묵은? 이것도 시연의 대단원을 장식하기 위한 막간의 정적이란 말인가? 하여튼 자고로 예술 하는 녀석들은 어쩔 수 없다니까. 겨우 관제 시연 하나를 꾸며보는 마당에 이런 식으로 별짓 다하려 드니 말이야……"

그때 어디선가 먹먹한 목소리가 들려온다.

"설마 아주 오랜 시간 준비해온 인형극 시연이 이토록 허망한 결말로 막을 내릴 리가 있겠습니까? 카페의 불가피한 내부 사정 때문에

442

그러니 잠시만 기다려주십시오, 장군님. 이 극이 본격적으로 펼쳐질 대목은 정작 이제부터니까요."

그 대답에 유심히 귀 기울인 후 나폴레옹이 말한다.

"지금 대답한 사람이 카페 주인 맞소? 어쩐지 목소리가 다른 것 같은데…… 그리고 시연을 거의 마무리 지어가야 할 판에 이제부터 극이 본격적으로 다시 시작될 거라니, 대체 그건 무슨 말이오? 하긴 아직 시연이 결정적으로 로베스피에르의 죽음 장면에 이르지는 않았으니 그렇게 말할 수도 있겠지…… 이보시오, 주인장! 주인장, 내 말을 듣고 있소? 다시 대답 좀 해보시오. 그럼 언제까지 이렇게 어두운 침묵 속에 남아 있어야 하는지만 알려주시오. 내 몹시 갑갑하고 답답해서 그렇소이다…… 그런데 방금 전 대답한 사람이 진짜로 카페 주인 맞소?"

하지만 저편에서는 여전히 아무런 응답도 없다. 그때 횃불을 든 레옹 마르티니가 돌연 뛰어 들어와 나폴레옹 앞에 멈춰 서더니 절도 있게 거수경례를 올려붙인다. 나폴레옹, 흠칫 놀란 표정으로 그에게 말한다.

"당신은 누구요? ……가만있어보자, 아, 자네는 아까 다녀간 사바리의 전령이로구먼. 그래, 그사이에 무슨 상황 변동이라도 생긴 건가?"

레옹 마르티니가 말한다.

"그렇습니다, 사령관 각하. 지금 즉시 각하를 르노도 가 15번지까지 모시고 오라는 르네 사바리 반장의 전갈입니다. 로베스피에르의 자결을 현장에서 목격한 증인의 신병이 결국 확보되었습니다. 증인은 역시 파리 코뮌의 경비병 출신 파트리스 뒤트롱이란 자인데 사령관 각하께서 직접 심문을 하시기 전까지는 로베스피에르의 죽음에 관해 그 어떠한 내용도 털어놓지 않겠다고 버티는 중이랍니다. 그러니 급히 그곳으로 출동하시는 게 좋을 것 같습니다, 사령관 각하."

나폴레옹이 말한다.

"음, 이것으로 시연이 다 끝난 건지 아닌지 애매하다 보니 바로 움직이기가 좀 떨떠름하긴 하지만, 로베스피에르 시민 동지의 자결을 현장에서 직접 목격한 증인이 나타났다는데 불문곡절하고 내 바로 가 보지 않을 수 없지. 그럼, 앞장서도록 하게."

나폴레옹, 레옹 마르티니와 함께 카페 바깥으로 서둘러 퇴장한다. 그러자마자 역시 손에 횃불을 든 사내 하나가 카페 안으로 재빨리 달려 들어와서는 이렇게 외친다.

"콜레뇽, 어서 나와! 지금 나폴레옹이 레옹을 따라나섰네. 그러니 우리도 서둘러야만 해! 조금도 지체할 시간이 없어! 어허, 뭐 하고 있나, 빨리 나오지 않고!"

그러자 노악사가 횃불을 든 사내에게 말한다.

"알베르, 이럴 때일수록 침착하라고. 그런 식으로 초조하게 굴면 거의 다 성사되었구나 싶은 일도 어이없게 그르치기 십상이니까 말이야."

그러고는 색안경과 은색 가발을 거칠게 벗어 던진 후 바르바리에 오르간의 소리통 안에서 꺼낸 권총 한 자루를 허리춤에 찔러 넣는다. 그리고 다시 알베르에게 말한다.

"실제로 그렇든 아니든 상관없이 나는 이 비장의 무기를 말이야 로베스피에르 시민 동지가 자결하고자 한 마지막 순간에 스스로에게 겨눈 바로 그 권총이라 믿으며 몇 해 동안 고이 간직해왔다네, 친구."

그러자 알베르가 콜레뇽에게 말한다.

"로베스피에르 시민 동지의 영령이 서려 있을지도 모를 권총이라, 그런 자네의 믿음이 우리에게 기적 같은 행운을 가져다주었으면 좋겠군…… 자, 그럼 빨리 나가지."

알베르와 콜레뇽, 카페 바깥으로 황급히 뛰쳐나간다. 그러자마자 손에 남포등을 든 카페 주인이 앞으로 나와 뒤쪽에 대고 외친다.

"모두 여기서 빠져나가는 게 좋을 것 같다. 곧바로 상황이 어떻게 전개될지 모르니까 말이야. 그러니 다들 일단 저쪽으로 나가자."

희뿌연 어둠 속에서 그가 가리킨 것은 극단의 지하 연습실로 통한다는 카페 뒷문이다. 잠시 후부터 남자 가수와 극단의 단원들 일동이 차례차례 뒷문으로 빠져나가기 시작한다. 그러던 중 배우 하나가 카페 주인에게 다급한 목소리로 말한다.

"저기 남은 인형들은 어떻게 하나요? 저것들도 엄연한 생명체인데."

카페 주인이 말한다.

"지금 인형들을 신경 쓸 때가 아니야. 이제부터 어떤 변고가 발생할지 모르니 우선 사람들의 목숨부터 챙기고 봐야지. 그리고 인형들이 엄연한 생명체라면 애들한테도 인형 나름의 고유한 생존 방식이 있을 테니 너무 걱정 말고 어서 본인이나 대피하도록 해."

그때 바깥에서 밤공기를 가를 만큼 강력한 여러 발의 총성이 울려 퍼진다. 그러고는 연이어 찢어질 듯한 사람들의 비명 소리와 고함 따위가 들려온다. 뒷문으로 빠져나가던 일동, 그 소리들을 듣고 몹시 놀란 듯 일제히 술렁거린다. 하지만 바깥의 소요는 얼마 가지 않아 이내 잠잠해진다. 곧 사방에는 긴장감으로 팽만한 정적이 찾아온다. 카페 주인이 말한다.

"한 방이 아니라 여러 발…… 결국 무슨 일이 터지긴 터진 모양이다. 아무리 철통같이 대비해왔다 해도 나폴레옹 같은 놈을 암살한다는 건 그리 녹록지 않은 일이었을 거야. 아무래도 빨리 대피해 있지 않으면 어떤 변을 당할지 모르겠다! 자, 더 서두르자!"

이윽고 카페 안에 남아 있던 사람들 일동, 모두 뒷문으로 빠져나간다. 그런데 마지막으로 카페 주인이 빠져나가서 뒷문을 닫자마자 상자무대 뒤편에 잔뜩 널브러져 있던 마리오네트들과 기뇰들이 제 스스로 몸을 일으켜 무대 앞으로 몰려나오기 시작한다. 그러고는 각각의 키 높이에 따라 여러 줄의 횡대로 가지런히 도열한다. 키가 작은 상퀼로트 역의 기뇰들은 앞줄에 서고, 로베스피에르나 생-쥐스트처럼 키가 큰 마리오네트들은 뒷줄로 가서 자기 위치를 맞춘다. 그 과정에서 로베스피에르와 생-쥐스트 역의 마리오네트들이 비요-바렌과 탈리앵 역의 마리오네트들과 마주치자 서로 얼싸안는 몸짓을 취한다. 그것은 마치 오늘 수고 많았다는 인사를 주고받는 것처럼 보인다. 그래서인지 가지런히 줄 지어 선 여러 인형 사이에서는 누가 어떤 배역을 맡았느냐에 상관없이 꽤 화기애애한 분위기가 감돌고 있는 것 같다. 목소리도 내지 못하고 표정도 지어 보일 수 없는 그들은 엉성한 몸짓과 손동작만으로 무언의 대화를 나누고 있지만, 인형들 사이에 이루어지고 있는 의사교환은 그 나름대로 꽤 원활해 보인다. 하지만 그들이 무슨 말을 나누는지는 전혀 알 수 없다. 어쩌면 서로 어떤 의사교환이 이루어지고 있는 게 아닐지도 모른다. 전혀 무슨 말인가가 오가는 게 아닐 수도 있다. 그런데도 그들은 서로에게 엉성하나마 활발한 몸짓과 손동작을 계속해 보인다. 그때, 난데없이 귀청을 때리는 총소리가 여러 발 나면서 손에 권총을 든 나폴레옹이 카페 안으로 조심스럽게 걸음을 옮긴다. 곧이어 르네 사바리가 기민한 발놀림으로 나폴레옹을 뒤따라 들어온다. 그러고는 권총으로 어둠에 싸인 전방을 겨눈다. 나폴레옹과 사바리, 희뿌연 어둠 속에서 잠시 카페 안을 수색해본다. 그 두 사람이 입고 있는 군복은 모두 시뻘건 피로 얼룩져 있다. 그들이 무차별적인 격발과 함께 카페 안으로 들어서자마자 인형들은 하나같이 움직임을 멈추고 제자리에 딱 굳는다.

사바리가 탁자 위의 촛대에 불을 붙이며 말한다.

"사령관 각하, 여기에는 아무도 없는 것 같습니다. 자기들이 쳐놓은 덫에 각하께서 걸려든 것처럼 보이자마자 필시 모두들 내뺀 게 틀림없습니다. 당장 이 카페를 폐쇄한 후 관헌들로 하여금 지금 즉시 압수 수색에 나서도록 명해야 할 필요가 있지 않을까 싶습니다."

나폴레옹, 아무 말 없이 멍해진 표정으로 촛대 위에서 너울거리는 불빛만 바라본다. 그러는 동안 사바리는 카페를 무심히 둘러본다. 나폴레옹, 그제야 겨우 입을 뗀다.

"아무래도 그래야겠지…… 그러는 게 좋겠지…… 그래, 그래야만 할 거야……"

사바리가 말한다.

"마침 제가 이리로 오는 길이었기에 망정이지 하마터면 정말 어이없는 횡액(橫厄)을 당하실 뻔했습니다. 무슈 로베스피에르에 대한 각하의 선의가 이런 식으로 악용되다니, 정말 안타깝기 그지없습니다. 각하께서도 생전의 로베스피에르가 파리 생활을 시작한 이후부터 이 카페에 자주 들렀다는 사실에 대해 익히 알고 계실 줄 압니다. 하지만 이제 이 카페에 폐쇄 조치가 내려지면 그와 동시에 무슈 로베스피에르의 죽음에 대해 되돌아보거나 그를 복권시킬 수 있는 길도 영영 끊기고 말 듯합니다. 사실 각하에게 유리한 방향은 그쪽일 수도 있습니다. 왜냐하면 사령관 각하께서는 자코뱅 클럽의 열성 당원으로 활동하신 전력이 있기 때문입니다. 게다가 각하의 공적을 시기하는 무리들은 한때 각하의 후견인이 무슈 로베스피에르의 혈육 오귀스탱이었다는 사실에 대해 언제든 공격적으로 나올 수도 있습니다. 비록 한때나마 어떤 정치인이 자코뱅 클럽에 가담하여 활동한 바 있다는 것은 장차 감당하기 버거운 이력상의 악재로 불거질 공산이 큽니다. 그러니 어떤 형태로든 그것을 씻어내는 게 좋습니다. 산악파의 **로마 대관**에 대한 존경심은 개인적으로만 간직하시고 정치적으로는 부정적인 상징 조작과 신랄한 담론의 형성이 필요할 수도 있습니다. 예컨대, 반대파 연합전선의 성공적인 예처럼 공포정치에 의한 살육의 책임을 전적으로 그에게 뒤집어씌운다든지 오로지 혁명의 추상적인 대의에만 사로잡혀 실용적인 민생 시책을 내팽개치다시피 했다든지 하는 식으로 말입니다. 각하가 운만 띄워주시면 나머지는 교육자들이나 역사가들이 다 알아서 처리해줄 겁니다. 공공교육만큼 선전효과가 높은 분야도 드뭅니다. 그러라고 있는 사람들이 바로 교육자나 역사가 같은 한 사회의 지식인들입니다. 권력이 교육자나 역사가의 입을 빌려 말하는 게 바로 정보정치의 시작입니다. 교육자나 역사가의 입에서 나온 말들의 바깥에서 깐족거리려는 것들을 사상경찰들로 하여금 사정없이 잡다 관리토록 하는 게 정보정치의 응용입니다. 말하자면 정보정치의 기본적인 성패는 집권층이 지식인들을 얼마나 효율적으로 도구화할 수 있느냐에 따라 좌우된다고 할 수 있습니다. 카이사르가 청렴강직하다는 평판으로 로마 공화정의 하늘 위에서 태양처럼 빛난 카토의 그늘을 로마 시민들에게 까발리기 위해 얼마나 부심하고 노력했는지 한번 떠올려보십시오. 하지만 카이사르는 정보정치의 개념이 부족했을 뿐 아니라 적용 또한 미숙했습니다. 반면, 아우구스투스가 로마 공화정을 자신의 제국으로 온전히 뒤바꾸는 데 성공한 까닭은 일찍이 그런 통치 수단에 착안할 수 있었기 때문입니다."

나폴레옹, 여전히 촛대 위에서 너울거리는 불빛만 바라보며 몽롱한 목소리로 말한다.

"아무래도 그래야겠지…… 그러는 게 좋겠지…… 그래, 그래야만 할 거야…… 그런데 자네 말이야, 한 가지 말실수를 한 게 있는 것 같군. 나는 군인이지 정치인이 아니잖은가. 이후에 자네가 늘어놓은 얘기들도 죄다 정치인들을 위한 통치의 논리처럼 들리고."

나폴레옹의 지적에 사바리, 담담한 어조로 답한다.

"그렇습니다. 각하는 군인이지 정치인이 아닙니다. 제가 말실수했습니다. 죄송합니다."

그러자 나폴레옹이 손사래를 치며 말한다.

"아니, 아니야. 그렇게 사과할 것까지는 없네. 또 모르지, 언젠가 기회가 닿으면 지금 자네한테서 전해 들은 조언들을 요긴하게 활용하고 싶어질지."

사바리가 말한다.

"저도 사령관 각하께 꼭 그런 날이 도래할 수 있기를 기원하고 있습니다. 요사이 제가 유난히 아우구스투스를 자주 떠올리는 이유도 각하의 결단에 대한 기대감을 억누를 수 없기 때문일 듯싶습니다. 저뿐 아니라 수많은 공화국 시민 또한 향후 각하의 행보가 어디로 향할지 자못 기대하고 있는 모양입니다."

나폴레옹이 말한다.

"설령 그렇다 해도 아우구스투스는 아닐세. 어떤 야심가가 새로이 나타나 현재의 무능하고 부패한 집정관 정부를 대신하든, 공화정만큼은 반드시 지켜내야 한다고 보니까. 그 누가 아무리 아우구스투스 이상으로 선한 체제를 꿈꾼다 해도 공화정을 뒤엎는다는 것은 결국 역사적인 죄악에 불과하네. 공화정을 뒤엎고도 선한 체제를 꿈꾼다는 말은 전제정치의 유혹에 굴복한 자가 화급히 둘러대는 정치적 변명일 뿐이지. 내 보직으로 인해 이런저런 정객들과 자주 접촉하다 보니 이제 그 따위 정치적 변명에는 아주 신물이 다 올라올 지경일세. 하루빨리 특무대 대장직을 사임하고 다시 야전으로 복귀하든가 해야 차라리 정신 건강에 이로울 텐데 말이야……"

그때 사바리가 손가락으로 다급하게 무대 쪽을 가리키며 외친다.

"앗, 사령관 각하, 저길 좀 보십시오!"

나폴레옹도 그쪽으로 얼른 고개를 돌린다. 그러자 무대가 환하게 밝아져 오면서 가지런히 도열해 있는 인형들의 대오가 나타난다. 잠시 후 바르바리에 오르간의 손잡이가 저절로 돌아가면서 음악이 흘러나온다. 그 음악에 맞춰 무대 위의 인형들이 합창하듯 일제히 입을 달싹거리기 시작한다.

일어나라, 조국의 형제들이여
영광의 그날이 밝았다
폭군에 결연히 맞서

피 묻은 항쟁의 깃발을 곧추세우자
우리의 강토에 메아리치는
적들의 포효가 들리지 않는가
놈들은 우리네 자녀와 이웃들을
도륙하고자 지금 여기 와 있다

무기를 잡으라, 시민 동지들이여
그대여, 부대의 선봉에 서라
진격하자, 진격하자
우리 조국의 가문 밭이랑에
더러운 적들의 피가 하천처럼 흘러넘치도록
……

　하지만 그 노랫말 소리는 인형들의 입에서 흘러나오는 게 아니다. 무대 위의 마리오네트들과 기뇰들은 그냥 입만 벙끗거리고 있을 뿐이다. 정작 이 곡의 노랫말 소리가 어디서 들려오는지는 확실히 알 수 없다. 어쩌면 이 부근을 지나가던 중 때마침 목청껏 합창하기 시작한 상퀼로트 군중의 노랫소리가 여기까지 전해져 온 것일 수도 있다. 그런데 얼마 지나지 않아 헌병들과 특무대 요원들이 무리 지어 카페 안으로 들이닥친다. 그러고는 사바리와 잠시 이야기를 주고받는다. 아무래도 자기들의 상관이 예기치 못한 변고로 인해 일시적인 충격에 사로잡혀 있는 것 같다는 말소리가 드문드문 새어 나온다.

그중에서 한 명이 나폴레옹에게 다가오더니 조심스러워하는 어조로 이렇게 묻는다.

"대장님…… 아니, 사령관 각하, 괜찮으십니까?"

하지만 나폴레옹은 그들의 접근에 개의치 않고 인형들의 합창 공연에만 집중하며 칼레이도스코프에 넋이 나간 소년처럼 입을 헤벌쭉 벌리고 있다.

에 필 로 그

카페 아모리에서 인형극 시연이 있기 1년 전인 1796년 5월 10일, 공화력 제4년 플로레알(꽃의 달) 21일. 장소는 뤽상부르 감옥의 음산한 지하 취조실이다. 실내를 밝히고 있는 조명이라고는 벽에서 타오르고 있는 횃불이 고작이다. 거기 혼자 오랏줄에 결박되어 있는 그라쿠스 바뵈프가 결연한 음조로 목청 높여 노래를 부르고 있다.

정녕, 긴 잠 깬 내 눈이
새날 아침 번쩍 뜨인 것일까?
오, 놀랍고도 경이로운 오늘
온 누리가 들썩이네!
하늘의 가호가 우리에 임하니, 뢰네여

네놈 발버둥이 과하구나.
인민의 포성이 으르렁댈 때
보아라, 바스티유가 무너졌다!

그때 안으로 나폴레옹이 들어와서 탁자를 사이에 두고 바뵈프와 마주 앉는다. 하지만 바뵈프, 나폴레옹의 등장에 아랑곳하지 않고 계속 노래를 부른다. 이윽고 나폴레옹이 말한다.

"무슨 뜻인지 알겠으니 이제 그만 노래를 그치시오. 그래도 사람이 들어왔는데 예의가 아니질 않소."

바뵈프는 나폴레옹의 요구를 무시하고 여전히 노래 부르는 데만 열중한다.

프랑수아, 무심한 인민이여
나를 일으키는 화마의 불꽃이
지금 너마저 열광케 하나니
우리 이제 이 벅찬 감흥을 함께 나누자!
보아라, 악랄하던 군주정이
헛되이 자비를 호소하고
공화정의 함성 속에
한순간 이 요새의 탑들이 허물어지는 것을
……

그러자 나폴레옹, 결국 더 이상 참지 못하고 탁자를 주먹으로 강하게 내리치며 위협적인 목소리로 고함을 내지른다.

"내 말 안 들리나? 이제부터 당신에 대한 취조를 시작해야겠으니 그만 멈추란 말이야! 그래야 이번 음모에 함께 가담한 당신들의 동지라도 정상을 참작해서 **빼주든가** 말든가 할 수 있을 게 아닌가! 그런데 당신이 아예 취조조차 거부하면 동지들에 대한 정상참작이라는 게 가당키나 하다고 보나!"

그제야 바뵈프, 노래를 멈추고 나폴레옹에게로 오연한 눈길을 돌린다. 나폴레옹이 말한다.

"집정관 정부에서는 당신들이 일으킨 이번 사건을 **평등주의자들의 음모**라고 규정했소. 어떻게, 작명이 마음에 듭니까?"

차라리 묵비권으로 대응할까 잠시 망설이는 듯싶던 바뵈프가 결국 천천히 입을 연다.

"그런 식의 작명이야 승자들에게 고유한 권한일 텐데 우리의 의사가 무슨 상관이겠소. 단, 우리를 두고 **평등주의자**를 운위한 것은, 물론 그렇게 낙인찍으려는 의도였을 테지만, 제대로 파악한 것 같소. 평등을 음모에 결부 지을 수밖에 없는 관점의 한계가 테르미도르 반동 이후 공화정을 제멋대로 변질시킨 현 집권 세력의 실상일 거요. 평등을 망각했을 뿐 아니라 심지어 불순한 음모와 동일시하기까지 하는 공화정은 더 이상 공화정이라고 부를 수 없소. 그것은 공화정의 참칭일 뿐이오."

나폴레옹이 말한다.

"테르미도르 반동? 지금 테르미도르 반동이라고 하셨소? 공포정
치와 민생 파탄 그리고 내란 음모 등으로 이 공화정을 좌초시킬 뻔한
산악파 일당이 정의로운 인민의 대표들에 의하여 실각한 사태를 두
고 **반동**이라고 표현하는 언행은 옳지 않소. 말을 삼가도록 하시오.
게다가 국민공회의 테르미도르 의거가 반동이면, 그 직후 열렬한 지
지 시위를 주도했을 뿐 아니라 상퀼로트들만의 언론이라는 『호민관』*
지에 **의회가 피의 독재자를 물리친 역사적 쾌거**라고까지 칭송해 마지
않은 당신 또한 반동분자였다는 말이오?"

바뵈프가 말한다.

"역시나 아픈 데를 제대로 찌르시는군. 좋소. 내가 반동분자인지는
모르겠지만 최소한 지금 같은 반동과 퇴행의 물살이 송두리째 나라를
집어삼킬 수 있도록 적극적으로 동참한 것은 틀림없는 사실이오. 어
쩌면 나 역시 로베스피에르를 쓸어낼 대세의 물꼬가 트이는 데 어떤
방식으로든 기여했다고 할 수 있을지도 모르겠소. 하지만 시간이 흐
르면서 이것은 치명적인 나의 과오로 판명 나고 말았소. 지금 나는
도대체 무슨 말로 인민들에게 속죄해야 할지 감히 엄두도 내지 못할
지경이오. 어쩌면 영원히 속죄라는 말조차 입에 담을 수 없을지도 모
른다는 절망이 계속 나를 짓누르고 있소. 그래서 행동에 나설 수밖에
없었소. 폭력혁명의 기도 속에서 지금의 변질된 공화정을 로베스피에

● 바뵈프가 테르미도르 쿠데타 직후 발간하기 시작한 신문의 이름.

르 체제만큼으로라도 되돌려놓겠다는 기약 말고는 달리 내가 속죄할 수 있는 길을 떠올리기 어려웠소. 현재의 집정관 정부를 때려 엎고 우리가 그토록 저주해온 로베스피에르 독재로 돌아가야만 오히려 참다운 인민주권의 실현에 한 걸음 다가설 수 있을 거라는 회한이 앞섰기 때문이오. 그러니 내가 이런 회한의 피눈물로 속죄를 구해야 할 상대들에는 당연히 인민들뿐 아니라 억울하게 희생당한 로베스피에르와 그의 동지들도 속한다고 할 수 있소. 이제 와서 돌이켜보니 로베스피에르야말로 진정한 인민의 목자요 친구였소. 어떤 의미에서든 나는 **그라쿠스**를 자처할 자격이 없소. 오로지 로베스피에르만이 **그라쿠스**로 불릴 자격을 갖춘 단 한 사람의 호민관이었지 않나 싶소…… 나는 그들 일파에게 속죄해야만 하오. 그리고 인민들에게 속죄해야 하오. 또한 역사 앞에 속죄해야 하오. 그런데 이러지 않고는 정말이지 속죄할 수 있는 길이 없소. 도저히 이 죄의식을 감당할 수가 없소…… 아, 내가 너무나도 어리석었소. 내가……"

바뵈프, 눈물을 흘리며 말끝을 흐린다. 나폴레옹, 착잡한 표정으로 그를 잠시 바라본 후 말한다.

"그때는 그래놓고, 더 이상 돌이킬 수 없어진 순간에 이르러서야 눈물까지 흘려가며 후회해본들 로베스피에르가 되살아나서 돌아오는 것도 아니지 않소? 그리고 옛 과오에 대해 속죄해야 한다는 명목만으로는 하층민들뿐 아니라 여러 정치인까지 끌어들인 이번의 무장봉기를 정당화할 수 없소. 수많은 시민과 군인이 다치거나 죽었단 말이오. 당신들의 극렬한 소요 사태 때문에 공공재들이 파괴되면서 생겨난 손실액만 해도 엄청나고…… 그토록 통절한 회한의 눈물을 흘릴 줄도 모르고 그리하여 집정관 정부의 전복을 도모하게 될 줄도 모르고 공회 바깥에서 로베스피에르 반대 운동을 주도했다니, 당신 스스로 생각하기에도 볼썽사납도록 경박하다는 생각이 들지 않습니까?" 바뵈프가 말한다.

"하지만 당시에 나는 로베스피에르의 몰락이 공화정을 반동과 퇴행으로 이끌어가리라고는 전혀 상상할 수조차 없었소. 공회의 간흉들 중에서 몇몇은 단순히 로베스피에르의 실각에 그치지 않고 이후 펼쳐질 공화정의 앞날을 미리 내다보고 있었겠지. 하지만 믿어주시오, 나는 그렇지 못했소. 오로지 로베스피에르라는 독재자를 타도해야만 상퀼로트들이 꿈꿔온 세상에 부합할 수 있도록 이 공화정의 전도를 환히 밝힐 수 있을 거라고만 믿어왔소. 그가 물러나야만 인민들이 혁명적 부르주아지들의 손아귀에서 벗어나 비로소 정치적으로 자립할 수 있을 거라고만 여겨왔소. 그래야만 모든 상퀼로트도 더 이상 자신의 계급관념을 혁명적 부르주아지들에게 의탁하려들지 않을 것으로 확신했소. 적어도 내 눈에는 로베스피에르가 그 길을 가로막고 있는 걸림돌로밖에 보이지 않았소. 부르주아지들에게는 부르주아지들의 생태가 있듯이, 우리 같은 상퀼로트들에게도 상퀼로트들만이 딛고 살아야 할 토대가 따로 있는 법이오. 그런데 아무리 혁명적이고 급진적이라 한들 로베스피에르 또한 부르주아지 출신에 지나지 않소. 혁명적이든 아니든 부르주아지들은 부르주아지들의 생리대로만 움직이려 드는 계급 성향의 한계에 갇혀 있단 말이오. 오히려 로베스피에르와 같은 혁명적 부르주아지들의 급진성은 상퀼로트들의 계급투쟁을 근본적으로 교란하고 무력화하는 저해 요인일 뿐이오. 로베스피에르에 대한 나의 비난 가운데서 그가 공포정치와 산악파 독재를 이끌었다는 것은 반대 세력들이 수월하게 결속할 수 있도록 그저 표면적으로만 내세운 탄핵 사유에 불과했소. 실제로 공포정치와 산악파 독재에 가장 해를 많이 입은 쪽은 부르주아들이었지 기층 민중이 아니었소. 그러니 우리로서는 공포정치와 산악파 독재에 부르주아들만큼 반감이 심할 리 없었소. 하지만 문제는 그게 아니었소. 내가 로베스피에르를 독재자라며 비난하고 증오한 데는……"

그때 나폴레옹이 바뵈프의 진술 사이에 불쑥 끼어든다.

"계급관념, 계급투쟁이라니? 그게 대체 무슨 말입니까?"

하지만 바뵈프는 나폴레옹의 물음을 묵살하고 오롯이 자기 진술의 흐름에만 집중한다.

"내가 그를 독재자라며 비난하고 증오한 데는, 평생토록 부르주아지들에 맞서 인민공화국의 건설을 앞당기고자 꿈꿔온 자크 루 신부의 옥중 자살이 결정적이었소. 세간에 널리 알려져 있는 바와 같이, 신부로 하여금 자결을 택할 수밖에 없도록 이끈 원인은 그 자신에 대해 공회에서 행한 로베스피에르의 비판과 음해였소. 그때 로베스피에르는 허무맹랑한 사회주의 사상의 감언이설로 인민들을 현혹해온 광신도요 코르들리에파로 위장한 반혁명분자라며 자크 루 신부를 혹독하게 몰아세웠소. 이 일로 인해 자크 루 신부는 국민공회에서 제명되었을 뿐만 아니라 심지어 코르들리에파에서의 출당 조치마저도 감수해야만 했소. 그러고는 급기야 외세의 첩자라는 혐의까지 뒤집어쓴 후 투옥되고 말았소. 사태의 전말은 자명하오. 로베스피에르는 혁명적 부르주아지들의 이념적 반경 안에서만 공화정이 관리되기를 원해왔을 뿐 혁명의 향배가 다른 계급으로 넘어갈지도 모를 가능성만큼은 철저히 차단하려 했던 게 틀림없소. 세간의 비판과는 달리 그가 욕망한 것은 공화정이 지향해야 할 가치와 이념의 독점만이 아니었소. 로베스피에르는 평소의 언동과 다르게 계급적인 지표상으로도 혁명과 공화정의 운명을 독점하고자 했던 거요. 산악파 독재의 시책들은 부르주아 혁명가들이 부르주아지 출신으로서 그 이하 계급들에게 양보할 수 있는 이념적 실천의 극대치에 지나지 않았소. 그런데도 대다수 상퀼로트는 거기에 눈이 멀어 로베스피에르와 산악파를 자기들의 사심 없는 벗으로 잘못 받아들이고 있었소. 하지만 자크 루 신부의 경우에서 보듯, 그 양보에 그어진 상한선은 너무나도 명확하고 냉엄했소. 거기서는 어떠한 계급상의 준동이나 도전도 용납될 수 없었소. 말하자면 부르주아들이 이렇게 노력하고 있는 만큼 그 이하의 계급들은 다른 세상을 꿈꾸지 말고 거기에 안주해 살라는 의미로서의 억압과 회유였다고 할 수 있소. 로베스피에르가 납세액에 따른 보통선거권 차별이나 재산소유권 강화 또는 사회적 위화감을 조장하는 유산자들의 생활풍습 따위에 대해서는 그토록 적대적이었으면서도 정작 농지법 시행과 사유재산제 폐지 그리고 개인 사업장의 국유화 등을 실현 불가능한 공상이라며 금기시하다시피 한 것은 아마도 그 방증에 해당하는 사례일 거요. 자크 루 신부의 옥중 자살과 함께 이런 한계를 재확인시켜준 사건은 그의 소추에 의해 에베르 일파가 희생당한 일이었소. 그제야 상퀼로트들은 로베스피에르를 어두운 의혹의 눈초리로 바라보기 시작했소. 다시 말해 자크 루에 이어 에베르파까지 쳐낸 것은 로베스피에르의 치명적인 자충수였던 셈이오. 하지만 이게 자기 계급의 테두리 안에 갇힌 부르주아 혁명가의 태생적 임계점이었으니 그로서는 다른 길을 선택할 수도 없었을 거요. 그렇다고 해서 그는 우파로 돌아설 수도 없었소. 왜냐하면 로베스피에르의 올곧은 눈에 혁명이 우경화된다는 것은 공화정의 파탄을 의미하는 거나 마찬가지로 보였을 것이기 때문이오. 그가 타인에 대해서뿐만 아니라 자기 자신에게도 지극히 엄격했으며 강직한 양심과 도덕성으로 공화정의 수호를 위해 투신하고자 했다는 것은 테르미도르 반동에 가담한 로베스피에르의 정적들조차 인정하지 않을 수 없는 사실이었소. 그의 꼿꼿하고 투철한 윤리적 기준으로는 실리적 타협점을 모색하기 위해 보수적인 우파들과 결탁한다는 것은 혁명과 공화정의 지향점에 대한 배신이나 다름없는 일이었을 거요. 하지만 그는 그 난관을 어떻게 돌파해야 할지 알지 못해 갈팡질팡하고 말았소. 그러니 추상적인 덕성과 정의를 통한 단합 또는 정파의 초월에 호소하려들었던 것 같소.

이제야 나는 서서히 깨달아가는 중이오. 그가 부르짖은 것은 우파 대연합이 아니라 이념상의 진퇴유곡에 갇혀 허덕거리는 자의 하소연이었다는 것을 말이오. 결국 태생적 임계점과 혁명의 지향점 사이에서 갈피를 잡지 못한 그는 양쪽에서 모두 버림받고 막다른 골목으로 내몰릴 수밖에 없었소. 로베스피에르와 같은 인간이 막다른 골목에 내몰렸을 때 취할 수 있는 선택의 길은 오로지 하나밖에 없소."

나폴레옹이 말한다.

"설마 로베스피에르가 처형당한 게 아니라 실은 체포 직전 시청 청사에서 권총으로 자살했을지도 모른다는 저간의 낭설을 이 자리에서도 퍼뜨리겠다는 겁니까? 왜 그토록 터무니없는 유언비어가 하필 이 시점에 수많은 인민 사이에서 그럴듯한 사건의 내막처럼 유포되고 있는지 모르겠소. 진실은 단 하나뿐이오. 로베스피에르는 공화력 제2년 테르미도르 10일 오후 5시경 이로써 산악파 독재가 끝장났다는 군중의 환성과 야유 속에서 혁명 광장의 단두대에 올라 곧바로 처형당했소. 필요하다면, 그 자리에 있던 군중 가운데 여러 명을 로베스피에르의 죽음에 대한 입회인으로 소환해서 명쾌한 증언을 확보해둘 수도 있을 거요. 하지만 우리 집정관 정부에서는 이런 낭설에 대해 그만큼이라도 신경 쓰는 것조차 당신처럼 로베스피에르를 그리워하는 자코뱅 잔당들의 술수에 말려드는 일일지도 모른다는 경각심을 늦추지 않고 있소. 그러니 허튼소리 늘어놓으려들지 마시오. 그러면 당신의 입장만 공연히 더 불리해질 뿐이오."

바뵈프가 말한다.

"나는 그에 관해 아무 말도 하지 않았소. 그리고 아무 말도 하지 않을 거요. 침묵의 울림은 웅변보다 더 긴 법이오. 그리고 언젠가는 이 침묵이 당신의 마음속에서 길고 청명한 울림으로 메아리치게 될 날도 있을 거요. 왜냐하면 로베스피에르를 그리워하는 자코뱅 잔당이란 내가 아니라 바로 당신이 자기 자신에게 던진 말일 테니까 말이오. 당신은 내가 결코 자코뱅 당원이었던 적이 없다는 사실을 알면서도 일부러 그렇게 표현했소. 당신으로 하여금 자기 본심을 그런 식으로 돌려서 드러낼 수밖에 없도록 군림하고 있는 현실의 권력이 씁쓸할 뿐이오. 내 눈이 정확할 거요. 당신이야말로 어떤 야욕에 휘둘리고 있는 사람이오. 그리하여 그 야욕이 충족되기 전까지 당신은 집정관 정부의 충실한 하수인으로 살아가지 않을 수 없을 거요."

나폴레옹이 말한다.

"이보시오 바뵈프, 지금 무슨 헛소리를 지껄여대는 거요? 하긴 이 판국에 당신 입장에서 무슨 막말이든 입에 담지 못할까. 나로서는 그런 당신이 마냥 측은해 보일 뿐이오. 당신뿐 아니라 로베스피에르를 몰아내자며 멋도 모르고 테르미도르 의거에 동참했다 이후의 논공행상에서 그동안 공포정치와 산악파 독재에 협력해온 과격분자들로 지탄받고 쫓겨난 역사의 희생양들은 모두 가여운 신세들이지. 식민지의 외딴섬으로 유배당한 비요-바렌과 콜로 데르부아만 해도 그렇소. 물론 교사 출신의 비요-바렌은 식민지 원주민들에게 글공부를 시키는 일로 심심치 않게 소일할 수 있을 거요. 그리고 정계에 입문하기 전까지 극작가로 활동해온 콜로 데르부아 또한 원주민 아이들과 연극놀이에 열중할 수 있을 테니 그나마 다행한 일이오. 어쩌면 식민지 외딴섬에서 보내는 요즘의 나날들이 그들에게서 권력투쟁에 얽힌 이곳에서의 회억(回憶)을 말끔히 씻어줄 수 있을지도 모르겠소. 그렇다면 그건 유배가 아니라 차라리 축복일 거요. 정작 본인들은 어떻게 받아들이고 있는지 확인해볼 길이 없지만 말이오. 듣자 하니 두 사람다 테르미도르 의거에 적극적으로 뛰어든 일을 자책하며 틈만 나면 바닷가로 가서 상한 짐승처럼 울부짖는다던데, 그 작자들이 만약 우파들과의 논공행상에서 어이없게 밀리지만 않았어도 요즘처럼 자신들의 행적에 대해 그토록 통절하게 뉘우쳤을지는 미지수가 아닐 수 없소. 그리고 당신과 함께 이번 음모를 주도하다시피 한 아마르와 바디에는 또 어떻소? 당신이 아는지는 잘 모르겠지만, 이 두 인물은 테르미도르 의거의 입안자들이나 마찬가지였소. 내가 이 **평등주의자들의 음모**를 일망타진하는 과정에서 가장 놀라워한 점이 바로 전직 보안위원회 위원 아마르와 바디에의 가담 사실이었소. 물론 나는 이 두 사람이 특히나 왕당파의 색출과 검거에 열성적이었던 자코뱅 극렬분자였다는 사실을 알고 있소. 하지만 이들이 당신과의 거사를 함께 도모할 정도로 평등과 진보의 원칙에 대한 신념이 확고하다면 테르미도르 의거는 도대체 무슨 의도로 입안하고 기획했는지 알다가도 모를 노릇이오. 로베스피에르에 대한 사감과 원한에 눈이 멀어 자신들의 이상과 일치하는 공화정의 행로를 사실상 내팽개쳤다고 할밖에. 그러고는 자코뱅 극렬분자로서의 전과가 도드라져 우파들이 주도한 테르미도르 이후의 논공행상과 정부 구성에서 배제되니 로베스피에르에게 겨눈 것이나 진배없는 앙심의 칼날을 새 집권 세력에 대해서도 잔뜩 벼려두고 있을 수밖에 없었겠지. 나는 비록 군인이오만, 알면 알아갈수록 정치인들이 환멸스럽기만 하오. 도대체 이런 자들이 정치를 논할 자격이나 있소?"

바뵈프가 말한다.

"그들도 나와 마찬가지로 역사와 인민 앞에 진심으로 속죄하는 마음일 거요. 그들이 로베스피에르의 축출을 통하여 이루고자 한 세상은 지금처럼 냉혹한 부르주아 독재 체제가 아니었을 것이기 때문이오. 그러니 범속한 변절과 영달의 관점에서만 회오에 따른 이들의 결정을 섣불리 재단하려들지 마시오. 당신처럼 정치권력에 잇닿아 있는 군인들이 흔히 정치인들의 선택과 결단을 구차한 모리배들의 생존 방식으로 간주하여 비하하려는 경향이 있다는 것, 내 잘 알고 있소. 거기에는 작금의 정치 풍토와 정치인들에 대한 인민들의 반감을 부추기려는 저의가 깔려 있는 법이지. 그래야 새로운 세력들이 정치판에 뛰어들기 유리한 환경을 조성할 수 있어서일 거요. 구태여 이 자리에서는 새로운 세력들이 어느 쪽을 가리키는지 말하지 않겠소. 오히려 나보다도 당신이 더 잘 알고 있을 테니 말이오. 나로서는 이 공화정에서 혁명의 고삐가 느슨해지자마자 곧장 군부독재로 넘어가리라고 내다본 로베스피에르의 예지에 그저 놀랄 뿐이오. 지금은 그 이행기에 지나지 않는 것 같소. 그러니 허약하고 무능할 뿐 아니라 몹시 부패하기까지 한 집정관 정부의 협력과 방조 속에서 부르주아들은 국가권력이 무서운 줄도 모르고 제멋대로 날뛰며 마치 한 세상의 종말이 닥친 듯한 향락의 자유와 합법적인 수탈에 탐닉하고 있소. 향후 누가 권력을 잡든 부르주아들에 대한 통제와 조정이야말로 그 정권의 성패 여부를 판가름 낼 사안으로 대두될 수밖에 없을 거요. 세상은 이미 돈에 굶주린 부르주아들의 탐욕과 방종으로 뒤덮이고 말았기 때문이오. 어느새 부르주아들은 우리 모두에게 소중한 자유의 가치와 의미도 독차지한 것 같소. 지금 세상에서 자유는 더 이상 압제 또는 전제정으로부터의 자유를 가리키고 있지 않소. 이제 자유라는 말이 의미하는 것은 오로지 국가권력의 간섭에서 벗어나 철저히 사유화된 개인 자산의 증식과 투기로 마음껏 배불릴 수 있는 부르주아들만의 자유에 국한되어 있소. 자유는 부르주아들의 경제적 자유만을 뜻할 뿐 나머지 계급의 인민들에게는 아무 의미도 없는 개념으로 변하고 말았다는 말이오. 대다수 인민에게 자유는 오직 정치적 자유만을 의미할 뿐이었소. 하지만 부르주아들은 정치적 자유 따위를 중시하지 않소. 그러니 부르주아들이 자기보다 못한 계급들에게 정치적 자유를 베푸는 것은 그다지 어려운 일이 아니오. 반면, 집권 세력들로부터 정치적 자유를 억압당하는 것도 그다지 대수로운 일이 아닐 수 있소. 대혁명 발발 당시 구체제에 대한 부르주아들의 항거가 정치적 자유와 무관했다는 사실을 떠올려보시오. 그들이 궁극적으로 국가에 원한 것은 경제적 자유였소. 부르주아들에게 정치적 자유는 공화정의 금과옥조가 아니오. 하지만 이 땅의 인민들이 공화정의 핵심으로 여기고 있는 것은 전제정과 특권 신분들에게서 박탈당한 자유의 쟁취였소. 반면, 경제적 자유에 대해서는 무심할 수밖에 없었소. 국가권력에서 독립한 부르주아들의 경제적 자유라는 것이 자기들에게 어떤 현실로 들이닥칠지 도무지 예감할 수 없었기 때문일 거요. 이렇듯 대혁명은 애초부터 혁명 주체들 사이의 이해관계와 논점이 어긋나 있는 상황 속에서 지속되어왔소. 한쪽에서는 정치적 자유만을 원했을 뿐 경제적 자유의 여파에 대해서는 무지하거나 둔감했소. 다른 한쪽에서는 경제적 자유가 중요했소. 그들에게 정치적 자유란 경제적 자유를 지탱해줄 수 있는 보완재로서의 침목에 불과했소. 그리고 경제적 자유를 위해서라면 과감하게 희생해도 좋을 여분의 이념이었을 뿐이오. 부르주아들은 지금이 대혁명 발발 이래 가장 정치적 자유가 온전히 보장되고 있는 공화정의 난숙기라며 함부로 입을 놀려대고 있소. 혁명정부 시절과 견줘볼 때 어쩌면 그 말이 사실일지도 모르겠소. 지롱드파가 일찌감치 복권된 것은 말할 나위도 없소. 심지어 왕당파까지도 선거에 입후보할 자격을 얻어낸 판국이니 말이오. 현 정권하에서 정치 활동을 금지당한 것은 로베스피에르의 잔당으로 낙인찍힌 자코뱅뿐이오. 이런 정치적 자유로 인해 인민들은 지금의 공화정이 정말 자유로운 줄 오해하고 있소. 부르주아들은 자기들에게 하잘것없는 정치적 자유와 금과옥조와도 같은 경제적 자유를 바꿔치기하는 수법으로 인민들을 기만하고 있는 셈이오. 정치적 자유가 만연하면 정말 자유로운가? 절대로 그렇지 않소. 나는 이미 공화정의 자유란 부르주아들에 의해 경제적 자유만을 의미하는 말로 변질되었다고 지적한 바 있소. 말하자면 지금 세상에서 정치적 자유란 빈껍데기에 지나지 않는다는 뜻이오. 그 사이에 참된 자유는 경제적 자유로 미끄러졌소. 그리고 그 자유를 지금 부르주아들이 독점하고 있소. 사업가들의 무한노동 방침 때문에 밤새워 일하다 작업장에서 죽어나가는 노동자 인민들이 부지기수요. 최고 임금 상한제의 강화나 최고 가격 고정제 철폐 같은 혁명정부의 경제적 조치에 구민협회 인민들이 극력 반발하던 시절은 차라리 낙원에서 보낸 한철이었소. 지금은 아무도 인민들이 최고 임금 상한제에 격분해서 들고 일어나려 했다는 사실을 기억조차 하지 못하고 있소. 당시는 기본적으로 국가권력이 개인 사업장의 경영 방침과 임금 지급에 간여하고 통제하는 것을 모두 당연히 여긴 시절이었소. 하지만 요즘은 개인 사업장의 주인에게 누구라도 이런 문제를 두고 왈가왈부할 수 없소. 그러니 주인 마음대로요. 국가권력이 나서서 개인 사업장의 노동 현실과 임금 지급률을 전혀 점검하고 조정해주지 않으니 노동자 인민들은 부르주아 주인들에게 구체제의 노비보다도 더 비참한 취급과 처우를 받으면서도 얼마 되지 않는 임금이나마 손에 넣기 위해 근근이 견딜 수밖에 없소. 이렇게 참혹한 노동 환경 속에서 부르주아들이 지껄여대는 대로 정치적 자유가 무한정 보장된다 한들 그게 노동자나 직인 같은 인민들에게 무슨 소용이 있겠소? 그러니 부르주아들로서는 지금 자기들이 누리고 사는 경제적 자유를 마냥 더 확대할 수만 있다면 그까짓 정치적 자유 따위는 군부독재에 헌납해도 아무 상관이 없다고 여길 게 빤하오. 돈의 자유와 사유재산의 증식을 위해서라면 공화정이 어떤 쪽으로 향하든 전혀 아랑곳하지 않겠다는 부르주아들의 사고방식은 인간으로서의 존엄성과 기본적인 윤리의식을 단념한 듯한 허무주의의 극치라고밖에 여겨지지 않소. 로베스피에르 같은 인물이 간절히 아쉬워지는 것은 바로 이 대목에서요. 어리석은 내가 역사와 인민 앞에 속죄해야 한다는 생각이 절박해지는 것도 바로 이 지점에서요. 비록 크고 작은 흠결이 도드라졌을지라도 그는 어떤 의미에서든 참다운 민주주의자였기 때문이오. 부르주아들만의 자유가 득세하고 있는 지금은 민주주의 자체가 위협받고 있는 시점이오. 그가 이끈 산악파 독재조차 나는 진정한 민주주의의 완성을 위해 불가피했던 필요악쯤으로 여기고 싶소. 민주주의는 인민주권의 다른 이름일 수밖에 없기 때문이오. 최근 부르주아들이 경제적 자유만을 내세워 점점 더 민주주의에 심한 거부반응을 보이는 까닭도 이런 소치가 아닐까 싶소. 이런 데서도 알 수 있듯이 부르주아들의 자유는 인민주권에 적대적이오. 인민주권의 개념 또한 부르주아들의 자유와 양립할 수 없소. 그렇다면 해결책은 두 가지 중 하나여야만 하오. 부르주아들의 자유가 인민주권을 아예 말살하든지, 아니면 인민주권이 부르주아들의 자유를 억압하든지 둘 중의 하나. 전자는 타락할 대로 타락한 이 공화정의 현 실정을 정확히 요약해 보이고'있소. 후자는 인민독재를 가리키고 있소. 그렇소. 민주주의는 인민독재에 기댈 때만 비로소 한 나라에 뿌리내릴 수 있소. 그리고 나는 최근에서야 로베스피에르와 산악파가 염원한 게 혹시 인민독재였을지도 모른다는 생각을 했소. 그가 죽고 나서 그런 생각을 하는 게 도대체 무슨 의미냐고 나를 나무라지 마시오. 안타깝게도 당시에는 이런 생각을 할 수 없었소. 있을 때보다 부재할 때 더욱 거대해지는 누군가의 존재 방식이 사람들을 뒤늦게나마 일깨우는 경우란 어딜 가나 생겨날 수 있는 법이오. 있을 때는 미처 몰랐지만 떠나고 보니 그 자리가 너무 허전하게 느껴지기 때문일 거요. 그리고 당시에는 아마도 자크 루 신부와 에베르파의 희생에서 야기된 의혹으로 로베스피에르에 대한 나의 판단이 마비되고 말았던 모양이오. 태생적 임계점과 혁명의 지향점 사이에서 갈팡질팡하면서도 그는 결국 인민독재만이 이 공화정에 민주주의를 착근시킬 수 있는 단 하나의 길일 거라고 결론내린 게 아니었을까 싶소. 이 경우에는 유서처럼 남긴 로베스피에르의 마지막 연설문을 그 증거로 간주해도 무방할 것 같소. 우리 같은 평등주의자들이 뒤늦게라도 그 유지를 받들 수 있었더라면 좋았을 텐데 참으로 안타깝소. 우리는 끝내 역사를 되돌려놓는 데 실패하고 말았소. 몹시 참담하고 부끄러운 심경이오. 이후의 역사에서는 한동안 부르주아들이 승자로 남아 계속 자기들의 시대를 구가할 게 틀림없소. 하지만 너무 기고만장해하지 말기를. 언젠가 우리는 반드시 되돌아올 거요. 그래서 역사와 인민들 앞에 무릎 꿇은 당신들의 모습을 꼭 보고야 말 거요."

그때 두 사람의 헌병이 안으로 들어와서 깍듯이 거수경례를 올려붙인다. 그러고는 그중 하나가 나폴레옹에게 귀엣말로 무슨 말인가를 전해준다. 나폴레옹, 헌병들에게 고개를 끄덕여 보인다.

나폴레옹이 바뵈프에게 말한다.

"아무래도 나는 곧 이탈리아 남부전선으로 복귀할 채비를 해야 할 것 같소. 그쪽 전황이 예사롭지 않은가 봅니다. 그러니 당신을 현장에서 검거한 수도방위사령관으로서의 취조는 이만 마쳐야 할 것 같소. 이후 당신에 대한 취조와 심문은 보안위원회에서 떠맡을 거요…… 헤어지기 전에 끝으로 한 가지만 더 물어봅시다. 구체적으로 정부당국에 당신이 바라는 게 뭐요? 몇 가지만 요약해서 말해보시오."

바뵈프가 말한다.

"집정관 정부에는 더 이상 바라는 게 없소. 구태여 말하라면, 집정관 정부가 물러나고 인민의 독재정권이 들어서는 거요. 그리하여 그 정권에서 사유재산제 폐지, 개인 사업장 국유화, 모든 토지의 무상분배 등을 시행하는 일이오."

그 말에 나폴레옹, 혼잣말로 웅얼거린다.

"민주주의가 독재를 요구한다는 말만큼이나 황당무계한 헛소리로군." 그러고는 헌병들에게 이만 데리고 나가도 좋다는 고갯짓을 해 보인다.

헌병들, 양쪽에서 바뵈프를 잡아끌며 바깥으로 데리고 나가려 한다. 그런데 취조실의 문턱을 넘어서기 직전, 바뵈프가 돌아서며 나폴레옹에게 말한다.

"한 가지만 더 말해두고 싶소. 나와 이번 봉기를 함께한 동지들에 대해서만큼은 부디 선처해주셨으면 하오. 그들에게는 아무 잘못도 없소. 다 나의 선동에 못 이겨 억지로 가담한 자들뿐이오. 그러니 나한테만 벌을 내리고 그들은 곧바로 풀어주셨으면 좋겠소."

나폴레옹이 말한다.

"그건 내 소관이 아니라 보안위원회와 재판정에서 가려질 일이오. 하지만 나도 취조 기록을 이관하는 과정에서 가능하면 한번 힘써보도록 하겠소."

바뵈프, 나폴레옹에게 고맙다며 꾸벅 인사를 한다. 그러자마자 헌병들, 바뵈프를 데리고 바깥으로 나간다. 이제 어둑한 취조실 안에는 어쩐지 시무룩한 기색을 지어 보이는 나폴레옹만이 혼자 남아 있다. 그러더니 잠시 후 이렇게 웅얼거린다.

"나는 집정관 정부의 하수인이라는 소리를 들어도 싼 놈이야…… 아, 곧 전선에 복귀해야 할 사령관으로서 그런 험담에 기분이 가라앉아서는 곤란하지. 다시 심기일전해서 우리 군이 밀라노까지 무혈 입성할 수 있는 전략이나 구상해야겠다."

그런데 그때 난데없이 취조실의 벽면에 다채로운 색상의 그림자들이 아른거리기 시작한다. 나폴레옹, 놀란 눈으로 그 그림자들을 빤히 바라본다. 그림자들은 각양각색의 얼굴 모습을 한 여러 기뇰과 마리오네트의 형상으로 차츰 또렷해져간다.

나폴레옹이 다시 웅얼거린다.

"이것들이 또 내 눈앞에서 아른거리는구나. 요즘 내가 왜 이러지? 부관이라도 불러서 저것들 좀 없애달라고 명해야 하나? 안 돼, 그럼 필시 내가 미쳤다는 소문이 나돌 거야. 그런 소문은 내가 입신하는 데 치명적일 수 있어."

그러고는 허리에 찬 검을 빼어든 후 여러 기뇰과 마리오네트가 아른거리는 벽면에 대고 힘껏 휘두른다. 하지만 기뇰과 마리오네트의 그림자는 벽면에서 사라지지 않는다. 오히려 그 그림자에서는 이런 소리들이 거세게 들려온다.

"보나파르트 사령관 각하 만세!"

"통령 정부* 만세!"

"제1통령 만세!"

"나폴레옹 황제 폐하 만세!"

그제야 나폴레옹은 검을 거두어들인다. 그리고 그 그림자의 형상을 물끄러미 바라본다. 잠시 후 넋이 빠져나간 것처럼 망연한 미소가 그의 입가에 슬며시 어리기 시작한다.

---

* 1799년 11월 9일 나폴레옹 보나파르트가 브뤼메르 18일의 쿠데타를 통해 집정관 정부를 해체한 후 출범시킨 정부.

원죄—공포정치, 낯설게 하기

장정일
(소설가)

이 책 『로베스피에르의 죽음』은 익숙함과 낯섦의 혼합체다. 먼저 익숙함은, 소설과 전기의 높은 연관성을 일컫는다. 허다한 국가나 지역에서 가장 최초로 노래되고 기록된 서사 예술은 모두 그곳의 영웅을 기념하고 있다. 서사시는 일종의 전기였다. 장르가 다르기는 하지만, 서사시 다음에 온 비극이나 로망스에 이르기까지 모든 서사 예술의 기원에 전기가 자리 잡고 있다고 볼 수 있다. 고대의 서사 예술이 모범적인 영웅을 재현하고자 애썼다면, 현대소설은 범상한 가운데 문제적 인물을 창조하고자 할 따름이다. 소설은 '인물'에 대한 충동적 욕구에서 시작한다.

그 충동이 얼마만큼 많은 작가들로 하여금 소설을 쓰도록 하는지는, 매일같이 쏟아지는 신간 속에 세종대왕·이순신·안중근·박정회…… 등의 전기소설이 빠짐없이 들어 있는 것으로 증명된다. 결코 과장이 아니다. 그런데 로베스피에르라니? 로베스피에르가 한국인들에게 불러일으키는 현실 연관성이나 정서적 친밀성은 전무한 것처럼 보인다. 왜 세종대왕·이순신·안중근이 아니란 말인가? 이것이 익숙함과 혼합된 이 소설의 낯섦이 아니면 무엇이란 말인가?

그나마 일찌감치 절판되고 말았지만, 꽤 오랫동안 우리가 볼 수 있었던 유일한 로베스피에르 평전인 마르크 불루아조의 『로베스피에르』* 번역자는 '역자 해설'의 첫 문단을 이렇게 썼다.

학교 시절 서양사 시간에 배운 로베스피에르 하면 우선 기요틴으로 사람들의 목을 함부로 잘랐던 잔혹한 괴수가 연상될 것이다. 프랑스 혁명을 피로 물들인 자코뱅에 비해 지롱드는 국민화합을 부르짖고 온건 노선으로 혁명을 본(本) 궤도에 올려놓으려다 자코뱅에 무참히 당한 애석한(?) 당파였기에 자코뱅 대신 지롱드가 계속 집권했더라면 혁명은 테르미도르의 반동이나 나폴레옹의 등장을 허용치 않고 결실을 맺었을 것이라는 어렴풋한 기억이 남아 있을 뿐이다(적어도 역자의 학창 시절을 회고할 때 그렇다는 말이다).

아마 이것이 한국인들이 로베스피에르의 이름으로 연상할 수 있는 사전 정보의 모두일 것이다. 아니라면 이 글을 쓰는 중에 배달된 어느 책에 나오는, 아래와 같은 선입견 속에 그에 대한 한국인의 캐리

● 마르끄 블롸조, 『로베스삐에르』, 정성진 옮김, 탐구당, 1983.

커처가 간직돼 있는지도 모른다.

정신분석학자 빌헬름 라이히는 처음엔 프로이트 좌파(左派) 이론가로 출발했다. 그러나 소련 정부가 동성애를 금지하는 법률을 제정했다는 소식을 듣자, 소련에의 희망을 버리고 소련이 망할 것을 예언했다. 프랑스대혁명이 실패한 것도 로베스피에르 등이 내세운 극단적 도덕주의 때문이었고, 조선이 망한 것도 유교적 도덕 독재 때문이었다.*
(강조점은 필자)

다 맞을 것이다! 그러나 방금 몇 번이나 프랑스 역사에 문외한일 수밖에 없는 우리의 상황을 강조했지만, 로베스피에르를 공포정치에 맛들인 '잔혹한 괴수'나 융통성 없는 '도덕주의자'로 분칠해온 것은, 딱히 우리만 그랬던 것이 아니다. 프랑스대혁명의 충격이 아직도 생생했던 1835년, 게오르크 뷔히너가 발표한 희곡 『당통의 죽음』이 그랬다. 스물두 살 난 뷔히너는 『당통의 죽음』에서 로베스피에르와 당통의 대립을 이렇게 드러냈다.

> **로베스피에르** 사회혁명은 아직도 끝나지 않았어. 혁명을 중도에서 중단하는 자는, 스스로 자기 무덤을 파는 것이야. 가진 자들은 아직도 죽지 않았어. 건강한 민중의 세력이 온갖 못된 짓을 하는 이들을 몰아내고 그 자리를 차지해

● 마광수, 『육체의 민주화 선언』, 책읽는귀족, 2013, p. 180.

야 해. 악은 처벌을 받아야 하고, 미덕이 공포로 통치
해야 해.

당통   난 처벌이란 말을 이해하지 못하겠네. 그리고 자네의 그
미덕이란 말도, 로베스피에르! 자네는 돈을 챙긴 적도,
빚을 진 적도, 그리고 여자와 잠자리를 함께한 적도 없
어. 복장은 언제나 단정했고, 술에 취한 적도 없어. 로
베스피에르, 자네는 극도로 정직한 인간이야. 나 같으면
부끄러워서라도 30년 동안이나 한결같은 도덕의 탈을
쓰고 천하를 활보하지는 못하겠네. 그것은 자신보다 못
난 사람을 보고 느낄 수 있는 초라한 즐거움일 뿐이야.
자네 마음속에서 이따금, '넌 자신을 속이고 있어, 넌 자
신을 속이고 있어'라는 작고 은밀한 속삭임은 없었나?*

우리가 저 명민한 천재 작가의 희곡에서 엿보게 된 로베스피에르의
초상 역시, 공포정치에 맛들인 흡혈귀와 청렴한 도덕주의자 상(像)에
고스란히 부합하는 듯하다. 그 때문이었는지 『당통의 죽음』이 발표되
자 독일의 많은 보수 비평가가 뷔히너를 자기편에 끌어들이려고 시도
했다. 그들은 이 작품이 혁명에 대한 환멸을 형상화했기에 위대하다
면서, 『당통의 죽음』은 혁명의 불가능성과 혁명의 폭력성을 휴머니즘
시각에서 파헤친 작품이라고 상찬한다. 독일의 보수 비평가들은 그런
독해를 통해 세계에 대한 인식 가능성을 부정하고, 인간은 동류 혹은

● 게오르크 뷔히너, 『당통의 죽음』, 최병준 옮김, 예니, 2003, pp. 64~65.

민중에 의한 혁명이 아니라 기적 혹은 지도자를 통해서만 시대의 혼돈과 절망으로부터 구원된다는 교설을 정당화한다. 다시 말해 로베스피에르는 혁명을 도맡기에 적합한 지도자가 아니었다는 말이다.

이런 해석을 반박한 사람이 게오르크 루카치다. 그는 파시즘에 왜곡된 뷔히너를 바로 보기 위한 어느 에세이*에서 그를 불굴의 혁명가로 치켜세우며, 아울러 잘못 빚어진 로베스피에르에 대한 왜곡 상까지 바로 잡으려고 한다. 이를테면 루카치는 희곡 속에 나오는 "사회 혁명은 아직도 끝나지 않았"다는 로베스피에르와 "난 이제 싫증났어. 무얼 위해 우리 인간이 서로 싸워야 하나?"**라고 반문하는 당통, 이 두 주인공의 대립을 분석하면서, 당통이 혁명에서 물러서고자 하는 이유로 로베스피에르의 혁명이 더 이상 자신의 것이 아니란 걸 알았기 때문이라는 사실을 든다. 즉 당통은 봉건제도로부터의 해방을 위해 싸웠을 뿐, 유한계급으로부터 가난한 사람을 해방시키는 목표에는 관심이 없었다.

그와 달리, 로베스피에르에게는 봉건제도로부터 해방되는 것 이상의 목표가 있었다. 루카치에 따르면 당통은 혁명을 부르주아의 이해에 한정했던 사람이며, 로베스피에르의 독재를 저지하는 정도가 아니라 혁명의 완수를 가로막거나 목표에서 이탈한 사람이다. 하지만 루카치가 뷔히너의 의도와 작품 속의 로베스피에르를 열렬히 변호한 것도 무색하게, 이 작품은 오늘까지 로베스피에르를 악마화하고 당통을 공포정치에 숨통을 트려고 했던 순교자로 떠받드는 역할을 톡톡히 하

● 게오르크 루카치, 「파시즘에 의해 왜곡된 게오르크 뷔히너와 진정한 게오르크 뷔히너」, 『리얼리즘 문학의 실제 비평』, 반성완·김지혜 외 옮김, 까치, 1987.
●● 『당통의 죽음』, p. 79.

482

고 있다.

*

1789년에 일어난 프랑스대혁명은 연도만 외우기 쉬울 뿐 과정은 대단히 복잡하고, 참여한 주연급 인물만 해도 두 손으로 헤아리기 어려울 정도다. 그럼에도 불구하고 로베스피에르를 프랑스대혁명의 뇌수이자 뇌관이며, 그에 대한 평가가 대혁명을 평가하는 인계 철선이 된다고 믿을 만한 이유는 많다. 다름 아닌 『로베스피에르의 죽음』에서도 로베스피에르에 대한 평가와 프랑스대혁명에 대한 결산이 긴밀하게 연동되어 있다.

서준환의 이 소설은 로베스피에르가 실각하게 되는 테르미도르 반동의 마지막 3일(1794년 7월 26~28일)을 숨 가쁘게 그린다. 작가는 프랑스대혁명의 시작을 알리는 바스티유 습격(1789년 7월 14일)에서부터 테르미도르 반동에 의해 일단락된 5년 동안의 대혁명 전체를 묘사하는 것을 포기하고, 로베스피에르가 몰락하는 최후의 3일만으로 프랑스대혁명의 핵심을 설명하고자 한다.* 『로베스피에르의 죽음』이 대혁명 전체가 아닌 테르미도르 반동이 벌어지는 마지막 3일만 다루는 까닭은, 이 작품의 연극적 외양과 상관있다. 연극은 항상 사건의 처음부터가 아니라, 중간부터 다룬다. 그러면 잠시, 대혁명의 추이와 정파 간의 지형도부터 간략하게 살피자.

● 원래 프랑스대혁명은 삼부회가 소집된 1789년 5월 5일부터 나폴레옹이 쿠데타를 일으킨 1799년 11월 9일까지를 일컫지만, 내 글은 그 기간을 좁혔다. 참고로 이 시기의 혁명을 굳이 '대혁명'이라고 부르는 것은 규모와 파급력이 그만큼 컸기 때문이기도 하려니와, 이어진 1830년의 '7월 혁명', 1848년의 '2월 혁명', 1871년의 '파리 코뮌' 같은 프랑스의 '여러' 혁명과 구별된 지위를 부여하기 위해서다.

프랑스대혁명이 태동하던 구체제 속에는 왕 아래로 세 신분이 있었다. 성직자(제1신분), 귀족(제2신분), 그리고 성직자와 귀족을 제외한 평민(제3신분). 혁명의 시초는 왕과 특권계급이라고 불리는 귀족 사이의 알력에서 발단했다. 귀족들은 왕의 재정 파탄과 권위 실추를 빌미로 자신들의 정치적 특권을 확장하려고 했다. 여기에 든든한 경제력(혹은 참을 수 없는 경제적 갈망)과 계몽철학으로 무장된, 그러나 결코 균질하지 않은 제3신분이 가세하여 왕정이라는 구체제는 더 이상 유지될 수 없는 전환점에 서게 된다. 세 신분이 자신의 이해득실에 따라, ① 왕정 ② 입헌군주정 ③ 공화정을 놓고 각축을 벌인 것이 프랑스대혁명이다.

　물론 오늘날 공공연한 계급 배반 투표가 이루어지듯이, 세 신분과 세 정체가 반드시 일치하지는 않았다. 성직자나 귀족이라고 해서 모두 왕정이나 입헌군주제를 지지하는 것도 아니었고, 복잡한 계층으로 구성되었던 것은 맞지만 분명 귀족은 못 되었던 제3신분이라고 해서 일제히 공화정을 바랐던 것도 아니다. 하지만 적어도 루이 16세가 처형된 1793년 1월 21일 이후, 왕정파는 프랑스 내에서 반역의 무리가 되거나 망명객이 되었으며, 형식상 입헌군주제가 설 자리 또한 없어졌다. 왕의 처단으로 왕정과 입헌군주정이 일시에 근거를 잃으면서, 이제 남은 것은 공화정을 반기는 인민과 공화정으로 내달리는 편도밖에 없는 것처럼 보였다. 그러나 대혁명의 추이는 애초부터 균질하지 않았던 제3신분 사이에서, 어떤 혁명을 지향하고, 어느 지점에서 혁명을 중단해야 할지를 놓고 힘겨루기가 벌어졌다.

앞서 언급된 『당통의 죽음』이 보여준 것이 그것이다. 거기서 인민독재를 통해 계급투쟁을 이어나가야 한다는 로베스피에르와 로베스피에르의 적대자인 당통은 날카롭게 대립한다. 작중 반로베스피에르 기수였던 당통은 정치적 권리 획득과 자유를 확보함으로써 경제적 욕망을 추구하려고 했던 부르주아지(법률가 · 은행가 · 중소 상인 · 지주 · 금리 생활자 등)의 이해를 대변한다. 하지만 앞서 지적했듯이 루카치의 엄호에도 불구하고 『당통의 죽음』은 로베스피에르를 일방적으로 악마화하고 당통이 공포정치가 놓쳐버린 비상구로 읽히는 것을 막지 못했다. 일례로 폴란드 감독 안제이 바이다가 이 희곡을 원작으로 만든 영화 「당통」(1982)이 그랬다.

제목부터 『당통의 죽음』과 뚜렷이 대칭되는 『로베스피에르의 죽음』은 로베스피에르에 대한 더없는 신원이면서, 뷔히너가 퍼뜨린 해독을 씻으려고 한다. 덧붙이자면, 『당통의 죽음』이 뿌려놓은 여러 해독 가운데 하나가 당통을 댄디한 혁명가로 떠받드는 것이다. 작중 인물의 말을 작가의 전언인 양 받아들이는 일에는 난점이 있지만, 『로베스피에르의 죽음』에 나오는 아마르의 말은 당통에 대한 작가의 평으로 여겨진다. "공포정치의 완화를 촉구했다는 이유 하나만으로 그자가 최후까지 로베스피에르 독재에 의롭게 항거하다가 산화하고 만 자유의 순교자처럼 세간에 회자되는 것을 보고 있자면 그 무지와 억설에 소름이 다 돋을 정도라네. 세상의 사리분별이 워낙 혼미하다 보니 이젠 그런 최저치의 정치 모리배까지 순교자로 미화될 수 있는 시대가 온 게 아닌가 싶어 심히 개탄스럽기까지 하지"(p. 171).

서준환의 작품에는 비록 당통이 등장하지 않지만, 뷔히너가 보여주었던 인민주의자 로베스피에르와 반로베스피에르 세력이었던 자유주의 부르주아 세력 사이의 각축이 커다란 줄기를 이룬다. 하지만 뷔히너의 희곡은 양자 대결이라는 단순 구도에 포획되어, 왕의 처단 이후 공화정을 둘러싸고 분출된 온갖 정치적·경제적 세력 사이의 복잡한 지형을 다 드러내지 못했다. 반면 『로베스피에르의 죽음』에는 어떤 혁명을 지향하고, 어느 지점에서 혁명을 그쳐야 하는지를 놓고 각축을 벌인 세 가지 세력이 나온다. 먼저 로베스피에르의 오른쪽에 있으면서, 테르미도르 반동을 성사시켰던 세력은 이렇게 말한다.

영국이 요즘처럼 부강해진 이유가 무엇입니까? 현재 우리와 첨예하게 대립하고 있다는 이유만으로 영국의 경제 발전을 애써 평가절하해야 할 까닭이 있습니까? 혁명정부의 강압적인 경제 노선이 영국의 자유주의적인 경제 정책에 비해 단 한 가지라도 우월하거나 이로운 점이 있다고 자신할 수 있습니까? 〔……〕 하층민이나 저소득층의 민생만을 우선적으로 보호하고 지원해줘야 한다는 정치경제적 강박관념은 윤리적 독점욕의 폐해를 야기할 뿐입니다. 그리고 윤리적 독점욕이야말로 모든 독재적 발상의 토대입니다. 개개인의 자유를 억압하는 윤리적 독점욕과 독재의 야욕은 이 공화국의 경제 성장에 치명적인 독소가 아닐 수 없습니다. 그런 관점은 장사하고 기업하는 일을 되도록 국가 권력이 억압해야 할 죄악으로 여기기 때문입니다. 〔……〕 어째서 공포정치의 엄중한 비수는 특정 대상만을 겨눠 무자비하게 엄단할 뿐 정작 사유재산의 침해와 약취 같은 반사회적 망동에 대해서는 이토록 관대할 수 있단 말입니까? 이것은 공화국을 온갖 불법과 탈선의 아수라장으로 망쳐놓고 있는 무정부의적 난맥상이라고밖에 볼 수 없습니다. 지금 우리는 독재와 무정부주의의 위기에 직면해 있는 셈입니다, 여러분. (pp. 211~13)

이 말을 한 사람은 국민공회 의원이자 재무위원회 위원장인 캉봉이다. 성공한 사업가이자 테르미도르 반동을 기획할 수 있었던 위치에 있었던 그는, 여기 인용된 긴 연설이 웅변한 것처럼 자신이 몸담은 부르주아 계급의 이해에 충실하다. 그는 또 다른 자리에서 저 마다 정책 기조가 다른 반로베스피에르 세력을 하나로 규합하기 위해 이렇게 제의한다. "그렇다면 이런 명제는 어떻소? **부르주아의 적은 곧바로 공화정의 적이다**"(p. 244). 이 간결한 명제는 그 즉시 반로베스피에르 세력 가운데 부르주아의 이해를 관철하기 위해 결집한 자들의 기치가 되었다. 이 세력에는 1793년 6월에 대거 숙청된 지롱드파의 잔존 세력도 있지만, 자코뱅 안의 많은 부르주아 성원이 가담했다. 자코뱅이라고 모두 로베스피에르와 같은 편을 먹은 게 아니었다.

한편, 로베스피에르의 가장 왼쪽에 위치하면서, 결과적으로 부르주아들로 이루어진 반로베스피에르 세력의 테르미도르 반동에 동조했던 극좌 상퀼로트*가 있다. 이들의 지도자인 바뵈프는 이렇게 말한다.

지롱드파보다 자코뱅의 정파가 외관상 우리에게 더 친화적인 태도를 보여왔다고 해서 그들이 우리의 친구일지도 모른다는 생각은 그저 속절없는 환상에 불과하지. 정치의 토대는 출신성분이야. 다시 말해 어느 정파의 출신성분을 살펴보면 정치적 사술에 가려지지 않은 그들 정파의 진심이 드러날 수밖에 없다는 의미일세. 아무리 혁명적이니 급진적이니 하는 수식의 딱지를 붙이고 다닌다 한들 자코뱅의 출신성분이 부르주아라는 것은 누구도 부정할 수 없는 사실이 아닌가? 그런 그들이 결국 누구를 위한 정치에 전념하겠나? 〔……〕 국가는 한도 끝도 없는 장사치들의 욕심에 제동을 걸어야 할 책임이 있네. 그렇지 않으면 이 세상은 온통 자본과 재물의 살벌한 각축장으로 변하고 말 테니까. 그런 장사치들의 자유로운 활개를 저지할 수 있는 것은 오직 인민들이 권력을 수임해준 국가기구밖에 없어. 그렇지 못하면 나중에 가서는 아시냐가 인민을 먹어치우는 참상과 마주할 수도 있네. 〔……〕 아시냐가 인민을 먹어치우는 순간, 그곳은 이미 공화정도 민주주의 국가도 아니야. 그저 돈의 자유만이 득세하는 장사치들의 전제정이겠지. (pp. 338~40)

두 인용만 놓고 보면, 부르주아와 상퀼로트 사이에 끼인 로베스피

---

* 잡다한 부르주아로 이루어진 제3신분처럼 상퀼로트 역시 동질적이지 않다. 중산층 이하의 노동자·무산자로 이루어진 이 집단을 역사학자 A. 마티에즈는 아예 제4신분(민중)이라고 부른다.

에르 세력이 양쪽에서 조여드는 정치적 '넛 크래커Nut Cracker' 압력을 극복하지 못했던 것이 로베스피에르의 실각을 부르고, 프랑스대혁명을 테르미도르 반동으로 몰아간 것처럼 보인다.

자신의 독재를 의심하는 숱한 정적 속에서, 로베스피에르는 국민공회 의원들을 향해 정치력을 발휘해야 했으나, 그는 자주 의회 밖의 상퀼로트에게 의지했다. 그러나 '고귀한 야만인'의 현대판으로 여겼던 상퀼로트는 그의 믿음처럼 "그저 소박하고 선량한 인민들"(p. 223)이 아니었다. 상퀼로트는 로베스피에르와 공포정치가 그들에게 더 이상 이득을 주지 않자, '나와 무관하다'는 태도로 혁명을 방치했다. 이런 현상은 우리에게도 예외가 아니다. 예컨대 로베스피에르 대신 '아무개'를, 공포정치 대신 '민주주의'를 대입해도 마찬가지라는 말이다.

로베스피에르는 철저한 평등주의자이긴 했지만 사유재산제의 철폐나 재산의 공유가 가능하다고는 여기지는 않았다. 로베스피에르는 그런 극좌적인 문제의식이나 상퀼로트의 경제 투쟁에 대해서는 거리를 두었다. 그가 심혈을 기울인 것은 경제 투쟁이 아니라 "덕성과 정의로 모든 시민을 교화시키고 일깨우는"(p. 226) 것이었다. 뼛속까지 루소의 아들이었던 그는 시민종교Civil Religion를 응용하고자 '이성의 최고 존재 축제'를 벌이기도 했지만, 무신론자 일색이었던 부르주아 국민공회 의원들에게 조롱받았고 상퀼로트의 지지를 얻지도 못했다. 부르주아나 상퀼로트나 그들은 언제나 '나는 아직도 배가 고프다'라고 말하는 이구동성(異口同聲)일 뿐, 공화국 시민의 덕성을 함양하는 일

따위에는 귀를 기울이지 않았다.

1794년 7월 28일, 테르미도르 반동으로 막을 내린 프랑스대혁명의 에피소드 가운데 하나는 1796년 5월 10일에 제압된 '평등주의자들의 음모'다. 테르미도르 반동으로 최고 가격제가 폐지되고, 대혁명 초기에 확립된 진보 입법이 하나하나 취소되면서, 앞서 인용된 대사의 주인공이면서 대혁명이 낳은 최초의 공산주의자인 바뵈프 일당이 봉기를 모의했다. 그러나 맥없이 봉기에 실패하고 체포된 그는 가로늦게 테르미도르 반동에 동조한 자신의 오판을 자책하며 죽은 로베스피에르에게 사죄했다. 『로베스피에르의 죽음』에서 에필로그로 처리된 이 대목에서 바뵈프는 로베스피에르의 '인민독재'를 공화국의 유일한 대안으로 승인하면서, 바로 그것이 민주주의라고 말한다. 자료 조사에 충실했던 여느 대목과 마찬가지로, 작가는 이 부분의 대사 또한 바뵈프의 서한에서 빌려왔다.

*

소설은 인물에 대한 충동이다. 그 충동은 작가나 독자 모두에게 공평하다. 어떤 작가는 세종대왕이 아닌 정약용에 대해 쓰고, 어떤 독자는 이순신이 아닌 황진이를 읽는다. 그렇다면 『로베스피에르의 죽음』을 쓴 작가나 이 소설을 선택한 독자에게, 세종대왕·이순신·안중근이 아닌 하필 로베스피에르였던 이유는 무엇인가?

프랑스대혁명의 중요한 활동가들은 파리의 거리나 건물에 자신의 이름을 제공한 사람과 그렇지 못한 사람으로 나뉜다. 미라보에서 당통에 이르기까지, 물과 기름이나 같았던 이질적인 당파의 활동가들이 골고루 기념물을 배당받았지만, 로베스피에르와 그의 측근인 생-쥐스트나 마라에게는 아무것도 주어지지 않았다. 대혁명이 일어난 지 200년이 훨씬 지났는데도 불구하고 로베스피에르가 복권되지 않는 데는, 공포정치의 원죄가 있기 때문이다. 14개월 동안의 공포정치 기간에 약 1만 7천 명이 단두대에서 처형됐다. 나는 바로 이 원죄가 온갖 종류의 문필가와 독자들을 그에 대해 쓰고, 읽고 싶은 충동으로 이끈다고 생각한다.

　로베스피에르의 악마화에는 두 가지 단계가 있다. 첫번째는 테르미도르 반동에 성공한 세력과 나폴레옹 시대의 조작. 두번째는 첫번째 악마화와 결합된 볼셰비키(러시아) 혁명에 대한 공포. 그렇게 해서 완성된 경보는 이런 것이다. 모든 정치적 이상주의의 끝은 굴락gulag과 스탈린 독재로 귀결되며, 그 기원에 공포정치와 로베스피에르가 있다! 이렇게 완성된 로베스피에르라는 귀면와(鬼面瓦)는 보수주의 우파가 좌파의 부상이나 민중 혁명을 저지하면서, 온갖 이상주의가 추동하는 사회 변혁 운동을 윽박지르는 부적이 됐다.

　많은 중립적 역사가나 좌파 역사가들이 로베스피에르에게 들씌어진 악마의 가면을 벗겨주기 위해 노력했다. 장 마생의 『로베스피에르, 혁명의 탄생』*이 대표적이다. 로베스피에르의 변호사들은 그를

● 장 마생, 『로베스피에르, 혁명의 탄생』, 양희영 옮김, 교양인, 2005.

변호하기 위해 집단체제가 운영한 공포정치는 로베스피에르 한 사람이 책임질 수 있는 것이 아니라는 제도 연구에서부터, 국내 반혁명 세력의 준동, 외국과의 전쟁, 공포정치를 이용한 부패분자…… 등을 정범 내지 공범으로 지목한다.

하지만 슬라보예 지젝은 그런 변론으로는 충분치 않으며, 오히려 공포정치를 급진화해야 한다고 주장한다. 지젝에 따르면, 장 마생 같은 변호사들의 변론을 충실히 따를 때, 인민독재나 폭력은 항상 정상적이고 바람직한 것이라고 상정되는 혁명의 중차대한 위반으로 전락해버리고, 혁명에 임해 항시 자신의 위반을 걱정해야 하는 휴머니즘적 함정에 빠지게 된다. 게다가 바로 그것(인민독재와 신적 폭력)이 혁명의 '윤리적 계기'라면 어찌할 텐가? 이제 보수주의 우파가 정식화해놓은 공포정치의 상투성을 낯설게, 더욱 낯설게 하여, 급진화할 차례다.

장 마생은 자신의 책 머리말을 "적어도 '프랑스가 피에르 코르네유의 고전적 문체와 막시밀리앵 로베스피에르의 때 이른 낭만주의적 문체를 낳지 않았더라면 프랑스는 프랑스라고 할 수 없다'고 믿는 사람들에게 로베스피에르는 가장 위대하고 가장 프랑스적 작가들 중 하나이다"*라고 끝맺었다. 로베스피에르가 쓴 막대한 분량의 글 가운데 일부를, 지젝의 서문이 딸려 있는 『로베스피에르: 덕치와 공포정치』**를 통해 볼 수 있다.

지젝은 이 책의 서문에서 "'프롤레타리아독재'는 민주적 폭발 그

● 『로베스피에르, 혁명의 탄생』, p. 36.

●● 막시밀리앙 로베스피에르, 『로베스피에르: 덕치와 공포정치』, 슬라보예 지젝 엮음, 배기현 옮김, 프레시안북, 2009.

자체의 폭력을 의미하는 또 다른 이름"*이라면서, 일례로 루이 16세에 대한 재판 여부를 두고 분열된 국민공회에서 로베스피에르가 재판에 반대하며 펼쳤던 주장 일부를 인용하고 있다.

> 루이를 심판대로 보내자는 제안은, 그 방식과 상관 없이 왕정과 입헌전제정을 향한 퇴보임이 분명합니다. 이 제안은 혁명을 논쟁의 주제로 삼자는 의미이므로 반혁명적입니다. 〔……〕 민중의 심판 방식은 법정에서와 다르게 이루어집니다. 그들은 형을 선고하는 대신, 분노하며 아우성칩니다. 왕족에게 유죄 판결을 내리는 대신, 직위에서 끌어내립니다. 이와 같은 처벌은 사법적인 정의만큼 가치가 있습니다.**

위의 인용 가운데, 말줄임표(〔……〕) 아래의 문장은, 지젝의 『잃어버린 대의를 옹호하며』***에 더 생생하게 번역되어 있다.

> 인민들은 법정과 같은 방식으로 판결하지 않는다. 그들은 차근차근 판결문을 읽어 내려가지 않는다. 그들은 청천벽력처럼 내리친다. 그들은 군주를 나무라지 않는다. 그들은 군주를 허공 속에 던져버린다. 그리고 이런 재판은 법정에서의 판결만큼이나 가치가 있다.

로베스피에르에게 혁명 혹은 인민독재는, 재현할 수 없고('인민들은 법정과 같은 방식으로 판결하지 않는다'), 예측 불가능하고('청천벽

● 『로베스피에르: 덕치와 공포정치』, p. 47.
●● 『로베스피에르: 덕치와 공포정치』, pp. 143~46.
●●● 슬라보예 지젝, 『잃어버린 대의를 옹호하며』, 박정수 옮김, 그린비, 2009, p. 245.

력처럼 내리친다'), 상징적 법에 의지하지 않으며('군주를 나무라지 않는다'), 법보다 정의를 선호한다('이런 처벌은 법정의 판결보다 가치 있다'). 지젝이 보기에 바로 이것이 보수주의 우파에 의해 빗장이 질러진 혁명과 인민독재의 참모습이며, '휴머니즘과 폭력' 사이에서* 혁명과 인민독재의 길을 잃어버린 자유주의자들이 다시 배워야 할 대의다.

'카페인 없는 커피, 알코올 없는 맥주, 지방 없는 아이스크림……' 은 윤리적 계기를 피하려는 무력한 주체의 방어 기제나 그들의 가상적 제스처를 꼬집는, 널리 알려진 지젝의 수사다. 그런데 로베스피에르는 그 말이 품고 있는 수사적 비밀을 일찍부터 깨닫고 있었다. 왕권 폐지가 의결된 이후 혁명의 궤도를 멈추려고 애쓰는 지롱드당을 질타하면서 그는 이렇게 말했다. "시민 여러분, 여러분은 혁명 없는 혁명을 원하십니까?"** 우리는 지금 그의 원죄를 낯설게 사유하면서, 더 낯게 반복해야 할 때에 이르지 않았는가?

---

* 지젝은 『잃어버린 대의를 옹호하며』(pp. 248~51)에서 알랭 바디우의 논의를 빌려, 1946년에 출간된 메를로-퐁티의 『휴머니즘과 폭력』(문학과지성사, 2004)을 거론한다. 메를로-퐁티는 휴머니즘 '과 and' 폭력을 동렬에 놓고 둘의 결합에서 생기는 긍정적 의미를 사고했으나, 오늘날의 자유주의자들은 휴머니즘 '이나or' 폭력 가운데 하나를 선택한다. "오늘날 그렇게 폭력과 휴머니즘을 결합하는 것은 결코 생각할 수 없으며, 지배적인 자유주의적 관점은 휴머니즘 '과' 폭력을 휴머니즘 '이나' 폭력으로 대체한다"(p. 249).
** 『로베스피에르: 덕치와 공포정치』, p. 122.

작가의 말

    장 마생과 알베르 소불, 게오르크 뷔히너, 오시리스-디오니소스의 후예들, 프랑스 여가수 엘렌 들라보, 그녀의 음반을 소개하고 빌려준 이준규 등에게 감사한다.

    그리고 최수철 선생님, 장정일 선배, 스마토나 판다 노상숙, 우리 시대의 난민 부모님, 문학과지성사와 편집부 이정미 팀장 등께도 머리 숙여 감사하다는 인사를 드린다.

2013년 6월
서준환